齐鲁青未了

葛宁 著

作家出版社

图书在版编目（CIP）数据

齐鲁青未了 / 葛宁著 . -- 北京：作家出版社，
2025. 3. -- ISBN 978-7-5212-3258-5

Ⅰ. I247.5

中国国家版本馆 CIP 数据核字第 20257N37A5 号

齐鲁青未了

作　　者：葛　宁
责任编辑：丁文梅
装帧设计：贾　莹
出版发行：作家出版社有限公司
社　　址：北京农展馆南里 10 号　　　邮　　编：100125
电话传真：86-10-65067186（发行中心）
　　　　　86-10-65004079（总编室）
E-mail:zuojia @ zuojia.net.cn
http://www.zuojiachubanshe.com
印　　刷：三河市北燕印装有限公司
成品尺寸：152×230
字　　数：290 千
印　　张：21.5
版　　次：2025 年 3 月第 1 版
印　　次：2025 年 3 月第 1 次印刷
ISBN　978-7-5212-3258-5
定　　价：49.80 元

目录

第一章　陈家儿女

"三姐，我还是坚决不同意你跟施明榕结婚！你绝对不能答应大哥大嫂。"年轻姑娘陈安波的声音低沉但语速极快，清秀的小脸因为愤怒而变得微红。陈安波说完，背起书包转身就走了。从大哥在四方开的初九医院到铁路中学，不远，陈安波以前都是和姐姐一起走路上学的，只是，从这个新学年开始，这条上学路上少了一个人。

陈安波噔噔地走在路上，气鼓鼓地越走越快。可是，走着走着，她低下头，无奈地看着左脚黑皮鞋鞋头又张开的小口，不得不慢下来，一步步挪到路边，从书包里摸出一小管胶水，弯下腰，熟练地把管头伸进开口处，轻轻挤出一点胶水，均匀地涂上了薄薄的一层。站直身子等了一会儿，心里数满了三十秒，她使劲地踮起左脚尖，转了转，嗯，粘牢了，赶紧的，不能迟到。陈安波整了整书包，继续向学校走去，只是，脚步变得轻盈了些，可不敢太废鞋了，新学期的白运动鞋还没有向大嫂张口要钱买呢。唉，一生气，自己一个人就先出来了。

大嫂啊，想着想着，陈安波忽然想起了已经去世的爹娘。陈安波兄弟姐妹六个，她是最小的，最上面的大哥陈安洋比她大整整二十岁，娘亲在她八岁时就病故了，三年后，父亲，曾经赫赫有名的"八爷"也撒手而去。

　　陈安波的父亲是道道地地的邹平人，家住邹平城南门里。光绪年间，有两个英国传教士仲钧安、蔚兰光就租了陈家隔壁的张训堂家房子住，一边传教布道，一边开诊所办学校。那时陈安波的爹是个穷人，还没有后来的"八爷"称号，饥一顿饱一顿的。但八爷硬是靠着挑货郎担子、摇拨浪鼓起家，走村串乡地做些小买卖，积攒一点小钱之后在周村大街开了一家豆腐坊，从行商升级成坐商，最后拥有十几个油坊、布庄和杂货铺，一度跺一脚邹平城都晃荡，被人按他在老陈家的大排行而尊称为"八爷"。八爷不仅是个勤快人，而且还是一个会说话、爱琢磨、能担事的人。走街串巷的，加上他的几家作坊铺面都在周村，那是胶济线上的大站，消息灵通，老佛爷、袁巡抚、李中堂、甲午海战、戊戌变法、庚子事变、中华民国、德国人、日本人……他心里都有一本账，因而虽已发家致富但内心依旧苦闷，一有空就爱去听仲牧师、蔚牧师讲道，不知不觉就成了基督的子民，而且还识了字。他特别钦佩仲牧师那伙儿英国传教士赈济灾民、安置孤儿的举动，对蔚牧师在周村开的小博物馆更是兴趣盎然，里面的火车模型、显微镜、地图册等等，他去看了无数次，当然也就无数次地腹诽朝廷的昏聩无能和民国的杂乱无章。为此，他孩子的名字中间都有一个仲钧安牧师的中文名"安"字，第三个字则都是三点水旁的，以便既能继续不动声色地表达他对基督的信仰，又能表达他对天下太平、子女平安喜乐的愿望。

　　八爷的见识和财力让他在有生之年把孩子都送去了教会办的学堂，并且早早地选定青岛作为子女今后落脚之地。八爷对胶济线是做过一番考察的，离邹平最近的周村基本上可以算是胶济线上的中间站了，略略土气；西头的济南，八爷不喜欢，中华民国的几任都督都在那里设府，什么姓周的、姓靳的、姓张的、姓田的、姓郑的，跟走马灯一样，特别是那个张大帅，在八爷眼里就不是个正经玩意儿，太坏太乱；东头的青岛，倒是有那么点儿意思。八爷是邹平城里的大财主，但让人意外的是除了买下一块地盖家宅，他从不买地种地，而是慢慢地把财富从邹平、周村全部转到了青岛，内心盼望着自家的孩子们能有更开阔的眼界，看到更大的世界，拥有更美好的人生。八爷定下的规矩是，陈家的儿子都要学医，不许纳妾，更不许沾染嫖赌毒；四个女儿都不裹小脚，不扎耳洞，都要上学。

陈安洋和小自己十三岁的二弟陈安江都进了蔚牧师办的光被学堂。从光被中学毕业后，陈安洋直接去了日本，读了一年预科，之后考取了日本东京帝国大学医学院，1930 年夏天三十周岁的时候毕业，拿到全科医学博士学位。如果不是因为母亲在两年前的夏末突然中风，大孝子陈安洋立即放下学业，紧赶慢赶回国而一度中断学习，陈安洋可能早在两年前就拿到学位了。可惜的是，他在日本所学到的当时世界最先进的医学知识不仅没能为母亲续命，而且他还不得不在母亲弥留之际答应了母亲突然为他提出的一门亲事，娶一个他从来没见过面的姑娘。

整个事情让陈安洋极度不适。身为与二十世纪同龄的山东人，一个不太虔诚的基督徒，到日本留学，陈安洋的心情始终是压抑的别扭的。特别是当他在日本看到了当年 5 月初"济南惨案"以及国民政府的应对时，对日本军人和日本政府极其厌恶，对南京国民政府极其失望，连带着对自己在日本的学习也产生了一股难以言说的复杂情绪，他已经很难再集中注意力继续学下去了。母亲的重病，让他有理由回国一趟，换换环境也换换脑子。但让他按母亲之命娶妻，陈安洋本就心知父亲发家不易、身体不佳，故而一门心思苦读，没有像当时留日的一些学生一样有日本情人，更没有过学成前结婚的心思，所以根本不能接受这种方式。

八爷是不赞同老伴这样行事的，没想到一辈子温和顺从的老婆子临了临了突然来了这么一出，固执得八头牛也拉不回来，她此前可是从来没跟八爷商量过这事。那姑娘有文化，没缠脚，基本符合八爷对女儿们的要求，但毕竟自己的大儿子在日本留学，眼界开阔了，总要找一个他自己满意的伴侣才是。老婆子以死相逼，儿子也老大不小了，八爷心里很是矛盾，思来想去，他最后什么也没有做，心里计较着，无论谁坚持住了，就支持谁。

陈安洋眼看着母亲的生命就像油灯一样慢慢地熄灭，作为医学院临近毕业的高才生，一进家门又敏锐地发现父亲健康堪忧，心痛心焦到无法思考，别别扭扭地熬过几天之后，他接受了母亲的安排，但坚持婚事简办，成婚后要一个人立返日本完成学业。母亲大人知道这个大儿子一诺千金，最终在得知大儿子和新媳妇同房之后的第二天安详地离开了人世，而陈安洋也在过了母亲的"头七"之后只身再赴东京。

大嫂鲁兰芝比陈安洋小七八岁，是本县的石樊鲁人，邹平最古老最灵验的唐李庵就坐落在石樊鲁。唐李庵大致建于隋唐年间，庵内有一棵千年文冠果树。相传学子在文冠果树前拜上三拜，定能文运亨通。对普通的石樊鲁人来说，遇有各种开心事、难挨事，总要拜拜菩萨，求个心安，唐李庵就是最方便的去处。第一次世界大战爆发后，石樊鲁有不少穷困的青壮年应征为劳工，远赴重洋。临行前，劳工及其家眷纷纷到唐李庵磕头烧香许愿，求佛祖保佑远行人平安归来。一战结束后，华工回国者寥寥无几，大部分客死异乡。唯有石樊鲁村出去的九名劳工全部活着回到家乡，一时传为奇迹，唐李庵更是名声大振。石樊鲁人为此专门搭台，请了戏班子，整整唱了八天大戏。鲁兰芝的堂兄就是这九人之一。堂兄是个能说会道的机灵鬼，从他的讲述甚至不乏夸大炫耀的吹嘘中，十一二岁的鲁兰芝对西洋、特别是对法兰西有了最初的那么一点点印象和向往。

说起来，鲁兰芝出身小康之家。鲁兰芝的父亲二十岁刚过就中了秀才，在石樊鲁算是小有名气。然而还没有等他准备好去应乡试考举人，清廷下诏，所有乡会试一律停止，鲁秀才一下子失去了人生的方向。最令人扼腕的是，鲁秀才尚在兀自愤怒彷徨之时，秀才娘子却精神崩溃，失足落水而亡。几番打击之下，鲁秀才一度萎靡不振，直到一年后偶然在石樊鲁听到了洋牧师的传道，他才豁然开朗，找到了新的天地。从此，鲁秀才不再进唐李庵拜佛，而是热衷于走十里路到邹平城的教堂去礼拜。因为他是秀才，有学识，很快就成为洋牧师的助手。他又成亲了，并且在邹平城的教堂边安了家，第二年就迎来了新生命，鲁秀才给起了个美好的名字"兰芝"。以后几年，鲁兰芝又有了一个弟弟鲁兰方，一个妹妹鲁景芝。

鲁兰芝就是在这样的家庭里长成的，简直就是邹平城里中西合璧的标志，自然也入了陈八爷太太陈八奶奶的慧眼。然而，八奶奶中风之后的突发奇想，却是所有人都始料不及的，鲁家也从来没有肖想过。但当陈安洋终于点头同意迎娶鲁兰芝之后，八爷展现了极强的行动力，迅速地说服了鲁秀才，迅速地走完了所有的程序，当然都是简化的，最后迅速地用八抬大轿把鲁兰芝抬进了门。

鲁兰芝其实早就对陈安洋有所耳闻，知道他是八爷的长子，一表人才，在东京学医。能嫁给陈安洋，鲁兰芝内心并不抗拒，但过程太不美好了，甚至是让人不堪。两个陌生人，被一位行将就木的老人家硬拉扯到一起。或者按老话说，鲁兰芝就是一个"冲喜"的媳妇。可她因为鲁秀才改信基督教的缘故，上的是周村的遵道女校，随后又上了复育医院护校。民国都快二十年了，二十岁的鲁兰芝不是普通的村姑农妇。她虽然生长在中国山东腹地的邹平，邻近孔孟之乡，但接受的却是道地的西式教育，英文流利，梦想着自己能成为像法兰西的战地护士小姐一样的存在，有自由的灵魂、独立的经济，还有甜蜜的爱情。万万没有想到自己的命运突然被改变，鲁兰芝对这场婚姻的不甘大大超过了她的憧憬，但到底还是半推半就地入了洞房。由此，两个学医之人的新婚之夜并不美好，而且很快陈安洋就离家出洋了。

更为悲催的是，身为长嫂，鲁兰芝还没来得及适应角色，就发现自己怀孕了，孕吐极为严重。就这样，鲁兰芝没能接过八爷偌大的家业，养胎、生子、育儿，困于家务，一度从一个难得的知识女性变成了一个普普通通的年轻妇人，而鲁兰芝的厄运还不止于此。

鲁兰芝成亲的那一年，山东督军张宗昌垮台，济南发生"五三惨案"，灾民遍地，饿殍盈野。在广大的农村地区，有源自白莲教、义和团的农民秘密组织武装自卫的红枪会。会员们手持红缨枪，头缠红头巾，腹戴红兜肚，自称会画符念咒、刀枪不入。也有哗变或反叛的张宗昌残部，他们或投靠新主，或四散为匪。就在鲁兰芝正被孕吐折磨得苦不堪言的时候，大土匪张鸣九带人兵分两路攻入邹平城边的一个村庄。一路土匪直扑红枪会坛房，开枪打死了在场的所有人，放火烧毁了房子。另一路土匪专管抢掠绑票，见房就烧，见到青壮年非绑即杀。鲁秀才那日恰好外出办事，见状正要找地方躲藏，可迎面骑马而来的土匪二话不说，抬手就是一枪，正中鲁秀才眉心。土匪旋风一般来去匆匆，待得地面平静、死者被确认后，消息迅速传到邹平城里，鲁兰芝老娘急怒攻心，大叫一声，当场倒地而亡。鲁兰芝遭此大祸，精神受到极大打击，一度神魂失措，说话办事颠三倒四，怀相更差，愁得八爷一面张罗着办完了亲家的丧事，安顿好兰方和景芝的生活，一面赶紧把族里寡居的五娘找回家，让她专门伺候可怜的大儿媳妇，顺带着也帮五娘拉扯大她七八岁的儿子陈业。

没有丈夫的陪伴，也没有父母的陪伴，鲁兰芝是在陈安洋大妹妹陈安沄的陪伴下在曾经就读的复育医院生产的。她是科班出身的医护，整个孕期不缺营养和运动，做过几次必要的产检，生产过程比较顺利，生下长子长孙为陈家立下大功。有五娘的精心照料，月子坐得不错，但心里总是不那么痛快，按现在的医疗诊断，她在生产前就得了轻度的抑郁症。好在全家老老少少都尊重她、怜惜她，特别是新生的大胖儿子给了她振作起来、顽强生活下去的勇气。

1930年初秋时节，陈安洋学成回国。此时八爷的身体到了强弩之末，他的右脚因为长期的糖尿病已经开始溃烂。陈安洋必须迅速地接过八爷大家长的重任。作为陈家的长子，陈安洋要比五个弟妹大出很多。这跟八爷创业之初的辛苦有关，也跟八爷接受了基督教的传道有关。八爷夫妇在陈安洋出生十年、积攒起一份不大不小的家业之后，才一口气儿又生下了五个孩子，1910年长女陈安沄出生，1913

年次子陈安江出生，1915年次女陈安涓出生，1918年三女陈安洁出生，1920年幺女陈安波出生。十年五子，让八爷夫妇喜笑颜开的同时，也让孩子们的母亲元气大亏，寿数不高，八爷亦行将仙去。陈安洋要管好自己的小家，要管好五个弟妹，还要管好八爷一直收留的五娘母子，陈家的一个长工家庭，甚至还要管好鲁兰方和鲁景芝兄妹。这是八爷的嘱托，也是长子义不容辞的责任。

此时，陈安沄年方二十，已经高中毕业一年了。她是1930年邹平城里少有的知识青年，未婚夫李少光是大哥同窗的弟弟，在美国宾夕法尼亚大学读经济学，青州人，沄光青梅竹马，感情稳定。陈安沄原本计划高中毕业后追随李少光去美国继续深造，但母亲的中风和离世让她不得不改变计划，留在家里照看父亲及家业。陈安江和鲁兰方同岁，两兄弟同在光被中学读书，并且都希望在高中毕业后到济南报考齐鲁大学医学院，因为他们知道家里的财力已经不足以供给两个人留洋了。陈安涓、陈安洁、陈安波、陈业和鲁景芝都在周村的教会学校就读，安波和景芝、陈业差不多大。

陈安洋还在日本的时候，就已经知道自己做了父亲，八爷还根据本尊和长子长孙都出生在农历初九而给宝贝大孙子起了小名"初九"。不仅如此，八爷在初九出生后多次到青岛考察踩点，最终看好了胶济铁路管理局所有的四方一带，在兴中街东头与奉化路交接的路口，买下了一个有两层小楼的大院子。老爷子没有多余的动作，在码头接到乘船从日本学成归国的陈安洋之后，直接带他去了现场。陈安洋同样在家信中已经知道了父亲的安排，但亲眼看到，仍是激动不已，当即跪倒，结结实实地给父亲磕了三个头。抬起头来，看到八爷眼圈也有点红，陈安洋的声音更加颤抖起来："爹，儿子不孝，让爹操心了。爹放心，儿子会好好行医，照顾好弟弟妹妹，让他们都平平安安的，成人成才。"

八爷老怀甚慰，扶起高高大大的儿子，也没有什么煽情的话，只说："你看看，开个医院，都要弄点啥？爹准备把邹平的产业都卖了，你反正也不是磨豆腐开油坊的料，爹帮你把医院建起来，你帮爹把家撑起来，把那些小的还有五娘他们都带出来。爹仔细盘算过，这条路上都是搞医的，你看看，有静安牙科、丽轩中医、唐大夫诊所，这附近还有胶济铁路管理局，还有附设的小学中学，还有一个四方机车厂，你会有用武之地的。兰芝是护士，她也能帮到你。你弟弟妹妹们也都会有学上。这个医院就叫'初九医院'吧。"

陈安洋毫无异议地跟着父亲回到邹平，鲁兰芝抱着儿子跟陈安洋开始了令他们激动不已的职业策划，郁郁寡欢的心情不治而愈。夫妻俩都是专业人士，考虑到今后行医和养家的需要，一致认为还应该在院子里再盖一栋二层的小楼。临街的前楼一层做门诊检查用，二楼家用兼做医院的被服仓库。院子里的后楼为住院楼。陈安洋夫妇特别重视两栋楼卫生间的设置，前后楼都设置了宽大的盥洗室，有抽水马桶，还有洗澡间。也正是因为这个设计，让初九医院在四方和沧口成为规模最大、设备设施最齐全，也最受那些胶济铁路管理层甚至某些日本人器重的医院。然而，初九医院出师不利，始终在经营困难中挣扎，以至于鲁兰芝不得不以长嫂的名义让陈家三小姐陈安洁给医院的长期供货商施明榕做填房。

陈安洁目送着陈安波背着书包出了初九医院的大门，口中喃喃自语："我也不愿意，不甘心，但是安波，你不同意又能如何呢？"

陈家四姐妹中，陈安洁性子最是温柔。大哥从日本学成回国的时候，她已经懂事了。她非常理解父亲和大哥的苦心安排，尽可能地让自己乖一点，不给哥嫂添麻烦。此时，望着陈安波的背影，陈安洁心里也不禁想起了父亲和母亲。说起来，陈家六儿女好像都跟父亲更亲近一些。大哥回国之后，便在青岛和邹平两地之间奔波，建造一所医院不容易，配备上各种器具不容易，招聘回各种医护人员更不容易。但无论如何，父亲还在，家还在。1931 年的春节，八爷家过得一切顺利，只是，正月初八，八爷的所有买卖都没有开市，而商会的人都知道陈大公子要去青岛开医院了，所以八爷出卖的产业都得到了好价钱。

春天的时候，李少光从美国回来了。他不仅是回国，而且是回到邹平来了。因为他接受了梁先生梁漱溟的聘用，准备到即将建立起来的乡村研究院就职。这真是一个天大的好安排。八爷又火速地操持了大女儿陈安沄的出嫁，并且决定把邹平的老宅留给陈安沄夫妇，住用随意。安排好了这一切，夏天就到了。

陈安洁清楚地记得，八爷临去世前几天的那个傍晚，孩子们像以往一样围坐在院子里的石桌前吃西瓜，初九的面前还放了一只小碗。大哥剖开了一只在井里放了大半天的大西瓜，二哥安江还开玩笑地逗着小侄子："初九初九，快看啊，这个西瓜比你的头都要大呢。"大哥像动手术一样，先把西瓜一分为二，从一半西瓜中间最好的部分挖出一小块放到八爷面前的小碟子里，说："爹，您少吃一点儿，尝尝。"八爷笑着点点头。大哥又挖出一小块，放到了初九的碗里，又说："西瓜性寒，小孩子也不能多吃哦。"初九小脑袋猛点，惹得大家笑声一片。笑声中，大哥把其余的西瓜剖成了大小差不多的十几二十块，每一块都薄薄的，都能立住。八爷在孩子们的笑声中，吃完了自己的那一小块，然后就捡起一颗西瓜子，慢慢地嗑着，慈爱地看着欢快的一大家子人。陈安洁想到这里，眼眶一下子就红了起来，告诉自己不能再想下去了，赶紧找点事情做吧。

那次西瓜吃过不久，八爷就安详地离开了人世。他已经为儿女们安排了他能做的一切。等到 8 月底的时候，陈安江和鲁兰方如愿到济南的齐鲁大学医学院深造去了。陈安洋也为妹妹们都安排好了到胶济铁路青岛二小和中学插班。邹平的老宅按八爷的意思留给了陈安沄。沄光夫妇又主动地把其中的一部分用作乡村建设研究院开设的小学堂，安沄自然也就当上了这所小学堂的国文教员。

然而，一大家子人还没有完全适应青岛的新环境，"九一八"事件发生了。作为留日学生，陈安洋本就对日本有着复杂的观感，但对日本人的公然侵略和民国政府的步步退让，实在是气愤不已。然而，现实生活的压力，让陈安洋只得努力继续勉强维持着生计。因为他的留日身份和流利的日语，加之毕竟从八爷那里继承下一些经商的天分，初九医院偶尔也接待日本人和欧美人来看病，无形地给初九医院上了一层保护色。

初九医院除了陈安洋夫妇当家之外，还聘请了三个全科医生，两个检验士，八个护士，两个护工，三个厨师，两个帮厨的大娘，两个专门打扫前后楼卫生的大娘，还有两个专门洗衣的大娘。初九医院后院的东墙根下还砌了一排平房，其中有一间专门的洗衣房，里面还砌了两口大灶，按照鲁兰芝的要求，所有要洗的衣物都必须先开水煮沸过。旁边是厨房，工人的一大间休息室和"大生活"两口子的住房。

五娘自然是跟着陈家一起来青岛了，她帮着鲁兰芝带大了初九。陈安洋夫妇久别重逢之后，真正开始了恋爱，1933年春诞下了他们爱情的结晶，又一个初九，但是个妹妹，所以乳名"小九"。五娘伺候完鲁兰芝月子，就专门照管起小九来，整日忙得不可开交。五娘的儿子陈业跟陈安波、鲁景芝同年级不同班，陈业只比她们小了几个月，按照辈分，却应称姐妹几个"姑"，但是平时都姐弟相称。五娘母子是家人，是住在前楼二层的。

"大生活"是邹平城里对长工的称呼。陈家的"大生活"全名陈德富，是比五娘还要远的一门亲戚。两口子不擅言谈，但极为忠心，而且特别吃苦耐劳。他们本来有一个女儿。陈德富因是家中老二而不得爹亲娘爱，终日埋头苦干也不能温饱，陈嫂子更是生下女儿三天后就被婆婆逼着干活，两个妯娌则偷懒耍滑，借口陈嫂子生了个"赔钱货""丫头片子"而整日对陈嫂子冷嘲热讽，指桑骂槐。陈嫂子产女落下病根，加上没坐好月子从而失去了生育能力。可怜他们的女儿不到两岁时发高烧，可恨陈老头夫妇竟舍不得拿钱请医生给孩子看病。孩子在陈嫂子的怀抱里咽下最后一口气。陈德富实在不能忍，带着陈嫂子"净身出户"，两口子除了身上穿的衣服只剩下了忠心和力气。

八爷不是陈家族长，虽然早看不上那个陈家对陈老二夫妻的欺负和搓磨，但毕竟清官难断家务事，不好管人家的家务事。陈德富夫妇求上门之后，八爷倒是没有一丝犹豫，立即收留了他们，让陈德富做起了"大生活"。在临终的安排里，八爷当着陈德富面嘱咐陈安洋要给他们夫妇养老送终，孩子们要称他们"陈大哥""陈嫂子"。陈安洋莫不从命，而且到青岛之后，除了安排活计之外，还勒令五娘和陈德富夫妇学文化。陈安洋的说辞很简单："五娘，你如果不识字，以后怎么看陈业的信？陈业有个不识字的娘都影响他找媳妇。"

对陈德富夫妇，陈安洋也有话直说："大哥，嫂子，我需要很多帮手，但青岛我没什么熟人，我也只信得过自己的家人。你们识字了，会算术了，才能真正帮到我。"

三个已经过了不惑之年的中年人在陈安洋"威逼利诱"之下认真地学起了文化，家里的孩子多，小学的中学的都有，课本、老师都是现成的。只是不知道，是不是妇女的心思更灵巧坚定一些，总之，五娘和陈嫂子学得不错，陈德富要差不少，当然一般的看个告示算个小账什么的还可以应付。三年过后，五娘就负责起厨房的账目来了。自己家的事情自己上心，她时常出门去看看行市，精打细算，做得很好，住院的病人、家人和厨师们都满意。家人常常变着法子地夸奖她，五娘很有成就感，也很满足。至于陈业，更是憋足了劲头，认真地上学，努力地上进，还时不时地给他娘开小灶。

陈德富负责看守门房，陈嫂子则负责照管厨工、清洁工和洗衣工，考勤加检查。她本人则样样都顶得上。说起来，陈嫂子是个能干人，在婆家被小看，到了八爷家特别是到了初九医院、学了文化之后，人情世故，里里外外，都被她打点得利利落落的，比陈大哥还得用呢。

即便如此，陈家姐弟放学之后，做完功课，男孩子就负责收拾院子，修剪树枝，女孩子就负责打扫卫生，诊室、检查室、换药室，加上自己家住的那半层楼等等，都是她们要负责的区域。

初九医院的负担不轻，陈安洋鲁兰芝算了又算，不能再雇人了。医院名气很好，口碑不错，收入不少，但开支更大，光上学的孩子就有七八个。就这样紧紧巴巴地过了几年。到如今，有点捉襟见肘了。

陈家二姑娘陈安涓一年前就从大嫂曾经就读的复育医院护校毕业了，自然回到了初九医院。可惜的是，大哥大嫂忙得忘记了陈安涓已经是年过二十的青春女子。陈安涓情窦初开，爱上了初九医院的另一个全科医生钱昌寿。钱医生一表人才，齐鲁大学医学院的毕业生。他是个孤儿，靠教会的资助读完了大学。他在初九医院还没有正式开业时就与陈安洋认识了，跟传教士的推荐有关，也跟陈安洋希望他能辅导两个弟弟上齐鲁医学院有关。钱医生人很好，跟陈安涓也算是知根知底，日久生情，陈安洋夫妇没有理由阻止这对年轻人相爱结婚。这对年轻夫妇知道家里的经济状况，就在初九医院成家了。这反而使得陈安洋夫妇感到愧对新婚夫妇，于是出钱给他们办了西式婚礼，置办了几身衣服，还让他们去上海玩了一趟。总之，又额外地花费了一笔钱。陈安涓回到初九医院时，陈安洋夫妇起初还想着等她上手了，就辞去一名护士，节省一点是一点。但爱情来得势不可挡，他们还没来得及决定辞去哪一位，说实在的，都是用了好几年的老人，他们心里也矛盾，这下好了，矛盾被愉快地解决了，但初九医院的财政更加紧张了。

陈安洁比陈安涓小三岁，陈安涓结婚的时候她已经上到了高一。脐济铁路青岛中学深深地迷住了她，她现场听过蔡元培先生和老舍先生的讲演，每天早晨到学校后，总要到大操场边上做做伸展运动，看着那些跑跳的同学她就心生欢喜。她还曾是铁中学生剧团的成员。虽然没有出场的机会，但熟知《一元钱》、田汉的《梅雨》和曹禺的《雷雨》，也熟知易卜生的《玩偶之家》。她学业平平，是个处处都不起眼儿的，对自己的未来暂时没有想法。

二姐陈安涓结婚的时候，陈安洁快十八岁了，已经出落得亭亭玉立，温婉可人。就是在陈安涓的婚宴上，长期给初九医院供药供货的商人施明榕突然就决定要娶陈安洁。施明榕是广州人，家里开着一家医药和医疗器械商行，专跑青岛一线，跟陈安洋夫妇是长期的合作伙伴，买卖公平，诚信可靠，他还能通过家里的商行从香港搞到一些难得的西药。施明榕要比陈安洁大十岁，家里原本给他结了一门亲事，但他心不在焉，更中意在外自由自在的生活，也着实过了一段声色犬马的混沌日子，以至于把原配冷落至死。那一天，端着陈安涓的喜酒，望着一旁巧笑倩兮的陈安洁，施明榕心中一动，突然地就想安定下来，给自己一个家。

转过天来，施明榕就去了初九医院，跟陈安洋夫妇提亲。作为一个老练的商人，施明榕了解陈家和初九医院的底细，很容易地就打动了陈安洋夫妇，发誓他一定对陈安洁好，甚至自诩"浪子回头金不换"，他老家的父母亲肯定会支持他的选择。他还提出，入股初九医院，免费提供药材器械，年底分红。而恰恰是这一点，让鲁兰芝心动不已。至于爱情，鲁兰芝以自己同陈安洋的经历为参照，证明可以先结婚后恋爱，继而说服了陈安洋。而陈安洁对家里的情况一清二楚，对施明榕也不陌生，二话没说就同意了，并且在高一结束时就办好了退学手续。这才有了早晨陈安波出门时姐妹俩的那个对话。

陈安洁想着，自己就是这个命吧，比上不足，比下有余。时局不定，早点嫁人也能给大哥大嫂减轻点负担。施明榕虽然结过婚，但没有孩子，年纪大一点倒不可怕，大哥还比她大十八岁呢。其实在此之前，陈安波还给她出过主意，让她逃婚、离家出走。可是，逃到哪里去呢？娜拉出走之后怎么办呢？陈安洁自知还没有这样的勇气和本事。

陈安洁换上白制服，准备开始打扫楼道的卫生。结婚之前，她还是要多给初九医院做点事情才好。刚刚下楼，就看到陈德富举着一封信进门，嘴里说着："三小姐，有一封信呢，是济南来的。"

"谢谢陈大哥。"陈安洁接过信，嘴里道着谢，眼睛瞟了一下信封："是济南来的，兰方的字。看来二哥又偷懒了。我马上给大嫂送去。"陈安江和鲁兰方哥俩在一起上学，按照大哥的规定，每个月月底都要写一封家信回来，报成绩报平安。但是两个年轻人一致认为要写的内容差不多，一封信足够了。两个人还经常为写信打赌，谁输谁写。

陈安洁看了一眼立在正门口的座钟，转身朝楼梯下的小门走，准备到后楼给大嫂送信去。这个时候，大哥大嫂大概已经完成每天早晨例行的护士交接班和医生查房了。还没到小门，大哥已经率先进来了。陈安洁微笑着把信递给紧跟其后的大嫂："大嫂，兰方来信了。"

鲁兰芝高兴地接过信来，看了看信封，笑着对转过身来的陈安洋说："兰方怎么又输了。"说着便撕开了信封。看着看着，脸色就变了，手也跟着颤抖起来。陈安洋一把扯过信，陈安洁则是赶紧地扶住了大嫂。陈安洋迅速地把姑嫂二人带回二楼，进了他们夫妻的房间，扶着鲁兰芝坐下，然后才展开信，走到窗边，仔细地看了起来。

鲁兰方的信正如他的个性，端正工整，但开头第一句话却是："姐姐、姐夫，跟你们说件事情，你们看了之后别担心。"陈安洋看完信，长出一口气，对着姑嫂二人说："沉住气，没有大事。医院马上就要开诊了。兰芝你先缓缓不要下楼，安洁陪着你大嫂。"说完，他开门出去。关上门的一刹那，陈安洋的脸色变了几变，又停顿了一会儿，才迈步离开房门。

第二章　济南奇遇

　　陈安江和鲁兰方1931年秋天如愿进入了齐鲁大学医学院。入学前，有大哥陈安洋、未来妹夫钱昌寿的考前突击培训，当然还有他们在光被中学耀眼的成绩和小哥俩相互比学赶帮的心气以及多年同窗的相互提携和默契，所以入学后，他们如鱼得水，一点儿也不担心繁重的课业。大哥给他们的钱也足以让他们衣食无忧，安心学习。两个人形影不离的，可谓焦不离孟，秤不离砣。不过，两个人虽然都学的是医科，但慢慢地生出不同兴趣，陈安江因为父亲糖尿病的缘故而对内分泌科、肝胆科、消化科尤为用心，鲁兰方则对外伤骨科特别关注。他姐夫陈安洋有一次问过他，怎么会对外伤骨科感兴趣。鲁兰方表示，因为他发现初九医院经常有很多四方机车厂的工人受外伤而来，初九医院只能做初步的清创固定和包扎以及随后的换药，他希望自己能补上这科。陈安洋听了，拍拍他的肩膀，对站在一边的鲁兰芝说："咱们这个弟弟，是个有心人，好样的。"

　　到1936年夏天的时候，陈安江和鲁兰方已经在医学院接受了五年正规系统的西式教育，学业优良，英文流利，拉丁文也能看文献。按学制，学院开始安排他们去医院实习，陈安洋和鲁兰芝出钱让他们俩都买了自行车，方便他们在学院和医院之间往返。因为不久前回过青岛参加陈安涓和钱昌寿的婚礼，所以他们没有到青岛过暑假，而是准备等圣诞节元旦假期时再一同去看望家人。

同去青岛开初九医院的家人一样，他们甫到济南还没熟悉这个大城市，就被"九一八"事变激起了怒火。哥俩那时并不知道山东省政府主席韩复榘早就同日本暗通款曲，拉拉扯扯的，关系复杂，对韩主席还有一点幻想。韩复榘上任头一年，就把清乡剿匪列入施政纲领之一，在济南设立清乡总局并兼任局长，遇到特殊情况还亲自督剿。鲁兰方的双亲死于匪祸，对土匪恨之入骨，所以举双手赞成韩主席。再加上，正是韩复榘继在河南搞"村治"之后，又在山东搞"乡村建设运动"并为此拨款十万元，吸引大学者梁漱溟到邹平筹建"乡村建设研究院"，大姐夫李少光应聘回国，陈家老宅为乡村建设研究院所用，大姐陈安沄当上了小学老师，陈安江对韩主席的印象也不错。

五年来，他们坚决不学日语，每日都关注着形势。《塘沽协定》《何梅协定》《秦土协定》无不表明国民政府对日本的妥协退让，"济南惨案"的结局似乎一次又一次地重演，早前对韩复榘的幻想被不断爆出的内幕侵蚀殆尽。他们愤懑不已，但却苦于看不到出路。课业像山，压得他们除了好好学习之外也做不了什么。直到一年前，北平大学生发起"一二·九"运动，警告"华北之大，已经安放不得一张平静的书桌了"，要人们"自己起来保卫自己的民族"，这两个书呆子才如醍醐灌顶茅塞顿开，觉得是到了应该做些什么的时候了。但做些什么呢？他们也不知道。好在离开校园开始做实习医生了，教会大学的桎梏无形中少了许多，更何况他们本来就不是虔诚的基督徒。

9月的最后一个礼拜日，陈安江和鲁兰方恰好都轮休。一大早，两人骑上自行车，准备到趵突泉玩玩儿去。骑车到铜元局街，安静的路前方还有一个骑车人。两个人也没在意，继续慢悠悠地往前骑。突然，从路边蹿出一人，伸手一把抓住前面那个骑车人的自行车把，高声叫道："可找到你了，跟我走。"

那个骑车人车把被抓，不得不停了下来，说："我不认识你啊。你认错人了吧？"

"我没认错人，你是共产党负责人，你是赵健民！我们在莱芜见过面。"说话间，路边又蹿出几个人来，将那二人围在中间。陈安江和鲁兰方这时也骑车到了跟前。

只见，几个人上手就去撕扯那个叫赵健民的。赵健民则像是个练家子，人高马大的，抢起自行车就把那些人撂倒了，然后迅速从口袋掏出两张纸片塞进嘴里。也就是这一会儿工夫，那些倒地的人又围了上来，有两个还掏出了手枪。几个人七手八脚地就要把赵健民捆起来，其中一人还把手伸进赵健民嘴里。赵健民极其英勇地狠狠地咬住了那人的一根手指，那人疼得跳脚，本能地缩手，而赵健民则很快地松口，把纸片咽了下去，与此同时，人被捆得结结实实，再也挣扎不了了。

电光石火之际，一切都结束了。几个人推搡着赵健民走远了，其中一个还推走了赵健民的自行车。陈安江和鲁兰方立在一旁，目瞪口呆，观察力一贯很强的陈安江清楚地看到了赵健民喉结的滑动。耳边，响起了赵健民洪亮的渐去渐远的声音："我是学生，第一乡师的，我不认识你们。"

这是在暗示他们吗？路边已经有几个围观看热闹的人了，这其中有认识赵健民的人吗？赵健民是什么人？陈安江和鲁兰方对视了一下，没有说话，跨上自行车迅速地离开了。两个人很默契，仍然不紧不慢地骑到趵突泉边。机警的陈安江不时地借着反光镜观察着后面的情况。没有人跟踪。

"我们得去第一乡师报个信。"鲁兰方对陈安江说。

"是的。我分析，这就是给咱们这些路人的暗示。如果旁边有他认识的人，他不需要那么高声喊这些。"陈安江完全同意。

"对，他的名字我们都听清楚了，叫赵健民。"

"抓他的，肯定是'剿共队'的人。所以，我分析，他是个反政府的，最可能的，是共产党。"

"我们要去找共产党吗？可是，从哪里找。对了，我们去第一乡师吧。"

"要去，但不是现在。谁知道后面有没有尾巴？咱俩不是干这个的，光凭直觉还看不出来。明天我大夜班，我一个人去，完事之后我去找你，咱俩不能一起。否则出了什么事，连个知情人都没有，更别提找人救咱们了。再说了，咱俩要合计合计，找谁？怎么找？怎么说？"

"你这小福尔摩斯还真不是浪得虚名哪。那好吧，你去，我接应。明天我白班。你千万小心。"最近这几年，柯南·道尔的作品风靡齐鲁医学院，两个高才生看看这种英文通俗小说，完全没有语言障碍，还学得了一些冷门医学知识的理解应用。鲁兰方想想自己第二天的排班，住院实习医生，一般很难请假，两个人这个礼拜日能在一起休息还是第一次。

齐鲁大学医学院的学生同山东省立第一乡村师范学校的学生真是从不来往，前者大多也看不起后者。陈安江和鲁兰方甚至都没有问问自己为什么要管这个闲事，就开始仔细地策划起来，还真不好办呢。当然，办不成也没有办法，他们尽力了。

陈安江和鲁兰方不约而同地想到一个人：张宗麟。他是邹平简易乡村师范学校校长，著名的幼儿教育家。张先生任邹平简师校长期间，倡导陶行知先生"社会即学校""生活即教育"理念，探索教育改革之路，积极进行抗日救亡活动，把简师搞得风生水起红红火火的。"一二·九"运动爆发后，张校长更是组织了简师师生的游行示威，吓得乡村建设研究院当局和邹平实验县当局共谋，转年初就表面上劝退、实际上是勒令张校长离开邹平，邹平简师则并入山东乡村建设研究院。陈安江决定以简师学生的身份到第一乡师去找找老乡，这在外出游子中很常见。他本人是个道地的学生，找老乡玩玩儿，没毛病，但还是不能马上直接去。

陈安江和鲁兰方两人，志同道合，但性格和外形上差异明显。陈安江出生时，八爷已经小有家业，在邹平城里算是一号人物，衣食无忧，家庭和睦，因而性格跳脱活泼，胆子大，敢冒险，浑身透着一股机灵劲。鲁兰方的爹是秀才，虽然后来皈依了基督教，但始终严谨持家，养得鲁兰方从小就是个慢性子，有时沉静得都不像个男孩子。鲁兰方写得一手好字，身怀还不认字就开始握笔描红的童子功，陈安江相比之下就差了不少。两个人课余就以写大字为乐，陈安江想练得跟鲁兰方一样好，鲁兰方则想着更上一层楼。

两年前，哥俩在报纸上看到一篇小文章《武氏三兄弟痛打张四老虎》，说的是有武氏一门，父亲武世俊不能忍受地主剥削和兵匪蹂躏，带着全家从济南边上的长清县大彦村来到济南谋生，辗转落户到南关曹家巷。这一带有个叫"张四老虎"的一贯横行霸道，强奸妇女，无人敢惹。武家侠义，武世俊就好打抱不平，为替旁人伸张正义而不惜把自己的家产卖了大半。武家三兄弟哪里忍得了张四老虎。某一日，又逢张四老虎在街上欺行霸市，武氏三兄弟见机挺身而出，狠狠地教训了他一顿，周围老百姓无不交口称赞，于是就上了报纸。此时的山东省政府主席韩复榘处处以"青天"标榜，刻意打造自己"为民做主""公正"的形象，张四老虎自知民愤极大，又上了报纸，故而被打怕打老实了，遇上武家人都不敢抬头直视。

陈安江和鲁兰方到济南后，没有什么朋友。看到这则小消息就来了劲，等到一个礼拜日就拿着报纸找上门去，想要结交结交江湖英雄。寻到武家，说明来意，武家母亲武大娘王桂英看到这两个衣着整洁、礼貌文雅，又有点冒失的小伙儿，心里就有一点说不出的欢喜，回了一句："家里现在只有老二在。"然后提高声音，对着屋内喊："老二，出来一下。"很快，一个浓眉大眼满脸正气的年轻人就掀开门帘走了出来。

陈安江自我介绍了一番，然后举起报纸又说明了来意，武老二当即请他们进屋坐坐。进屋一看，原来武老二正在临帖。三个人的共同话题就更多了。时局、读书、书法……总之，一见如故。最后，陈安江和鲁兰方是跟武氏全家吃了晚饭才离开的。武老二全名武中奇，比陈安江和鲁兰方大几岁，那笔字让兰方羡慕极了，两人当即提出要拜武二哥为师。武中奇为人谦逊，怎么会应，最后三人达成共识，每个礼拜日下午，只要学院没有事情，陈鲁二人就来武家练字，请武二哥点拨点拨。书法一道，博大精深，陈鲁二人没想到此行还有如此意外收获，当即就写信给陈安洋和鲁兰芝汇报了。陈安洋鲁兰芝一直担心小兄弟俩在济南的课余生活，生怕没有家人关照他们在花花世界学坏了。得悉他们自己找了这么一位朋友，放心不少。特别是当看到信里的字迹，无论是陈安江还是鲁兰方都在明显地进步时，两人都颇感欣慰。

　　这个礼拜日，陈安江和鲁兰方原本就计划上午去趵突泉，在外面吃个午饭之后就去武家的。眼看时间不早了，就近找了家面馆，一人吃了一大碗面条，然后骑车到玉美斋，挑了西洋糕、百子糕、芙蓉果、广东饼和罗汉饼凑成两斤包好，再加上鲁兰方早就准备好随身带着的一刀宣纸，一块儿骑上车就往武家去了。

　　曹家巷里的武家跟往常一样，整洁安静。陈安江和鲁兰方到时，武大娘正坐在门口纳鞋底。看到他们两人骑车而来，满脸笑容地叫着大娘好，一人手里捧着宣纸，一人手里提着点心，便唠叨上了："哎呀嘞，怎么又拿东西来呢？回家呢，太外道了。"

　　武中奇听见动静也出来了，一边摇头，一边说："不是跟你们说了吗，不要次次都带东西来，这也太见外了吧。"陈安江、鲁兰方笑而不语。武中奇也没矫情，说话间接过点心，转手递给母亲，然后就进了房间。鲁兰方紧跟其后，把宣纸放在大桌子上。三个人临帖练字都有固定的地方，陈鲁二人的笔墨在武家都有单独的备份。他们到来前，武中奇都已经拿出来放好了。武大娘很快送进来茶水，告诉说："稍一等啊，这水是早就烧上的，点心我马上装盘给你们拿进来。"

　　"谢谢武大娘。"陈鲁二人还没有坐下，陈安江赶紧接过茶盘，道谢，然后倒出三杯茶，先递给武中奇，再递给鲁兰方，最后坐下，自己拿上一杯。武中奇看着，笑说："还真不拿自己当外人咧。"

陈安江和鲁兰方没说话，对视了一眼。武中奇看着今天这哥俩好像有点不同往常，便问道："出什么事情了，陈医生、鲁医生？今天你们两个怎么看起来有点怪啊？"

陈安江和鲁兰方又相互看了看，点点头，然后陈安江就把早上看到的一幕完完整整地告诉了武中奇，还说了他们的分析和打算。武中奇一听完，立刻起身，跟陈安江、鲁兰方说："我认识第一乡师的人，我马上去传个消息。你们先在家里自己练习着，不用等我回来。"话音未落，武中奇一把掀起门帘，嘴里说着"娘，我出去一趟啊"，人已经走出好几步远了。

陈安江和鲁兰方面面相觑。两个人心里都想着，不用去第一乡师碰运气找人了，困扰解决了，但武二哥这反应有点大啊，难道他……

陈安江看着鲁兰方，首先开口："我分析，武二哥很可能……"话说到此，鲁兰方抬手阻止了他，轻轻吐出："CP？"陈安江点点头，两个人不再交谈，就那么默默地坐着。直到武大娘端着装满了点心的盘子进屋，奇怪地问道："这是怎么了，老二那风风火火的？"

陈安江和鲁兰方又对视了一下，鲁兰方开口："武大娘，今天早上我和安江在路上碰到特务抓共产党了。那个共产党叫赵健民，第一乡师的。"两个人都紧紧地盯着武大娘，清楚地看到武大娘的手哆嗦起来，脸色也变了，放下盘子没说话就出去了。

陈安江和鲁兰方心里立刻都有了明确肯定的判断。

他们的判断没有错。

赵健民是中国共产党山东籍党员里的一个传奇人物。1933 年初，山东党组织被叛徒出卖，省委领导机关被韩复榘的"剿共队"一网打尽，山东的党组织失去了同党中央的联系。省委幸存下来的同志虽然多次派人寻找上级党组织，然而找到处于地下状态、通常单线联系的上级党组织谈何容易呢。山东的五百多位共产党员就这样在血雨腥风中顽强地孤独地坚持着。赵健民是中共济南市委书记，通过各种渠道打听，终于听说鲁西好像有党组织活动。于是，1935年的秋冬时节，二十三四岁的赵健民骑着自行车，三个月内两次来回奔波五百多里，总共骑行了一千公里左右，从济南到山东河南交界的濮县徐庄古云集，与正在那里检查工作的中共北方局派到河北省委的代表黎玉同志联系上了，并且通过黎玉向中共北方局汇报了山东党组织的情况，从而使得就像失去母亲一样失去组织的山东共产党员重新回到了党组织的怀抱。

1936年4月，黎玉到达济南，按照此前同赵健民的约定，先到全福庄小学，找教员、共产党员姚仲明接头，随后与赵健民等取得联系。经过紧张的工作，5月1日，在济南四里山下的一片茔地里，黎玉、赵健民和济南高中的党支部书记林浩三人召开会议，宣布正式成立中共山东省委。黎玉表示，中共北方局确定他为北方局代表、山东省委书记，提议赵健民为省委组织部部长，林浩为省委宣传部部长。

黎玉初到济南，人生地不熟，在白色恐怖下开展工作有很大的困难。赵健民认为黎玉住在姚老师处不太方便，就先安排黎玉同他一起住在济南沃家庄。没过多久，7月初，姚仲明在全福庄小学因所谓共产党嫌疑被捕，赵健民一年前的住处被搜查，意识到危险临近，赵健民立即带着黎玉转移到丁家涯路一所小客栈暂住，随后转移到肥城。8月下旬，黎玉和赵健民回到济南，在丁家涯的小客栈落脚之后，很快在北太平街2号租房住下。地下工作经验十分丰富的黎玉认为两个成年男子租住在一起很容易引起邻居注意，不够安全。于是，通过山东省立民众教育馆职员、共产党员董麟仪介绍，黎玉又住进了上新街甲3号张老太太家里，化名冯寄雨，职业是教员。

武中奇同张老太太的儿子张金铎是好朋友。张金铎曾在北伐战争之前经周恩来介绍在黄埔军校任政治教官，后出任北伐军第一路军参谋长。张金铎还曾投奔冯玉祥部，任高参，授中将军衔。冯玉祥两次应韩复榘之邀到泰山隐居，张金铎也就一度赋闲在家。武中奇同张金铎年岁相仿，经常到张家做客，因而认识了这位冯教员。武中奇认为冯教员见多识广，为人和善，讲起话来很有学问，很愿意听他说话，因而到张家做客时有时还会带上哥哥武迹沧和弟弟武思平，一起来听冯教员讲道理。随着交往增多，武家三兄弟产生了革命和抗日的思想，黎玉也发觉武家三兄弟热情直爽，侠义心肠，交际广，脑子活，因而也着重对他们进行革命教育和引导，三兄弟都先后光荣地加入了中国共产党。因此，当黎玉提出住在上新街仍然不够安全和方便之后，武家兄弟回去同父母商量了一下，全家人都同意黎玉搬进武家住。就这样，中共山东省委书记黎玉住进了曹家巷 11 号武家，省委机关同时也就设在了武家。

武大娘十分关心黎玉。黎玉同武家长子差不多大，武大娘就像对待自己的孩子一样细心地照顾黎玉的生活，帮着洗衣服，单独做好吃的。省委开会或有人找黎玉时，武大娘每次都会自动到外面做针线、打扫卫生什么的，观察周围动静，暗暗地为同志们站岗放哨。所以，武大娘和武中奇虽然不确认谁是赵健民，但都知道是有这样一位同志的。

陈安江和鲁兰方亲眼看到了赵健民被捕的场面，组织肯定还不会这么快地了解这个情况。所以，武中奇立即出门通知人去了，或者还要转移一些人。武家还安全吗？

陈安江和鲁兰方在武家坐了一会儿，两个人脑子里不约而同地想到了同武中奇和武家人交往的经过，好像每次愉快的谈话，似乎都同反蒋、抗日有关。全部对上了，都不用分析，武家人肯定全是共产党。如果共产党都是像武家人这样的，也未尝不是抗日救亡的希望。又坐了一会儿，两个人就同仍然惊魂不定的武大娘告辞了。

过了三个礼拜之后，又到礼拜日了，鲁兰方排到上大夜班。他跟陈安江商量之后，决定这一次由他一个人骑车去曹家巷探探，武家还在不在那里。如果不在了，迅速离开。如果还在，那就要看看武二哥在不在家。如果武二哥对兰方态度仍然像过去那样自然热情，那兰方也可以同过去那样在武家练字，并且问问赵健民的情况。如果……陈安江和鲁兰方桌上推演了他们能想到的种种情况和应对，就像上次要去第一乡师那样，认真准备着。结果，骑车进了曹家巷，一眼就看到了武大娘正坐在门口缝衣裳。鲁兰方心中一松，停下车，脱口就道："武大娘，你好啊！武二哥在家呢吗？"

"哎呀嘞，是兰方啊，好久不见了，今天轮到休息了？安江今天还上班啊？"武大娘站起身来，慈祥地看着鲁兰方。

"是啊，他今天值白班，来不了。我上大夜班，有时间。"

说话间，武中奇掀开门帘出来了："来了。"

"嗯。武二哥，好久不见，我的字都要退步了。"

两人一前一后进了屋。这个礼拜日，鲁兰方第一次没有带任何礼物，跟着武中奇进屋，坐下，看着武中奇递给他一杯水，还是没有开口。

武中奇看着这个略显紧张的小伙子，微笑着先问："有什么要知道的吗？"紧接着表明了态度，"能告诉你的，我全跟你说。"

"那，武二哥，你找到赵健民的朋友了吗？"

"找到了，这事要好好谢谢你们哥俩。"

"你跟赵健民认识吗？"

"认识。"

"你们是朋友吗？"

"是，是朋友。"

"那，你们是不是 CP？"

"我们是同志。"

武中奇没有直接回答，但却又好像是回答了。

鲁兰方也没有再问下去，而是端起茶杯，大大地喝了一口水。放下茶杯，停了停，继续问道："安江有分析，我俩有讨论。不管你是什么人，我们还可以继续同你做朋友吗？"

"当然可以。"武中奇大手一挥，斩钉截铁地答道。他也停了一下，喝一口水，接着说："我娘可喜欢你和安江了，说这俩小兄弟干干净净的，懂礼貌，家教好，人都长得好呢。"说到这里，武中奇"呵呵呵……"地笑出了声，房间里刚刚那严肃的气氛好像一下子就变轻松了。

鲁兰方也开心地笑了："我们也喜欢武大娘呢。每个礼拜日如果能来一趟，被武大娘嘘寒问暖的，再跟大爷大娘和三个哥哥一块儿吃顿晚饭，就像回家一样。你知道的，我和安江都没有父母了。"

正说到这里，武大娘一手拎着烧水壶，一手抱着个装满了梨的筲箩进来了，嘴里念叨着："对对对，你和安江多来，就像回家一样。秋天了，来来来，多喝水，多吃梨，对身体好。这是莱阳梨，可好吃了。"

武中奇和鲁兰方都站起身来，一个接过了水，续进茶壶里，一个接过了筲箩，说："武大娘，我今天是大夜班，来看看武二哥，马上就走了，不在家吃晚饭了。"

"那吃个梨再走。"

"娘，你就别留他了，他不差这个梨吃，人家是医生，懂着呢。"武中奇拦住了热情的母亲，转头对鲁兰方说："你先忙着去吧。等以后礼拜日有时间，和安江一块儿来。"

"好的。那武大娘、武二哥，再会。下次我和安江一块儿来。"鲁兰方干脆地起身告别，出门，推出自行车，再朝走出门送他的武大娘和武中奇挥了挥手，骑上车就离开了。武中奇看着一溜烟儿就没影的鲁兰方，心道：这是着急跟安江说去呢。这两个小伙子，还挺有心计的，出一个人来刺探呢。嗯，有点意思，我喜欢。

鲁兰方不知道，他和陈安江的情况，武中奇在向上级汇报赵健民被捕的消息的时候，就同时汇报了。这两个背景干净、聪明正直、学有所长的年轻人，正是党所需要的。今天，是鲁兰方和陈安江对武中奇的试探，又何尝不是武中奇代表党组织对他们的试探呢！

11月15日，陈安江和鲁兰方又轮到礼拜日一起休息了。此前，鲁兰方已经执笔把他们认识了一个可能的共产党的情况写给了在青岛的家人。信封和第一页纸的例行问候，都是鲁兰方写的。落款之后，还有一段，关于他们目睹赵健民被捕、分析武中奇是CP并且未被否认亦未被确认的简要经过，是鲁兰方用拉丁文写的。也正是因为看到这一段，才使鲁兰芝如雷轰顶，吓得腿都软了。鲁兰芝和陈安洋都极其厌恶这兵荒马乱的生活，民国一二十年了，仍然纷乱不已，无论是张督办还是韩主席，抑或青岛的沈市长，在他们看来都不合格。国民党或共产党，对他们来说还是遥远的存在，他们听其言更要观其行。把弟弟们送进教会的医学院，就是希望他们真正有一技之长，什么时候都能保命立身。万万没有想到，弟弟们自己掉进CP的窝里去了，似乎还有点窃喜，这可是要杀头的啊。陈安洋和鲁兰芝还懊恼不已。弟弟们结识了武家之后，他们去济南时还登门拜访过，怎么就没看出来这一家子都是CP呢。

陈安江和鲁兰方可没想这么多。这天午后，两个人骑着自行车，提着一刀五花肉又上武家去了。武大娘照例在门口忙活着，看到他俩飞车来到，连忙站直身子迎上前去。陈安江顺手就把肉递到武大娘手上，说着："武大娘，好久没来家了，我和兰方排的那个班啊，直接都凑不上。今天晚上要吃饺子啊。"

"好好好，今天晚上就包饺子吃。哎呀嘞，吃个饺子，还用得着你买这么多肉，这孩子。"武大娘接过肉，手里提着，满脸笑容地看着两个人把自行车停好立住。说话间，武中奇也出来了，嘴里招呼着："来了。你们俩啊……"陈安江和鲁兰方笑着，不说话，跟着武中奇进了屋。

武中奇已经把他们的笔墨和宣纸都放在固定的地方了。三个人坐定之后，武中奇开口说道："先不忙写字。给你们看个东西。"说着，从一大堆字帖里找出一本，从中抽出两张皱皱巴巴的薄纸，递给陈安江。鲁兰方赶紧凑到陈安江身边，两个人同时看了起来。这是一封信。

信是这样的：

阎兄：

　　我被莱芜一个见过的熟人叛卖，为特务队逮捕。指证我是共产党的负责人，要我说出上下左右的关系。他们的企图，都是枉费心机的。从上午十时到下午五时，对我实施了各种酷刑。他们这一切，在对一个有坚定信念、早已立下舍生取义决心的人来说，都是徒劳的。不管有什么更加严峻的惊涛骇浪在等待着我，我已下定决心宁为玉碎，不为瓦全，海可枯，石可烂，浩然正气之节不可变。请放心！愚弟粉身碎骨，决不连累朋友！

弟赵健民

民国二十五年 9 月 28 日

于三路军军法处拘留所

陈安江和鲁兰方快速地看完信，递回给武中奇。武中奇接过来，又夹回了那本字帖，看似不经意地把那本字帖又塞进了桌子上的那一大堆字帖里。他看着陈安江和鲁兰方说："赵健民已经过堂了，没死，现在转到高等法院看守所了。"

陈安江和鲁兰方慢慢地呼出一口气。

武中奇盯着他们俩，接着说："听说，赵健民过堂的时候非常英勇。是韩复榘亲自审的。那一批有四十多个人。轮到赵健民时，有人念案情，说赵健民是共产党首要分子，呈请韩主席予以枪决。韩复榘就问赵健民：'你是个学生，不好好念书，为什么参加共产党呢？'

"赵健民回答说：'参加共产党是为了抗日。共产党的主张能够救

中国救人民，我们学生同情它的主张，所以参加它。'

　　"韩复榘又问：'你为什么到莱芜去？是不是那里有山，又要闹什么暴动？闹暴动我可不答应。'

　　"赵健民立刻抓住机会，慷慨陈词：'韩主席，你看看事实吧。民国二十年，'九一八'事变，日本人占领了东北三省。二十二年，又占领了热河、河北的长城要塞。现在，又在推行包括咱们山东省在内的华北五省'自治'。这一切都说明，日本帝国主义是要灭亡全中国的。四万万五千万同胞亡国灭种，近在眼前。我参加共产党就是为了唤起民众，发动全民抗战。作为山东军政领导的主席，你应该支持我们的抗日救国活动。'

　　"韩复榘说：'嘿，你对我做起宣传来了。'这时旁边的军法处长立即插话：'这个人坚决得很。捕共队抓他的时候，他把共产党的宣传品吃掉了。'

　　"据说韩复榘一直瞪着眼睛，直愣愣地看着赵健民。然后就说：'把他送法院，送法院。'

　　"你们都知道，韩复榘惯于沽名钓誉，审案的随意性极大，赵健民就这样保住了一条命。"

　　武中奇看着两个没有说话但面容镇静的年轻人，接着说："你们已经知道了，赵健民是我朋友。你们两个今天一起来我家，就是表明愿意继续做我的朋友，是吗？"

　　"是的，是的。"陈安江和鲁兰方不约而同、坚定地回答道。

　　"那好吧，这件事情就这样。咱们还是先练字，然后包饺子。"

第三章　新年聚会

1936 年 12 月 12 日，"西安事变"爆发。

全中国、全世界的目光，都集中到了西安、延安和南京。

消息传来时，陈安江和鲁兰方还在济南。他们跟同学同事紧密地跟踪着形势，热切地交流着各自得到的消息，激烈地讨论着事件的走向。因为快到圣诞节假期了，之后还有学院的寒假，两个人又准备回青岛，所以一直到离开济南，他们都没有休息日，也没有时间再去武中奇家。

青岛同样笼罩在"西安事变"所带来的紧张之中。

当然，初九医院照常开着，生活还在继续着。22 日，陈安沄李少光夫妇带着他们的小女儿双双到了青岛。双双也是农历初九出生的，这似乎成了陈家儿女的一个特殊属性了。因为跟小九同年不同月出生，比小九晚出生两个月，所以得了"双双"这个小名。23 日，陈安江和鲁兰方也回到青岛。大家庭终于团聚了。

除了过节，陈家还一件重要的事情：那就是送嫁。施明榕已经写信跟家里说了要娶陈安洁的打算。施家老两口得知儿子终于心定了，要娶妻生子，哪有不答应的。多年的生意往来，他们清楚地知道初九医院和陈家的情况，对施明榕要投资入股，也没有不同意见，就等着两个人赶紧回广州办喜事呢。陈家已经决定，新年前就在青岛为施明榕和陈安洁办个简单的结婚仪式。新年过后，陈安江和鲁兰方护送新婚夫妇到广州去，并且作为娘家哥哥留在那里参加施家举办的婚礼，就地看看施家的情况和陈安洁今后的生活安排。来回都走海路，乘船从青岛到上海，休息一两天，再乘船从上海经香港到广州。施明榕在这条路线上跑了好几年，轻车熟路，不怕出什么意外。

24日是平安夜，初九医院一直开到下午五点钟才关门，并且贴出告示，门诊到新年后的1月2日恢复，急诊可按门铃接待。陈家雇用的人，第二天都不用来上班了，家里人完全可以胜任急诊需求，更何况还多了一个钱昌寿，两个实习医生。住院病人已经都出院了。这是初九医院开业以来形成的惯例。初九医院歇业的时候，别的医院都还开着，不会影响病人求医。大年初一到初七，虽然病人不多，但来的都是不得不来的急重病人，初九医院不能坐视不管。此外，家里已婚的妇女们，大都没有真正的娘家可回，闲在家里时间太长不免难过心伤，还是有事做、有钱赚比较好。

更重要的是，这是陈安洋苦心孤诣的安排。每年圣诞节前后，初九医院的院子里都会立起一棵圣诞树，前楼朝街的窗户也会贴上红绿白三色的各种圣诞装饰，营造出这家医院的基督教背景，从而多造出一层保护色。

陈安洋是留日学生。在日本将近十年的时间，让他对日本这个国家有相当深刻的理解。他埋头读书，但不是书呆子，更不是亲日分子。相反，这个国家让他极为厌恶，但又不得不低头，老老实实地在那里读书学医，因为就医学而言，陈安洋认为日本的水平比肩国际一流，中国医疗水平的确不在一个档次上。其他的，日本这个国家的工业化水平和社会治理水平、国民的教育水平和国民意识，哪儿哪儿都比中国强很多。陈安洋每每想到这些，就有不寒而栗之感。他不排斥中医，相反因为父亲很早就由中医诊断出得了消渴症，也就是糖尿病，他还曾涉猎中医基础知识，用他自己的话说："略知皮毛。"

陈安洋比他的弟弟妹妹们对形势的看法要悲观得多，因为他对日本天皇、军部、外务省的关系有所了解，对日本国民的国民性也有一定的把握，他早就断定中日必有一战。从民国政府对"济南惨案"的处置，让他明白国家贫弱，内乱不已，在咄咄逼人的日本攻势面前根本占不了上风。初九医院刚开张，就与"九一八"事变迎头相撞，更是让他觉得兆头不好，从而始终忧心忡忡。开业几年，陈安洋虽然始终挺直脊梁，即使对日本人也不卑不亢，对那些不时上门找点麻烦的市政、税务、医政甚至是邮政、水电管理当局等等也彬彬有礼进退有据。然而，他从不敢离开青岛超过三天，天天如履薄冰，时时担心将要发生什么大事。他的身体也因此在慢慢地变差，正如他多次悄悄跟鲁兰芝说的："我怎么觉得我的心脏，在一点点下沉呢？""我的心，今天又下沉了几个毫米。""我的心脏，又不可遏制地下沉了些。"

平安夜的晚上，全家人吃了一顿团圆餐，又陪着初九、小九和双双拆了小礼物。玩笑了一会儿，五娘就带着这三个小的去洗洗睡了，陈大哥陈嫂子收拾了用过的杯盘碗筷，打扫了餐厅就到厨房那边继续去清洗整理了，陈大哥还要去门房守着以备有急诊病人上门。屋子里的其他人默默地看着陈大哥关上了房门。

陈安波原本对陈安洁平静地接受大哥大嫂的安排非常不满，多次鼓动三姐要跟大哥大嫂据理力争，要革这种包办婚姻、买卖婚姻的命！民国都二十五年了，大哥大嫂都是文化人，又都受过这种婚姻的苦，怎么还能这样呢？陈安波始终愤愤不平。然而，这种情绪到底还是被"西安事变"所带来的震撼和冲击所压倒了。房门关上的那一瞬间，陈安波觉得，屋子里的气氛一下子就变得凝重起来。

陈安洋看着坐满了一屋子的弟弟妹妹们，最小的安波、景芝和陈业也都已经十七八岁、念到初中三年级了，身边的妻子，两个妹夫李少光和钱昌寿，一个准妹夫施明榕，心中满是感慨。按捺不住心头的复杂感情，陈安洋难得动容地说："今天晚上，全家都聚在一起了。春节我们照以往的做法，不回邹平去给爹娘上坟，只等着清明节去扫墓。咱爹娘、兰芝的爹娘都信基督，但我们这一辈儿都不那么信，也不去做礼拜。现在，我们就按照基督教的晚祷静默静思一会儿吧，祝已经去了天国的爹娘、昌寿的爹娘安息，也祝少光和明榕的爹娘健康平安喜乐。"

陈安洋说完，十指交叉抵在额前，闭上了眼睛。屋子里的男人都跟陈安洋做了同样的动作，女人则是两掌相对抵在胸前。几分钟过去，陈安洋睁开眼睛，说道："好了，就这样吧。爹曾经说过，对逝去之人最好的怀念，就是心里常想着，好好地活着。可这个世道，要想好好地活着，是一件多么大的难事啊。一转眼，爹已经走了五年多了，咱娘、兰芝的爹娘走得更早一些。我总算是把你们都拉扯大了。今天这一聚，下一次还不知道是什么时候呢。"满屋子的人都没有开口，女人们的眼睛都有点红。

陈安洋接着说："元旦那天，我们全家给安洁和明榕办个结婚仪式，之后就按预先计划的，2号安江和兰方就送你三妹妹去广州。明榕这一路都安排好了。明榕，我陈家家训，男不纳妾，不沾嫖赌毒，女不裹小脚，不扎耳洞。你已经答应我们一定会遵守的，但愿你回到广州家中，即使几年无所出也不为所动。安洁，你到了广州，要好好孝敬公婆，尊重长辈，扶助明榕。安沄给你的那些识字课本和小学课本你都带好，女子要自强自立，安顿下来之后可以去做个教员，要给自己找个事做。另外，要尽快学会广州话。明榕这些日子教给你的那些，还远远不够。"

"对对，首先要学会骂人的话，省得人家骂你了，你还笑着点头呢。"陈安江插话，心里想的是赶紧缓缓这气氛，大哥训人也是不好挨呢。

陈安洋手指点点陈安江，施明榕紧接着就开了口："大哥大嫂放心，我定不会负了安洁。她千里迢迢远嫁，我心悦她心疼她还来不及，一定不会让她受委屈。你知道的，我不是家里的长房长孙，就是我二房，也有长兄在家。至于生儿生女，我大哥已经有两个儿子了，我没什么压力。我这两天正琢磨，还没想好，也没跟任何人说。今晚既然说到这儿，我就说出来，请大哥大嫂和各位帮着参详参详。我想着，能不能就在青岛开一家医药器材商行，有初九医院，不怕没有行市。广州家里头的那个，就叫总行好了，我这家，就叫青岛分行。估计我父母极其赞成，我二房头也算是出来一个开疆拓土的，祖父想来也不会反对。如果能成的话，我就带着安洁回青岛来。安洁就当我分行的大总管。我以后青岛广州来回跑跑，两全其美不是？"

"这个主意不错。"鲁兰芝评论。

"是不错，"陈安洋接着说，"你有这样的想法，我感到很欣慰，也更放心把安洁交给你。但此事还要先听听你家里长辈的意见。如果他们都支持，你就相当于要把家安在青岛了，要从长计议。我个人觉得，这个想法可行，有操作性，也有利润可赚。安洁啊，还有你们几个，大哥大嫂能力有限，没能让你们过上阔小姐阔少爷的生活，但是也拼尽全力了。以后，如果有什么困难有什么委屈，不要犹豫，只管回到初九医院来，这是爹娘给咱们留下的，大哥这里再难，再怎么样也都能有你们的饭吃。"

话音未落，陈安洁就哭出了声。陈安洋看着她说道："安洁别哭，擦干眼泪。这就是生活。我刚刚说，咱们全家下次团聚还不知道是什么时候了，那是想到如果你怀孕生子，一两年内就不方便回来了。不过，如果能像明榕心里想的，在青岛开个分行，那就另当别论了。此事，你们可以陈明利害，但最后还是要听家里的意见，不可一意孤行、固执己见，明白吗？"

陈安洁看向施明榕，施明榕立即点头、微笑。两个随即都看向陈安洋，不约而同道："明白了，大哥。"

陈安洋又看向对面坐在一起的陈安沄李少光夫妇，陈安江见此，又开了一句玩笑："大哥越来越有大家长的风范了。"

陈安洋不以为忤，接过话说："一会儿再说你和兰方的事儿。安沄少光，说说邹平的事情吧，这乡村建设运动，有前途吗？"

陈安沄爽快地回答："我当教员，白天就在开在咱家大院子里的正规小学上课，晚上和寒暑假就给识字班、扫盲班上课。我是不计收获，只计耕耘，还行，没啥可说的。但少光有一肚子的话想说。少光，你给大哥大嫂说说。"

李少光托了托眼镜，说道："大哥大嫂啊，我真是有一肚子的话想说啊。唉，当初希望有多大，现在失望就有多大。你们都知道，我在美国学经济，受梁先生聘请回国来参加他的乡村建设运动，就是希望学以致用，为改变中国乡村的落后面貌、为中国经济的发展尽一点绵薄之力。可是，人一到邹平，还没有找到合适的乡建研究方向呢，就发现那里面拉帮结派的，还要我站队，我当时都有点蒙了。

"对梁先生的理论和实验我是持开放态度的，我烦透了那帮坐而论道的人，我认为中国的经济学人应该深入中国农村最底层，只有了解农村最基层的土地制度、宗法制度和风俗习惯，才能为中国经济的发展找到出路。可是，弄了几年，就见有不少大人物来参观视察了，开了全国第一次乡村工作讨论会，成立了乡村建设协进会，表面上轰轰烈烈的，但是实际上，扫盲、禁赌、禁毒、开医院、妇女放足、兴修水利、放电影、开运动会等等，这不都是任何一个政府的正常行为吗？说实在的，大哥，乡学、村学建立起来的时候，我还不以为然，这不就是把什么都装进'乡村建设'这个筐子里了吗？连蒋委员长蒋夫人的"新生活运动"都快全装进去了。一个邹平实验县还没见什么成效呢，就忙着先扩大到菏泽，然后又扩大到济宁周边十四个县。直到搞出个民团干部训练所和联庄会训练班，军事训练为主的，我才觉得怎么这乡村建设越搞越不对味呢？

"梁先生毕竟是书生啊，乡村建设运动，我越看越觉得是被韩复榘之流的政客利用了。当然梁先生的农村建设理论，我现在也越来越深刻地感觉到，真是过于理想化了。就跟你们说说种棉花和梁邹美棉运销合作社的事情吧，我可是见证人。

"你们知道，邹平东部、北部的土质非常适合种棉花，是省内著名的棉花产地，但是棉花的品种日趋退化，纺不成高支纱，只能织成土布或者次等棉布。另外，每到收获季节，一些黑心棉商还要掺假，坑棉农，也伤了邹平棉花的声誉。乡建研究院成立之后，从第二年春天，也就是从1932年初春开始，与山东大学农场、省第二棉花试验场协商，拟定了换籽办法，首先从改良邹平棉花品种入手，先由研究院农场利用纯种美棉繁育良种，然后在邹平的几个区推广试验种植。选定的那个美棉品种叫'托里斯棉'，老百姓都叫它'托'字棉。到秋天丰收了，品质也很好，行家鉴定可以纺四十二支纱，可邹平棉花名声已经不好了，卖不出好价钱。研究院又指导着成立了梁邹美棉运销合作社，当年就卖出了高价。这是件多好的事情，我认为这是乡村建设研究院做得最成功的一件事情。随后两三年里，又成立了梁邹美棉运销合作总社，从种子、化肥、种植、田间管理、收获后的运销，对了，还有最开始的贷款，全管起来了，真是不错。然后，问题来了，不是研究院疲于应付络绎不绝的参观考察，也不是优质棉种省里省外的供不应求。最大的问题出在土地制度上，是根子上的。

"种棉花挣钱，比种粮食多挣两倍。于是，很多有地的富户把所有的地都种棉花了，自己买粮食吃。这样就出现了棉粮争地的问题，全县出现了缺粮这个大事情。这可太危险了，研究院赶紧决定，农民只能在核定的限额内种棉花，超过这个限额就不提供种子也不提供贷款，意思就是农民必须首先种出够自己吃的粮食，多余的土地才能种棉。那么问题又来了。谁有多余的土地呢？富农、地主最有可能啊。于是造成的后果就是富者愈富，贫者愈贫，两极分化加大。此为问题一，最大最不可解。

"问题二，为了多挣钱，地主、富农们千方百计种棉花。超过限额了，不给种子了，那就用退化的种子种。不给贷款了，那就自己想办法借贷，利息高一些也要借贷。这样种出来的棉花质量肯定不好。到了卖花收花的时候，就把优质棉和劣质棉混杂起来，想着蒙混过关，而运销合作社的检验员怎么做都不行。要知道，这些种出劣质棉的人，大多是当地有多余土地的土豪乡绅，都有点势力。说他家棉花检验不合格，断人财路，要出人命啊。不严格检验，不是就砸了研究院的牌子、邹平优质棉的牌子了吗？以后怎么办呢？

"问题三是，日本商人和咱中国的部分商人高价收购。总有人觉得合作社给的收购价低了，把优质棉偷偷地卖给他们一部分，棉花上市时合作社收购出现困难。这个事儿，研究院的人感到心寒，但是一点用处都没有。即使跟农民订有合同也不能避免，用合同说事儿根本掰扯不清楚，这些地方富农的契约精神太少了，有理的干不过要无赖的。

"我看，梁先生自己也有点沮丧。去年年底，他在我们研究部做过一次讲演，说乡村建设研究院有两大难处，一是高谈社会改造而依附政权，二是号称乡村运动而乡村不动。说着说着，他还意犹未尽，总结研究院有三大问题：'一、与政府应分而不分，二、与农民应合而不合，三、彼此亦不能合而为一。'我听过之后，当天晚上就跟安沄说，梁先生是看透了，大概也快放弃了吧。办不下去了呢。

"大哥，中国的农村非从根本制度上改变不可，非提升农民的教育和地位不可，但几千年下来，改变谈何容易。靠梁先生那套，从伦理本位出发，建立农业合作组织徐图进步，从农业引发工业，农业工业迭为推进，完全不可能。

"说实在的，我已心生去意，想着要不要去哪个大学谋个职位，当当教师做做学问，但又有点不甘愿，毕竟我学的是经济，我心想的是为这个国家做点事情，待在书斋里怎么能行呢！更何况，大敌当前，日本从'九一八事变'开始步步进逼，但凡有一点常识的人都能看出日本的狼子野心，我们总该做点什么吧？但是，研究院一点对策都没有，梁先生意思是形势虽然紧张，政府自会应付，大家还是安心搞乡村建设。本来就搞不下去了，谁还能安心！"

李少光像给专家学者上了一堂公开课一样，一二三四、滔滔不绝地说了好一会儿才停下来。

"终究是意难平啊！"陈安洋对他说道，"你先喝口水。你说得对，日本是个资源匮乏、领土不大的国家，总想着占有别国的土地和资源。明治维新之后，日本发展很快，日俄战争胜了之后，日本军方更是猖狂，对中国早就张开了血盆大口，东北首当其冲，咱们山东也深受其害。'九一八事变'之前，光咱山东，不是还有济南的'五三惨案'吗？看看民国政府，都做了些什么？我不得不时常跟胶济铁路上的打交道，这心中的憋屈，真是一言难尽啊。"

陈安洋接着对陈安江和鲁兰方说："我是留日的，但不是亲日的，我是抗日的。民国政府态度暧昧，这才有了张学良将军和杨虎城将军的义举。我看张学良将军已经受够了'不抵抗将军'的名头，不得不反哪。不知道西安事变会有个什么结局，但我们全家，都还是应该了解了解参与的另一方，共产党。安江和兰方，你们俩在信中说过共产党的事情，今晚就跟我们好好讲讲吧。"

陈安江和鲁兰方老老实实地讲了他们是怎么跟武家认识的，怎么在街上碰到了韩复榘"剿共队"抓人，事后几次到武中奇家的遭遇。陈安江最后说："大哥大嫂，你们去济南的那次，还专门去武家拜访过，这真是一家好人哪。如果共产党都是像他们家那样的人，我觉得，还真是可以。"

"武中奇跟你们承认了他是共产党了吗？"陈安洋仔细地问道。

"没有明确，但意思差不多了。我跟安江商量好的，第一次是我去试探的。武二哥确认了赵健民是 CP，他跟赵健民是同志。之后我跟安江一起去武家，他还给我俩看了赵健民从狱中写出来的信。就差捅破最后一层窗户纸了。"鲁兰方想了想，又补充道，"我觉得，我跟安江是试探。人家共产党还要探探我们呢。"

"那你们准备之后怎么办？"李少光问。

陈安江回答道："我们准备还是跟武二哥家正常交往。至于共产党，我们准备一起研究研究，我们对它基本不了解呢。唉，学院里是什么也没有的。大哥、姐夫，你们有一些关于共产党的材料吗？"

屋子里的人都摇头，只有施明榕说："中山先生闹革命时，有国共合作，广州是大革命的中心、北伐的起点。后来，就是国民党分裂又合流，共产党被镇压、不得不到偏远地区打游击，然后在陕北延安地区站住脚了。共产党好像跟苏俄还有点什么关系。我们过几天就要到广州去，中间还会经过香港。到时在香港、广州找找，肯定能找到一些材料。就是这回这西安事变，我有点奇怪。国共打了好多年，十年吧，怎么就找了共产党来参与解决呢？张将军是共产党？不太可能吧……"

"咱们再等等看吧。"一直没有说话的钱昌寿开口了，"报纸上各种消息都有，但是关于蒋夫人的消息和南京政府的消息应该都是真实的，国民政府军政部长何应钦率数十万大军兵临潼关，扬言要为救蒋而'血洗长安'，何部长还真派飞机出去轰炸了。我真担心，大敌当前，国民党内部先打起来了，然后国共两党又打起来了，那可真就离亡国灭种不远了。不过，我预估，两党都不会走到这个地步，就看讨价还价到什么程度了。再等两天吧，不会太久就会有结果的。反正，不管哪个党哪个政府，谁抗日，我就支持谁。"

"要打仗了吗？我们可怎么办呢？"鲁兰芝忧心忡忡地问。

"山东是战略要地吧？我分析，山东很可能会成为战场。"陈安江接道。

"中日必有一战，山东必是战场。"陈安洋接话，"我们陈家人，还有兰方景芝、各位妹夫，今晚我们就新增加一条家规：决不当汉奸。"

"决不当汉奸。"满屋子的人都点头、重复着，也是在表态。

陈安洋边思索，边继续说道："知己知彼，方能百战不殆。我相信你们，也知道你们一诺千金。但是，从明天开始，我们全家都要有个准备。我会找一本日语的入门书，你们趁新年假期在家，这一个星期，每天都跟着我学两个小时最基础的，以后要继续自学。刚刚安江不是说了，怎么也要先学会骂人的话吧，别人家骂你了，你还笑脸相迎？另外，家里要悄悄地储存一些粮食。这个明天也要先办起来。你们都回来了，家里人分头去多买一些粮食，这个不容易引人注意。以后每个月都要多买一些储存起来。少光，安洁他们去广州后你们也要回青州去。跟你父母悄悄地建议建议，让他们也悄悄地储存一些粮食吧。待春节过后，你们回到邹平，也要悄悄地做这件事情。买回来的粮食还要找到一个秘密安全的地方藏好，自己动手干，不要假手他人。战事一起，粮食是最重要的。"

陈安洋这一席话，让众人频频点头。鲁兰芝还是很紧张，接着说："唉，什么时候回邹平，我可得去唐李庵拜拜。要知道，一战结束后，石樊鲁出去的都回来了呢，那可真是唐李庵的庇佑啊。"

陈安沄笑着说："大哥，你看看咱家。正过圣诞节，祈祷着耶稣基督的恩赐呢，大嫂这就想着去唐李庵了。外国的神，中国的神，听到了没准儿都会生气了呢。"

屋子里的气氛又轻松起来。

"还是看看西安事变会怎么收尾吧。"施明榕说，"我听着大哥刚说的话，觉得大哥是了解日本的，他的判断八九不离十。国民政府怎么搞，我们不知道，看以前他们搞的那些，我这个老百姓都觉得很没有脸面。还有那个满洲国，想想都生气。我的祖父也是这样的立场，所以我家不跟东北做生意。这也就是我家能做到的极限了。"

"我佩服你家的骨气。这也是我同意安洁跟你在一起的一个重要因素，明榕，你祖父做得好啊。"陈安洋拍了拍施明榕的肩膀说道。

"大哥，你是留日的博士，在青岛开着这么好的一家全科医院，你有你的不得已，你也做得很好了。"施明榕回道。

陈安江见此，又赶紧插话："哎哎，大哥，未来妹夫，你们俩用不着这样互相表扬吧。你们都做得不错，我们知道的。"见大家都笑了，陈安江接着说："我分析，新年之前，西安事变一定会有一个结果的。等着瞧吧。大哥，咱们今晚就先到这里吧，都早点休息。明天我跟兰方在院子里找找地方，挖个地窖什么的。"

"你这个机灵鬼，哪里都有你。用不着。不早了，先散了吧，明天上午八点半陈大哥陈嫂子那里就开饭了，九点钟大家再到这里来。之后我们一起去天真照相馆拍全家福。你大嫂已经预约好了。"陈安洋抬腕看了看手表，都午夜了。

"大哥大嫂晚安！"

"好，听大哥的，睡个好觉先！"

"明天早晨还有什么事情吗？"

"晚安！"

"Merry Christmas！"

一屋子的人很快就回去休息了。

次日早晨九点不到，全家人都陆陆续续地来了，五娘和陈大哥陈嫂子也都到了。陈安洋见到人都到齐后，开口道："我总有种时不我待的感觉，好像很快就会发生什么，但说不清楚。你们都知道，咱爹把所有的财产都放到了初九医院，这些年来，我们大约收支平衡，没有多少富余。你们大嫂是怎么嫁给我的，你们也都清楚，但你们恐怕不知道，咱娘为了把兰芝娶进门，下了大本钱。"说到这里，陈安洋笑着看了看鲁兰芝，示意她接下去。

鲁兰芝笑着对大家说道："我当时根本没有想过有朝一日会嫁给你们大哥，而且那个时候，简直就是'冲喜'娘子。我打心底里不愿意。但咱爹特别诚恳，还拿出了一对明代的青花大梅瓶来下聘，并且说，这对梅瓶比他的一个铺子都值钱。鲁家不会做买卖，弟弟妹妹也小，给我个铺子不如给我这对梅瓶傍身。我就是老陈家认定的长房长媳了。

"这对梅瓶，很大，说是明代成化年间的。咱爹把它们装在一个大皮箱子里，用一床厚棉被紧紧地包裹着。我自然把这个大皮箱子带到了青岛。'一二·九运动'后，你们大哥每天都觉得快要打仗了，总想着给你们弄点什么傍身，但是阮囊羞涩。直到去年的这个时候，你们都回来了，我发现他闷闷不乐，追问之下，才知道缘由。这还不好办吗？我还有对明代大梅瓶呢！你们大哥开始还不好意思，说这是咱爹给我的，我跟他说：'盛世古董乱世黄金。就这两个瓷瓶，真要是逃起难来，不当吃不当喝的，碎了就一文不值了。不如就典当了，换成金子。这对瓷瓶是真古董，卖了好价钱。我跟你们大哥商量，卖瓶子的钱全部换成了金子，按照咱们家的人头，还有未来的妹夫弟妹，当然还有五娘母子、陈大哥夫妻，做成了二十二条一样分量、一样款式的金项链。今天，你们都一人一根地戴上。以后，无论走到哪里，都要记着你们是陈家的人，我和你们大哥会守在这里，做你们的后盾。"

"我也有？"施明榕有点激动。

"有。安江、安波、兰方、景芝对象的，我和你们大哥先给暂时保管着，陈业对象的，五娘暂时保管着。"

五娘和陈大哥夫妻都激动得说不出话来，点着头，抹着泪。陈安洋夫妇没有多说什么，鲁兰芝拿出一个布卷，里面包着二十二条一模一样的纯金项链。鲁兰芝先拿起一条递给陈安泫，说："你们就直接戴上吧，我们没有再弄盒子。"陈安洋则拿起一条给李少光，接着说道："戴上就不要取下来了。这是你们大嫂的心意，也是我们陈家的象征。"

鲁兰芝推了一下陈安洋："别听你们大哥说得那样沉重。真要是没饭吃了，要用钱了，就用上。这也是我坚持要给你们金项链的原因。"

众人都小心翼翼地从大哥大嫂手里接过金项链，相互帮着都戴上了，藏进了衣领。陈安洋和鲁兰芝也相互帮忙戴好。

站在一旁一直没有出声的初九，忍不住地嘟囔起来："怎么你们大人都有？我和妹妹们没有？"

陈安洋拍拍儿子的脑袋，安慰说："等你们大了，就给你们置办。"

"好啊好啊！爹，娘，那我们现在去照相啊？"小九拍着手，高兴地跳着脚问道。

"是啊，是啊，走吧。"陈安洋拉着初九的小手，率先出了门。

第四章　投身抗日

西安事变和平解决，国民党和共产党开始了第二次国共合作。陈家在拍了全家福之外，陈安洋还让每个人拍了证件照片。新年过后，趁着警察局众人刚刚喝过施明榕喜酒的热乎劲儿，给全家人都更新了户籍纸。生活仿佛按部就班地持续着，但陈安洋的不安从来没有减少过。他不信任民国政府，对青岛市市长沈鸿烈也没有什么信任，对日本入侵之后的生活，陈安洋甚至都曾仔细地盘算过。他跟鲁兰芝经过仔细的权衡，最终决定，继续开设初九医院，毕竟，什么时候，人都可能生病或受伤，都需要医院。除了初九医院这两栋小楼，陈家没有什么流动资产，一大家人，那么多妇女和儿童，一动不如一静。他这个留日的医生，目前看日后只能是在夹缝中谋生存了。

半年多后，"七七事变"的消息传来，激发了中华民族同仇敌忾、团结御侮的决心，悬在陈安洋心头的第二块石头终于落了地，山东省政府主席韩复榘、青岛市市长沈鸿烈的对日态度也终于明朗起来，要求在山东各地的日本领事馆人员及侨民即日撤出。7月底8月初，青岛的码头挤满了乘船回国的日本人。陈安洋鲁兰芝严格约束刚刚初中毕业、放假在家的陈安波、鲁景芝和陈业三人在家，嘱咐陈安涓带他们三个学习一些简单的护理知识，就连上小学二年级的初九也跟着学习起来。至于三个初中生要不要继续上高中，陈安洋跟他们商量了，没有着急做决定，而是先等等看情况。

施明榕和陈安洁此时刚刚从广州回到青岛，施明榕还亲自带回了一些医药和器材。形势变化如此之快，他不得不打消了在青岛独立开设一家商行的念头，而是直接把所有的货物都留在了初九医院，甚至把一部分西药单独藏了起来。只是这样一来，施明榕的周转金大受影响，手头突然就吃紧了。但他还是在附近杭州路上租了一套小公寓，作为他跟陈安洁的新家。白天，他像以往一样出去跑业务，陈安洁则去初九医院帮忙。为了节省开支和时间，两个人一日三餐都在初九医院解决，施明榕坚持交搭伙费，鲁兰芝则在跟陈安洋商量后，象征性地收了一点。

在邹平乡村建设研究院的李少光陈安泓夫妇则是安静地守在邹平。李少光本就去意彷徨，此时对他所尊敬的梁先生要多失望就有多失望。国难当头，他却不知道梁先生人在何处、对乡建院有什么说法。他们这些当初满怀热情投入乡村建设运动的人，被专门从美国聘请回来的人，如今被弃如敝屣，作鸟兽散。乡村建设运动，虎头蛇尾，不了了之。泓光夫妇虽然早有预感，但却心生不甘。于是决定留下来，看一看乡村建设最后的结局。

陈安江和鲁兰方跟武中奇依然保持着联系。兄弟俩只要礼拜日轮休，就一定会去武家坐坐，写写大字，讨论讨论时局，吃顿饺子。武家又开了一家油坊，眼见着热闹起来了。两人没有参加这时候已经风起云涌的各种抗日群众组织，但却头一批报名参加了齐鲁医学院的救亡队，准备上战场去救治伤员。9月下旬，国民党中央通讯社正式发表《中国共产党为公布国共合作宣言》，蒋介石在庐山发表对中共上述宣言的谈话，事实上承认了共产党的合法地位。兄弟俩对武中奇表示，这让他们觉得安心，只要是抗日的，他们都拥护。私底下，陈安江和鲁兰方讨论过，到底是跟共产党走，还是跟国民政府走？

陈安江说："我是看不上韩主席的那一套，但他是国民政府在山东的代表。我们难道不应该跟着政府一道抗日吗？"

鲁兰方的思考则更深一些："我看共产党抗日的理论相当诚恳。我就是有一点始终搞不明白，共产党是讲阶级、讲暴力革命的。那我们算是什么阶级呢？肯定不是工人、农民，买办、官僚都算不上。我们的哥哥姐姐凭着父辈留下的财产，开了一家医院，养活了一大家子几十口人，还有几十个医生、工人家庭。家里勉强收支平衡，实际上月月紧巴巴的，我们是剥削阶级吗？这要是算剥削阶级，那我们也太冤了。"

"我分析，算小资产阶级？"

"恐怕顶多就算个小资产阶级吧？但是你看看我们看到的那些宣传，如果是小资产阶级，在共产党的队伍中就不是可以依靠的力量，也许某一天也会成为革命的对象呢。"

"不是嫡系呀。"陈安江总结道，"就像韩主席跟蒋委员长的关系一样。"

两个人对共产党一知半解，因而打定主意：再看看，谁真正抗日，就跟谁走。

战事越来越紧。9月，日军分东西两路夹津浦线南侵，并拟从青岛登陆沿胶济线西进。此时，蒋介石已下达总动员令，将全国划分为六个战区，山东划归第五战区，初由蒋亲自兼任司令长官，10月中旬改由李宗仁任司令长官。韩复榘的第三路军，加上于学忠的东北军第五十一军和沈鸿烈的青岛守备队与第三舰队编为第三集团军，韩任总司令，于、沈任副总司令。

抗战开始后，蒋曾给韩配备了一个重炮团，但到10月中旬又将该重炮团调往浙江。韩本来就对蒋借机削弱他们这些地方实力派非常警觉，对蒋关键时刻虚晃一枪，调走非常宝贵的重炮团极为不满，故而借机对最高军事当局的命令置若罔闻，各种推诿拖延，消极避战。

中日两军实力悬殊，加上国军内部这些狗屁倒灶、拿不上台面的明争暗斗，致使日军在开战之初基本上对国军形成了压迫性的打击。韩复榘于11月中旬亲自率所部渡过黄河，与第六战区司令长官冯玉祥一起到前线督战。但他最看重的嫡系部队手枪旅和特务队在日军的装甲车和飞机的重重包围下不堪一击，韩几乎当了俘虏。后经随从拼死相救，韩才骑着摩托车冲出重围。回到济南后，韩下令采取紧急措施，军队重新部署，军政机关南移。韩复榘还派军政人员到各县收编地方武装、抽抓壮丁，摊派所谓"救国捐"，为撤退逃跑开始做各种准备。11月20日，南京国民政府发表移驻重庆宣言，南京未战先乱了。

韩复榘与日军隔黄河对峙了一个多月，韩军不过河迎战，日军也按兵不动。直到12月13日日军占领南京之后，日军从南北两路开始集中对山东作战。在对济南频繁进行炮击和飞机侦察的同时，20日起，日军在周村以北黄河渡口集中炮火强攻黄河守军。济南危在旦夕之时，韩复榘不是积极组织抵抗，而是决心弃济南而逃。撤出济南前，韩还以"焦土抗战"为名，纵兵大肆焚烧抢掠。一时间，济南城内浓烟滚滚，火光冲天，满目末日景象。

这一天正是平安夜，也是陈安江和鲁兰方在齐鲁大学医学院的最后一天。两个人已经有一段时间没有去实习医院上班了，他们都参加了学院组织的救护队，奔波在韩部的几个师的前方救治所救死扶伤，战争的残酷让他们震惊。但更让他们震惊的是，国民政府军队是如此不堪一击和扯皮推诿。韩复榘的军队基本没打过一场胜仗，而第六战区司令长官冯玉祥将军等等，基本也没打过胜仗。明眼人都看出来了，韩复榘要逃。国民政府移驻重庆，也是要逃，不管说得多好听。他们决定去找武中奇，看看共产党准备怎么做。天下兴亡，匹夫有责！国难当头，怎么能做逃兵？

几十年之后，当一切尘埃落定，陈安江和鲁兰方虽然都是久经考验的老共产党员了，他们还是习惯性地每年平安夜都聚聚，每次都会不约而同地提到1937年的平安夜，这个决定他们命运的日子。就在这一天，也就是在这个晚上，韩复榘从济南西门逃出，先奔逃至泰安，又撤退到济宁，不做抵抗，一路逃命，最后逃到鲁西南的巨野、曹县一带，伺机而动。而陈安江和鲁兰方则在这一天的下午，各自背着一个大大的背包，骑着自行车，自行车后面的行李架上还绑着一卷铺盖，到了武中奇家。只有武大爷武大娘在家，看到哥俩的行装，毫不犹豫地告诉他们，武中奇已经留下话来，如果他们来找，就去泰安城的箅子店村会合。六七十公里，两个人骑自行车很快就能到。于是，他们听从武大娘的安排，不慌不忙地吃了一顿饱饱的羊肉汤面，傍晚时分就出城了。

在青岛，沈鸿烈奉命于 1937 年 12 月 28 日炸毁了日本人在青岛经营的九大纱厂和啤酒厂、丝厂、橡胶厂等所有日方工厂，随后奉命率所统领的海军陆战队及其他军政人员撤出青岛至诸城、沂水一带。次年 1 月 10 日，青岛沦陷。初九医院照例经营到了平安夜的那一天，但这一次贴出的告示却没有标明开业的日子。

陈安洋和鲁兰芝跟医生、护士和工人们表示，他们准备先观望一阵子再作决定。如果初九医院继续开业，会第一时间跟他们联系，但绝对尊重他们的任何选择。国难当头，希望在初九医院工作过的人，都不当汉奸。12 月 28 日青岛全市爆炸声此起彼伏，震耳欲聋。全家人在陈安洋的带领下，给所有的窗户都贴上了米字形封条。之后，他们决定先回邹平避避，家里除了几个孩子，现在又多出了陈安涓和陈安洁两个孕妇。陈大哥和陈嫂子自告奋勇留下来看守。新年前的一天，全家回到了邹平。

陈安沄李少光早有准备。老宅子房间不少，粮食也悄悄地储存了不少，加上小学已经结业，足够安排得下大哥带回的几家人。此时的邹平城，基本处于混乱之中。同样也是在 12 月 24 日，韩复榘弃济南城逃跑的那一天，天刚刚亮，日军飞机就向邹平投下炸弹，城里多处起火，电话线被炸断，城里城外失去联系。乡村建设运动搞起来的农村自卫队、实验县附设的警卫队和县府人员当天中午在敌机停止投弹后，即退出邹平城，很快就四散了。当天晚上，日军进入县城，装甲车在城里转了几次之后，大部分部队绕过县城向济南方向开动。也正是在国民党县政府崩溃、日军刚刚涉足邹平并且主要精力在攻打济南之际，12月26日，长山中学部分师生在共产党员姚仲明、赵明新和老红军廖容标、长山中学校长马耀南的带领下，在长山、桓台和临淄交界的黑铁山举行了抗日武装起义，宣布成立山东人民抗日救国军第五军。

"七七事变"爆发后，中共山东省委根据中共中央和中共中央北方局的指示，制定了在全省分区发动武装起义的计划，要求共产党员积极响应"脱下长衫，到游击队去！"的号召，各地党组织迅速发动群众，抓住国民党军溃逃、入侵日军立足未稳、人民抗日情绪高涨的时机，坚决领导人民举行抗日武装起义。从1937年冬天开始，山东全省先后爆发了十多次武装起义，其中著名的就有冀鲁边、鲁西北、天福山、黑铁山、牛头镇、徂徕山、泰西、滨海、鲁南和湖西十大起义。

陈家人回到邹平的时候，还不知道黑铁山起义。一家人在惊魂不定中度过了1938年元旦。1月8日，第五军夜袭长山县城，一枪未放，捣毁维持会，活捉伪军和维持会人员三十余人，缴获了十七支枪和一些弹药，散发了山东人民抗日救国第五军的传单和布告，张贴了抗日的大标语，随后安全退出。1月20日，廖容标又率队在小清河南岸设伏，在船工和当地"联庄会"帮助下，成功拦截并摧毁日军一艘汽艇，全歼艇上十二名日军，其中有旅团长一名、联队长一名、高参一名。没过几天，济南的日军开追悼会，国民党电台也广播小清河一仗的胜利。两次战斗，引起日伪军的惊恐。2月中旬，周村、邹平等地的四百多名日伪军向第五军活动的白云山地区进攻。战斗进行了一整天，日伪军死伤一百多人，始终没能攻上第五军在白云山的主阵地，随后怀疑这是遇到了八路军主力部队，因而仓皇撤兵，而第五军仅伤亡十二人。第五军神出鬼没，三战三捷，声名大震，因而被当地老百姓誉为"菩萨军",老红军廖容标被誉为"菩萨司令"。

陈安江和鲁兰方还在齐鲁大学医学院读书的那几年里,曾经多次骑车从济南到泰安,或者更南一些到曲阜,爬泰山,游曲阜,是医学院短假期郊游的主要项目。两个人熟悉路线,顺利地到达泰安。找到篦子店,对两个聪明的年轻人也不难。他们慢慢骑车到了泰山脚下,发现一些学生装束的人,都朝着一个方向行走。他们混迹其中,居然也不打眼,但很快就被拦下了。

"干什么的?"

"我俩是来找人的。"陈安江连忙回答。

"找谁?"

"请问这里有一位武二哥叫武中奇的吗?劳驾,请带个话,就说陈家两兄弟来找他。"

"稍一等啊。"拦路问询的人回头对站在一边的小年轻说道:"都听清楚了吧?去问问。"小年轻点点头,飞快地跑走了。陈安江和鲁兰方心里明白,是找对地方了。把自行车推到一边停好,两个人也不说话,静静地等待着。

过了一会儿,两个人同时看到一个熟悉的身影疾步而来。

"武二哥!"

"武二哥!"

"果真是你们哥俩!"武中奇看清楚是陈安江和鲁兰方,亲切地伸出手去,分别拍了拍两个人的肩膀。"你们能来,真是太好了,我没有看错你们。"

"谢谢武二哥。我分析,你早就把我们哥俩分析透了,谢谢你的信任。要不然,你也不会给武大爷武大娘留话,让我们这么顺利地找到你。"陈安江笑着回答道。

"你们是从济南来的吗?济南城里的情况怎么样?"武中奇问道。

"到处起火,混乱至极。不知道韩主席在哪里,也不知道国军在哪里抵抗。我分析，他们都已经跑了。"陈安江回答。

"你放心吧，武大爷和武大娘都还好。他们让我们告诉你，他们年纪大了，不用担心他们，家里粮食还够吃一两个月的。"鲁兰方补充道。

"好，咱们先进村。走，我找个地方，你们先去休息休息。我呢，也要去开个会。然后我去找你们，咱们细聊。"武中奇看着陈安江和鲁兰方背起大背包，又推上自行车，车后的行李架上捆得紧紧实实的铺盖卷儿，赞赏地说："你们准备很充分啊。"

陈安江说："武二哥，我们之前已经参加过战地救护了。我们知道，一打起仗来，总能用得到我们的知识。所以，我们的背包里只带上了几套必要的换洗衣服，主要是带上了所有能找到的抗菌药和消炎药，我还带了一架显微镜。带衣服也是为了包住这架精密仪器。兰方的包里有全套的基础外科手术器械，大大小小的针、刀、剪、钳、镊子，连缝合线粗的细的都各带上了三大卷呢。"

鲁兰方接着说："武二哥，我当初对外伤骨科感兴趣，主要还是为了青岛的初九医院，想着好给来看伤的四方厂工人治疗。没想到，先用到抗日上了。这是我的 destiny。"鲁兰方不自觉地吐出一个英文词，然后赶紧解释说："武二哥，我的意思就是，我要抗日，我要用自己所学的专门知识为抗日的将士们解除伤痛。"

"我也是这样想的，武二哥。"陈安江说。

"好啊好啊，我相信你们。"说话间，武中奇把陈安江和鲁兰方送进了一个小院子。很快就有人出来招呼他们，武中奇转身就忙去了。

武中奇确实是开会去了。这是一次中共山东省委召开的行动会议。参加会议的都是起义的领导人。会议研究了日军占领济南、泰安后可能发生的情况及应对方案，确定了起义前具体工作事项、起义的具体时间，定部队番号，做红旗和八路军臂章，以及派人去附近地区传达会议精神、联络邻近县的党组织和起义军等事宜。

会议正式决定，分两个梯队上徂徕山。陈安江和鲁兰方跟着省委领导林浩，同武中奇和一群"民先"队队员、妇女救国会会员等，第一批上了徂徕山。

中共山东省委在决定举行全省各地的分区起义时，就决定由省委直接领导泰安、莱芜、新泰、泗水地区的徂徕山起义，主要目的是从实践中摸索经验，闯出一条开展敌后游击战争的路子，以便指导省内其他地区的武装起义和游击战争。徂徕山北靠泰山，南接蒙山山区，东连莲花山、沂蒙山区，西通泰西大峰山，群山环绕，实为山东的腹心。占据徂徕山，在此建立根据地，便于同全省其他各地进行联系。此外，这一带党有工作基础，能够发动起抗日武装起义。后来的事实也恰恰证明了这一点。

当然，跟着众人第一批上到徂徕山的陈安江和鲁兰方并不清楚这些。这时的他们，只能算是满怀斗志、一心抗日救国的热血知识青年。他们唯一清楚的是，他们要跟着共产党一起抗日。他们已经跟着国民党的第三路军上过抗日前线了，他们对国军失望，对国民政府失望，现在他们要走另一条路。

1938年元旦，在徂徕山大寺，一百多人聚集在一起，中共山东省委举行起义誓师大会。大会开始前，首先进行了升旗仪式。几个年轻人共同升起了一面缀有镰刀锤头的红旗，旗中间还有武中奇写的两个大字"游击"。接着，由中共山东省委书记黎玉代表省委宣布正式起义，起义部队命名为"八路军山东人民抗日游击第四支队"，由洪涛任支队司令员，黎玉为政治委员，林浩为政治部主任，马馥塘为经理部主任。这些任命宣布时，还同时介绍了他们的简历，在场众人无不热烈鼓掌表示赞成。黎政委接着宣讲了在山东开展游击战争的意义，强调八路军不同于国民党部队的地方，首先就在于严格执行"三大纪律八项注意"。誓师大会之后，进行了编队。当时在徂徕山上的人被编成了两个中队。陈安江和鲁兰方被编入了一中队，武中奇也在一中队。他们暂时还不认识其他人，所以总是跟在武中奇后面出出进进的。武中奇已经多次向黎政委汇报过陈安江和鲁兰方的情况。这一次，两兄弟自己骑着车找来加入，还带着十分贵重的医疗用品，武中奇颇感自得，对两兄弟十分关照，特意安排他们和自己住在一起，顺便也能好好护住那些宝贝。

起义之初，徂徕山上缺吃少穿，但群情激昂，活动众多。当时共产党员的身份并没有全都公开，但是在陈安江和鲁兰方的分析中，起义领导人肯定都是共产党，武中奇也是。他们参加了中队的控诉会，听了一会儿才明白，原来共产党的队伍大部分都是农民，马上要过春节了，很多参加起义的农民想着先回家过个团圆的大年再来抗日，当然还有一部分对抗日的前途不清楚，有悲观消极情绪，对共产党领导的抗日部队的性质也没什么认识。

控诉会就是让战士控诉日本帝国主义侵略者的罪行，教育战士懂得"抗日则生，不抗日则死""誓死不当亡国奴"的道理。会上还有人分析抗日战争的前途，说明第四支队是共产党领导的工农队伍，是真正抗日的队伍，是完全不同于那些欺压群众、不抗日、假抗日的国民党军队和土顽反动武装势力的队伍，使战士们消除受反动宣传影响所产生的恐日悲观情绪，树立抗日必胜的信心和决心。

根据起义部队的情况，第四支队还特别重视军事训练。不同于陈安江和鲁兰方这样的青年学生，许多来自农民的起义军战士连"立正""稍息"这样的基本动作都闻所未闻。有鉴于此，第四支队开始了为期一周的突击军事训练，主要是如何利用地形地物、站岗放哨、瞄准射击和投手榴弹等等。支队司令员洪涛、副司令员赵杰都是身经百战的老红军，他们言传身教，解疑释惑，众人心服口服。陈安江和鲁兰方积极参加，到底是大学生，理解力强，有体育锻炼的底子在，很快就脱颖而出。两个人还按照中队的安排，当起了文化教员，给不识字的人扫盲。这对他们来说，更是不在话下，他们已经在无数个假期里担任大姐陈安沄所在小学堂里的代课老师和妹妹们的"小先生"了。大家都很喜欢这两个彬彬有礼的青年人。

至于山上生活的艰苦，暂时两个青年人还不以为意，反正到饭点了就有煎饼、窝头和地瓜之类的食物果腹，即使煎饼的主要成分是糠，窝头是由豆腐渣做成的"狗团子"。晚上睡觉时，陈安江和鲁兰方带来的铺盖不仅能给他们自己，而且还能给同住的武中奇兄弟抵挡风寒。武家三兄弟的老三武思平也是共产党员，也上了徂徕山。陈安江和鲁兰方此时，对武中奇的信赖与日俱增，还有什么是武二哥不会的呢？

听闻，有一天，提前上山的洪涛、林浩等人发现了五名全副武装的国民党士兵路过，立即派武中奇出马做工作。武中奇一打听，原来这五人是韩复榘部下。他们不满韩复榘的逃跑政策，私自离队想回老家拉队伍打鬼子。当武中奇劝说他们留下参加抗日游击队时，他们当即表示同意。起义军由此多了五名自带钢枪、受过军训的战士。

起义军揭竿而起之后，需要募钱、募粮、募枪。为了取信于人，武中奇找了砚台，磨平，然后刻了几方很是正式堂皇的"大印"，从而使得四支队在募集钱粮枪支物资时所开的借条上都有了大印，发出布告时也盖上了大印。第四支队的队旗上则有武中奇写的"游击"两个大字。

1月中旬，第四支队下山出征。陈安江和鲁兰方依旧推着他们的自行车，带着他们的背包和铺盖卷儿，走在行进的队伍中。每天的行军路线并不长，也不快，因为第四支队把这一路的行军变成了宣传群众、组织群众的机会。到一个陌生的村庄，就来一次大休整，进行宣传，说明共产党、八路军的抗日主张。宣传队员还会指挥战士们高唱《三大纪律八项注意》等抗日歌曲，在村头演出《放下你的鞭子》等活报剧，总能吸引一开始不敢靠近的大娘大婶出门来，一些在地里干活的人也会跑来看戏，顺便看看八路军是什么样子的，是不是跟"土匪"一样的人。看到八路军又唱歌、又演戏、不进老百姓家，对老百姓和和气气的，才渐渐打消了害怕、恐惧的心理，同八路军亲近起来。

到了有子弟就在第四支队的村庄，村里的群众就会非常亲热，见到队伍进了村，就忙着烧水、煮粥、摊煎饼。在陈安江和鲁兰方看来最夸张的是到了东良庄，此次下山出征的目的地，因为很多战士就是这个庄的，乡亲们见面分外亲。乡公所和学校组织了很多群众出庄夹道欢迎，把好房子新房子都腾了出来，让给部队住，甚至连洗脚水都早就烧好了。而部队也更加注意群众纪律，打扫院子、挑水，以实际行动来回敬老百姓的热情。

部队驻在东良庄后，派出侦察兵了解敌情，寻机打击敌人。第一次行动，是去十里路之外的保安庄，一枪未放，逮捕了准备到济南投敌的国民党新泰县县长朱奎声。第二次行动，是根据群众情报，于1月26日在寺岭打了一场伏击战。战斗进行了两个小时，击毁敌汽车一辆，毙伤日军十余人。战斗中，班长杨桂芳牺牲，他是四支队成立后第一位烈士。第二天，部队为杨桂芳举行了追悼会，同时处决了朱奎声。四支队首战旗开得胜，破除了日军不可战胜的谎言，大大增强了全体战士的战斗意志，鼓舞了人民群众抗日锄奸的信心。1月底恰逢春节，四支队加强群众工作，给老百姓打扫院子、打扫街道、挑水、演戏、贴对联，逐渐改变了老百姓对四支队的态度，给部队送来了过年的年糕、白面馒头和煎饼，表达对抗日游击队的心意。

春节刚过不久，部队就在新泰公路摆下地雷阵，对来往的日军车队实施打击。2月18日那天，彻底炸毁日军两辆车，歼灭日军四十多人，其中有一名大佐，我军无一人伤亡。紧接着，部队又对新汶公路实施破袭，造成敌交通中断。与此同时，四支队根据中共中央的指示，开展统战工作、扩军工作，陈安江和鲁兰方只觉得，队伍越来越壮大了。两次战斗，两人都在二线待命，随时准备救治伤员。直到这时，中队的战友们才发现了两人背包里的秘密，无不对他们竖起大拇指。

3月下旬，鉴于部队缺乏有经验的军政干部和通信设备，黎政委根据省委决定，亲赴延安，向中央汇报工作，请求支援。考虑到路途遥远，可能会碰上各种突发情况，陈安江和鲁兰方被武中奇推荐，加入了陪护黎政委延安之行的队伍。

1938年4月，"菩萨司令"廖容标率领第五军来到了邹平城，实际上是第五军跨越胶济铁路南北的两支部队在邹平城实现了会师，并且在东关举行了会师大会。会上，姚仲明向部队作了《目前形势和军事任务》的报告，廖容标指挥战士进行了刺杀和武术表演。会后，第五军暂时留在邹平休整，并且利用这个时机整训排以上干部，同时为老百姓举办训练班宣传抗日。陈安波、鲁景芝和陈业每天都往训练班跑。几天课听下来，八路军的抗日主张和斗争精神，激起了姐弟三人的满腔热情。三个人回家，郑重地提出要去加入八路军。陈安洋和鲁兰芝都不赞同，认为这太危险了，不如再等等，看时局下一步会怎么演进，他们一大家人是不可能窝在邹平躲很久的。五娘也不赞同陈业加入八路军，理由还多一条，她就这么一个儿子，好不容易拉扯着长大，她不想儿子上战场。陈安波早就不满意大哥大嫂"草率"嫁了陈安洁，早就想革这个大家庭的命了，虽然她不知道怎么革这个命，但是"七七事变"的爆发，让她的革命之心一下子从自己的小家扩展到了国家，她感觉自己血脉偾张，急于找到出路。青岛的同学已经传口信来了，现在进学校门都得向膏药旗鞠躬，每天都要上日文课、日本历史课，还有所谓东亚共荣课。陈安波是绝对不回学校上这些课的，她明确坚决地向陈安洋表达了这个意志，明确地告诉大哥大嫂："参加八路军这件事情，没商量，定了。"鲁景芝和陈业跟陈安波从小在一起，三个人早就表示要共进退。

就在陈安波三人跟大哥大嫂处于僵持状态的时候，陈安沄李少光夫妇要离开了。他们也是要去参加共产党、八路军的，但李少光会从事自己的本行。李少光告诉陈安洋鲁兰芝夫妇："大哥大嫂，我的朋友，青岛中鲁银行经理张玉田找人给我传信，说共产党、八路军在掖县掌权了，因为国共合作，所以这是过了国民政府明路的。他们成立了一个财经委员会，准备发行自己的票子，找我去帮忙。大哥，从

1931 年到现在，我已经在乡村建设运动上花了七八年时间，我对国民党、对书斋里的经济彻底失望了。现在，我要去共产党的阵营，看看他们的路子能不能走得通。"

陈安沄接着劝说："大哥大嫂，你们别再反对安波和景芝他们了。覆巢之下，安有完卵？国难当头，他们何处就学？现在去大后方，关碍重重。去延安，那不如直接加入'菩萨军'。就让他们去吧。"

第五章　山东纵队

1938 年 4 月，陈安波、鲁景芝和陈业都加入了第五军。陈安波和鲁景芝被分在了"战地服务团"，陈业被编进了第十中队。陈安波和鲁景芝在战地服务团里又被编在了两个分队，陈安波进了宣传队，鲁景芝进了卫生队。白天，他们各自到所属部队，学习、训练，日子过得紧张而充实，晚上还能回家。两个月后，中共山东省委决定，第五军改编为八路军山东人民抗日游击第三支队，原有的支队、中队番号撤销，改为团、营建制，马耀南任三支队司令员，姚仲明任政委，鲍辉任政治部主任。三支队司令部就设在邹平城东关原乡村建设研究院旧址。

然而，就在改编命令下达之后的第二天，原第五军中队领导人之一的张景南反对改编为八路军，率部叛离。紧要关头，陈业、赵勇等三十多名战士，全副武装冲到三支队司令部，表示坚决不叛变，坚决跟着共产党走。三支队随后将这三十多名战士编成少年先锋队，担任司令部的警卫通信任务。

当天晚上，陈业回到家中，悄悄地向陈安波和鲁景芝讲述了白天发生的事情。陈安波惊呼："没想到抗日的队伍这么复杂。国共不是合作了吗？"

鲁景芝接着说："怪不得，我觉得最近有点怪怪的呢，老听着有人说什么国民党是正统，还是听它的好之类。我猜，这张景南肯定是去投沈鸿烈了。"

陈业表示："我最看不上这种人。'七七事变'之后，光听着他们说要抗日，没做一点实事儿。日本人还没到呢，就跑得无影无踪了，老百姓吃了多大的苦头。现在好嘛，共产党、八路军刚刚打开一点局面，这些人又来鼓噪什么正统了、收复失地了，真不要脸。张景南要跟着这些人走，我一个刚刚加入的人拦不住，但是我自己可不跟这些人走。真是的，可惜了他带走的枪了。"

"是啊，我们刚刚加入革命队伍，陈业你就碰到了这种事情，想想都觉得不可思议，怎么革命队伍里还有这种人呢？"陈安波继续感慨着。

"不奇怪啊，现在是抗日民族统一战线，肯定是泥沙俱下，鱼龙混杂，就看我们自己坚定不坚定了。"陈业表示。

陈安波握紧右拳，举到身前挥了挥，说道："我是会革命到底的。大哥说，我陈家决不能出汉奸。我既然决定要加入八路军，就要加上一条，决不当逃兵。"

鲁景芝说："是啊，我们不当汉奸，不当逃兵。不过，眼下，我们连'民先'还不是呢。"

"会是的，以后我们还会是共产党员呢。"陈安波对此充满信心。

"我估摸着，张景南这事儿一出，咱们可能要开拔了。你们两个，跟大哥大嫂要打个招呼啊。"陈业像个小大人一样嘱咐道。

"那五娘呢？"

"我早就跟我娘说了，我娘也同意了，好男儿志在四方，我不可能窝在邹平城里混吃等死，日本人、土匪，哪个都不叫人活。我娘会跟着大哥大嫂，我也放心。"

很快，就在一个仲夏的凌晨，陈安波、鲁景芝和陈业，跟着主力团出发了，当天一口气走了九十里到达鲁南。陈安波和鲁景芝都在战地服务团，行军也是在一起的。她们没有想到，当晚宿营时，陈安洋竟然追上了队伍。

"四妹，你决定了吗？一定要参加共产党、八路军吗？"

"是的，大哥。我们已经看清楚了，只有共产党、八路军是真抗日的，我要跟共产党、八路军走。"

"但这是要死人的，你不怕死吗？你确定自己想好了吗？"

"大哥，与其跪着生，不如站着死，我对自己的选择非常确定。"

"你知道，咱爹临走之前，嘱咐我把你们几个都好好地带大、送你们去上学。我拼全力办到了。我不知道，爹如果还在，会支持你还是反对你。我支持你抗日，但反对你现在的做法，这太危险了。如果你有点什么事情，我怎么向爹娘交代啊？"陈安洋苦口婆心地劝着陈安波，又转头对鲁景芝说："景芝，我追来之前，跟你大姐也商量过。她跟我一样，担心你的安全，害怕不好向你父母交代呢。"

"大哥，你不用担心太多。你辛辛苦苦把我们几个养大，送我们去读书，我们都记在心里，以后会好好报答你。我们是要革命到底的，你放心吧，我们会好好地保护自己的。"陈安波安慰着陈安洋，突然又说道，"要不，大哥，你也别走了，留下来我们一起干吧，一起抗日。"

陈安洋说："我是做医生的啊。"

一旁的廖司令听见了，连忙说道："我们八路军更需要医生。"

陈安洋无奈地跟廖司令解释："我有老婆孩子一大家人，不能跟安波一样行事啊。"陈安波不为所动，陈安洋见状也不再坚持，他跟陈安波和鲁景芝感慨地说："你们都大了，有自己的主见了，我很欣慰。你们既然已经决定了，就不要半途而废。咱家的情况你们都知道，我不可能抛家舍业，跟你们走一样的路，初九医院怎么办，兰芝和孩子们怎么办，还有安涓和安洁呢。我都不能不管啊。"

陈安洋一边说着，一边从怀里掏出几张纸，看看上面的名字，分别递给了陈安波和鲁景芝。他解释道："这是你们在青岛和邹平的户籍纸，青岛的是我办的，邹平的，是你们大姐办的。陈业的，安波给他，安江和兰方的景芝给他们。你们都带在身边，万一以后要到青岛或者邹平来办事，可能用得到。”

陈安洋转头对廖司令表示："这三个孩子，我就交给你了，廖菩萨。我本人虽然因为大家庭拖累，不能到抗日的第一线去，但是我也是愿意为抗日作贡献的。如果有用得着我的地方，请一定来找我。你们队伍上有规矩，我就不再打扰了。回到邹平之后，我准备收拾收拾就到青岛去了，我的初九医院不能老空着。我跟你表个态，我会悄悄地积攒一些你们用得着的东西，以备你们的不时之需。”

说完这些，陈安洋跟廖司令握了握手，然后看了两个妹妹一眼，转身就离开了。陈安波和鲁景芝手里捏着陈安洋给的户籍纸，眼眶红红的，目送陈安洋离开。两人心里都清楚，从今往后，她们将开始经历跟陈安洋不一样的人生。

她们是穿上了军装、打上了裹腿、背着背包，实实在在地走了九十里路的。脚上都磨出了大水泡。到了宿营地之后，刚刚放下背包，就发现尾随而来的大哥，一通交流之后，大哥离开了，她们累得腿都抬不起来了。第二天一大早，她们还没有睡醒，就被叫起来跟着队伍继续向南走。从此之后，陈安波和鲁景芝开始了完全不同以往的集体的部队生活。

陈安江和鲁兰方作为黎玉赴延安的护送人员，趁着徐州尚未失守、铁路交通比较方便快捷之时，带着四支队自己油印的军用护照，护照上还盖着武中奇刻制的大印，于1938年3月初出发，从新泰到抱犊崮，再到徐州，然后就用自制的军用护照坐上军用列车西行，经西安于4月中旬到达了延安。不算陈安江和鲁兰方，黎政委的核心陪护人员只有四五个人，一路上吃了不少苦，特别是最初几天，一路狂走到黎政委满脚起泡而疼痛难行，继而不得不买了一辆独轮车让黎政委坐上，前拉后推地走了两三天。到延安后，黎玉向刘少奇、张闻天汇报了山东的情况,很快就被引见给毛泽东。黎玉又向毛主席汇报了山东党组织和抗日游击队的情况。毛主席一边认真地听黎玉汇报发动抗日武装起义的情况,一边在地图上不断地点点画画,并不时地问到一些细节。黎玉汇报完后,毛主席非常高兴,连声说:"好,好。你们能抓住时机,建立自己的武装,这是很了不起的事。"黎玉当面向毛主席请求党中央派干部和一个主力团到山东去,加强山东抗战的领导和骨干力量。毛主席说:"看来还要多一些。"几天后,毛主席在高干会议上作形势报告谈到山东形势时,称赞了山东省委白手起家建立抗日武装的情况,号召各地向山东学习,并指着黎玉,用洪亮的声音说:"你站起来,让大家认识认识。"

党中央随即决定派中共陕甘宁边区党委书记郭洪涛率约五十名干部携两部电台到山东工作。陈安江和鲁兰方因此分开了,陈安江跟着黎玉行动,鲁兰方则跟着郭洪涛一起先回山东。郭洪涛率部争分夺秒,穿新军装,佩戴八路军符号,先乘大卡车从延安到西安。在八路军西安办事处听了林伯渠作抗战报告。办事处配发了一万发七九式步枪子弹。为了能在山东开办野战医院,鲁兰方还协助随队前往山东的绥德警备区医务处白备伍医生在西安买了一些医疗器械和药品。由于国民党把持着西安铁路,他们没能携带马匹上车,只能把所有物品作为个人装备,乘火车向山东开进。途中恰逢台儿庄会战,铁路通不到徐州,只得在商丘下车,徒步行军到山东曹县,当时的国民政府山东省政府所在地。经过一番斗争和曲折,乘卡车从曹县到菏泽,再徒步到郓城、东平,过津浦路,于5月20日到达山东省委驻地泰安东南的南上庄。

黎玉没有马上回山东,而是按照毛主席指示,转道武汉向周恩来汇报工作,并要找罗炳辉到山东工作。毛主席说,罗炳辉是著名的红军将领,他到了山东,山东的抗日武装就不再是"土八路"了。然而,罗炳辉因为当时正做统战工作,一时离不开,黎玉不得不折回延安。中共中央决定改派张经武、江华等同志以及抗大、陕北公学一批毕业学员共近二百人支援山东。直到8月，黎玉、张经武等人才离开延安，经西安、太行、冀南、鲁西北，于11月底到达苏鲁豫皖边区省委驻地沂水县岸堤镇。

离开延安前的两天，陈安江轮值，护送黎玉出去谈工作。他自然而然地背上了从不离身的大背包。黎玉看见后，笑了笑，问道："安江啊，我能不能跟你商量个事儿啊？"

"报告首长，请您指示。"陈安江明显有些紧张地大声回答。

"哎，不是指示，你别紧张。你看啊，我们两进延安，你发现没有，这个地方太穷了，什么都缺。吃的穿的，不用说了，我看见毛主席的衣服还打补丁呢，但这些怎么都能克服。别的，可就难了。你说，咱们是不是在力所能及的范围内支援支援呢？"

陈安江自小就是个机灵鬼儿，听到这里，还有什么不明白的，不过，他还是想确认一下："政委，您是说，我的显微镜，留下？"

"舍得吗？"黎玉问。

"不舍得，但是我愿意把它留下。"

"好样的。那我今天就打听一下，看看你的宝贝显微镜这里需要不需要，留给哪家合适。"

当天晚上，陈安江就按领导指示去了中央卫生处一位傅处长的窑洞，留下了背了大半年的显微镜，还有两盒载玻片。

"傅处长，这是两盒新的载玻片，一盒是满的，二十四片。一盒还有二十片。这些都是新的，没用过的。其余的四片我用过了。这些都是德国产的，我担心补不上新的，用过的都没舍得扔，都清洗消过毒了，在这里。"陈安江一边说着，一边从背包里又掏出一个小皮包，里面用棉花隔着四小片载玻片，小心翼翼地递给傅处长，说道："您用之前还需要再清洗消毒。"

"好小伙子，谢谢你。这些都太珍贵了，听说你背了一路，从山东到延安，还去了武汉？我还听说，你是山东大学齐鲁医学院的，能不能留在延安啊？这里很需要像你这样的人才。"

"不了，谢谢您。我要回抗日前线去。我们很快就启程回去了。如果您需要，明天我可以再来一趟，教教您的检验员怎么用这台机器，很好用的。"

"好，那就辛苦你明天上午再来我这里一趟吧。"

陈安波、鲁景芝和陈业当时并不清楚，山东的形势瞬息万变且极为复杂。

1938 年 5 月 19 日徐州失守，山东境内的津浦线、胶济线及重要城镇大部分沦陷，日军随即集中兵力，进攻广州和武汉，在山东兵力明显不足。于是，日军竭力培植汉奸，扶持伪政权，建立和扩大伪军，同时疯狂抢夺山东的战略资源，对山东的煤矿、金矿、油厂、面粉厂、纱厂和军工厂等实行军管。与此同时，国民政府在枪决韩复榘之后，任命沈鸿烈为山东省政府主席兼保安司令，大肆扩充地方武装，抢占军事要地。蒋介石为控制山东敌后地区，还派出正规军第六十九军一部由豫北进入山东。在伪政权和国民党政权均未建立的真空时期，还有一些原来在山东或者逃跑后又回到山东的国民党军政人员、地方豪绅也乘机招兵买马，自立旗号，称霸一方。山东自古还有许多会道门组织，处于国破家亡、水深火热中的穷苦大众，常常会祈求神灵庇佑，纷纷恢复和建立了诸如天门会、黄沙会、堂天道等具有浓厚迷信色彩和地方观念的组织。

共产党、八路军就是要在这样恶劣的环境下求生存谋发展，困难极大。加上此时国共两党刚刚开始第二次合作，共产党内部还流行着一种说法，叫作"一切经过统一战线，一切服从统一战线"，中共山东省委还有建立抗日民族统一战线的任务。郭洪涛到山东后，首先统一了全省各抗日起义部队的番号，同时对部队进行了初步整顿，调整和配备了各级领导骨干。徐州失守后，八路军准备向苏鲁豫皖四省敌后挺进，中共山东省委扩大为苏鲁豫皖边区省委，仍由郭洪涛任书记。鉴于当时山东各地共产党领导的抗日武装建立的时间较短，缺乏骨干力量，就在同一个月份，1938 年 5 月，毛主席、中央军委多次电示八路军总部，要求派遣部分主力部队进入山东。很快，八路军一一五师和一二九师各一部进入鲁西北、冀鲁边等地区。

1938 年 6 月第五军改编为三支队的同时，中共山东省委就决定廖容标率三支队主力团南下参加四支队，廖担任四支队司令员。之所以有这个变动，还因为原四支队司令员、老红军洪涛因伤病不幸去世。等到廖部行军到达目的地的时候，中共苏鲁豫皖边区省委已于 6 月底根据中央指示，结合山东实际情况，制定了发展山东游击战争、在全省范围内建立抗日根据地的战略计划，并于 7 月初获得中共中央和北方局的同意。这个战略计划的中心就是以当地建立的抗日武装为骨干力量，从部队抽调干部以建立和充实地方党组织，发动群众，在我收复地区建立抗日民主政府，在鲁中创建以沂蒙山区为中心的中枢抗日根据地，并在北、南、东以及津浦路西和胶东等地分别建立抗日根据地。

四支队因而成为护卫领导机关和沂蒙根据地的主力部队之一。陈安波是四支队宣传队成员，鲁景芝进入卫生队，而陈业因为是初中毕业生，被调整进了四支队的经理部，在经理部主任马馥塘的带领下负责解决给养问题。

陈安波在宣传队过得非常快活。从邹平南下以后，她没有碰到过真正的战斗，但已经适应了行军、宿营和军事训练。每天早晨，是宣传队军事训练的时间，他们从最基本的队列开始操练，有跑步、做操、跳马，有老战士给他们讲如何利用地形、教他们使用最常见的七九式步枪。上午，是宣传队的学习时间，一般是学习中国共产党的基本知识，支队的领导有时会来队里讲形势，他们还有固定的时间学习党中央和北方局发来的各种学习材料。此外，还有业务学习，青岛铁中的初中毕业生也是受过很好的艺术熏陶的，唱歌、演出活报剧等等，陈安波都学得很快。宣传队里还是有一些文化程度不高的人，他们学文化的时间，也能成为陈安波提高业务能力的时间。下午，通常是宣传队出门去做宣传工作的时间。陈安波是小队员，跟着老队员们或者去某个中队，教战士们唱歌，演几出活报剧，有时还跟战士们一起操练，学点基本的军事动作；或者去某个村子，给农民演戏，教农民唱歌，演《放下你的鞭子》活报剧，在村里的土墙上刷出宣传标语等等。陈安波跟着去过老乡家里，看老队员们一边帮助老大娘小媳妇干活，一边进行耐心细致的调查和宣传工作。陈安波太欢喜这样的生活了，她觉得自己每天都有收获，每天都心情舒畅，浑身有使不完的劲儿，一点也不觉得苦和累。

鲁景芝在四支队的卫生队，她没有经过正规训练，但在鲁兰芝的影响下从小就立志当一名优雅的护士小姐。如果不是"七七事变"，她也会步鲁兰芝和陈安涓足迹到周村上护校。她在铁中学习之余，已经开始自学护理课程了，不懂的地方，有鲁兰芝和陈安涓两位现成的老师答疑解惑。按陈安洋和鲁兰芝的严格要求，她没有资质，在初九医院顶多做些初级的护理工作，相当于护工的工作。但就是这样，鲁景芝在四支队也算是个人才。最让她开心的是，她随队到达后没多久，就碰到了从延安回来的亲哥哥鲁兰方。"七七事变"后，他们就失去了联系，彼此都在惦记着。还有什么比在革命队伍里遇到久别的亲人更让人激动开心的吗？

鲁景芝一脸泪水地冲进宣传队驻地，找到陈安波，拉着她跑到一块空地上，又跳又叫。陈安波不明所以，连连问道："景芝，景芝，你怎么了？出什么事了？"

鲁景芝泣不成声，只是用手指着陈安波身后，示意陈安波转身。

"三哥！真的是你吗，三哥？看到你真是太好了！二哥呢？你们不在一起吗？他怎么样了，他没什么事吧？"

陈安波看清来人就扑上前去，抓着鲁兰方的一条胳膊，跟鲁景芝先前的动作一样，又跳又叫，随即又哭又笑。

鲁兰方素来沉稳，他笑着，任由陈安波和鲁景芝一人抓着他的一条胳膊使劲地摇晃。等两个妹妹稍稍平静一点儿，他笑着说："好了，快点儿都松手。我堂堂骨科专家没在战场上受伤，却被你们两个丫头片子拉脱臼了，说出去要成笑话了。"

兄妹三人终于都平静下来了，相互交流了情况。鲁兰方说："没想到你们两个娇小姐都参加了革命队伍，更没想到大姐大姐夫也加入了。咱家就是革命之家了。"

"大哥大嫂没有。"陈安波说。

"他们有他们的处境，而且大哥不是说，愿意为抗日作贡献吗？以后没准儿还得去初九医院找药找器材呢。"鲁兰方回答。

"对啊，三姐夫就是干这个的，真没准儿。大哥都说了，会悄悄为我们攒一些呢。"陈安波回忆起陈安洋对廖司令说的话来。

"对，对，户籍纸。大哥和大姐给我们都办了青岛和邹平的户籍纸。哥，你的和二哥的，都在我这里呢。我一会儿拿给你，没准儿用得到。"鲁景芝拍了拍自己的脑门儿，赶紧说起这件事情，唯恐自己忘记了。

"这是一条路子，我会跟领导汇报的。咱们根据地，还真是缺药呢。来来，跟我说说，你们这几个月是怎么过来的？"

鲁景芝接话道："哥，还是你先说说，你在延安的所见所闻吧，我和安波都想听呢。"

"好，等我有时间，就跟你们好好说说。但是今天不行，今天没有时间了。我刚刚过来，是想从新来的部队里找几个人，给我当助手。你们都知道，我这个全科医生，比较专注骨科，原本想着给初九医院填填空呢，没想到现在正能用在抗日的战场上了。骨科手术什么的，一个人不行。景芝你在卫生队，正好，我都不用去麻烦别人了。不过，我还得再找两三位男同志。"

"哥，你瞧不起我，瞧不起女同志啊？"

"不是，我得找几个胆子大、力气大的，你确实力有不逮。再说，手术台上，你有你的位置。好好学吧！"鲁兰方转过头来问陈安波：

"安波，你现在在宣传队，要不要也来我这里啊？"

"不了，三哥，谢谢你。我现在在宣传队，觉得过得很充实，也很适合我，我就不去卫生队了。我不如景芝，一点儿基础都没有，我也没什么兴趣。"

"行，你开心快活就好。"鲁兰方对陈安波的选择没有任何异议，他早就知道这个妹妹对医学没什么感觉，自然也不舍得勉强她。

"真不知道能不能寄封信给大哥大嫂啊，让他们知道二哥三哥的情况，他们都可担心呢。"陈安波轻声地嘀咕着。

"再忍忍吧，总有机会的。"鲁兰方安慰着陈安波，心中也无比想念着亲人。可恨的日本人，悍然侵略中国；可恨的国民政府、可恨的韩复榘，不组织有力的抵抗，丢了大半个中国，害得老百姓家破人亡、天各一方！

11月底，陈安江参与护送的黎玉、张经武等二百余人到达岸堤后不久，边区省委就北移到了沂水县的王庄。兄弟姐妹五人相聚，别提多么快活了。他们的话题，从"七七事变"后各自的遭遇和经历谈到韩复榘的消极抵抗、国民军的节节败退和台儿庄战役、济南和青岛在韩复榘、沈鸿烈撤退前的大火、邹平城被炸，谈着谈着，消息灵通的陈业突然说道："你们知道吗，二哥、三哥，你们刚刚提到的武中奇，他上个月率队打下了一架日军飞机。"

"什么，什么，武二哥率队打下了一架日军飞机？用什么打的？咱们有大炮了？不对不对，咱们有高射炮了？"陈安江一连声地问道。

"没有没有，咱还没有高射炮。你们都知道，武中奇是咱四支队特务队的队长，职责重要，所以咱们从国民政府获得的苏联军援中分到的苏制水连珠步枪，就都给了武队长他们那个队。这种步枪，射程远，威力大。日军的轰炸机靠人工瞄准，飞得越低，准确率就越高。加上他们知道咱山东境内也没有国军正规部队，就是说也没什么防空武器，所以非常嚣张，飞得很低，张牙舞爪，耀武扬威的，很气人。

"上个月 10 号左右，双十日前后吧，武队长奉命率队在淄川地区太和庄一带侦察。当走到一个小山坡时，就听到了巨大的飞机轰鸣声，远远地看到一架日军飞机飞过来了。武队长真是神勇。他当即命令队伍抢占山顶，奔到山顶之后，紧接着命令前排战士躺下，面朝天空举枪瞄准。当日机快飞过山顶时，武队长突然想到要有提前量，所以还没等飞机飞到山顶就命令战士开枪。日军机组发现遭遇射击后，迅速拉升，但为时已晚。战士们这一通射击，恰巧就把飞机油箱给打中了。很快，战士们就看到飞机冒出了滚滚黑烟，最后栽了下来。"

陈业看着兴奋的几个人，自己说得也很兴奋，举起杯子喝了一口水，继续说道："你们知道吗，武队长他们看到飞机往下掉，都愣住了，但很快就欢呼庆贺起来。武队长真是人才，他特别冷静，只高兴了一分钟，立即命令战士们顺着飞机的烟迹追踪。结果还没跑下山呢，就看见日机的驾驶员跳伞。武队长随即兵分两路，一路去围捕跳伞的日军，一路向日机坠落的地方追踪。最后，活捉了那个跳伞的飞行员。"

"太好了，真是太涨咱中国人的士气了。"陈安江说道。

"是啊，步枪打飞机，奇迹啊。"鲁兰方接着说道。

"那个日军飞行员后来抓着了吗？"鲁景芝问道。

"抓着了。我听说，日本政府愿意出四百万大洋赎呢。但咱哪能让呢？这是钱的事儿吗？那货好像已经往延安送了。"陈业答道。

"武二哥，真是奇人啊。人好，字好，有勇有谋。兰方，你说说，咱俩怎么就这么走运呢！"陈安江感慨着，"啧啧，步枪打飞机啊。等有机会见到武二哥，我一定得跟他表达表达我的钦佩之心。"

"是啊，我刚听说，连国民政府也不得不大张旗鼓地宣传此事呢，说武队长创造了战场奇迹。"陈业补充说。

陈家五兄妹相聚后不久，根据中共中央指示，苏鲁豫皖边区省委改为中共中央山东分局，郭洪涛、张经武、黎玉为委员，郭洪涛任书记。12 月 27 日，八路军山东纵队在王庄正式宣告成立，张经武任指挥，黎玉任政委。至此，"七七事变"后中国共产党在山东各地领导的武装起义部队整编起来，共有十个支队又三个团，共计二十五个团，两万四千五百人。另有所属地方武装一万余人。

陈安波、鲁景芝和陈业所在的四支队编为八路军山东纵队第四支队，支队长廖容标，政委林浩。支队下辖三个团和两个相当于团的大队。武中奇担任了特务大队的大队长，王建青任政委。陈安江、鲁兰方、鲁景芝和陈业没有下到支队去，都留在了纵队机关。白备伍医生已经被任命为山纵卫生部长，鲁兰方带着鲁景芝协助他致力于建设纵队机关的医院，陈安江和陈业则有新任务。

陈安江护送黎玉一行往返延安的表现给领导们留下了好印象。山纵成立后，他没有马上从事医生本行，而是紧接着被派往胶东五支队执行任务。郭洪涛带队从延安到山东时，就携带了几部电台和一小队报务员同时来到山东，从而使省委和四、五、六支队都有了电台通信。虽然条件有限，电台功率大小不同，但省委终于同党中央和八路军总部有了直接的联系，与几个支队之间的联系也便捷了许多。张经武和黎玉从延安回到省委时，随队又带回了两部电台。两批省级领导回到山东的前后时间差，给速培新的报务员提供了条件。

陈安江领受的新任务是护送其中新到的一部电台到五支队去，增强那里同省委的电信联系。之所以这样做，是因为五支队在胶东，还有一项特殊的任务，除了电台通信、下达命令之外，山东分局认为还需要再派人手过去，口头传递一些重要的信息：那就是，黎玉的延安之行，让黎玉痛感中央太穷了，国民政府核发的军饷非常有限，延安的党政军经费拮据，尤其是在弹药、医药等问题上，那点法币不仅不够用，而且还用不了，只能用黄金或外汇办理。这才有了黎玉动员，实际上是巧妙地命令陈安江留下心爱的显微镜一事。黎玉提出要利用山东胶东出产黄金的有利条件，向党中央输送黄金。回到山东后，黎玉立即指示胶东党组织，要不惜一切代价筹集黄金，支援党中央。

五支队活动的范围在胶东。山东纵队成立之前，根据中共山东省委的指示，中共胶东特区委员会于1937年12月24日领导了天福山武装起义，宣告成立了山东人民抗日救国军第三军。这一壮举在胶东地区得到了热烈响应。1938年2月，一困蓬莱城，3月，二克蓬莱城，建立抗日民主政权。同月，掖县被攻克，成立了胶东抗日游击队第三支队和抗日民主政府。4月，第三军各部会师黄县，初创蓬、黄、掖抗日根据地。那里还成立了山东第一个专区级的抗日民主政权——北海区行政督察专员公署。北海专署统一领导蓬莱、黄县、掖县三个县的抗日民主政府，拥有一百六十三万人口、三千一百七十七平方公里土地，与胶东最大的黄金产地招远搭界。9月，第三军和第三支队合编，改番号为八路军山东人民抗日游击队第五支队。八路军山东纵队成立后，编为山纵第五支队。

胶东抗日游击队第三支队十分重视财经建设。掖县的抗日民主政府成立后，很快就组建了财经委员会，统筹全支队和政府的财经收支。通过整顿盐务、税收，加上向大地主、大商人、大富户征收抗日爱国捐，每月收入除解决部队和政府所需外，向胶东区党委、山东分局提供了大量支援。第三支队还兴建了胶东最早的小型兵工厂、被服厂，还积极筹备组建了北海银行，并且在1938年10月份就发行了北海币。山东分局的领导比陈安江更清楚的是，他的大姐夫李少光就参与了北海银行的筹建和北海币的发行，大姐陈安沄在掖县开办了一所小学。然而，五支队活动范围内最重要的资源，是黄金。八路军要虎口夺金。考虑到路途的安全，陈业也被调来同陈安江一起行动。他们都有青岛和邹平的户籍纸。两兄弟结伴一起去看望嫁出去的大姐，没毛病。

第六章　剪发放羊

山东纵队成立之后，立即组建了山纵政治部宣传大队。陈安波作为四支队优秀的宣传员被选调加入。宣传大队有三个分队，陈安波被分在其中的女兵队。虽然她的日常工作内容跟在四支队时没有太大变化，但跟战友们一样，陈安波对山纵的成立感到欢欣鼓舞，有一种从游击队到正规军的光荣与自豪。她特别对宣传大队在日常工作和生活中的检讨会和讲评制度感到心仪，觉得说不出来的好。

陈安波认为，这个检讨会和讲评制度特别民主、特别平等。领导和战友们不分职务高低、年龄大小，更不分男女，相互尊重，真诚坦率地指出别人做得好的、不够好的、错误的地方，提出保持或改进的意见。陈安波是年龄较小的战士，她就在一次检讨会上提出，很多战友们特别是男同志不够注意个人卫生和文明习惯养成。虽然有条例，但宣传大队很多男兵执行起来有折扣，不注意小节，有损宣传大队的形象。陈安波的这条意见得到了女兵队其他队员的共鸣和支持，参会的大队领导当场表示采纳，提出宣传大队的男兵必须改正。陈安波受到鼓舞，后来又提出一条意见。她是这样提的：

"报告，我结合最近对老百姓的宣传、演出和社会调查，觉得还可以增加一个内容，就是老百姓比较重男轻女，家里什么好的都尽着儿子，女孩子大姑娘识字的很少，婆媳有矛盾的家庭很多，小媳妇也没几个识字的。我觉得，我们可以趁着在一个地方停留的时间比较长，开办妇女扫盲速成班，我们女队员去做教员，炕头上就能行。女性知书达礼，家庭就会更加和睦，子女也会更加优秀。"

陈安波一口气说到这里，看到领导和战友们赞许的眼光，大胆地继续表示："我大姐是小学教员，办过扫盲班，我以前读书放假的时候也去做过小先生，有点小经验。如果需要，我也可以去办扫盲班，当教员。"

女兵队的领导对陈安波的意见非常高兴，觉得这个小女兵有点脑子，搞农村社会调查不是简单地跟着老兵、走走过场，而且有思考，既能发现问题，又能提出解决方案，不错不错，是棵好苗子。女兵队里有几位从北平、天津来的大学生，她们提出，以农村社会调查中发现的好案例和坏典型，编排演出一些活报剧，针砭时弊，弘扬正气，领导们同样十分支持，鼓励笔杆子们多创作出战士和老百姓都喜闻乐见的优秀作品。

陈安波在女兵队的表现好，落到头上的机会慢慢多起来了，她参加了很多表演，小小的活报剧，大姑娘小媳妇都能演。宣传大队里那些原本就搞文艺的人，通过讲评，不断地帮助陈安波加深对角色的理解，提高演技。渐渐地，陈安波的表演越来越好，虽然暂时还演不了主角，但女配的地位已经稳住了，从村妇甲、女兵乙慢慢地前移到了女配三、女配二。

山纵成立于1938年底，正是农历的冬月上旬。还没有进入腊月，山纵宣传大队的扫盲班就开班了。一开始，扫盲班人头攒动，男男女女，老老少少，但是男人要整地种田、出夫当兵，媳妇们生娃带娃、操持家务，学龄儿童们有根据地小学上，老人们记性不好持久性不强，真正坚持下来、学出来的大都是还没出嫁的大姑娘。女兵队的女兵当教员，使她们感到亲切，眼前的教员就是她们真真切切的小目标。这种情况，在山东所有的抗日根据地里都大致相同，在山东分局和山纵所在地也概莫能外，以至于后来乃至全国解放后很久，山东抗日根据地和解放区的大姑娘们被统称为"识字班"。

陈安波到山纵政治部宣传大队还不到三个月，就又被选调进山东鲁迅艺术学校，仍然隶属于山纵政治部，并于1939年3月27日在沂水县朱位村参加了隆重的山东鲁艺开学典礼。她是一个爱学习的姑娘，因为"七七事变"不得不中断了学业，所以对被选拔进鲁艺，非常高兴，这是一所学校啊。一接到通知，打起背包就跟战友们来了。不过，她还是有一点点小疑问，这宣传大队跟鲁艺有什么区别呢？怎么大队的战友都来了呢？到了朱位村鲁艺的驻地，她发现学员除了山纵宣传大队的队员外，在山纵各支队选调了一些青年战士，有文化教员、文化干部和宣传员。还有一些进步学生，考试合格之后也成为鲁艺的学员。

在开学典礼上，陈安波第一次见到了被陈安江无数次提到的、无比钦佩的黎玉同志，当时是中共山东分局的委员、山东纵队政委。黎玉作了《鲁迅艺术学校诞生的三个历史环境与它的三个任务》的报告，陈安波认真做了记录，牢牢地记住了黎玉和山纵政治部主任江华提出的，要继承和发扬延安"抗大"和"鲁艺"精神，"一切服从战争，在战争中学习"的号召。她还特别惊喜地发现，著名的木刻家王绍洛被任命为校长，很多教员都是受过鲁迅亲自教诲的，都是名气大、专业能力强的大家。

山东鲁艺刚成立时，有一百五十多位学员，还有五十多位教员和干部。起初设有戏剧、音乐、绘画三个系，学校后来还增加了文学系。为了适应敌后的战斗环境，学校除按教学内容分系外，还按军事编制设了四个区队，区队以下分班。女学员单独编了一个区队。陈安波被分在了戏剧系。王绍洛校长的妻子王路丁，擅长戏剧和化装，是对陈安波帮助最大的教员之一。

开学典礼结束后，全体鲁艺人就从朱位村转移到中共山东分局和山纵政治部所在地王庄以东的宅科村和麦坡村。这两个小村庄各有几十户人家，环境幽静，群众基础扎实，教员、干部和学员都分散住在群众家中。虽然有住的地方了，但学习条件还很艰苦。陈安波同战友们一道，因陋就简，没有教室，就在场院树荫下听课；没有桌子凳子，坐在砖石上，两膝并拢就成了桌子。后来条件改善了，每个学员都发了一块长方形木板，坐下时放在腿上就成了课桌。

陈安波所在的戏剧系又叫表演系，王路丁等教员主要是通过排练节目来上课。他们言传身教，一字一句教台词，亲身示范教表演，认真细致地领读剧本，启发学员们理解角色和情节。由于排练的节目如《送郎上前线》《儿童团长抓汉奸》等等应景之作，陈安波他们理解起来容易，表演起来也不费劲。但老师们的讲解，还是让陈安波慢慢地摸到了表演的窍门，那就是先要充分理解角色，然后才能生动塑造出角色。跟陈安波在山纵宣传大队时相似，戏剧系也常常带着节目去附近的部队和村庄演出，密切了军民关系，也推动了教学的深入。

在陈安波看来，鲁艺的生活跟在宣传大队时差不多。基本上就是早晨出操，上下午各上一节课，晚饭后做群众工作。每周还安排约三个半天的政治理论学习。熄灯前，各班开生活检讨会，开展批评与自我批评，交流学习心得。饭前集合，唱歌，由各队值日生去打饭。值日生还要负责帮助老乡挑水扫院子。校领导和大多数教员同学员一块儿吃饭，还分头参加生活检讨会。学员可以对教学提出意见。没有节假日，不休礼拜天，中午也不午休。最大的不同就是有专业教员进行专业的指导和训练了，学习更加专业和系统了。还有一点不同，就是学员要轮流站岗放哨。陈安波可是在这件事情上，闹了一个不大不小的笑话。

那是开学后不久的一个夜晚，春寒料峭，轮到陈安波和一个名叫高哲的女学员站岗。突然，听到远处有人高声喊："口令！"两个姑娘原本都是胆子大的，但夜深人静之时，突然听到喊声，跟她们预想的完全不同。紧张之余，陈安波高声回复："打倒日本帝国主义！"高哲也紧跟着高喊："打倒日本帝国主义！"话音未落，陈安波和高哲就看清了来人是两位，一位是音乐系的亓教员，一位是新来的姓王的军事教员。陈安波心里想，怪不得声音这么大呢，原来是音乐系的教员，有共鸣呢。亓教员走近时，满脸笑容，说："问你们口令呢，哪想到你们喊起口号来了。"陈安波和高哲反应过来，也大笑不止。只是没想到，王教员是位认真的，说这两个姑娘的军事训练还要加强，吓得陈安波和高哲赶紧立正，大声回复："是！"两位教员还要到其他哨位查岗。他们的身影一看不见，陈安波和高哲又控制不住地笑了好一阵子，就这样愉快地度过了一个寒冷的春夜。

然而，这样紧张、充实而又活泼的学校生活，在战争的环境下，实在是太难得了。每周三个半天的政治理论学习课上，她学习了毛主席的《论持久战》和政治常识，学习了党史、社会发展史、唯物辩证法和政治经济学概论，还学习了艾思奇的《大众哲学》。山纵的各部门领导还亲自来给他们上时政课。这些时政课，让陈安波反复思考，也常常跟高哲等同学交流，他们都认识到，抗战的困难时期可能要来了。

1938 年 10 月下旬，日军占领武汉、广州之后，中国的抗日战争由战略防御阶段进入战略相持阶段。日军暂时停止了对正面战场国民党军队的战略进攻，而改为以保守占领区为主的方针，逐渐将主要兵力用以打击在敌后战场的八路军、新四军，并将重点置于华北。日军一改 1938 年下半年在山东兵力不足的局面，迅速增兵。

中共山东省委根据中共中央和北方局的指示，于 1937 年底 1938 年初，领导全省各地武装起义、建立抗日根据地，并于 1938 年底创建山东纵队，正是抓住了日军在山东兵力不足、国民党政府在敌后立足未稳的有利时机，但随着抗战形势的变化，这个机会之窗已经越来越小，中共山东分局和山纵面临越来越大的危险。

正是在抗战形势发生重大变化之际，1938 年 9 月 16 日至 11 月 6 日，中共中央在延安召开了扩大的六届六中全会。全会强调了必须坚持党的抗日民族统一战线中的独立自主原则,确定将党的主要工作放在战区和敌后,大力巩固华北,发展华中和华南。会后,中共中央、中央军委决定以八路军三个师的主力,于1938年底分别挺进冀中、冀南、冀鲁豫边平原地区和山东地区,协助各地共产党领导的抗日武装,广泛开展游击战争,并在斗争中壮大自己,巩固和扩大各抗日根据地。

然而,让人揪心的是,由于是第二次国共合作时期,为了建立最广泛的抗日民族统一战线,中共山东分局和山纵在处理与国民党山东省政府与国民党军队的关系方面,起初还把握不准。早在"七七事变"爆发后不久,第六行政区督察专员兼保安司令范筑先通电全国,誓死不渡黄河,要与日军血战到底。范将军还给毛泽东、朱德写信,迫切希望与共产党精诚合作。范将军请求共产党派一批干部到聊城帮助工作,还把自己的三个子女送到了延安抗大学习。黎玉率队从延安回山东时,经过聊城,还专门去拜访了范将军,给他带去了毛泽东的亲笔信。鲁西北一度被称为"山东的小延安"。然而到了1938年11月,范将军在聊城保卫战中英勇殉国,作为统一战线标杆的鲁西北抗日根据地对国共合作的态度发生了变化。

更令人不齿的是,国民党政府在军队屡战屡败之后,逐渐转向消极抗日,积极反共。1939年1月,国民党五届五中全会确立了"溶共、防共、限共"方针。随后相继颁发了《限制异党活动办法》《共党问题处置办法》《沦陷区防范共党活动办法草案》等多部反共文件。此时的山东省政府主席沈鸿烈,原是青岛特别市市长,深得蒋介石信任。他放弃青岛之后没有离开山东省境,在被任命为山东省政府主席后立即赴当时的省政府驻地曹县就任。退避集中在曹县的国民党山东省政府,基本可谓瘫痪,人员不齐、人心不稳。为了躲避战火,沈鸿烈带着省政府从曹县转移到聊城,再向东越过津浦线到惠民地区,随后又向南跨过胶济线进入沂蒙山区,不由分说地抢占了中共领导的起义部队开辟的鲁山根据地和沂山根据地一部。为顾全大局,中共和八路军起义部队转移到沂、鲁山区的外围。此前，过胶济线时，沈部是由三支队十团护送的。但共产党、八路军维护抗日民族统一战线的真诚，不仅没有遏制沈部的反共行径，反而随着国民党五届五中全会的召开而变本加厉。

沈鸿烈一方面抓紧在山东全境恢复国民政府各级行政机构，一方面以山东省最高统治者自居，先在鲁村召开全省军政会议，提出"统一划分防线""枪不离人、人不离乡""统一行政、军不干政""给养粮秣统筹统支"等限共反共措施，遭到与会的张经武等共产党人坚决反对；后又提出"宁伪化，不赤化""宁亡于日，不亡于共""日可以不抗，共不可不打"等反动口号，其反共言行越来越嚣张，以至于1939年3月底发生了震惊全国的"太河惨案"，四百多名八路军指战员被国民党顽固派、国民政府军事委员会别动总队第五纵队司令秦启荣所属第四梯队司令王尚志部杀害。

陈安波和鲁艺的师生一道参加了4月中旬在王庄召开的追悼死难烈士大会，得悉了事件真相，战友们无一不义愤填膺。在"太河惨案"中牺牲的八路军最高领导是三支队政治部主任鲍辉，陈安波在参加革命之前，还曾在邹平城里听过他的宣讲。对国民党顽固派，陈安波也有些了解。当初，陈业就是反对国民党顽固派张景南，带枪和战友脱离张部、奔向三支队司令部，从而化险为夷，姐弟们顺利地走上革命道路的。陈安波在听到陈业告知事情经过后，曾当即表示："我是要革命到底的。"

最让陈安波和鲁艺学生们感到震动和兴奋的是，出席大会的有八路军第一一五师的政委罗荣桓。罗政委在大会上明确指出，"太河惨案"绝不是一个偶然事件，而是精心策划、蓄意制造的，是国民党顽固派消极抗战、积极反共的铁证。陈安波和同学们都为山东省内终于来了八路军的主力部队而感到高兴，而且她还意外地见到了此前去胶东执行任务的二哥陈安江。

原来，在追悼大会召开之前，山纵的三支队和四支队就已经进行了英勇胜利的自卫反击，收复并扩大了淄河流域的根据地，打通了鲁中、清河、胶东等根据地的交通要道。陈安江是随五支队的运输队从胶东回来的。五支队不仅送回了生产、收购和运输黄金的计划，而且还给山纵机关送来了三十万大洋以作纵队保障费用。这支运输队也将是今后的黄金运输队。他们此行，也有探路、开辟运输通道的任务。当陈安江看到八路军第一一五师罗政委时，激动不已，一心就想着去主力部队，他立即向山纵黎政委提出了请求。而山纵正好也需要加强与一一五师的联系，陈安江成为合适的人选之一，从此正式加入一一五师，他被安排在师直，紧跟罗政委行动，主要任务就是联系山纵。陈安江不知道的是，山纵领导考虑到一一五师刚到山东，困难较多，从五支队送来的三十万大洋中拿出了二十万，支援主力部队解决困难。

陈安江更不了解的是，罗政委此番到王庄，是来传达党的六届六中全会精神的。正是在罗政委的参与和支持下，山东分局和山东纵队作出了反击国民党顽固派的一系列决定。有人曾担心如果反击秦部，可能招致沈鸿烈掌握的国民政府新编第四师吴化文部和鲁苏战区总司令于学忠部出兵援秦，罗政委当即表示，为配合作战，在鲁西的一一五师可以向津浦线靠拢待命，如果吴、于出兵，一一五师将开过来参战。这个表态给山东分局和山纵领导以极大的鼓舞和信心，也保证了之后行动的胜利。

陈安江和陈安波很快就分别行动了，陈安江跟着罗政委西行。没想到，走到莱芜县口镇时，宿营地正是武中奇率领的独立团驻扎地。陈安江热情地做了介绍，再次激动不已，窃喜加入一一五师、做罗政委和山纵的联系人简直是太幸运了。一晚上，他跟着罗政委和武二哥，听武二哥介绍部队情况，看罗政委教武二哥怎么样布哨设岗、怎么样进攻阻击撤离。罗政委还结合"太河惨案"的发生，叮嘱武中奇警惕对敌对顽斗争的复杂性，千万不可麻痹大意。第二天清晨，罗政委就离开了。路上，陈安江向罗政委讲述了武二哥引导他和鲁兰方参加革命的经过，他还特别讲到了几个月前武二哥率部打下日军飞机的奇迹，满脸的不可置信和与有荣焉。

陈安波回到鲁艺继续学习。她有些疑惑，为什么一一五师要在鲁西呢？山东分局和山纵领导机关是在一起的，要是能和一一五师靠拢，岂不是力量更集中了吗？可后来再想想，她自己就给自己找到了答案：山东的抗日武装起义还在十几个地方呢，当前敌强我弱，共产党、八路军当然要在不同的地方建立根据地，等以后力量强大了，再连成一片就容易了。但敌人现在除了日本鬼子、汉奸伪政权之外，还有国民党顽固派，斗争更加复杂了，她一个小新兵蛋子，一切行动听指挥就好了。

然而，时隔不久，陈安波连一切行动听指挥都成奢望了。5月底，日军出动两万余人，向沂蒙山第一次大扫荡。6月6日，山东分局发出关于反扫荡的工作指示。接到指示后的鲁艺迅速精减人员，把离家近的和不便行动的疏散开，留下来的打游击反扫荡。鲁艺学员都穿了便衣，跟着王校长在南墙峪一带打游击。王校长说："因为敌我力量悬殊，所以我们现时的主要任务是保存战争实力。我们的武器不行，如果硬打，我们的牺牲就太大。"经常有这样的情况，鬼子从据点里出动了，王校长便带着学员们跨出好几层包围圈，到敌占区去。等鬼子扫荡结束回到据点，大伙再回山里，散住在老百姓家或山洞里。当时最大的困难还是缺少食物，鲁艺的学员们经常喝凉水充饥。王校长不得已，持续地疏散和精简队伍。终于有一天，命令来了，让陈安波就地留下，把头发剪了，化装成男孩子，跟一个当地的小男孩在山上放羊。陈安波原本好好地跟着队伍，昼伏夜出的，饿一点儿不怕，走路行军苦一点儿累一点儿也不怕，心中有依靠。冷不丁地被要求留下，陈安波明白，除了让队伍更加精简之外，食物是大问题，所以，一切行动听指挥，留下。

此时的陈安波已经是十九岁的大姑娘了，作为一名八路军战士，留下来也要保护老百姓，也要保持战斗姿态。她毫不犹豫地撕开一件旧衬衣，把美好的胸膛紧紧地裹了起来。然后借老乡家的剪刀，给自己剪了一个狗都嫌弃的短头发。夏末秋初的山里，到处都有果子可吃，陈安波只带了一点盐巴就跟着小名叫铁柱子的小小少年上山放羊去了。

铁柱子家在蒙山深处，最值钱的家当就是十二三只羊。他从小就跟着哥哥放羊。家里只有石头屋，屋前屋后开了几块地，种点玉米和地瓜、蔬菜。他上面有一个姐姐，已经出嫁了，有一个哥哥，参加了八路军，但铁柱子说不清楚是八路军的哪支部队。铁柱子爹是四里八乡有名的"大柜"，跟村里的几个人搭了一个小班子，专办红白喜事。铁柱子娘在家操持家务，是个勤快人。有时候，也出门帮铁柱子爹，给事主家做"女知客"。

铁柱子年纪虽然不大，但已经颇有点山东大男人的模样了，对八路军他是尊重钦佩的，但对大姑娘，他已经有了丫头片子的小偏见。当铁柱子爹要他掩护女八路时，才十一二岁的铁柱子很是骄傲地瞥了一眼陈安波，向他爹保证："没问题。让她跟着俺。"

陈安波跟在铁柱子后面，看着他进了羊圈，打开栅栏，挥了挥鞭子，顺利地就把羊群赶出了院子，不慌不忙地上了村后的山坡。铁柱子不时回头看看山下的村庄，一直到一个陡峭的位置，才停下来，任由羊群在附近吃草。直到这时，他才跟陈安波说了第一句话："你看这地儿不错吧？能看见山下进村的路。"

"啊，真是啊，我刚看出来，你真讲究。"陈安波早就看清了铁柱子的小脾性，立即夸上了。

"那是必须的。俺要保护你，就得知道小鬼子有没有进村。一会儿，俺带你去一个只有俺和俺哥知道的山洞，你晚上就在那里过夜。俺得赶羊群回家，还得给你带点吃的来。"铁柱子说。

陈安波再次夸赞铁柱子，说："你年岁不大，但想得很周到。"

"那是必须的。俺告诉你，村子周围大大小小的山头，没俺不熟悉的。就那小鬼子，就是看见了俺，也逮不着俺。你放心，只要你跟着俺，他们也逮不着你。"

"那太好了，真是要先谢谢你了。"

"哎，不用谢不用谢。你饿吗？"说着，铁柱子把背在身后的一个小包包转到身前，从里面掏出两个窝头，递给陈安波一个，"俺俩一人一个，先吃着。一会儿俺去找找，这个时节，这山里能吃的喝的东西，可不少呢。"

"这山里有大虫吗？"陈安波问。

"没听说过。你放心，俺这儿没有猛兽。"铁柱子像个小大人一样地安慰陈安波，终于想起来一个事儿，"对了，你叫什么名字？俺怎么称呼你啊？"

"我叫陈安波。你大名儿叫什么？"

"别人都叫俺铁柱子，俺没大名儿。"

"你没进识字班吗？你们村儿没有识字班？你哥不是参加八路军了吗？他肯定有大名吧？他叫什么？说不定我还认识呢。"

"啊呀，你问题太多了，俺答哪个好。俺告诉你，俺家姓王，俺哥叫王金柱，俺寻思着，俺要是有大名，就是王铁柱。"

"哦，哦。"陈安波点头。

"俺村儿当然有识字班，俺也去听了几次。可是俺得放羊，那识字班的时间，俺怎么也凑不上。白天不行，晚上俺倒是回家了，去过一两次，可俺实在太困了，在那屋子里一坐，不等一会儿，俺就睡着了。唉，俺也想识字呢。"停了一会儿，铁柱子接着说，"可俺家里就指着这些羊呢。俺不出来放，俺娘肯定不能，俺爹还有营生，怎么办呢？"

"是啊，怎么办呢？现在是没办法。咱们打鬼子，就是要建立一个新社会，没有小日本侵略，小孩子都能背着书包进学堂，不用早早地就开始为家里的生计操心操劳。"

"那敢情好啊。"

"来，这样，我先教你写个王字。三横一竖，好学。今天晚上你回家，跟你爹娘说好了，你以后大名就叫王铁柱，明天我就教你写'铁柱'两个字儿。"陈安波从地上捡起一小根枝子，画出一个王字，然后又用这根小枝子点着这个字，问铁柱子，"看清楚了吗？这个字，就是你们老王家的'王'字。"

"看清了看清了。俺哥就说，俺老王家的王字好写，简单，俺记下了，俺也画个给你看看，对不对，安波姐？"

"哟，这就叫我姐了？"

两个人正说得开心，突然就听到了远处传过来的轰鸣声。陈安波赶紧拉着铁柱子躲进石头缝里，趴下，然后两个人就抬头看天。远远地，看到十几架飞机飞过，不知道从哪里来，到哪里去。

陈安波气愤地说："小鬼子的飞机又不知飞到什么地方造孽去了。"

"安波姐，这小鬼子的飞机简直太可恨了，往下扔炸弹，扔到哪里哪里就起大火，要是炸着人了，一点儿都没救，简直没法治啊。"

"谁说的，你不知道吧，去年，就咱山纵的八路军，还用步枪打下过一架日军飞机呢！等着吧，咱要是有高射炮了，就能打下来。要是咱八路军也有了飞机，那就更棒了。"

"什么，俺山纵还打下过飞机？俺真还没有听说过。安波姐，快给俺讲讲，讲讲。"铁柱子瞪大了眼睛，满脸兴奋地看着陈安波。

陈安波当即就给铁柱子讲了武中奇率队打飞机的壮举，还说："这事儿都在根据地传遍了，连老蒋都来电嘉奖了呢。你就是没时间去上识字班，要不，你肯定早就知道了，大家都在宣传这事儿呢。"

"唉，那你说俺怎么办呢？俺不出来放羊，总不能让俺娘出来吧，她还是小脚呢。"

"你爹的生意怎么样啊？"

"还能怎么样？鬼子都来扫荡了，红喜事就少了，白喜事又不敢办了，俺爹他们现在都在给你们八路当向导呢。他是大柜，人头儿、道儿都熟呢。"

"那你家就是抗日之家、革命之家喽。"

"那是必须的。"

"来来，咱俩再温习一下，你的王姓该怎么写。你还记得吗？"

"这个容易，俺写给你看。"铁柱子拾起地上的小棍子，右脚把地下的土稍稍抹了一下，然后三横一竖，工工整整地写出来了。

"你这小伙儿还挺聪明的，教一遍就记住了。你不知道，我教过这样的学生，记性也太不好了，头天教一个字，睡一觉就忘记了。教两个字，第二天直接就忘记了一双。"陈安波说着说着，就想起了同战友们在一起的日子，心里还是有点委屈，怎么就让她留下呢？抬起头来，发现铁柱子正盯着她看呢，赶紧回神，告诉他第二天从家来，带一个识字框来。

"这个你家里一定有吧？"

"有的有的，俺爹还给俺做了一个呢，不大，俺今天晚上回家就装包里，明天带来。"

两个人愉快地聊着天，大都是铁柱子问陈安波八路军打鬼子的事儿，这正是陈安波的本行，她的故事可多了。中午的时候，铁柱子跑去摘了点果子来，两人都啃了几个解了解渴。之后铁柱子带陈安波去了只有他哥俩知道的隐秘的山洞，帮着铺上了一层厚厚的草，然后铁柱子很贴心地让陈安波先小睡一会儿，他在不远处守着，等晚上陈安波一个人躲在山洞里，可能睡不好。陈安波连日奔波，确实已经筋疲力尽，也不客气，倒头就睡着了。

一直到太阳西斜，铁柱子得下山了，估计当天小鬼子不会来了，就钻进山洞推醒了陈安波："安波姐，醒醒啊，俺得下山了。"

沉睡中的陈安波瞬间清醒，立即坐起身来，问："天快黑了？小鬼子不会来了吧？"

"看样子不会了吧。今天小鬼子的飞机飞得离咱们这里还有点儿远，可能那里有战斗吧？俺得走了，俺在洞口堆了一堆树枝，你一会儿自己把洞口掩起来，你别怕，这里平常没人来，来了不仔细看也看不出来。明天俺照常来，给你带吃的。喏，这个给你，是俺娘做的荷包，里面放着艾草什么的，你带在身上可以防蚊子咬。"

"谢谢你。放心吧，铁柱子，我不怕，有了这个荷包就更不怕了。我明天等你来。对了，你明天除了带着识字框，再帮我跟你娘借点针线来行吗？我有用。留下得太急了，我什么都没有带上。"陈安波接过荷包，说到最后，有点难为情。

"行啊，这不是个事儿。俺得快着走了。"铁柱子说完就跑向了散放在几十米外的羊群，挥动鞭子，嘴里吆喝着什么，远远地离开了。

第七章　鱼水情深

陈安波望着远去的铁柱子和羊群，直到再也看不见了，心里空落落的。蓦然一惊，发现四周非常安静，偶尔的蝉鸣和不知名的鸟叫声，让她想起了军事教员的说法：有这种声音，大概率没有敌情。否则，或者就会出现鸟儿乱叫乱飞的情况，或者就是一点儿声音都没有，死寂死寂的。

陈安波一下子就想到了死。孤零零的一个人，会死吗？死于什么？猛兽？这里据说没有。敌人？目前尚未出现。饥饿？有点儿，但远没那么严重。寒冷？已经是夏天了。害怕？排除了上述原因，又有什么可怕的呢！唱首歌，给自己壮壮胆儿？还是算了吧，这不是没事找事招人注意吗。去附近找点吃的？天快黑了，在这山上迷路可就麻烦了，再说也没那么饿，明天早晨铁柱子就会带吃的来了，可以忍。不过，有一件事情不能忍。陈安波小心翼翼地在山洞口外找了一个背风的地方，先用树枝挖了一个坑，然后迅速地解决了自己的生理问题，再把挖出来的土填回去，保险起见还使劲地踩了踩，做好伪装。

轻松过后，陈安波又钻进了山洞，回过身来用铁柱子给她准备好的树枝掩住了洞口，心说：这孩子真是周到啊。再次躺下身来，陈安波突然觉得浑身痒痒，她赶紧坐起来，月光下看不清楚什么，但她能摸到胳膊上、小腿上被蚊子叮咬出来的小包包，然后又闻到了身上的汗味馊味。

她有点想哭，眼泪在眼眶里转了很久。她没有想到，会把她留下，她认为自己年轻、能跑，不会拖后腿，怎么就把她留下来了呢。她参加了八路军，从未想过要脱离革命队伍啊。这一次留下来，她还能归建吗？鬼子的大扫荡，目前还没有深入进来，王校长把她留在这里，是估计到这里将是安全的吗？那为什么队伍很快就离开了呢？她还没有一技之长，所以八路军不要她了，把她甩了？想到这里，陈安波的眼泪再也止不住了。此时此刻，她正靠坐在山洞里，她把头埋在两条腿之间，不敢弄出大声音，默默地泪流满面。

不知道过了多久，她终于平静下来了，抬起头，暗暗地下定决心，一定要活着，革命到底。山洞里什么也看不见，就在她抬起头来的时候，她心念一闪，仿佛突然来了灵感：就当是组织对自己的考验吧。陈安波马上就自我安慰起来，想着自己的入党申请书已经交上去了，区队长还没有跟自己谈话呢。不知道二哥他们现在入党了没有。陈安波的思绪一下子又跳到了亲人身上。

二哥和兰方哥不知道是不是已经入党了，景芝和陈业应该还没有吧？不知道景芝有没有安全顺利地到达湖西，她在5月初的时候，作为医疗护理骨干被派去支援在微山湖一带坚持活动的苏鲁豫支队第四大队，因为苏鲁豫支队的主力要去开辟新的根据地，留下来的队伍特别需要医护人员。兰方哥已经是后方医院的主刀了，不知道这次小鬼子扫荡，医院是怎么办的？还有伤病员呢，肯定跟鲁艺有不同的反扫荡策略吧？陈业没有跟陈安江一同从胶东回来，据说是要留在那里执行重要任务。那小伙子机灵，肯定行。陈安江跟着罗政委走了，不知道会见识什么大世面呢。取得平型关大捷的——五师主力啊，该有多威风！二哥以后肯定有得吹牛了。

进山洞的时候就已经发现了，今夜星光灿烂呢。陈安波的思绪如天马行空，一下子又想到了大哥陈安洋星夜的追随，那是一年前的事情了，对，差不多整整一年了。如果没有日本侵略，她可能还会在青岛铁中顺利地上到高中。高中毕业后考大学，学什么呢，没想好。她不想学医，因为她早就读到鲁迅先生的著作，对鲁迅先生弃医从文、拿起文学的武器疗救国民精神上的创伤的举动非常钦佩，但她不是文学家的料儿。大概，她现在所经历的参加八路军、作宣传、读书就是她那个还不明确的人生理想吧，这是日本鬼子逼得她不得不早早接受的命运，但这也恰恰是她人生的某个时段一定会选择的事情。

大姐和大姐夫在胶东，应该过得还不错。大姐夫到底还是能学以致用的吧。二姐和三姐不知道现在过得怎么样？二姐的人生似乎是看得见结局的，她会和钱昌寿一起，守着初九医院吗？广州去年底就沦陷了，三姐夫有家不能回了，他一定会对三姐好吧？当初三姐下了多大的决心才同意做了施明榕的续弦，她为初九医院是作了牺牲的，可是，三姐自己到底是怎么想的呢？陈安波想起了她曾经提议要陈安洁离家出走、要革这个家的命，但现实却是，日本鬼子不请自来、步步紧逼，来要中国、要中国人的命了。国难当头啊，陈安波突然又联想到杜甫的《春望》：国破山河在，城春草木深。感时花溅泪，恨别鸟惊心。烽火连三月，家书抵万金。白头搔更短，浑欲不胜簪。

嗯，这首诗可以在高级识字班上讲一讲。哎呀，怎么头上更痒了呢？别是长虱子了吧？陈安波从小到大，从未见过虱子。她参加八路军后，从三支队、四支队到山纵宣传大队、鲁艺，她还没有真正上过战场，没有打过仗。长途行军是有的，但部队都是非常讲卫生的，连三大纪律八项注意都提到了宿营要挖卫生壕，更何况她的家庭和教育背景以及做宣传文艺工作的职业要求。

然而，陈安波生来就是一个非常会宽慰自己的孩子。就像她把离开队伍、留在山上放羊看成是组织对自己的考验一样，她同样把能不能同虱子和平共处也当作是对自己的考验。革命战士死都不怕，难道还怕虱子吗？不过，离开队伍才一天，可能不会吧？最好还是不要吧。

就这样，哭哭笑笑、醒醒睡睡的，十九岁的陈安波一个人在山洞里度过了平静的一夜。早晨，她是被由远而近的歌声叫醒的：

家有那二亩地儿啊，

种上了大地瓜呀，

一家人吃穿全都靠着它。

等到那秋风一吹地瓜大呀么大地瓜，

伙计们使把劲儿啊，

一起往家拉，

拉，拉，

拉地瓜！

这是铁柱子边走边唱呢。陈安波赶紧站起身来，去抱开堵在洞口的树枝。外面，铁柱子也唱到山洞口了，小声地呼唤着："安波姐，安波姐，你醒了吗？"

语音未落，没等他伸手抱树枝，树枝就从山洞里面被挪开了，露出了陈安波朝气蓬勃的笑脸。

"铁柱子，你来了，真早啊。山下怎么样？"

"还行。俺爹昨晚上回家来了，说了小鬼子扫荡的事儿，还没完呢。"铁柱子拉着陈安波走到了一边，看了一眼安安静静吃草的羊群，然后小脸很严肃地对陈安波说，"俺爹说了，他从上级那里知道的，小鬼子的这次扫荡是想把共产党和国民党都灭了，所以很厉害，飞机来来回回地轰炸。但是咱八路军地形熟，跟鬼子打游击，虽然牺牲大，但是还撑得住。"一边说着，铁柱子把始终背在身上的背包从身后转到了身前，从里面掏出两个玉米面窝头，递给陈安波一个，"给，吃饭吧。俺娘给咱俩带了四个呢，是纯玉米面的。家里真是没啥吃的了，一点白面都没有。你慢着点吃，俺娘在窝头里夹了咸菜，别掉了。"

"谢谢你，也替我谢谢你爹你娘。"陈安波小心翼翼地接过窝头，她知道，此时此刻，有玉米面窝头吃，是一件多么难得的事情。只听得铁柱子也小声嘀咕着："我沾你光了，俺爹俺娘在家吃糠煎饼呢，那个不好带，我一路放羊爬山过来就稀碎了。"

陈安波没有接话，只是一小口一小口地吃着还有点温温热的玉米面窝头，就好像要品出多少粒玉米才够做出这只窝头一样，舍不得大口吞咽。她还想到了忍饥挨饿的战友，想念战友。

铁柱子坐在旁边，高高兴兴地几口就干掉了手中的窝头，转过头来一看，脱口问道："安波姐，你怎么了？吃不惯窝头吗？"

"没有没有，你想哪儿去了。"陈安波急切地摇头，向铁柱子解释说，"这是多好的吃食啊，我舍不得一下子吃掉。你爹你娘宁可自己吃糠咽菜，让你把这么好的窝头带给我，我心里真不是滋味。"

"噢，这样啊。那你们就多打鬼子啊。你们打跑了小鬼子，俺爹俺娘都有营生了，就不用吃糠煎饼了，连这窝头都不用吃了，咱们天天吃大白面馒头。"铁柱子安慰起陈安波来。停了一会儿，他又对陈安波说："安波姐，你们怎么不打鬼子啊？见天儿地在这山里转悠。还有啊，这根据地，咋说不要就不要了呢？唉，俺爹俺娘他们可担心了。"

"咱俩昨天都看到小鬼子的飞机了，我还给你讲了咱八路军步枪打飞机的事儿，但那个是很难的。我们鲁艺的王校长讲过，我们现在这样打游击，是因为敌我双方力量悬殊，所以我们现在的主要任务是保存战争实力。我们的武器不行，如果硬打，我们的牺牲太大。"

"这样啊，那俺们还得等多久？多咱就能打小日本鬼子了？"

"毛主席说，这是持久战。唉，跟你一小孩儿说不清楚。你还是得多认字，到时候自己能读书了，就能懂了。"

"好吧，认字。"铁柱子情绪有点低落，转身又从背包里拿出一只识字框，说，"安波姐，你们以后就叫俺铁柱吧，俺昨天晚上问过俺爹娘了，跟你猜的一样，俺大名就是王铁柱。你今天就教俺写俺的名字吧。"

"一天就学两个字。你也太行了吧，怎么也得把家里的人名认全了，还有毛主席、共产党和八路军。"

"好好好。俺学还不行？"

"行行，好好学。来来，我先教你写你的名字。你的姓'王'字好写，'铁柱'笔画有点多哦。喏，这是'铁'字。"陈安波边说，边用小树枝在识字框写下了"铁"字，然后就势用这小树枝点着这个字道。

"啊，这笔画也太多了吧？俺爹给俺起了个什么名儿啊！"铁柱子看着陈安波一笔一画写下的铁字，要知道，那个时候，都是繁体字，又是在识字框画出来的，有的笔画都要连在一起了，可真是够难的。

"别胡说。"陈安波拍了一下铁柱子的脑袋，"名字寄托了父母对你的美好愿望。'铁柱'是个好名字，意思是你长大了要做一个铁骨铮铮的硬汉子，顶天立地，家里的顶梁柱、国家的栋梁之材呢。"

"俺爹识不了几个大字，俺寻思他还没你想得好呢。安波姐，能识字、有文化真好。"

"来，我们把这个'铁'字分开来学，先学左偏旁，就是左半个字，是'金'字。咱先在地上学，地上大。"陈安波抹平了脚下的地面，一笔一画慢慢地写下了"金"字。为了铁柱子好记好认，她也不管笔画顺序了："你看啊，一撇一捺，底下一个'王'字，最后再加两个点儿。'王'你还记得吧，就是你的姓，我昨天教你的。"

就这样，一个"铁"字，陈安波教了铁柱子好一会儿。铁柱子虽然记性好，但是坐不住，他的确还得看着羊群。反正，用了一个上午的时间，他总算是学会了写自己的名字。但是陈安波是个认真严格的老师。两个人吃了第二个窝头，铁柱子采来山果又解了渴又漱了口之后，陈安波让铁柱子再写一遍自己的名字。

只见铁柱子飞快地抹平地面，飞快地写下"王"，然后速度就慢下来了，边想边嘀咕着："'铁'和'柱'里都有个'王'字，俺记着呢。"

陈安波一边听着铁柱子的嘀咕，一边心想，仓颉啊，老祖宗，我可真没有别的办法了，您就原谅我们吧。

太阳快落山了，铁柱子终于能流利地写出自己的名字了，但识字框里是写不下"铁"字的，得在地上写。至于明天还能不能流利地写出来，铁柱子拍着小胸脯，打保证。不过，他似乎还不打算离开。陈安波有点奇怪，问铁柱子怎么还不往回走。

铁柱子说："俺爹说，小鬼子进山都是有动静的。要是再过一会儿，还没动静，今天就不会来了，你就跟俺下山家住去，俺娘说你一个大姑娘家，在山洞里睡是要坐下病来的。"

"还是不要了吧。现在天不冷，不会坐下病的。小鬼子会搞夜袭呢。"

"放心吧，俺村里的狗都可机灵呢，小鬼子要进村，狗都会叫唤呢。俺爹俺娘还说夜里轮流听着呢，肯定不能让你吃亏。"

"你爹你娘这么说？那我更不能去了，闹得他们都睡不好觉了。"

"哎呀，安波姐，你这就外道了。你要不家去，俺爹俺娘就该唠叨俺了。再说，黑天了，俺看不清楚羊群，你还要帮俺看着点呢，可不能少了。俺家在村边上，出门就是山。你进村，没人能发现。小鬼子进村，得过了整个村子才能到俺家呢，那动静早就听见了。就是那个时候跑，俺领着你，小鬼子也追不上。"

"好吧，你这小家伙真能说。"

"那是，也不看看俺是谁的儿子，大柜的儿子啊。"铁柱子很高兴陈安波今天晚上能跟他回家。

天刚刚黑下来的时候，铁柱子赶着羊群进了家门，走在羊群中间的陈安波猫着腰，三两步跟着羊群也进了门。铁柱子的爹娘早就站在屋门口等着了。一看见两个孩子和羊群都进了门，铁柱子爹立即关上了院门，帮着铁柱子把羊群赶进羊圈。铁柱子娘则是一把拉住陈安波的手，二话不说就拽进屋，等站定了，才回过头来，看着陈安波，说："闺女啊，你受苦了。饿吧？昨天晚上都没怎么睡吧？"

"婶子，我还好。您让铁柱子给我带了玉米面的窝头了呢。您和大叔都没吃上。"

"唉，这可恨的小日本鬼子，你说咱也没招他惹他，跑来咱中国祸害咱，连个玉米面窝头都成了好吃食，真是造孽啊。来来，先坐下喝点水，歇歇。"

陈安波被按着坐在炕头，接过王大婶递过来的一碗温水，一口气喝了个精光。她把碗递还给王大婶，问道："谢谢婶子。这水温温的，正好大口喝。喝到最后，好像还有一股药味呢。是什么？"

"唉，闺女啊，俺是加了点益母草，特为你熬的。女孩子，这么翻山越岭地跑，饥一顿饱一顿的，又在山洞里过夜，要坐下病来的，以后可怎么嫁人生孩子啊。"

"婶子……"陈安波说不出话来，她觉得说什么也不能表达她此刻的心情。这两天她腰酸肚子疼，想着可能是要来例假了，只能忍着。

"你要铁柱子给你带针线，可是要做那个？"王大婶问陈安波。

"是。"陈安波有点不好意思，她确实要缝几个备用。

"明天早晨你出门的时候带着针线吧，现在黑天了，看不清楚了，你明天白天在外面就可以做。"

"好的，听婶子的，谢谢您。"

"你这个孩子，咋这么客气呢，外道。告诉你，你大叔准备明天要是小鬼子不来，就杀一只羊呢，给你好好补补。"

"这可使不得使不得，婶子。那羊咱家还留着有用呢。"陈安波试图打掉王大婶的这个念头。

"还有啥用？原本是孩子他爹张罗红白事儿要用到的，自家养了方便，谁想到小日本鬼子来扫荡，家家都能不办事儿就不办了，走掉的老人在家里停几天就埋了。说实在的，万一要是小鬼子来了，俺们没躲开，这群羊还不是便宜了这帮狗日的。"王大婶的话音刚刚落下，王大叔和铁柱子就进屋了。

"娘，今晚儿吃什么？"

"菜团子。"王大婶应道，"你爹跟你说了吗？明天你大舅过来，还有你二叔三叔，咱家宰只羊吃了它。白天你和你安波姐照旧去放羊，晚上回来喝羊汤。"

"大舅要来？"

"来。俺跟你大舅早就已经定下来了，也是来通通消息，看小鬼子都到哪儿了。他们一早来，不耽误你们出门。要是到点儿人还没到，那就是有情况，就不宰羊了，你们赶得远远的去。"王大叔接着说。

"知道了。"铁柱子回答。

一家人都吃了菜团子。饭后，王大婶烧了一大锅热水，让陈安波用热水好好洗洗。虽然已经剪了很短的男孩头了，陈安波还是洗了头，洗了全身，换上了王金柱留在家里的干净衣服。因为已经是夏天了，王大叔和铁柱子直接就在院子里举起水盆往身上冲了冲。之后，爷俩就进了屋子，先睡。王大叔说了，陈安波连日奔波，一个闺女家，得好好睡一觉。前半夜人警醒，让王大婶听着动静。后半夜夜深人静，人容易犯困，他来听着看着，抽杆烟、在门口溜达溜达，就能顶过去。就是有人看见，说走了困、睡不着，也不会惹人注意。陈安波没有再客套，原本吃饱了洗干净了，瞌睡就来了，完全不能抵抗。她头一挨枕头就睡着了。

天蒙蒙亮的时候，陈安波被推醒了。她猛地睁开眼睛，见是王大婶。只听王大婶说："闺女啊，快起来了。他大舅还没来，估摸着小鬼子离着咱这块儿近了。你和铁柱子赶紧，拾掇拾掇，就赶上羊群进山去。"

"好。那婶子你和大叔怎么办？"

"俺们也会躲一躲，但不会进到山里面。我跟铁柱子说了，你们在山上能看见，只要小鬼子不走，你们就不要下山。要是小鬼子进山了，你们要躲好，保命要紧，不要管羊群了。听明白了吗？"

"娘，俺可不能让小鬼子把羊群给祸害了。"铁柱子正进屋来，听到了王大婶的话，立即争辩道。

"铁柱子，听你娘的。"跟着进来的王大叔一脸严肃地对陈安波说："闺女，你婶子说得对，保命要紧。留得青山在，不怕没柴烧。铁柱子要是犯浑，你管着他。"

"知道了，放心吧，大叔。铁柱子可懂事了。"

"你们现在也不要紧张，他大舅没到，兴许是有什么事情耽搁了，小鬼子不一定到俺村来。毕竟俺村太小太偏，都算不上根据地，从来也没有共产党、八路军驻扎过。咱这是不怕一万，就怕万一，先准备着。"王大叔分析着、安慰着陈安波和铁柱子。

"好，大叔放心吧，我和铁柱子都会好好的，您和婶子也要小心呢。"陈安波说完，抱了抱王大婶，又看了眼王大叔，点点头，就出屋子了。

简单地洗漱了一下，带着王大婶给准备好的一兜子菜团子、一团黑线和一根已经穿了线的缝衣针、铁柱子兄弟俩的一套旧衣服。铁柱子把从不离身的袋子转到了身前，里面也装上了几个菜团子。两个人的后背上都是各背了一件他们都推辞、王大婶坚持让带上的羊皮袄。情况不明，四个人都没有多说话，就着热水吃了一个菜团子之后，不约而同地起身，赶着羊群出门了。行至半路，王大婶和王大叔就不走了，他们的位置可以看到远处村子的入口。陈安波和铁柱子则继续赶着羊群向更高的山坡走。两个人都没有说话，实际上四个人出门、分手都没有说话。夏日灼热的阳光照射下，他们都很紧张，说实在的，如果鬼子进村，那将是他们生平第一次见到活的残暴的侵略者。

铁柱子把羊群赶到了比前两天更高的山坡上，才停下来。回头看着紧跟着的陈安波，问道："安波姐，你说小鬼子会来扫荡咱村吗？"

"我也说不清楚呢，看看吧。"

"唉，你这个女八路，咋啥都知不道呢！"

"我分析吧，大概不会来。因为你们村既没有我们共产党、八路军的机关，也没有国民党政府机关，就是一个山里的小村子，没有耕地，也就没什么油水，而且还不是交通要道，就一山旮旯儿，小鬼子不会来，但是伪军可能会来转一圈，打个秋风就回去。"

"还打个秋风呢！俺村儿远近都出名的穷。村里人家养的猪和鸡，要不都卖了，要不都吃了，总不能留给小鬼子吧，俺家这十几只羊，可是村里最值钱的物事了。他们想抓羊吃肉，可没那么容易。"

"是啊，再看看吧，你沉住气。不过，你把羊群赶到背面的地方吧，正对着村子，要真是小鬼子来了，咱们还看不见，他们的望远镜早就能看见了。"

"好，安波姐，前面正好有一个下坡，等俺把羊群赶到那里去，小鬼子就看不见了，羊不会乱跑，俺一鞭子的事儿啊。"铁柱子听话地说道，挥着羊鞭继续向前走去。

陈安波发现了一块大石头。她在石头后隐蔽下来，放下兜子和背包，伸出头朝村子方向观察：看不见王大婶和王大叔，但是能看见村口。这是个好天气，微风吹过，带着一点湿气。脚踏在高高的山坡上，头顶蓝蓝的天，眼前绿草如茵，远看却是遍布茅草屋顶的破败的小村庄。耳边，不时地传来不知名的鸟叫声和咩咩的羊啼。很快地，铁柱子也来到了陈安波的身旁，跟她一样躲在石头后面，向村庄方向张望着。

看了好一会儿，什么动静都没有。陈安波小声地跟铁柱子说："铁柱子，咱俩轮流观察吧，你先去看看羊群，别让羊群跑了，散了。我继续盯着，过一会儿，咱俩换换。"

"好，安波姐。"铁柱子一口答应，猫着身离开大石头。

陈安波继续观察着，观察着，从凌晨开始一直绷着的紧张的神经慢慢地放松下来，嘴里不由得小声地哼唱起《松花江上》："我的家，在东北松花江上，那里有森林煤矿，还有那满山遍野的大豆高粱……"她的声音颤抖着，眼眶里蓄满了泪。

"安波姐，这歌儿真好听。你以后教俺唱吧。"早已回到大石头后面的铁柱子对陈安波说道。他抬头看看天："快晌午了，安波姐，你渴了吧？俺再去看看羊群，顺便摘点果子来。"

"等等，等等，你快来看看。"陈安波的声音一下子变得急促紧张起来。

铁柱子听到，脸色急变，一下子就站起身来。

陈安波一把把他扯下来，按着他的肩膀，拉到石头后面。

铁柱子根本就没在意陈安波的粗暴动作，抬起头来看，就看见远处的村庄口，急急忙忙地走来一个人。

"这是谁啊？看不清楚。"铁柱子边目不转睛地盯着，边小声嘀咕着。又盯了一会儿，发现进村的只有这一个人。这个人进村后好像很有些迟疑，脚步忽快忽慢的，左顾右盼，但一直没有停下来。

"好像是俺大舅。那个走路的架势，真有点像呢，安波姐。你看，他一直往俺家走哪。唉，安波姐快看，快看，那好像是俺爹，他正往山下走呢。他肯定认出来那是俺大舅了，俺娘还藏着嘞。"

陈安波不停地说着"哦，哦……"回应着铁柱子，一会儿观察着那个进村的男人，这时已经可以清楚地看出那是个中年男人了，一会儿又观察着从山上往下走的王大叔，从背影上看王大叔似乎还挺镇定的。

两个人终于在铁柱子家门口见上了。"嗯，俺没有看错，那就是俺大舅！"

远远地，只见他们短短地说了句话，王大叔就从裤腰上掏出了钥匙，开了门，铁柱子大舅就跟进去。

"啊呀嘞，俺大舅肯定带消息来了。俺俩再等等，要是俺爹发信号，就可以下山回家了。"

两个人又等了好一会儿，不见动静。铁柱子待不住了。陈安波劝道："铁柱子，你别着急，你不是看清楚了，那是你大舅。不会有事的，你爹肯定是在跟你大舅商量着呢。你先去看看羊群，再摘点果子来。注意啊，面向村子的时候，一定要猫着腰，别被发现了。"

"知道了，俺去去就回。安波姐，你可看清楚俺爹发的信号啊。"

陈安波盯着山下的村庄，没有动静。铁柱子很快就回来了："怎么样啊，安波姐，俺爹打信号了吗？"

陈安波摇摇头："还没有。看样子情况很复杂。"

"嗯，俺也这样猜。"

陈安波和王铁柱分析得果然八九不离十。王大叔和他大舅子经过一番讨论，还是决定今晚全体都不下山。只见夕阳中，王大叔在家门口抖搂着一件白色的褂子，上上下下地好几下，然后锁好家门，跟他大舅子一起往山上来了。

第八章　初次归队

　　陈安波和铁柱子此时都不知道，铁柱子爹和他大舅此时都是共产党员了，还是秘密交通员。铁柱子爹是"大柜"，他大舅也是"大柜"，两个人活动的范围不同但却紧挨着。有时活计多了，两个"大柜"经常互相介绍营生，互通有无。他大舅还是他爹和他娘的"大媒人"呢。他大舅之所以没能在约定的时间到达，是因为路上实在太难走了。

　　日本鬼子的这次大扫荡是从轰炸沂水县东里店开始的。6月7日，日军先后出动十五架飞机，对国民政府山东省政府临时驻地东里店狂轰滥炸，炸死三百余人，四千余间房舍化为灰烬。三日之后，日军再次出动飞机轰炸东里店和国民政府鲁苏战区总部驻地沂水县上高湖。沈鸿烈匆忙逃窜，被一牧羊人掩藏救下。鲁苏战区总司令于学忠作战部署有误，所属部队虽多有斩获，但损失惨重。中共山东分局和山纵指挥部撤出王庄后，在沂水、蒙阴一带转战，坚持留在抗日根据地内，同游击队和自卫团一道，寻机袭扰和打击敌人。山纵转移到外线的部队，则采取灵活机动的战术，广泛开展游击战，积极打击敌人。

　　日军来势汹汹，常常夜间走小路隐蔽行军，拂晓突然发动袭击，自西、北、南三面数路，先攻沂水县，东里店、上高湖和王庄是日军的主要进攻点，之后攻占鲁中各县城及公路沿线几乎所有的重要村镇。日军继而修建据点，再以据点为依托进行分区扫荡。然而，山纵内外线的顽强抗击和于学忠部的抵抗，使得日军难以实现预定目标，到 7 月中旬的时候，日伪军已有一千多人死伤。加之日军对晋东南、晋察冀扫荡失败，到 7 月下旬，扫荡鲁中的日伪军大部撤退。

铁柱子大舅来的时候，已经是 7 月中下旬了。他们的家都在蒙山深处，在此次根据地反扫荡的内外线作战中，没有担负具体的任务。按照上级组织的要求，他们迄今都没有向家人透露过自己共产党员和秘密交通员的身份，而他们相互知道身份还是在某一次接力传递任务中，恰巧做了前后手。虽然没有任务，但两个"大柜"却有着高度的自觉，以亲人的身份来传递着消息，为躲藏在附近的八路军预警。他们并没有相互问过，各自的村庄到底掩护了多少八路军将士，但从铁柱子爹刚刚在院子门口打出的信号看，山上不定藏着多少人呢。

日军扫荡已是强弩之末，王庄据点的日军被游击队包围，日军的援军被截击。但两个"大柜"深知狗急跳墙的道理，担心村人和八路军吃亏，他们经过商量，一致认为今晚应该在山上过。明天一大早，派人送铁柱子大舅出村十里地。如果沿途没有发现日本鬼子，或者鬼子和伪军的部队是向后向外撤退，那大舅继续回家去，村人则回来报信。

陈安波和铁柱子都看清了王大叔的信号，铁柱子转身就朝羊群走去，他要把羊群赶进陈安波休息的秘密山洞里，晚上他就和陈安波一起，轮流守在洞口，轮流休息。就这样，十几个菜团子，再加上铁柱子摘的野果，还有两人出门前带着的两件羊皮袄，姐弟二人在山上又坚持了三个晚上。陈安波还利用白天的时间，给自己缝了两个铁柱子看不明白的小东西，并且把随身带的金链子也缝了进去，这是陈家的纽带和亲情，她不想暴露在光天化日之下。

等到第四天的早晨，晨曦初露，继而朝霞满天，陈安波不由得赞美一声"大好山河啊"，不料一旁的铁柱子却一声叹息："哎呀嘞，糟了，要下雨了，咱在山上可不好过了。这该死的小日本鬼子，怎么还不滚蛋？"

陈安波没有接话，心里想着，下雨，对没有什么重武器的八路军来说，是有利的吧。

还没有等到变天下雨，就看到不知什么时候已经回家的王大叔从院子里出来了。这次，他朝着山的方向使劲地抖动着一件红色的裙子，上上下下地来回挥舞了好几次。铁柱子还要放羊，所以陈安波和铁柱子商量好，等半下午再下山。白天先把羊群赶到草长水美的另一块地方去，这三天羊群被拘在一个地方，甚至还拘在黑黑的山洞里，羊都有点饿瘦了。就是下雨了也不怕，顶多找个地方躲一会儿，能回家就行。铁柱子去招呼羊群了，陈安波继续伏在大石头后面观察着。很快，就有人出现了，都是朝山下走的，她还从背影认出了铁柱子娘王大婶。只见她背着一个小包袱，看样子也是一件羊皮袄吧，手里还挎着一个小包袱，也不知道从哪里出现的，但很快就汇入了下山的人流中。

我也要回家去。陈安波看着那股不太大的人流，暗暗地对自己说道。

大半天平静地过去了，眼看着头顶上的乌云渐渐地朝山顶汇聚过来，铁柱子认为最好还是在下雨前回家去，否则山路太不好走了。陈安波没有异议，跟第一次回村时一样，静悄悄地回到了铁柱子家。一进家门，暴雨倾盆而下，夹着雷鸣电闪。王大婶一边关上门，一边说着："可是回来了，这么大的雨，留山上可怎么整啊！"看着铁柱子和陈安波把羊群赶进羊圈，王大婶又道："俺一家人还是先吃饭吧。这雨看着大，下一会儿就过去了。吃完饭，你们再洗洗，然后赶紧睡觉。"

众人的晚饭还是菜团子，但是有玉米粥。铁柱子问："娘，这是你从山上起出来的？"

"可不是嘛，俺们一颗玉米粒都不能让给小日本鬼子吃，自己还是要吃的，吃了饭才有力气，好打小日本鬼子。你爹说了，明天还是宰只羊，俺自家先补补。伏羊一碗汤，不劳神医开药方嘛。"

"那大舅还来吗？"

"不来了。"

"噢，那他就喝不上羊汤了。"

"你小子，还真是亲你娘舅嘞。"王大柜笑着拍了一下铁柱子的小脑袋。

"那是，最香不过龙肉，最亲不过娘舅啊。"

"娘，那说词要改改了，应该是最香不过羊肉，最亲不过娘舅。"

"好，好，听你的，以后娘见机行事。"

一家人喝着热乎乎的玉米粥，就着菜团子和咸菜丝，心里胃里都舒坦起来。饭后，天已经完全黑下来了，雨也停了。一家人走出屋子，站在院子里。王大柜深深地吸了口气，又长长地吐了出来，对着一家人说道："这天儿，太热，这场雨算是下透了，舒坦。这场雨一下，小日本鬼子的扫荡也就算完了，他们的大炮在咱这山区、泥泞地，都要成累赘了。白天乌云成了团，那些飞机就是飞起来了，也看不清楚下面的目标。他大舅前两天来的时候就说，看着小日本鬼子都朝根据地外面走，像是要撤退呢。听说八路军打了很多胜仗。这老天爷也帮着咱八路军呢。"

铁柱子在一旁听着，张嘴打了一个大大的哈欠。王大婶一看："哎呀嘞，这小子食困了。快，赶紧洗洗冲冲，洗干净了就去睡吧。"说着，一转身就进了灶屋，烧大火热水去了。陈安波则进了正房，收拾桌上的碗筷，放在木托上也进了灶屋。王大婶见了，没有客套话，只说："闺女，你稍一等啊，水热了再洗，这热天儿，姑娘家最忌讳用凉水洗身子了，激着了，要坐下病的。"

"唉！我听婶子的。我先洗碗筷。婶子，用哪块抹布擦桌子啊？"

"这块。"王大婶递给陈安波一块抹布，说着，"家里有个闺女就是好啊，知道帮着娘亲干活，不像那爷儿俩。"

"瞧你说的，婶子，铁柱子每天放羊，辛苦着呢。"

说话间，王大婶已经麻利地把大锅里烧温了的水舀了盆出来，端到院子里，让铁柱子先洗头冲澡。转过身进门，从水缸里又舀了几瓢水，继续加热。这边，陈安波洗好了碗筷，放进碗柜，端着盆出来倒水，看见王大柜蹲在屋檐下吸着烟袋，若有所思。

　　"大叔，你在想什么呢？"

　　"闺女，来，来，大叔正想问问你呢，你有什么打算？"

　　"我自然是要归队的。"

　　"他大舅来时说，小日本鬼子在王庄建了个据点。我估摸着，这会儿，这据点已经被咱八路军拔掉了。但是咱这里到底消息不灵通，不知道这次小日本鬼子的扫荡到底是个啥情形了，也不知道咱八路军到底是个啥情形了，你那个部队也不知道在哪里。"

　　陈安波听到这里，明知王大柜说的是实情，但心里不知怎么的，忽然变得空荡荡，没着没落的。鲁艺的部队在转移过程中，因为食物困难、武器匮乏而把她留在这小山村，当时情况紧急，她也没有思想准备，匆忙慌乱中竟然忘了问以后怎么办，队伍上也没有人提起。

　　"大叔，我想着去王庄附近摸摸情况。"

　　"好，明天先喝羊汤。要是没什么情况，后天我送你去。"王大柜一锤定音。王大婶这时也出来了，接着说道："对，闺女，听你大叔的，你就安心吧。现在水热了，你先去洗洗吧。在山上好几夜了，好好洗洗，再好好睡一觉，明天早起宰羊，喝羊汤。"

　　陈安波应道："好嘞。"进了灶屋，轻车熟路地拿着大澡盆进了正屋，又出门来来回回从灶屋提了一桶热水两桶凉水，最后又拿了一个盆，对还站在院子里的铁柱子爹娘说了句："我很快就好了。"

　　王大柜夫妻俩都笑着点点头，自家闺女，没必要太外道，自己烧水提水倒水都不算什么，这还没有让她去井边挑水呢。陈安波也觉得很自然，当然她没有磨蹭，本来头发就短，快速地洗了个战斗澡就感觉很舒服了。等她把水倒掉，把正屋都抹干净了，马上就让王大婶进屋歇息，自己又去烧水，把她和铁柱子换下来的衣服先煮了个开，然后再晾到院子里拉着的晾衣绳上，准备等第二天天亮以后再去井边洗干净。

一家人除了王大柜早已下山回家，都是今日刚刚下山，筋疲力尽的。很快，王大婶、铁柱子和陈安波就进入了梦乡，而王大柜则出门去了，一直到半夜，他才回家，钻进铁柱子兄弟俩的房间，把睡得摊开手脚的铁柱子往炕里推了推，倒头呼呼大睡起来。

陈安波是在一阵阵欢声笑语中醒来的。她转头望望，伸手摸摸，就知道王大婶已经起床很久了。这一觉睡到了日上三竿，她觉得自己神清气爽，满血复活了。瞅着屋子里没人，她不顾形象地痛痛快快地伸了一个懒腰，然后迅速起身，穿好衣服鞋袜就推门出去了。屋子门口没有人，只有一盆干净的水。陈安波望了望院子的一角，喧哗来自那里，一群人正围在那里，两三个人正用水冲地扫地，还有两三个人还在切割羊肉。

陈安波明白过来，屋子门口的清水是王大婶为她准备的，让她睡醒了好先洗漱，见不见人随她。铁柱子肯定是不在家的，头天晚上就说好了，他见不得这场景，但是羊汤要等他回来一家人一道喝。王大婶现在肯定在人多处张罗着呢。陈安波端着那盆清水回到房间，发现桌子上还有一碗水，伸手碰碰碗边已经有点温了，肯定是王大婶早晨烧了开水给她凉上的。陈安波一口气喝了碗里的水，又洗了脸，回身把炕整理好。她没有再出屋子，就坐在窗前听着看着。

陈安波猜想，这个小山村，也许还有一些同铁柱子家一样的庄户人家，掩护了不知道多少八路军。铁柱子可能不清楚这些，但铁柱子的爹娘显然是知情人和参与者，铁柱子爹甚至还可能是组织者。很快，院子里的人都散了，羊肉也被这些人带走大半。王大婶早就发现陈安波起床、出过一次门，待得村人离开就关了院子门，朝正屋走来。陈安波见状赶紧开门迎了出去："婶子，真难为情，你看我睡过头了，也没帮上忙。"

"哎呀嘞，闺女，这个宰羊分肉的事儿啊，俺娘俩儿都帮不上忙。你大叔去挑水了，俺们去烧水，一会儿就炖上羊肉羊骨头汤。"

"好嘞。"陈安波一边答应着，一边跟王大婶进了灶屋。灶台上，还温着一块玉米面的贴饼子，王大婶递给陈安波："给，你的早饭，将就着吃，还有哩。等羊汤好了，泡到羊汤里，就更好吃了。"

陈安波双手接过贴饼子，说道："谢谢婶子。你们都吃了吗？"

"吃了吃了，你放心吃吧。"王大婶出门，从院子里端进一盆切好的羊肉羊骨头，还有一条完整的羊腿。陈安波忙接过来，王大婶说："这条羊腿要先过过水，烧个开，天热，不然容易坏。等明后天，你大叔送你回部队的时候，带着，万一路上碰到什么情况，就说要给你大舅家送去的。当然，就是没情况，也是真要给你大舅家送去的。他家里可也没啥吃的了。剩下的，俺们吃。俺也不整那些麻烦事儿，喝汤、吃肉。一会儿都过了水之后，就炖上。你在家烧火，俺就去井边洗下水去，那些也是好东西，就是太费水了，可不能让你大叔太辛苦。"

"好，我烧火，看着灶。你放心吧。"陈安波答应着。

一整天，小山村里弥漫着浓浓的羊汤味道。

第二天，一家人还是贴饼子就羊汤，吃得满面红光、大汗淋漓的。又过了一天，平安无事，群山环绕的小山村仿佛与世隔绝了一般。陈安波归心似箭，但王大柜一直说要等等。王大婶则劝陈安波道："闺女，沉住气，听你大叔的。不会让你等多久的，那羊腿也经不住放，是不是？"

陈安波还没说话，铁柱子给他娘帮腔了："安波姐，听人劝，吃饱饭。你别着急，俺爹有谱着呢。指不定什么时候，说走就走呢。"

"是啊，闺女啊，你来俺家，也没好好招待你。你走的时候，记得一定带上这件羊皮袄，隔凉，天冷了也暖和抗冻。俺家没别的，就这羊皮袄还能顶个事儿。"

"婶子，这怎么行呢，八路军不拿群众一针一线。"

"八路军的规矩俺懂，那就算俺借给你的。等打跑了小日本鬼子，你来还俺。再说，你大叔去送羊肉，你也不能空手啊，就说去送羊皮袄。"

大柜家的内掌柜可不是假把式，能说会道的女知客，三言两语把陈安波说通了。"好，这羊皮袄的用处真挺大的，我先借借，等打败了小日本鬼子，我来看你们，还你们羊毛呢大衣、帽子和围巾手套。"

"好，好，俺等着。"

一家人说说笑笑地歇下了。直到陈安波在铁柱子家连续住了四晚，王大柜才在第五天的凌晨，领着陈安波出了村子。还在家的时候，他们一家四口就对好了说词，路上陈安波还是男孩子的装束，扮作王大柜的大儿子金柱子。

陈安波入伍以来，一直跟着队伍走，从未单独行动过。即便是此次反扫荡，起初她也是跟着队伍走的，中间被突然留了下来，在蒙山深处的这个小山村，跟放羊的小弟弟一家，前前后后一起生活了十几天。心里曾有过一时的无助，一时的困惑，但更多的是坚定的信念和深刻的感恩。她不认路，但对王大柜毫无保留地信任，确信组织上不会草率地把她托付给一个老百姓，所以一路都跟着王大柜行进。

王大柜没有走大路，净带着陈安波走盘山小路、羊肠小道了。而且，王大柜极为机警，走一段路就会停下来，看看周围，听听动静。一路上，他一个能说会道做大柜的人却没有多说话，看得出来是高度紧张的。出门第一天，王大柜都在走山路，一直到天快要黑了，王大柜才松了一口气，对陈安波说道："咱们这就下山去，拐过一道弯，就是他大舅家了。离得这么近，没什么大动静，看来没有小鬼子。"

陈安波回答："听大叔的。"

二人拐过一道弯，往下望去，只见小山村安安静静的，不见炊烟，不见灯火。两人心里顿时忐忑起来。越来越近了，铁柱子大舅家也在村头，靠着山。王大柜让陈安波先隐蔽起来，羊腿也没有带，自己空手下山进村探探。如果没情况，就给陈安波发信号，她再行动。如果有情况，那他一定会弄出动静来，陈安波就要赶紧跑。

到了这时，陈安波才真正地担心起来，她一把抓住王大柜布褂子的下摆，颤抖着说："大叔，你慢着点，看清楚，听明白了，别着急进村，一定要小心啊。"

"放心吧，闺女。你别害怕，我这也是以防万一。"说完，王大柜就转身下山去了。陈安波盯着王大柜的身影快速地离开，心里默默地念叨着：千万别有事啊。

好在没过一会儿，村头那座院子里就亮起了豆大的灯光。这灯光还是移动的，想来是有人手持灯盏出了屋子，又出了院子，在门口左右晃了三晃。就在这豆大的灯光里，一个人朝着山上陈安波隐蔽的方向快速走来。陈安波一看那身形，便知是王大柜，连忙整理好手里的东西，向王大柜来的方向跑去。

"大叔，没事吧？"陈安波一见到王大柜就小声问道。

"没事。回家再说。来，东西给俺。"王大柜接过陈安波提着的羊腿，两人不一会儿就进了铁柱子大舅家院子。

他大舅正站在院门口等着。见人到了，也不说话，关上了院门，领着人就进了正房。这时，铁柱子大舅妈正在往两只瓷杯子里倒水，见到人来，立即热情地说道："快坐下喝口水歇歇。"

两口子热情地迎进王大柜和陈安波，紧接着却面带羞愧地表示，家里没什么吃食，现在起火目标有点大，不安全。原来，这个村子情况有点复杂。小日本鬼子虽然没有扫荡到这个村子，但是伪军却来了，还要成立维持会。这个村子很穷，也没有地主、财主之类的，但却有个爹娘早逝、游手好闲的二流子，姓李，都三十好几了还是一光棍。小日本鬼子扫荡一开始，他也害怕，不敢出村去找乐子了，没想到却来了伪军，满地界儿地找愿意当这个村子维持会会长的人。李二流子人不行，但脑子还行，油腔滑调的，居然说动伪军给了他这个位子。村子里本来就没有待见他的人，见他毛遂自荐当了汉奸，更是没人搭理他。但李二流子却是个没脸没皮的，伪军在村子里待了两天，他就跟着在村子里张牙舞爪了两天。只不过，村里实在是穷，即使有他这个知情的，伪军也榨不出什么油水来。伪军一走，他人是老实了，但谁也不知道伪军许了他什么，他又憋了什么坏。村人惹不起躲得起，早早地就关门闭户歇下了。这李二流子该怎么对付，铁柱子大舅还在等指示。所以，王大柜带着女八路来，安全起见他们没有大动作，只让来人赶紧休息。

这个村子已经是在蒙阴边上了，翻过村子后面的山，也就是陈安波他们来时的山，从半山坡上折向东北，再走半天就进入沂水了。四个人经过商议，决定第二天一大早，陈安波一个人先上山隐蔽起来。晌午时，王大柜要在村子里现现身，然后带着吃食上山同陈安波会合，陪同陈安波去沂水，护送她归队。

陈安波没有异议，只是感谢着，放下背包就上了炕，很快就睡着了。第二天，天还没有亮，陈安波就按照头天晚上商量好的，一个人背着羊皮袄和王大婶给准备的煎饼上山了。夏夜很短，一家人大概都只睡了四五个小时吧。天亮后，村里家家户户点火烧水做饭，炊烟袅袅的，陈安波从山上望下来，这就跟铁柱子家所在的小山村一样，不到二十户人家，看上去也没有耕地，不知道他们以什么为生。李二流子卖身求荣，就是渣滓。怎么对待这种人呢？这种人可不能算是抗日民族统一战线要团结的人吧？李二流子还没做出什么坏事儿呢，就那有奶便是娘的德性，心里从来没有过民族大义，一枪毙了？能争取吗？让他做个白皮红心的两面人，不是还有一句老话，叫浪子回头金不换吗？想着想着，王大柜就上来了："闺女，等着急了吧，来，吃点东西，吃饱了，咱们就出发。"

"好，就听大叔的，辛苦大叔了。"

"不谢，闺女，也不辛苦。你一个姑娘家，都能抛头露面地出来打鬼子，俺们只是掩护掩护你，送你归队。俺大小子也在你们队伍上，见到你就跟见到自己孩子一样，俺们就盼着咱八路能兵强马壮的，俺们再也不用躲鬼子了。"

王大柜很熟悉山路，带着陈安波转来转去，在山上过了一夜，就转到了沂水，也不进村子，直插王庄。陈安波不认路，放心地跟着王大柜走着走着就看到了有点熟悉的王庄，她不由得诚心诚意夸赞王大柜："大叔，您要是领兵打仗，肯定是直捣龙庭的先锋。"

王大柜笑而不答，忽然指着远处走来的一队人，说道："闺女，快看啊，那不是你的领导吗？就是他把你交给俺的。"

陈安波定睛一看，正是王校长和鲁艺的学员队。她像只鸟儿一样飞奔过去，大声喊着："校长，校长，我回来啦！"

"是安波，陈安波！你还好吧？"鲁艺校长王绍洛正带着打游击的一队学员回到根据地，按照刚刚接到的命令，他们要返回鲁艺的驻地宅科村，不想正好碰上了归队的陈安波。同学们顿时都围了上来，陈安波大笑着，却不知早已泪流满面。她先跟校长然后跟同学们敬礼、点头、拉手，好一会儿才平静下来。然而，她一直关注着王大柜，看到在同学们外围站着的王大柜，搓着手，微笑着，她迅速地拨开团团围着她的同学，站到王大柜旁边，大声地报告："报告校长，学员陈安波归队。这位王大叔，就是收留我的人家，他送我回来的。"

王校长三步并作两步，跨到王大柜跟前，伸手抱住他的肩膀，摇晃着："辛苦你了，老乡。当时反扫荡情况紧急，也没顾得上多说。你家里有损失吗？"

"没有没有，首长，小鬼子扫荡没到俺们那里，您放心吧。安波是个好闺女，剪短了头发跟俺家二小子在山上放羊，胆子大，能吃苦，在山上过了好几夜呢。"王大柜赶紧回道。他原本就是个能说会道的大柜，见状也不多说："这人送到了，俺也该回去了。你们肯定还有很多事儿呢。"说完，他拉着王校长往边上走了几步，小声地跟王校长说："首长，俺大名叫王德福，是个大柜，所以乡人们一般都叫俺王大柜。俺大儿叫王金柱，在咱山纵四支队。俺也是……"王大柜迟疑了一下，右手在自己和王校长面前来回比划着，王校长闻弦歌而知雅意，立即接上："明白了，自己人。"

"那个首长啊，是，是，比自己人还亲的那种。俺还不能说。"王大柜补充道。

"噢，噢，我懂了。真是没想到，紧急关头就碰上了自己人，安波好福气啊。"王校长说。

"首长，打鬼子，不就是得仗着自己人，亲人嘛。打仗亲兄弟，上阵父子兵啊。"王大柜见王校长明白了自己的意思，似乎放心了。他转过身去，看着走近的陈安波："闺女啊，好好照顾自己，多打鬼子。"

"大叔，我记下了。您回家的时候小心着点儿。给大婶儿和铁柱子带好。"陈安波一边说着，一边解下了身上的小包袱，把里面的干粮拿出来递给王大柜："大叔，这些你带着路上吃，都是大婶儿给准备的，还没坏，能吃呢。我得跟着校长回学校，也没地方留你。"

"唉唉，闺女啊，你这就外道了，大叔明白着呢，这就回了。"王大柜没推辞，接过干粮，又朝王校长点了点头，转身就离开了。

陈安波跟着队伍往宅科村走。一路上，同学们叽叽喳喳说个不停，问个不停。这次反扫荡，鲁艺的损失还不清楚，同学们的神情并不轻松，王校长更是一路严肃着。队伍回到宅科村的时候，已经有先期返校的师生把校园都整理好了。又过了几天，鲁艺就复课了，陈安波又回到了紧张而又充实的学员生活。虽然从表面上看起来，一切照旧，然而，陈安波的内心，已经起了小小的变化。特别是在总结这次反扫荡的个人经历的过程中，她对老乡的感觉更亲，对抗战必胜的信念更坚定，加入中共的愿望更强烈。

说起来，这次反扫荡，陈安波并没有碰上小日本鬼子，也没有碰上过伪军、顽军，她就是奉命待在一个差不多与世隔绝的小山村里，剪短了头发，跟着农家小弟弟在山上放羊。当小日本鬼子可能扫荡到小山村时，她又跟着村人一起在山上躲藏。除了心情有过跌宕起伏之外，她并没有吃太多辛苦。当同学战友们饿着肚子打游击的时候，她甚至还喝上了羊汤，吃上了大块的羊肉。这都是老乡的情意啊，这不仅是对她个人的，更是对积极抗战的共产党、八路军的。从王大柜在家门口挥舞不同颜色的褂子到铁柱子家分羊肉的热闹而又平静的时刻，陈安波确信，蒙阴县大山深处的这个小村子掩护了不止她一个共产党、八路军，这样的小山村还有许许多多。这是民心所向、力量所在啊。

陈安波的思考还不止于此。她对李二流子自甘堕落当汉奸，除了气愤之外，她想到了家庭教育、社会教育、抗日教育以及如何做好今后的宣教工作。她还想到了统一战线问题以及如何在统一战线中自处，"太河惨案"是少有的大事件，但现实中像李二流子这样的人还有不少，怎么应对？反扫荡时，八路军不得不离开根据地，而老乡却不可能像军队那样快速移动，怎么能减少老百姓的损失和负担？陈安波甚至还想到，女战士在反扫荡中应该或者可以发挥什么样的作用？怎么样对待女战士？……不过，这些，她觉得自己都没有想明白，所以没有写在总结报告里。连同着这份总结一起上交的，还有她的第二份入党申请书和王校长对她在反扫荡斗争中表现的证明和评语。

第九章　胶东送金

反扫荡开始之初，鲁艺疏散了离家近和不便行动的学员，留下来的学员一部分跟随王校长活动，还有一部分恢复组成山纵政治部宣传大队，跟随山纵机关活动。陈安波起初是跟王校长一路的。反扫荡胜利之后，鲁艺复课，山纵政治部宣传大队和由山东分局领导的山东战地服务团合而为一，并将校址从宅科村向同在沂水县的罗家官庄和劳坡一带移动。

陈安波亲历了这个过程，跟同学战后重逢，大家都更加珍惜学习的机会。通过开会、听报告、学习讨论等等组织活动，得知山东省的抗战局面又有了新的变化。最大的变化就是，早在反扫荡之前，中共中央书记处根据八路军总部和中共北方局的建议，决定派徐向前、朱瑞到山东，组建八路军第一纵队，徐任司令员，朱任政委，统一指挥山东和苏北的八路军各部队。徐、朱到达王庄之时，正是反扫荡开始之际，他们直接就投入了战斗。反扫荡甫一结束，8月9日，山东军政委员会成立，朱瑞、徐向前、郭洪涛、罗荣桓、陈光、黎玉为委员，朱瑞为书记。8月10日、18日山东《大众日报》两次刊登徐、朱就职通电，引起广泛重视。徐向前是著名的红军高级将领和军事家，此后数年，国民党统帅部，甚至日伪军，都一直把山东的八路军称为"徐向前部"。陈安波和同学们都对此感到高兴，因为这是山东越来越受到党中央和集总重视的标志，也给山东军民夺取抗日战争最后的胜利增添了信心。

不过这些，对陈安波在鲁艺的学习似乎没有太大影响。山东纵队自成立后就开始的整军，进入了新的阶段，陈安波也都了解，但很多事情按照保密规定，她即使不了解，也不去打听。此时，她和同学们正忙着为即将召开的反扫荡联欢会准备节目。同学们真是多才多艺，在很短的时间里，创作排演了很多新节目，例如话剧《麻雀战》《鬼子落网记》、莲花落《新小放牛》、大鼓词《敌退我追》，也准备了一些老节目，例如话剧《放下你的鞭子》、京剧《打渔杀家》等等。陈安波在这些小剧目里都没捞得上演主角，但她年纪轻、形象好、记性好，在几乎所有的小话剧里都担任了主角的替补。由于反扫荡时，大部分学员吃不上饱饭，严重营养不良，有的女学员还落下了妇科病，陈安波却幸运地没有遇上这些难事，所以精神饱满，干劲十足，虽然是替补，却天天在不同戏的排练场上演主角。

9月，八路军第一纵队召开了"庆祝鲁南反扫荡伟大胜利军民联欢大会"。一纵和山东分局的首长做了总结讲话，好像某位首长还表扬了鲁艺等文艺团体，但陈安波和同学们都在后台忙着准备表演，谁也没听清楚首长的表扬是怎么讲的，也没搞清楚是哪一位首长表扬的。他们在后台，也没见着这些首长的真容。不过，他们的演出却是大获成功，每个节目表演结束后都得到了热烈的掌声和"再来一个"的欢呼声。在这场正式的演出中，陈安波只是个龙套演员，但她不挑不拣，认真对待每一个角色的态度，却让鲁艺的领导们颇为满意，甚至有一位老师说，陈安波就是这场演出的"预备队"呢，这么高的评价简直吓坏了陈安波。

然而，胜利的喜悦并没有持续多久，鲁艺每周例行的形势通报，传来的消息令人担忧。还在反扫荡期间，英国政客就想把对德国的绥靖政策用到中国的抗日战场上来，与日本签署协定，承认日本侵华

"合法"，东方慕尼黑阴谋的险恶昭然若揭。1939 年 9 月 1 日，德国闪击波兰，两天后，英法对德宣战，第二次世界大战全面爆发。

世界大战的消息刚刚传来，陈安波和同学们又听到传达：山东分局和山东纵队选举了郭洪涛、张经武等人，作为党的七大代表，将不日离开根据地到延安开会去。党的七大代表都是骨干，山东抗日根据地的中高级干部原本就极度缺乏，这才有黎玉 1938 年的延安行，这一下子又要走几十个人，而八路军集总却派不出干部顶上，于是，10 月 13 日这天，八路军第一纵队和山东纵队正式宣布合并。徐向前、朱瑞、黎玉合署办公。徐、朱以第一纵队名义直接指挥山东纵队，山纵番号仍然存在。朱瑞接替郭洪涛，任山东分局兼山东军政委员会书记。

10 月下旬的一天，陈安波意外地接待了两位从胶东来的亲人：陈业和她的大姐夫李少光，陪着他俩一起来的，还有鲁兰方，现在的山东分局机关医院的外科医生。兄弟姐妹在反扫荡之后重聚，有说不完的话。

鲁兰方在山纵医院，消息灵通，按他的说法，郭洪涛和张经武马上就要离开山东，到延安去了。四个人为此还讨论了一番。延安，是他们心中的圣地，四人中鲁兰方还曾作为护送团队的一员，陪黎玉去过延安。但是他在延安停留的时间不长，很快就奉命陪同郭洪涛率队回山东了。他现在是医院的一把刀，那套手术刀不知道让多少医生眼红，鲁兰方常常暗想，要是他跟陈安江一样两进延安的话，他这套手术刀可能也会跟那台显微镜一样留下吧。他是个细心的人，也是一个爱思考的人，虽然不像陈安江那样活跃，但一向稳得住，就像他那双拿手术刀的手，一向很稳。

他说："我怎么总觉得有些别扭呢？一纵和山纵，有什么区别呢？一纵也就能指挥个山纵。"

李少光是四个人当中年纪最大，也是经验最多的人，他马上就听出了点什么，敏锐地问道："怎么了，你在分局的机关医院，是不是听到了什么？"

鲁兰方回答说："是啊，机关医院里每天人来人往的，也有首长，总能看到一些，听到一些。我是陪郭书记他们从延安回来的，建立沂蒙根据地，跟国民党顽固派作斗争，建立抗日民族统一战线，郭书记真是做了很多工作。黎政委去年11月才回来，郭书记把黎政委比下去了，但是黎政委倒真是很尊重他呢。"

"比下去了？"李少光重复道。

鲁兰方没有回答李少光的问题，而是接着说："听说，咱们的徐司令，只带了一支警卫小分队、一匹马和一辆自行车就来上任了，他是四方面军的，而一一五师是一方面军。徐司令为人比较谨慎，一纵名义上是统一指挥在山东和苏北境内的所有八路军各部队，但实际上不好展开呢。朱书记资历就硬了，留苏的，参加过长征，一方面军的，说话直爽，有时候还真是有点不讲情面。他喜欢穿一双高筒靴，锃光瓦亮的，洋气得很呢，咱黎政委，又被比下去了。至于一一五师，至今没有靠拢，一纵咋统一指挥呢。还有那些在冀鲁边的、湖西的、苏北的各个支队，也没看到有什么协调统一的动作。"

"一纵能指挥一一五师吗？一一五师的任务是什么？是南下还是在山东坚持？我也觉得有一点别扭呢。你们知道，咱胶东区也有自己的消息来源。德国入侵波兰，英国法国向德国宣战，这些都是事实。但是这不全面啊，就在德国入侵波兰前一个礼拜，苏联跟德国签订了互不侵犯条约，9月中旬苏军也进入了波兰呢，这算什么事啊？"李少光也有问题。

"啊？社会主义的苏联，苏军这算什么？你用了'进入'，估计你看到的除了国统区的报纸、青岛的报纸，还有英文的消息，不会是这个词吧。这个形势，不是给党中央添堵吗？怎么解释呢？"鲁兰方的眉头皱得更紧了。

李少光说："所以这个消息现在还没有传达，我也不能确认。你们知道就行了。总之，抗日形势很复杂。日军正在向南开动，抗日已经不是咱中国一个国家的事情了。"

鲁兰方赞同地点点头，接着说："这仗，到处开打了，不知道这对咱打日本鬼子，有什么影响。就咱山东目前情况来看，一一五师罗政委他们确实还没同山纵和山东分局靠拢。听说他们在泰西打了好几场大仗，有胜有负。"

"梁山那一仗肯定是大胜，连老蒋都给集总发了嘉奖电，还给了奖金呢。听说罗政委一手摇着扇子，一手捧着《三国演义》，颇有当年诸葛孔明的风采呢。"李少光说。

"嗯，嗯，我也知道这场胜利。恐怕安江更清楚些，要是什么时候能听他讲讲，肯定会比较精彩。"鲁兰方微笑着说道。

"嗯，说起来，三哥、大姐夫，我也有个小疑问呢，平常不敢问不敢说，今天你们来了，我请教请教你们。"陈安波终于有机会说话了。

"你说说看呢。"

"我们一起讨论吧。"

鲁兰方和李少光同时说道。

"八路军主力入鲁，一一五师师直却一直在泰西，为什么不过来与山纵合并呢？太河惨案发生后不久，罗政委还来咱纵队机关做过报告，然后就回去了。明明一个是主力部队，一个是地方部队，靠在一起才能相互支持得上，为什么到了现在还处于分离状态？这都过了大半年了。如果一一五师和山纵在一起，这次反扫荡是不是能顺利一些？至少像我这样的，不会在中途被部队留在一个小山村里。"陈安波问道。

"你还在对留下这件事情耿耿于怀？"鲁兰方反问。

"出什么事了，还耿耿于怀？这么严重？"李少光完全不知情。

"安波姐，说说，说说。"陈业推了推陈安波的胳膊，一脸好奇。

于是，陈安波把她在这次反扫荡中的遭遇又跟几个亲人说了说，重点说了她自己的思想活动：她意识到这是部队迫不得已的临时决定，部队因情况紧急也没有考虑到她的归队。她应该而且必须视之为这是组织对自己的考验，但心里总有那么一点不得劲儿。

陈安波说完之后，其余三个人一时都没有说话。过了好一会儿，陈安波又说道："我现在想想，当时一个人在山洞里已经想通的事情，怎么现在就放不下了呢？原来还有一个归队的问题。如果日本鬼子撤退了，鲁艺派人去找我，可能我还不能像现在这样，又想不通了。我是不是有点矫情、娇气、大小姐脾气？革命不是请客吃饭，我一个要革命到底的人，这点事儿也担不住吗？"

李少光赞许地点点头，说道："没想到安波还经历了这样的考验。你说得对，我们一家人，都是主动投奔革命的，没道理遇到事儿就打退堂鼓。"

鲁兰方接着说道："大姐夫说得对。以后，我们可能都会碰到这样那样的事情。但是既然我们是投奔共产党来抗日的，只要小日本鬼子没被赶出中国，只要共产党坚决抗日，我们都不能退缩，更不能当逃兵。"

陈安波回道："放心吧，大姐夫、三哥、陈业，我是不会当逃兵的，革命到底。你们今天问，我才会说起来的。在队里的讲评会上，我从未说起这些思想活动。不过，队里还真有那么一两个人，就他们最革命，看别的参加革命的，特别是像咱们这种家庭出身的，好像都带着什么特殊目的似的，真是一言难尽。算了，不说这些人，革命成功，可不能光靠这几个整天鼻孔朝天的人。

"还有，我觉得根据地这块儿，要是建立了，就得千方百计地保住它，别让根据地的老百姓跟着咱部队反扫荡，咱大部队呼啦啦来去的，大动作时还会留下伤病员，甚至我这样的，可老百姓坚壁清野哪那么轻松啊，破家值万贯呢，损失太大了。还有，一个村里什么人都有啊，小脚老太太怎么跑？一个好吃懒做的二流子投了日伪军，他什么都知道，给咱队伍和根据地拥护咱的老百姓造成的伤害太严重了。

可这种人该怎么弄呢？反正，老百姓对咱八路军真是太好了。不过，我归队后，王校长告诉我，收留我的王大叔是咱八路军的交通员，共产党员呢。"

陈安波说着说着就笑了："因为有王校长的话，对我的审查很快就通过了。对了，大姐夫、陈业，你们怎么来了？大姐好吗？双双呢？"陈安波又答又问，还是那个急性子。

"我俩是从一个地方一起来的，但任务不一样。"陈业爽快地说道，"我的任务简单，送货加探路。大姐夫的，让他自己说吧，挺复杂的。"

"噢，你的简单？那你先简单说说吧。"陈安波对陈业开着玩笑。

"嗯，我先说。你们都知道，咱山纵刚成立，我就跟二哥去胶东执行任务了，这个任务就是给延安送黄金。二哥、三哥都去过延安，知道那里太穷了，二哥的显微镜都留在了那里。黎政委当面跟毛主席、党中央表过态，咱山东要支援党中央，最好送最好使的就是咱胶东的黄金。我在胶东待了快一年了，胶东区委就别提有多重视这事儿了。我和二哥到胶东没几天，区委就在招远九曲成立了招远采金管委会，一方面秘密掌握了几个小金矿，积极组织广大群众生产；一方面同小日本鬼子斗智斗勇，虎口夺金呢。就夏天的时候，咱五支队十五团三营，还伏击了小日本鬼子的运金车。对了，咱大姐的小学，也是秘密的黄金收购点呢。"

"这你也说？"李少光敲了一下陈业的脑门，笑骂。

"只此一次。"陈业回道，拱手求饶，接着说，"你们不知道啊，这群众一发动起来，可不得了。就说玲珑金矿，现在是叫小日本鬼子给占了，但是矿工们就是有办法，能把金精粉给带出来，有藏在破棉袄里的，有夹在双层鞋底里的，还有的竟然是藏在挖空的棍棒里，最离奇的是有的矿工能把一种叫混汞金的塞到菜饼子里，一边吃着一边接受门岗检查。回去后把这混汞金一加热，汞一蒸发，得到的金子品位很高呢。"

"看样子这不到一年，就有不小的收获啊。不容易。"鲁兰方说道。

"是啊，真不容易，胶东区的同志可没少吃苦，光是教育群众黄金资共不资敌，可不是光给点法币、抗币那么简单的，这是黄金战，也是经济战、政治战嘞。"

"呀，这小伙儿有见识啊。"陈安波插话，夸奖了一句。

"唉，这个是大姐夫他们教我的，一会儿他说。我这次来，就是跟着部队送一批黄金和大洋到分局来，顺便看看路上怎么走更安全。大姐夫该你说了。"陈业结束了简单的陈述。

陈业没有具体地说他这一次来到山东分局驻地的路线，实际上，在山东分局的协调下，胶东区委派出的送金队伍逐渐蹚出了一条相对安全的"渤海走廊"：送金部队从胶东出发，经过胶莱河、昌邑、潍县北部沿海地区、清河区寿光县，南穿胶济铁路进入鲁中区、沂蒙山区，然后到达山东分局驻地。胶东的送金部队一般到此就算完成任务。有时，胶东党组织领导和代表到山东分局驻地开会，也会专门派出主力部队携带黄金护送。集中到山东分局的黄金再由分局派人送到延安。胶东区委也尝试过直送延安，但路途太远，意外太多，牺牲也太大，试了几次之后还是觉得分段接力送黄金，相对来说安全可靠。胶东区委甚至还组织过女子送金行动，意图借助敌人对妇女的轻视而安全送金。但是女子送金行动受制于妇女行动的局限性，例如就是结伴回娘家，也不可能超过三五人，因而送金的效率较低，但危险性却依旧居高不下，渐渐地这种方法也不用了。

"好，接着说。"李少光同样也很爽快，"你们都听陈业说了，咱山东要支援延安黄金，这是黎政委说的山东抗日根据地的重大战略任务。可黄金从哪里来的？除了一小部分是咱山纵虎口夺金，其余有两个来源，一是咱自办金矿生产的，二是收购的。这两个来源，都是要花钱的。黄金就是钱，可没有黄金哪来的钱？总得要点启动资金吧？听上去是不是有些绕？"

"是啊，咱八路军穷啊。"陈安波感叹道。

"这就是我的工作内容之一，也是我想同黎政委谈的。所以我这次跟着送金部队一块儿来了，当然这也是胶东区委给我的任务。简单地说，抗日，不光要打政治仗、军事仗，还要打经济仗、金融仗，不好打啊。"

"我怎么听着，大姐夫有点想法了呢？嗯，比在乡建院时有气势多了呢。"鲁兰方打趣道。

"就是因为有乡建院作对比啊，我才觉得现在做的这些有意义，也有出路呢。"李少光不以为忤，看了一眼鲁兰方，接着说道，"我在乡建院的经历和思想，你们都清楚，不说也罢。我现在想跟黎政委谈的，也跟胶东区的共产党领导谈过呢。他们认为有道理，但吃不准，所以才允许我跟着送金队来分局找黎政委呢。"李少光看着三个目不转睛地盯着他的弟弟妹妹，就像给自己的学生开课一样，侃侃而谈起来：

"你们知道，我是对梁先生的乡村建设运动虎头蛇尾失望极了，也一直在反省，问题究竟出在哪里。思来想去，实在是太多了。所以我才去了胶东，当然，我人虽然在胶东根据地，思想却是放在咱山东整个省的，甚至全国、全世界。"李少光有些不好意思。他停顿了一下，接着说道："我是去协助建立北海银行的，主要是发行北海币。通过一年多的实践，我觉得，咱抗日，一要在根据地建立政权，这样才可以组织生产、收税、养部队，名正才能言顺啊。二要在根据地实行咱自己的财政政策、金融政策，要不然，任由法币、伪币在根据地流通，咱会吃大亏的。"

"收税，那咱不成了国民党了吗？"陈业还没听完，就大声地问道。

李少光拍了陈业脑袋一下，笑着说："你小子，咱在胶东根据地就收税了，你觉得咱们就不是共产党了，而是国民党？"

"那不一样。国民党那是苛捐杂税多如牛毛，咱根据地，啊，收什么税了？我怎么不知道？"陈业摸着脑袋，不解地问道。

"你不知道的多了。"陈安波不忘跟陈业开开玩笑。

"听大姐夫说，你们别瞎打岔。"鲁兰方制止了两个年轻的弟弟妹妹。

李少光接着说："我尽量说得简单易懂点儿，举个例子吧，陈业。你看，咱五支队今年4月在莱阳办起了咱山纵的第一个被服厂，到现在咱支队每个战士都穿上统一的制式军服了，这需要资金支持吧？哪来的资金呢？不是募捐来的吧？反正你肯定没干过募捐这事儿。这不是一笔小数目，而且是要持续投入的，靠募捐肯定不行。胶东地区，商业相对成熟，我们给商人提供一定的服务，比如搭个棚子让他们做个小买卖，最重要的是打小日本让他们能安心做买卖，那当然就可以向他们征收一定比例的、较小比例的或者是较小定额的营业税，还有抗日税等等。胶东出黄金，最大的玲珑金矿让小日本鬼子占了，但还有小日本控制不到的许多规模不大的金矿，有的就在我们手里，去除成本，收益自然全是我们的。我们还保护了那些私营矿主采金，当然也是可以收税的，这比国民党的税赋要低得多。建立政权，就可以组织生产，组织商业，还可以收税，要不就只能是募捐了。"

"这个好这个好。"陈安波听到这里，马上就接着说了起来，"无论我过去在四支队、山纵宣传大队还是现在在鲁艺，都有募捐的任务。虽然我们募捐是为了抗日，我们每次出去募捐都准备了节目，还帮老百姓挑水扫院子做好事，但是我心里就是老觉得是跟人要钱要物，老百姓那么穷，还真是开不了口呢。还有，还有，有时，募捐来的东西，还真是一言难尽呢。就说鞋吧，老百姓送来的，确实是真心实意送的，可单看厚的薄的，差别实在太大了。"

"就是这个道理。至于财政、金融政策，你们看我们支援党中央黄金、大洋就能明白一二了，怎么不送咱北海币呢？因为出了北海，别人就不大认，不好用。出了胶东，就没有人用了，送了白送。法币咱也不能送，因为贬值得厉害，而且除了大后方，也不好用。咱能

119

送伪币吗？同样不能，除了政治立场对立之外，伪币是在贬值的。但为什么黄金可以，大洋也可以呢？这跟目前全世界通行的货币制度有关。简单说，金银是可以承担货币功能的，而且是走到哪里都能使的硬通货。纸币都是由金银作保的，但毕竟不是金银，所以可做的文章就多了去了。"

说到这里，李少光停了下来，喝了一口水，问道："这些你们都理解吧？"

"行，那就说到这里吧。接下来的知识点，你们没有基础，我就不费劲了。不过，我说了这么多，还是得回到我说的第一点去，就是共产党、八路军要建立自己的政权，而且要守住自己的政权。安波刚说了根据地老百姓反扫荡之苦，其实就根据地的税收、财政和金融政策来说，也是要求有稳固的政权的。我去胶东，在掖县参与筹建了北海银行，发行北海币。北海区行政督察专员公署成立后，北海银行在根据地的蓬莱和黄县设立了办事处，北海币得以在三县流通。可是，年底山东的国民政府趁着共产党、八路军反扫荡，居然要求取消北海专署和北海银行，加上当了北海银行总行经理的张玉田投靠了赵保原，他是国民政府山东省第八区第三旅旅长，还有个什么军事上的名头，共产党、八路军居然就接受了，同意了，我居然又失业了。"

"大姐夫还有这遭遇？"陈安波问道。

"是啊。当时我百思不得其解，共产党、八路军一心抗日救国，不应该啊！一个政权、一家银行啊，遇到点困难是正常的，更何况现在这个情况，怎么能说不要就不要了呢？后来我才听说，共产党高层有一个'一切经过统一战线'的政策，要跟国民党搞统一战线呢，谁知道他们是真抗日还是假抗日啊，这是不是有点天真幼稚啊？就搞这统一战线，共产党吃的亏太多了，发生了好多事情呢，胶东区的领导也有想不通的，但是没办法，要执行啊。这还是他们悄悄跟我说的。得亏你们大姐教书，我有个落脚点，加上很快就正式成立了山东纵队，又是冬天，行动不便，我才坚持着等等看，胶东区的领导也是这么跟我说的。还真是没等多久，共产党中央批评山东取消北海公署和北海银行，要求建立胶东抗日根据地的消息就来了。这下才回到了正轨上。所以，我特别支持山东分局和山纵借着这次反扫荡、国民党很多县政府官员再次逃跑、出现权力真空的机会，建立咱共产党、八路军政权。共产党中央及时批评纠正山东分局对国民党的退让、派著名军事将领和得力干部来山东，山东分局和胶东区党委知错就改，这些又让我留了下来。我原本就是想跟黎政委好好谈谈这些想法，请求他指导的。他已经见过我了。黎政委告诉我，他马上要去胶东视察工作，我随他一起返回胶东，路上有时间好好谈谈了。"李少光高兴地结束了自己的长话。

"啊，你们马上就要返回胶东了？"陈安波问道。

"大姐夫肯定是要跟着送金部队和黎政委返回胶东的。安波，今天我们来看你，其实是带着任务来的。你看，反扫荡之后，根据地的医药器材都缺了很多，因为咱们都有邹平和青岛的户籍纸，我原想着是跟你一起回青岛买些东西回来。山纵机关领导已经同意了。可是我现在看到你，不行啊，你的头发太短了，一看就是个女八路，眼下实在不适合出根据地。所以，我回去之后会向上级报告你的情况，请求派陈业跟我一起去青岛，回胶东的部队人多，不缺他一个。但回青岛的条件，眼下我知道的，人在跟前的，只有他，我们可以从邹平乘火车到青岛去。"

"是啊，三哥，别说根据地了，咱全山东省的大姑娘都留大辫子，小媳妇都盘发髻，我这短发，还得留好一阵子呢。要不是反扫荡，扮成男孩子，我还真舍不得剪。就是现在，上台演出，没有长头发，也不方便呢。就请上级领导批准陈业跟你去吧。我跟着，就是给你添麻烦。"陈安波很理解鲁兰方的顾虑。

"好，就这么说定了。陈业，你愿意跟我去一趟青岛吗？可能会有风险的。"鲁兰方严肃地转头问陈业。

陈业的小心脏早就激动得怦怦乱跳，能去看看老娘和大哥大嫂

121

了，这机会可真是天上掉下来的馅饼啊，他大幅度地点头，同时大声地回答："愿意，愿意啊，三哥。"

众人都笑了起来。

陈业有些不好意思。他突然想起了一件事情："对了对了，我这里有个消息想跟你们说呢。你们知道吗，长山中学的马校长马耀南，三支队的司令员，在桓台牺牲了。"

"知道啊。"陈安波说，"反扫荡胜利后，鲁艺通报的。马司令真正是投笔从戎啊，要不是邹平城当时正好是四支队来了，我们几个可能就会去投奔马司令的三支队了呢。说起来，他是在扫荡中牺牲的高级领导了吧，他牺牲得很英勇呢。"

"我是听了大姐夫刚刚说的统一战线的话，想起来说的另一件事情，就是听说马司令牺牲时，他的两个警卫员都牺牲了，其中一个是个日本人，是'日本反战同盟'的成员，从邹平青阳店日本据点里跑出来的，可惜没几天就牺牲了。也就是在这次反扫荡中，咱邹平韩家村开饭店的明庆水的日本媳妇田美津，还救了五十多名八路军战士和伤病员呢。"

"噢，这是怎么回事呢？"李少光虽是邹平人的女婿，但对邹平只是一知半解。

陈业终于有了说话的机会，他立即就回答道："大姐夫，你知道，咱邹平，有像大哥一样到日本去留学的，也有像明庆水一样到日本去颠勺的。明庆水的媳妇就是日本一家饭馆的跑堂，他是掌勺。两个人日久生情，就在日本结婚生子，然后就一起回到明庆水的家乡，咱邹平的韩家村，在东门里开了一家饭馆，有前后两个大院子。两口子服务周到热情，生意不错。6月初小鬼子开始扫荡、咱三支队第七团进驻韩家村、战火骤起之后，饭馆就停业了，不少老人孩子都躲进饭馆。战斗越打越激烈，直至有战士从墙头跳进明家饭馆的院子里，问明庆水能不能藏一下，因为鬼子进村，一时难以突围。危难关头，明庆水的日本媳妇，田美津子，现在的中文名字叫田美津，马上把战士们带进后院，锁上门，然后换上和服，背上儿子，走出大门，用日语向进村一路放火的鬼子兵大喊起来。鬼子见到日本女人，都非常兴奋，叽里呱啦地说了一阵之后，田美津回身让自己十四五岁的侄子明光玉拿出水筲和井绳，从院外的水井里提上水来给鬼子喝，然后告诉鬼子八路军都走光了，不要放火祸害老百姓。跟进村的小鬼子说完话之后，田美津又走到村外坟地里找到鬼子头目，说了同样的要求。小日本鬼子可能是见到本国人了，高兴，就下令停止纵火，允许老百姓出来救火。田美津回村一面喊乡亲们放心出来，一面让明光玉到后院告诉八路军，让他们换上便衣，混在人群中救火。小日本鬼子见状离开韩家村，咱五十多名八路军战士在帮助村民扑灭烈火之后就全都安全转移了。

"所以，大姐夫，在敌强我弱的形势下，统一战线还是要搞的，还要同反战的日本军人、反战的日本媳妇搞，问题的关键是，这些人是不是真反战、真抗日。"

第十章　兄妹相见

"哟，哟，听着很像是共产党、八路军的大领导呢。"陈安波开着玩笑，但很快就很严肃地问道："对了，你们都加入共产党了吗？我申请了，但还没有被接受。"

陈业说："我也是，申请了，但没有加入。"

鲁兰方说："我的情况，也是一样。"

李少光说："我还没有申请，我现在只想抗日救亡，不想加入什么党派。以后可能会改变想法，也可能不会。陈业啊，你这还不是共产党员，就已经操上心了，以后加入了，肯定是个好同志呢。"

"不知道二哥和景芝的情况怎么样？三哥、陈业，你们去青岛见到大哥大嫂、二姐二姐夫、三姐三姐夫、五娘，还有几个小的，都问好啊，告诉他们我现在好着呢，别担心。"陈安波转过头来又对李少光说："大姐夫，你一定也帮我问大姐和双双好啊。你们都要注意安全啊！"

这次会面之后，黎玉到胶东视察，李少光一同返回去了。鲁兰方和陈业经过一番准备就去青岛了。作为一个普通的学员，陈安波不知道什么时候，郭洪涛、张经武带着山东抗日根据地选出的七大代表出发赴延安去了。她像以往一样，如饥似渴地发奋学习，认真积极地外出宣传。从日常的听讲和讨论中，她认识到，抗日形势越来越严峻了，部队仗打得不少，但日本侵略军的主力似乎都来了，重武器也来了，仗越来越不好打了，加之国民党顽固派也越来越嚣张了，毫无顾忌地与共产党、八路军公开发生摩擦，似乎共产党、八路军在与日伪军、顽固派的三角斗争中，不仅不占任何优势，而且还有收缩后退之象。

很快，鲁艺、山纵政治部宣传大队和山东分局战地服务团即将合编的消息传来，陈安波听到后有些不以为然，反扫荡之后，三家单位事实上已经合在一起了，而且还一起排练节目参加了反扫荡胜利庆祝大会的演出。这个合编，可能更多是形式上的吧，陈安波心想，管不了那么多了，只要不把自己合成"编外"就行。

1940年元旦，合编大会在罗家官庄正式召开，朱瑞在会上宣布合编后的单位名称是"八路军第一纵队鲁迅艺术宣传大队"，大队长还是王绍洛。合编后的"宣大"有一百二十人左右，下设六个专业组和一个"鲁迅剧团"。陈安波幸运地被留了下来并被编进鲁迅剧团。除留下的人之外，其余的战友同学都分配到支队、分区、团做宣传工作或到战斗部队去了。这一次合编，基本没有编外、编余的，大家都很愉快地接受了新的战斗位置，高高兴兴地继续投入了新的战斗和学习生活之中。根据纵队首长的指示精神，"宣大"的主要工作有帮助各支队培养宣传骨干、到各部队和地区巡回演出、深入连队体验生活、帮助连队活跃文化生活、帮助地方工作、学习和改造地方剧种等等。

这些，在陈安波看来，跟以前好像也没什么不同，但是现在活动的范围更大了。陈安波跟着鲁迅剧团去了好多个县演出，没演出任务的时候就提个石灰桶，在那些地方刷写大标语："打倒日本帝国主义！""全民动员、坚持抗战！"等等。她明白，之所以能经常到不同的县和部队去演出，是因为徐司令员和山东分局正在按照党中央的指示，抢抓时间和机会，建立共产党自己的政权的结果。

徐向前到山东后，立即就感到了八路军立足不稳的问题，由于共产党、八路军没有建立自己的民主政权，或者建立了政权，又因为国民政府的高压而退让了，国民政府不给八路军提供粮秣弹药，几万军队的穿衣吃饭都成了问题，连他自己有时也吃不上饭吃不饱饭，更别说行军打仗救治伤病员了。没有民主政权，共产党、八路军也不方便发动群众。徐向前常说：你（八路军）在时把群众发动起来了，你一走，群众失去了支柱，都散了，像流水一样过去了。有了民主政权则无此弊。陈安波听到这个说法，深以为然，觉得自己还是太肤浅了，只是认为根据地不能丢，丢了老百姓被日伪军蹂躏太悲惨，没有上升到建立稳固的民主政权的高度。还有，她默默地想，大姐夫真是大知识分子嘞，也看到了建立民主政权的必要，为此还专门冒着危险从胶东来沂蒙山区，跟山东分局的领导汇报和商讨，自己要学习和思考的东西确实太多了。

与此同时，在徐向前这位著名的军事将领眼里，山东纵队的军事素质整体偏低，干部战术修养差，干部不会指挥打遭遇战、埋伏战、袭击战。战士战斗训练少，射击不准，行军力不强，战场纪律不好，没有战场政治工作制度等等。二期整军下来，问题还是很大。

建立民主政权和提高军事实力是当时抗日根据地最主要的任务。徐向前、朱瑞和山东分局的领导们倾注了大量心血。徐向前为此亲自到国民党鲁苏战区总司令于学忠部谈判，明确告知共产党要在根据地内建立政权。于学忠是张学良亲信，不赞成八路军搞政权。徐向前据理力争，于学忠最终不得不同意八路军可以在根据地内建立政权，但"要合乎法律"。有鉴于此，山东分局针对不同情况，在不同的县采取了三种不同的方式。一是在条件成熟的地方建立民选政权，像在夏天的反扫荡过程中，沂蒙山区的国民党县长都跑了，山东分局和山纵便利用这个机会之窗，先后在莱芜、新泰、沂水、临朐、东平等县建立了民主政权。二是建立"两面政权"。在敌占区、敌巩固区、铁路沿线和中心城市，利用敌伪军中的进步分子，为我所用，就像一面看着八路军部队过路，一面敲着锣一路高喊"平安无事"的村长一样。三是促使国民党控制的政权实行某种程度的民主化，如要求政府开放民主、要求使用各党派人才、要求减轻农民的负担等等。到1940年3月间，全山东有完整与不完整的民选县政权达到了四十多个。

山纵成立后即开始了第一期整军。反扫荡开始和结束后，断续进行了第二期整军。徐向前根据斗争形势和部队的实际情况，继续组织实施了第三期整军，并提出了部队实现"九化"的目标，即主力兵团正规化、地方武装基干化、游击队组织化、自卫团普遍化、党的领导绝对化、战斗力顽强化、行动积极化、生活艰苦化、纪律严肃化。

民主政权建立的过程、部队第三期整军的过程，也是共产党得到越来越多人民群众支持的过程、八路军战斗力越来越强的过程。此时的山东分局一方面开展了同国民党顽固派和摩擦专家的斗争，首先集中优势兵力于1939年8月下旬由徐向前亲自部署了针对秦启荣这个反共摩擦专家的反顽战役，灭其一部，收编一部，缴枪两千多支，沉重打击了国民党顽固派的嚣张气焰。另一方面继续对日伪军的扫荡进行了坚决的回击。

陈安波所在的鲁迅剧团在参加了合编大会之后，继续投入了紧张的排练和演出当中，因为1940年的大年初一是在公历的2月8日，是一年中到部队和农村演出最繁忙的时期。腊月二十三，过小年的那天，剧团成员难得全都回到了驻地，改善生活包饺子，大家正热闹着，突然有人来喊陈安波："陈安波，快来，有人来看你。"

陈安波一听，高兴得顾不上穿大棉袄就冲出了大厨房，只见门外正站着快一年没见的二哥陈安江和三哥鲁兰方。陈安波一头扎进陈安江的怀抱，激动了好久，才轻轻地叫声"二哥"，回头笑看了鲁兰方一眼，叫"三哥"。鲁兰方已经从屋内抱出了陈安波的大棉袄，张开着，笑着走上前来，把大棉袄披在陈安波身上，陈安江就势给拢住，嗔怪道："也不怕感冒了。"

陈安波赶紧把大棉袄扣好。只见陪同两位哥哥来的剧团赵副主任笑眯眯地、和蔼地对陈家三兄妹说："外面冷，你们到我那里去坐坐，两位大军医中午就在我们这里吃饺子。"说完就进了大厨房，也不知道听没听见这三人异口同声的"谢谢，谢谢"。

陈安波转身，领着两个哥哥走进了赵副主任的办公室，其实也就是一座不大院落里的一个东厢房，外间放着一张方桌，几个方凳子。里外间的门框上挂着一个布帘子，里间大概就是赵副主任的卧室了。陈安波看上去常来这座院子，把哥哥们领进门，很快就出去了，一会儿拎着一把茶壶进来，放在方桌上，又出去抱了三个碗进来，一人倒了一碗热水，然后又出去了。陈安江和鲁兰方都没有出声，笑看着陈安波忙进忙出的，只见陈安波又抱着一笸箩红枣花生进来。陈安江接过，说道："四妹，快坐下歇会儿吧，咱们说说话。"

"好啊好啊，真没想到二哥你能来看我，我真是太高兴了。今天过小年，给二位哥哥拜年了。"

"啊呀嘞，这没准备红包可怎么办呢？"陈安江怪声地大叫。

"你还是我哥哥吗？"陈安波也凑趣地大声问道。

"他没准备，我可是准备了。"鲁兰方说着，就从斜背的挎包里掏出一个用报纸包的小包。

陈安波大笑地说道："给三哥拜年。祝三哥多多救治成功咱八路军的伤病员，让他们多多地打鬼子，早点儿把小日本鬼子打回去。"

鲁兰方笑着撸着刮得干干净净没有胡子的下巴，就像京剧里的男角捋着髯口一样，拿腔拿调地回道："为兄听令。"说着就把东西递给了陈安波。然后又从口袋里掏出了一摞大洋，笑着说道："我可不敢掠美。糖是大哥给的。这大洋，我们五个人，你、安江、景芝、陈业和我一人三个，是三姐三姐夫给的。陈业见到了五娘，五娘给了他五个大洋。这小子跟着大姐夫，会算账了，他说，你和景芝是姑娘家，需要更多，他用不了，给你和景芝一人一个，总能用到，算五娘给的。三姐三姐夫给的，他得留一个。他娘给的，他留两个，就跟我们一样多了，还有三个，给大姐和双双带去，她们生活不易，双双正在长身体呢。"

陈安波先接过小报纸包，打开一看，惊喜地说道："啊，真是水果糖哎！大哥给的？三哥从青岛带回来的？恐怕是三姐夫从上海带来的吧？还有大洋呢！家里人都好吗？"

"对啊，兰方，快仔细说说。四妹啊，你三哥见到我都没怎么说家里的事儿，不给糖也不给钱的，就说要等见到你一块儿呢。"

"好好，现在就说，现在就说。"鲁兰方赶紧接下，但却是停顿了一下，笑容也没了，"总的说来，家里的情况不太好。不过，这你们可能都能想象到。小日本占领了青岛，咱大哥虽说是日本留学生，但他不肯听日本人的命令出来给伪政府做官，商会的事情也不肯承担，可想而知他遇到了日本人多少刁难。医院还在勉强开着，医生护士们都在维持着，离开了更没有活路了。广州沦陷之后，三姐夫他全家逃到了香港，他现在还在跑医药器材，但路上更危险了，小日本鬼子还扒一层皮，能留给医院用的都是有登记的。好在咱大哥有先见之明，三姐夫也是，早就藏起了一部分，至于用起来的，多一点少一点还是有弹性的，可以省下一部分。所有的这些，就像大哥当初对廖司令承诺的一样，我都带回来了。"

"你一个人，和陈业？那才能带回多少啊，够用几天？"陈安波问。

"不，陈业和我只是明面上的，还有一个小队，有秘密通道，我不清楚。反正我回来几天后，东西就送到医院了。安江这次来，也是想着回青岛搞点这些东西吧？我告诉你，别去了，我刚回来，大哥那里真是能给的都给了，一时半会儿的，他攒不下什么。要是有别的渠道，那去一趟也行。"

"行啊，我跟上级汇报了再说吧。不过，大哥大嫂真是内行啊，急人所急。你知道吗，三妹，大哥大嫂竟然也给我准备了一整套德国产的手术刀具，跟兰方的一样。我分析，他们是早就准备了两套呢。

不过，战前我还没有多大兴趣上手术台，所以他们先给了兰方。现在，我也是——五师师部的医生了，手术刀简直就是我的武器。这次他们让兰方给我带来了，真是太好了。"

"我还有好消息告诉你呢。咱山纵的领导说了，我带回来的东西，分你一半。这样，你就不用空着手回去了。"鲁兰方说道，"你比陈业有面子。陈业真是空着手回去的。胶东的日子，怎么也比鲁南好过一点。"

"陈业也不亏啊，他还回家看了五娘了呢。五娘还好吧？大哥大嫂怎么样？咱那一大家人，都怎么样啊？"

听到陈安江的话，鲁兰方的面容更加严峻了："唉，我发现，就五娘和陈大哥两口子还凑合，其他的，都不怎么好，特别是大哥。"

"大哥怎么了？"陈安江和陈安波兄妹问了同样的问题。

"刚才不是说了吗，大哥拒绝了跟日本人合作，日本人、伪政府怎么能放过他，让他好过？你们也许还不知道，我跟安江是"七七事变"前见过大哥的，两年多不见，他还不到四十周岁啊，但这次见面，他看上去都像是个年过半百的老人了。最糟糕的是，他也患上了糖尿病，陈家遗传的吧，现在右脚都开始溃烂了，瘦得厉害。大哥倒是想得开，不吃药，也不控制饮食，他说正好以此为借口拒绝日本人，保下初九医院。这可不是装病，是真病啊。大嫂都愁死了。见到我跟陈业，哭着问我们这日子可怎么往下过啊。现在初九医院全靠二姐和二姐夫在主持着，门诊量不小，还开着住院部，大都是以前的老病人。大哥说暂时还不能关了医院，一来，这么多人的生计，全靠着它，还能维持。二来，也是给咱们抗日留下个活泛点儿的窗口。三姐和三姐夫管着医药器材这块儿，一个主内一个主外，三姐夫跑了两趟香港，也是危险得很。对了，二姐和三姐都生了一个女儿，二姐的略大一点儿，都一岁多了，一个小名叫美美，一个小名叫青青。二姐的身体好像不太好，看起来弱得很，好在她和三姐能合作带孩子，还有初九和小九、陈大哥陈大嫂夫妇帮忙，两个小嫚儿很健康，非常可爱，像双胞胎一样。"

"全民抗战时期，在敌占区，只要不想跟敌人合作的，哪有什么好日子过。大哥这一生，听起来光鲜，留日学生，可我们都知道，苦啊。"陈安江感叹着。

"三哥，那在你看来，大哥的情况有多严重？"陈安波问道。

"不乐观。糖尿病本来就没有办法根治，又是家族遗传的，再加上目前这种形势，我看，大哥对治病是很消极的，可我竟不知该怎么劝他积极治疗。这病到了这个阶段，发展得就很快了。安江，不乐观呢，大哥双膝下开始浮肿了，右脚的小脚趾都……"鲁兰方说不下去了，陈安江的眼睛红红的，陈安波小声地啜泣起来。

"我临回来之前，大哥把我跟陈业叫去了他的办公室，拉起裤管给我们看了他的腿脚。他详细地问了咱们几个的情况，说他听了之后很欣慰，希望咱们大家都要好好的，坚持到抗战胜利。他特别要我俩告诉你们，陈家有糖尿病史，兄弟姐妹要注意，千万不要低血糖了，可能的话，口袋里随时都要有一点吃的，哪怕是一颗糖。他给我们每个人都准备了这样的一小包糖。陈业带走了他的那一份和大姐大姐夫的，你们的，我的，都在这里了。"鲁兰方说着，又从挎包里掏出了几个小纸包，并且打开了其中的一包，说："这一包是我的，我请你们吃糖，也算是过年了。"

陈安江和陈安波没有动，鲁兰方直接拿起一颗，剥了糖纸，塞进陈安江的嘴里："吃吧吃吧，我不是陈家人，没有家族遗传，应该不会有低血糖。我的这份，给你们三人平分了。安波，来，吃一颗。"

陈安波默默地接过一颗糖，剥开糖纸，递给鲁兰方："三哥，你也吃，今天过小年。"然后自己也含上了一块。兄妹三人都没有说话。

过了一会儿，陈安江伸手，拿起了两包糖，说："景芝现在跟我一起都在——五师师部，她的那份，我带给她。"

"景芝怎么到——五师师部去了？反扫荡开始前，她不是被派去支援苏鲁豫支队了吗？"鲁兰方问道。

"这事说来话长。简单地说，景芝遇到了无妄之灾，又得到了——五师罗政委的救助。"

"啊，这是怎么一回事？二哥，你快说说。"陈安波非常着急。

"什么叫无妄之灾啊？"鲁兰方也急切地问道。

"你们知道，咱们陪着黎政委到延安去，就是为了请求八路军主力来山东的。中共中央非常重视山东的抗日斗争，派了主力部队来山东，——五师大致分三批前后来的。苏鲁豫支队是——五师主力三四三旅六八五团进抵湖西地区以后改编而成的，之前还有一支挺进支队，罗政委、陈代师长率——五师师部和六八六团是第三批，以护送八路军副总司令彭德怀前往冀南与国民党冀察战区总司令鹿钟麟谈判的名义，编为东进支队。这个苏鲁豫支队本来在湖西地区发展得挺好的，景芝也是因为他们要拓展根据地才作为医务骨干去湖西支援坚守在那里的苏鲁豫支队四大队的。结果，到了那里没多久，就被作为'托派分子'给关起来了，差点就没命了。"

"什么叫托派分子？什么意思？"鲁兰方震惊了。

"你看，你都不知道，安波也不知道吧？"陈安江问道。

陈安波已经紧张得说不出话来了，点点头，又摇摇头。陈安江抬起右手拍了拍她的左肩膀："回神，回神，不要紧张，景芝现在已经没事了。我就给你们简单说，这些情况都是事后才清楚的。湖西那里，有一个湖边地委干校，去年春夏时办了一个青训班，由非党员教员魏定远负责。可想而知，那个班的思想政治工作比较薄弱。等到8月临近毕业的时候，学员的想法就比较多了，有的不愿意留在湖边工作，提出哪里来的回哪里去。这事反映到湖边地委，领导人比较紧张，臆断这是有人背后煽动，于是派地委组织部长王须仁处理此事。正好此前不久，从苏联回来的中共中央书记处书记、中央社会部部长、长期领导中共秘密战线工作的康生，发表的《铲除日寇侦探　民族公敌　托洛茨基匪帮》小册子传到湖边。王须仁便以这本小册子为依据，将部分学员不服从毕业分配跟'托派'联系起来，向地委汇报说学员'闹事'，是因为有'托派'活动。"

"这个'托派'到底是什么情况？托什么斯基？"鲁兰方问道。

"托洛茨基。苏联党内的一个派别吧，反对斯大林的，详细的我也说不清楚。"陈安江回答。

"什么都不清楚，听都没有听说过，就说景芝是托派分子？"陈安波很不解。

"是啊，就这么个王须仁，得到了苏鲁豫支队政治部主任兼第四大队政委、湖西区军政委员会书记王凤鸣的支持，苏鲁豫区委书记白子明也附和，就在湖西搞起了'肃托'。他先抓了魏定远，酷刑逼供，迫使魏教员承认自己是'托派'，还供出了一大批所谓的'托派'人员名单。王须仁按照这个名单抓人，还是严刑逼供，'托派'越抓越多，最后抓了五六百名党政军干部，杀了三百多，连苏鲁豫边区创始人之一的王文彬都被他们逼供不成，召开'公审'大会而杀害了。整个湖西一片惨淡啊，大有'洪洞县里没好人'之势，人人自危，共产党的威信大跌。"

"这么严重的事情，山东分局领导不知道吗？"

"区委不报告，怎么能知道？直到这伙子人'肃托'肃到了主力部队，把四大队的大队长梁兴初也抓起来了，事情才瞒不住了。听说冀鲁豫支队司令员杨得志路过四大队驻地，听到四大队夜间杀人，感到有问题。他对梁大队长说，你们杀人有没有请示报告？这样搞不行。回到自己驻地后杨司令就电告一一五师和山东分局了，据说发过两次电呢。这位梁大队长只管军事，不计其他，听了杨司令的话，就去给王凤鸣提意见，结果王凤鸣反过来编个理由就把梁大队长给抓起来了。

"景芝是跟梁大队长同时被抓的，可能是最后一批被抓的。她被问过一次话，根本不知道'托派'到底是个什么，托洛茨基是个什么人，甚至连这四个字都从没连在一起过，自然什么也没问出来，加上当时梁大队长的事情可能更要紧，王须仁他们一时顾不上她，就把她跟同样什么也不知道的一批小年轻关在一起撂下了。

"苏鲁豫支队的司令员彭明治听说四大队的梁队长被捕后迅速从皖北赶回湖西，王凤鸣居然跟彭司令说，湖西的托派非常厉害，部队里的干部变得很快，湖西的党组织是托派发展起来的。彭司令怎么能相信呢，梁大队长可是老红军啊，怎么可能是'托派分子'？看到梁大队长被打得身负重伤，彭更是不信。他回到皖北后立即电告一一五师师部，要求速速派人来解决这一事件。听说此前，一些受害干部的家属、被审查的干部也是千方百计地通过各种渠道向山东分局反映情况。山东分局和一一五师也几次发电制止，但王凤鸣、王须仁置若罔闻，拒不执行命令。"

"这么张狂？整自己人，还是莫须有的罪名？一切行动听指挥都不要了吗？"鲁兰方问道。

"是啊，所以罗政委是带着一个主力营的警卫部队去的，一起去的还有咱山东分局的郭书记和山纵的张总指挥。他们是率七大代表去延安的途中专程到湖西去的。解决了之后，就继续启程了。罗政委善后。"

"怎么解决的？"陈安波问道。

"详细的我也不知道。跟着罗政委出发时我甚至不知道任务是什么，那是10月底11月初的事情了。队伍先到费县大炉跟郭书记和张总指挥他们会合，然后星夜越过津浦铁路，急渡微山湖，直奔单县，在一个不知名的小村庄停驻。这村子的街道上到处贴着油印的传单，标题是《为肃托的初步胜利告苏鲁豫群众书》。驻下来后不一会儿，就有两个人来见首长了，后来知道郭书记见的是白子明，罗政委见的是王凤鸣。谈完之后，我就跟着罗政委和郭书记去见了梁大队长，他还被关着呢。又过了几天，罗政委和郭书记不分白天黑夜地见了不少人，最终一致得出结论：湖西'肃托'是逼供信搞出来的，对被关押的同志不需要一个一个地调查，必须快刀斩乱麻，除几个案情复杂的之外，其余统统释放，恢复原来的工作。

"我在被关押的人的名单上看到了景芝，简直不敢相信自己的眼睛。我把情况向罗政委报告了，然后去把景芝接到罗政委驻地。景芝满面憔悴，精神很差，见到我，哭着跟我说：'二哥，我满怀抱国之情，一心想打鬼子，却被当成了敌人，还是个托洛茨基分子。我听都没听说过，什么叫托洛茨基，来到湖西后每天顾着护理伤员，心无旁骛，忙得脚不沾地，怎么就成了反革命的托洛茨基分子？怎么能这样啊？还有，梁大队长，老红军啊，革命同志啊，他们就真打，怎么下得去手？我真是不能理解。那些整我们的人是共产党、革命者吗？'

　　"景芝跟我说，罗政委跟她单独谈了一会儿，然后说：'你小小年纪就参加革命，能有什么事？等着吧，会给你重新分配工作的。'景芝当即就表示，自己是护士，希望能留在师部，跟我在一起。罗政委同意了。所以现在你们放心吧。后来罗政委和郭书记召集被释放的同志开会，代表一一五师和山东分局慰问受冤枉的同志和无辜受害者的家属。为了恢复湖西抗日根据地，罗政委还决定让苏鲁豫支队彭司令率部返回湖西中心区，12月8日彭司令指挥粉碎了日伪军六百余人对鱼台谷亭镇的扫荡，初步稳定了形势。梁大队长则率领由苏鲁豫支队四大队和五大队合编而成的新的第二大队跟随罗政委东进，景芝和我也跟着，12月下旬回到了鲁南根据地。"

　　"那个王凤鸣、王须仁还有那个区委书记，是怎么处理的呢？"陈安波问道。

　　"我只听说王须仁这个人很诡异，竟然查不到来路，但却查出了很多问题，罗政委解除了王须仁的职务，下令保卫部门审查，结果这家伙就自杀了。王凤鸣是个老红军，好像是暂时调离湖西，白子明也差不多吧。"

　　"那真是便宜他了。简直不可思议，两三个人，就能把湖西抗日根据地的大好局面破坏了？那么多的人，怎么就没有早一点汇报呢，怎么就没人站出来说理呢？"陈安波非常不解。

　　陈安江看了看陈安波，用眼神示意她平静一下，然后接着说："中共的历史上，1931 年前后吧，曾经在中央苏区，有一个肃清'AB 团'的事件，这个'AB 团'，anti–Bolshevik 的缩写，是一个存在时间不长的反革命组织。当时错杀了很多人。还有就是曾经的'左倾'错误导致中央苏区的丧失。我分析，罗政委这样的老革命，是非常清楚这类党内斗争的残酷和危害的，所以准备充分，一个营的主力部队啊，出手果断，不仅救人性命，而且挽救了湖西的抗日形势。但这个事件的危害太大了，还不知道后续会发生什么呢。你们知道，景芝是个聪明的姑娘，内秀，外柔内刚的，她当面要求留在一一五师，事后还跟我说，她觉得只有跟着罗政委心里才踏实，我认为她的选择非常明智。罗政委是我见过的最睿智最宽厚的长者，我反正是跟定了。"

"二哥，我刚刚看到你的时候，脑子里马上想到的是，你给我们讲讲梁山战斗。没想到你带来一个梁大队长的故事。景芝还真是又不幸又幸运呢。她的情况还好吗？对了，从我的这包糖再给她拿几块吧，不开心的时候，吃点糖可以快乐一下的。"陈安波说着，动手从小包里拿出几块糖来。

"安江，罗政委说过为什么会发生这种事情吗？既然中共历史上曾经发生过这种类似的事情，不到十年，怎么会重演呢？"鲁兰方皱着眉头，心疼着妹妹的遭遇，思索着问道。

"我没有听到罗政委跟我说过什么，但是我分析，原因很多吧。一是中共的处境太困难，所以时刻都紧绷着反特锄奸这根弦，容易杯弓蛇影。二是中共受苏共的影响，中共是苏共的一个支部，苏共党内的斗争不可避免地反映到中共党内来。还有就是，最重要的，中共的党员特别是一些负责任的党员，并不是如我们所想象的那样纯洁吧。"陈安江回答。

"二哥，你入党了吗？"陈安波问。

"没有。我们算是小资产阶级出身，入党要经受的考验比农家子弟多呢。"陈安江耐心地跟陈安波解释道。

"如果入党了，今后还会碰到这种事情吗？反 AB 团、肃托这样的？"陈安波又问。

"跟在罗政委身边学习、打仗，罗政委随时都会教导我们，给我们讲讲党史，讲讲长征路上的故事，我对照中共党史学习，觉得罗政委是真正的纯粹的共产党人，我愿意跟着这样的人继续走下去。我分析，这样的事情，只要是在罗政委有话事权、决定权的地方，就不会重演。"

"山东分局现在的书记是朱瑞了，他好像都没有提过湖西发生的事情，黎政委恐怕都不知道，他那时去胶东了。也没听徐司令员说过。"鲁兰方的眉头一直紧紧地皱着。

第十一章　孙祖战斗

"怎么会不知情？罗政委回到鲁南就向分局汇报了，并且建议山东分局派得力干部去湖西继续进行善后处理。再说事前还有那杨司令、彭司令的电报，还有一些逃出来的人的汇报。我分析，他们只是不太想沾这种事情罢了。朱书记不好说，我不了解。黎政委沾不上。徐司令是四方面军的，长征路上遇到大事，发出了'哪有红军打红军的道理'的质问，至今都振聋发聩啊。现在在山东的八路军主力部队基本都是由一一五师发展起来的，一方面军啊，再加上朱书记也是一方面军的，是个强势的一把手，徐司令员为人低调谨慎，真是很难搞啊。"

"说到这里，二哥、三哥，你们总强调一方面军、四方面军，所以八路军一纵根本不能实现指挥在山东境内的所有共产党部队的目标？但山东分局书记朱瑞是一方面军的啊，这说不通，不合逻辑。"陈安波旧事重提。

"这件事情，我分析，确实不能从领导人出自哪个方面军这个视角来看，太狭隘了，共产党人还是心胸宽广的，视野也宽广得很。不错，《大众日报》通告确实是说，徐朱任务是统一指挥山东与苏北境内所有八路军各部队，不过，我较早前听到传达的是中共北方局的通

138

知：组织八路军一纵，统一指挥新黄河以北山东境内及肖华区各正规部队及各游击部队。这个命令是不是就不包括进驻鲁南的一一五师师部？一一五师和山东纵队，现在是一纵，是两个平行的战略单位，相互独立的，都有电台，顶头上司都是中共中央、中央军委、八路军总部，还有中共北方局，都远在千里之外，命令会打架吗？命令肯定会有延迟吧？听谁的？谁听谁的？

"安波总是问，为什么一一五师师部不向山东分局和山纵靠拢，因为是有分工的，罗政委就兼任鲁南军政委员会主席，就是要在鲁南发展的，因为中共中央的战略是'巩固华北，发展华中'，一一五师分三批进入山东，发展出好多个支队，都是以向华中发展为目标的，就是苏鲁豫支队，支队司令和政委分别带着主力向华中方向拓展根据地去了，在湖西根据地留下四大队，结果出了'肃托'。鲁南在山东的位置相当特殊，向北就是沂蒙山区，山东分局和山纵指挥机关所在地。向西南和东南发展，就打通了与华中地区和新四军的联系。这是大战略。我分析，就是这么个情况，没有那么多一方面军、四方面军，甚至领导人个人的缘故。你们都不要乱猜乱议论。"陈安江严肃地对鲁兰方和陈安波嘱咐道。

见弟弟妹妹很郑重地点头答应，陈安江又继续说道："我跟着罗政委，错过了陆房突围战，但赶上了梁山歼灭战，真是精彩啊。之后在东平湖一带机动，然后到了鲁南费县的大炉村，最后上了抱犊崮。10月底11月初跟着罗政委去了湖西，12月下旬才回到鲁南。不过，罗政委一到鲁南，就提出了要把抱犊崮山区建成中共单独领导的抗日根据地的号召，这个'单独'，你们体会体会，很有意思啊。"

"噢，单独建立根据地？不是要搞统一战线，复制与范筑先建立共同根据地的做法吗？山东分局好像前前后后地一直忙着同张里元、石友三、于学忠建立合作关系呢，虽然都没有建成。"鲁兰方说道。

"不对不对，好像有变化。徐司令去跟于学忠谈判，要建立共产党自己的民主政权，于学忠不大乐意，但也没明着阻止，可不像是搞成统一战线的。"陈安波接着说。

陈安江有些赞许地看着鲁兰方和陈安波，夸道："你俩都很敏锐。今后得谨言慎行，多思多想，特别是安波，心直口快的。这也是这次景芝的遭遇给我们提的醒。要不是景芝本来就是个话不多的安静姑娘，换了你安波，火暴脾气一上来，可能就没命了。我这次来分局，是要带一些话来，话已经都带到了。另外正如兰方所说，还要去青岛搞一些医药器材，现在看来是不用去了。我明天还要去分局，后天就返回鲁南，罗政委、陈代师长很快就会有大动作，我得赶回去。"

鲁兰方伸手轻打了陈安江一拳，笑道："我你还不了解？放心吧。景芝就交给你了，多安慰安慰她。"

"放心吧，她也是我妹妹。"

"嗯，放心吧，你妹妹我参军已经一年半了，经历了反扫荡，已经不是当年那个激烈地怂恿三姐逃婚、要革大哥大嫂命的傻姑娘了。"陈安波说着说着，自己都不知道，一下子就泪流满面了，"二哥、三哥，你们说，我们还能见到大哥吗？真想他啊……大哥追着我们到鲁南，一天走了九十里，是不是就是那次把脚走坏了？就好不了了……"陈安江搂着无声痛哭的妹妹，跟鲁兰方也红了眼眶。

不知道过了多久，院子外面传来赵副主任乐呵呵的声音："安波啊，跟你俩哥哥聊不够啊，快先来吃饺子啊。"

陈安波赶紧收拾了桌子，把茶壶和茶碗跑着送到了外面的小厨房，把小包糖和四个大洋塞进了口袋。陈安江没带包，毫不客气地让鲁兰方把糖和大洋先放进他的包里。兄妹三人快速地整理好房间。临出门前，不约而同地停了下来，陈安波笑着先伸出了右手，还握成了拳头，陈安江和鲁兰方会意，也笑着伸出了右拳，三只拳头轻轻地碰撞在一起。

陈安江先开口说道："新春快乐！愿亲人们都平安健康！"

鲁兰方接着："抗战必胜！愿早日把小日本鬼子赶出去！"

陈安波最小，轮到最后，脱口而出四个字："革命到底！"

话音落下，三个人相视一笑，出门吃饺子去了。

陈安江终于在腊月二十八回到了大炉村，过了一个热热闹闹的春节。但他和鲁景芝因为担忧大哥的身体，加上鲁景芝从湖西被解救回来后心情一直不爽，两个人根本无心跟战友找乐子，就躲进了手术室。陈安江教鲁景芝认识那套手术刀具，两个人模拟着练习，陈安江习惯站在手术病人右侧，鲁景芝站在他的左手边，听陈安江的口令，快速地把不同型号的刀、剪、钳拍进陈安江的左手心，开口朝外朝上。结果没想到，突然就听到了有人来叫"急救"。他们不是值班医生，一看来人是师部的熟人，就跟着去了，想着也许能帮上忙。跑到地方一看，陈安江迅速回身捂住了鲁景芝的眼睛：倒下的是师政治部副主任黄励，明显是开枪自杀、当即死亡。陈安江和鲁景芝不待离开，罗政委和陈代师长也跑来了。跟随他们的，还有几个人，问明情况后严肃要求严格保密，就放陈安江、鲁景芝等无关人员先行离开了。

陈安江和鲁景芝惊魂未定，两个人回到手术室后沉默了好久，最后还是陈安江先开口对鲁景芝说："景芝，你经历了'肃托'，今天又看到了黄副主任自杀，一定要挺住啊。"

鲁景芝继续低着头，沉默着，过了一会儿才抬头对陈安江说："二哥，你不是分析过，共产党队伍不是我们想象的那样纯洁吗？但是罗政委却是光风霁月、纯粹的共产党人，我们都要向他学习。你放心吧，即使经历了'肃托'，遭受了无妄之灾，我也不会像黄副主任那样，更何况罗政委已经保了我。我跟安波是有约定的，无论如何，革命到底。"

大年初六，陈安江和鲁景芝就跟随罗政委、陈代师长和师部开动，参加了三夺白彦的战斗。陈安江的手术刀第一次在师部医院熠熠生辉。鲁景芝作为陈安江的助手也上了手术台，两个人专注力高度集中，配合日益娴熟默契，手术速度越来越快，救活的伤员越来越多。日军从白彦逃跑时施放了毒气，但一一五师早有准备和训练，因此没有影响部队继续作战。经过连续十四天的激烈战斗，罗政委、陈代师长指挥的部队歼敌八百余人，缴获长短枪三百余支，打掉了日军占领白彦的企图，震慑了鲁南地方反动势力，还争取到了团结抗日的友军。罗陈还指挥部队乘胜粉碎了日伪军八千多人对抱犊崮山区根据地的春季扫荡，开辟了鲁南抗日根据地的新局面。

白彦战斗之后，陈安江和鲁景芝同时被吸收进中国共产党了。罗政委在鲁南团以上干部政工会议的间隙，听说陈安江入党，非常高兴，专门抽空跟他谈了一次话。谈话中，罗政委还提到了黄励自杀一事，充满了自责，同时告诫陈安江，虽然他一心向往革命，"七七事变"后毅然走进革命队伍，现在又加入了党，但是革命的艰难困苦容易使人产生厌倦情绪，一定要从政治上坚定自己的立场，反对对目前时局变换中的"左"、右倾情绪，提高斗争的勇气和信心。陈安江点头称是，事后向鲁景芝转述时表示自己心服口服。

陈安波继续着鲁迅剧团的排练演出，春节演出的日程一直排到了正月十五、阳历的 1940 年 2 月下旬。休整了不到一个月，陈安波突然接到了一个新任务。八路军一纵司令员徐向前亲自指挥山纵第二支队、山纵特务团等部队，要在孙祖伏击前来扫荡的日伪军，命令"宣大"组成临时战时后勤工作队，前往助战。陈安波年轻，能跑，宣传演出、战时鼓动等等不在话下，因而被选为队员。

孙祖是沂水县西南部的一个小镇，现在划属沂南县。当时的孙祖一带，是中共山东分局主要机关所在地。山纵司令部驻孙祖南面的东高庄，抗大一分校和《大众日报》社驻西高庄，中共山东分局党校驻附近的铁峪村。孙祖北接荆山，南临九子峰。之所以叫"九子峰"，是因为从东南到西北走向有一道连绵起伏的山岭，海拔二百多米，岭上有九个像巨人手指一样的小山峰。在孙祖和九子峰之间，横贯着一条小沙河。山道崎岖，沟壑纵横，极其有利于伏击。3 月中旬，日伪军调集了临沂、沂水和铜井等数处兵力，进攻沂蒙山区南部，意欲捣毁我抗日民主政权，掠夺财物。根据情报，敌人的行动路线是过荆山，经孙祖，穿九子峰，一路南进。徐向前的部署是：命令山纵二支队把主力放在九子峰，给敌人迎头痛击。敌人被当面痛击之后，必然退守孙祖。这时二支队要乘胜追击。敌人这时会顺来路逃窜，命令埋伏在荆山的山纵特务团坚决阻击，断其退路，最终将敌人在孙祖合围歼灭。

孙祖战斗在3月16日拂晓打响，当天上午，陈安波就随着临时战时后勤工作队，跑步进入了铁峪村。一进村子，陈安波和战友们就发现，老百姓早就组织起来了，有的参加了担架队，有的参加了运输队，帮助部队抬送伤员、送水送饭。陈安波见状就要求去了急救所。

刚刚给两个腿部受伤的伤员包扎好，就见几个浑身灰扑扑的战友和老乡抬着一副担架冲进来，有叫"医生！医生！"的，有叫"大夫！大夫！"的，还有直接叫"医生，救命！救命啊！"的。

陈安波几乎跟急救所的大夫同时冲到担架旁边，指挥着把担架轻轻地放在地上。伤员几乎是浸在血水里，衣服都是零碎地贴在身上。所有人都紧张地看着医生用听诊器听诊，医生的听诊器刚刚放上伤员的胸口，就见伤员慢慢地睁开眼睛，一旁的战友激动地喊着："排长！""排长，你醒了！"

医生顾不上说话，皱了皱眉头。陈安波出言："请同志们安静一下，医生好听诊。"

这时，所有围在担架旁边的人都听到了这位排长轻轻地问话："我的枪呢？我的枪呢？我们胜利了吗？"

立刻有人高声回答："报告排长，你的枪带回来了，鬼子被消灭了！我们胜利了！"

陈安波就蹲在担架旁边，排长头部的右侧，手里还举着一卷绷带，只等着医生的指令就动手包扎。只见这位排长听到战友的回答之后，长长地吐出一口气，安静地闭上了眼睛。

"排长！排长！"

陈安波立即抬头看向医生。医生的手已经拿着听诊器的听头离开了排长的胸口，冲着陈安波摇了摇头。

医生和陈安波站起身来，让开了位置，战友们都扑上前来，却出乎陈安波意料地安静，只能看到他们低垂的头颅、抖动的身体，听到他们克制而断续的抽泣声。

陈安波几步跨出急救所，大口地呼吸着。不知道过了多会儿，一个抬担架的战士走到陈安波身边，轻轻地告诉陈安波："俺们是二支队三连一排的，他是俺们排长李前仁。他打仗可勇敢了。这一次，他带着俺们几个沿西山坡摸下去，用手榴弹炸死了好几个躲在壕沟里逃跑的鬼子。小日本鬼子狗急跳墙，回过身来就用机枪扫射。李排长一马当先，迎着鬼子就端着刺刀扑了上去，接连刺倒了好几个敌人。"

这时，又一个战士接着说道："俺排长一马当先，其实就是心疼俺们。那壕沟不宽，他拼刺刀，一个人就替我们把鬼子的机枪挡住了。所以才会……"

陈安波听到此处，忍不住流下泪来，说："李排长英勇，牺牲得光荣。"

孙祖战斗持续了两天，基本实现了战前预定目标。共毙敌一百二十人，伤敌七十余人，俘伪军十一人，毙战马十六匹、骡子两头，缴获小车六十余辆、战马五匹、枪支弹药和军用物资等等。八路军指战员伤亡一百一十余人。日军仓皇撤退时，烧毁二十多家房屋，并枪杀了沿途抓获的所有人员。

陈安波在急救所一直工作到18日傍晚，才回到临时战时后勤工作队驻地，正坐在露天里端着一碗热水喝着，歇会儿，看到一个中年村人跑来跑去的，嘴里不停地呼喊着"打鬼子！""杀敌人！""杀！杀！杀！"

陈安波没有多想，回到屋子倒头就睡着了，因为临时战时后勤工作队第二天还有收集素材、准备创作和排练节目的任务。她得好好地恢复体力。一觉睡到第二天上午，陈安波在那个熟悉的"打鬼子！""杀敌人！""杀！杀！杀！"的呼喊声中醒来，觉得有些不太正常。洗漱完毕，吃早饭的时候，听队友讲，那个村人，叫田大，就是铁峪村人，地地道道的农民。战斗打响后，当他在附近一座小山上看到战士们顽强地阻击敌人时，就不顾一切地跑上山去参加战斗。他从受伤和牺牲的战士身上取下枪，装满子弹，递给正在射击的三名战士。敌人冲上来之后，他又同那三名战士一起躲在一道土墙下，待敌人逼近时，奋力推倒土墙，当场砸死两个敌人。接着，又扔出手榴弹，终于把敌人打退，完成了任务。战斗结束后，三名战士归队前把田大送回铁峪村，报告了他的英勇事迹，然后就迅速归队去了。然而，田大的精神却没法放松，始终高度紧张，一天一夜不吃饭，家人摁着也睡不下来，到处奔跑，大喊大叫。现在，已经去请医生看了，估计马上就能让田大安静下来了。

陈安波听罢，没有说话，心里暗想，估计是第一次上战场，没有思想准备，更没有训练，受刺激了。

早饭后临时战时后勤工作队开会，汇总队员们收集的情况，陈安波讲了李排长的事迹。有一个队员讲了他收集到的西高庄一位老大娘的事迹。胡大娘是一名拥军模范，敌人的炮弹都已经打到西高庄村口了，她仍然坐在灶口镇静地烧着两锅水。村干部要她马上离开，她却说："我不走，前线的同志没有水喝怎么能打仗？"胡大娘不仅烧开了水，还冒着枪林弹雨提着水壶给路过的战士们送上热茶水。

战友们几乎个个都收集到了战士英勇杀敌、老乡奋力支前的事迹，大家都快速地记录着、讲述着，热血沸腾着，感动着。会议临近结束的时候，一个出去方便的战友带回来一个消息："医生诊断了，田大得了精神分裂症。"会议热烈的气氛霎时冷却下来，直到队长最后总结说："每一场战斗的胜利，都离不开老百姓的支援。共产党什么时候都要把老百姓放在心上，不辜负老百姓的信任和支持啊。"

3月21日，山东分局、八路军一纵在孙祖召开庆祝胜利暨追悼殉难烈士大会，党政军三千多人参加。大会开始前，会场上鞭炮声、锣鼓声此起彼伏。主持人宣布大会开始后，会场气氛由开心热闹变成了严肃激越。中共山东分局书记朱瑞发表了演讲。他说："最近，我们山东八路军和地方武装取得了三个大胜利：一是在孙祖，消灭了鬼子一百多；二是在临朐，收复了冶原，打死敌人一百多；三是在白彦，击毙鬼子三百多。短短几天内，我们消灭了五六百敌人。"朱书记的讲话被一阵阵热烈的掌声和欢呼声打断。八路军一纵司令员徐向前和山纵政委黎玉也在会上讲演，叙述孙祖战斗经过，号召继续坚壁清野，加紧逮捕汉奸，救济受难同胞，迎击并粉碎敌人新的扫荡。参加大会的各救亡团体代表也纷纷发言，表示要军民齐奋斗，夺取抗战胜利。大会结束后，抗大一分校宣传队和"宣大"临时战时后勤工作队队员联袂演出了《大战孙祖》，受到参会者的热烈欢迎。胡大娘的事迹被抗大一分校宣传队编进节目，创作演唱了《九子峰战斗歌》：

> 满山的青草发了芽，
> 老大娘前线来送茶，
> 问一声八路同志辛苦了，
> 打鬼子保家乡为了大家。

大会结束之后，临时战时后勤工作队返回驻地。陈安波在返回的路上听到传达，徐司令员在孙祖战斗胜利之后的总结会上，还对战斗中暴露出来的问题做了检讨，认为部队战斗经验不够，武器落后，战术和战斗动作均不理想，导致未能全歼敌人。第三期整军必须着重解决这些问题。这使陈安波和战友们对八路军"胜不骄，败不馁"的精神有了更加深切的感受和更加明确的赞赏与自豪。

没过多久，田大的死讯传来，同时传来的还有铁峪村的村干部和老乡比照着山东分局、八路军开追悼大会的样式，特地为田大开追悼大会的消息。老百姓还为田大编了一首歌：

三月里来麦青青，

八路军大战九子峰，

英勇的田大也参了战，

铁峪的南山显了威风，

拼命流血战胜日寇，

为人民解放壮烈牺牲。

陈安波在孙祖战斗中的表现得到了党组织的肯定。她在头年反扫荡期间服从命令听指挥、战后迅速归队的表现也再次得到肯定，光荣地被吸收为中共党员。

回到罗家官庄之后，鲁迅剧团又暂时回到了合编后的日常学习、排练和外出演出之中。鲁中沂蒙山区抗日根据地因为孙祖战斗的胜利而得到了喘息的机会，鲁迅剧团排练和演出的剧目越来越多了，有《农村曲》《生产大合唱》《黄河大合唱》《红灯》《老太婆的觉悟》《武四醉酒》《亲家母顶嘴》等等。每次演出，不管是下到部队，还是到村子里，台下都座无虚席，深受干部战士和老百姓的欢迎。陈安波还是同从前一样，不抢不挑，领导让演什么就演什么，依然是鲁迅剧团的"预备队"。很快，就传来了山东各抗日剧团要会演的消息，鲁迅剧团更加紧张忙碌了。

会演开始之前，6月7日，徐向前司令员奉命回延安参加七大，离开时只带了一个警卫连、一个医生和山东分局支援党中央的五十万法币，以及重量保密的黄金。消息是鲁兰方带给陈安波的，他们都希望徐司令能早点回山东，否则，山东地方抗日武装就会变成名不符实的"徐向前部"了。陆陆续续的，不断有人进入根据地，各种会议纷纷举行，直到8月下旬，陈安波听到传达，好家伙，一个多月的时间里，在青驼寺召开了好几个重要的会议：什么山东省国大代表复选大会，山东省民众总动员委员会成立大会，山东省工、农、青、妇、文

147

化各抗日救国总会成立大会，山东省各界抗日救国联合会成立大会等等，陈安波记不下来，也记不清楚是哪个会议选举产生了山东省临时参议会，范明枢任参议长；选举成立了山东省战时工作推行委员会，简称战工会，张经武、黎玉等二十三人为委员，黎玉为首席组长。某个联合大会还一致通过了《山东省战时施政纲领》。会演其实就是为这些重要会议烘托气氛的，当然也有加强和展示宣传工作的目的。

陈安波听到这些传达之后，又有了一些小想法，根据地老百姓生活艰难，那么多人聚在一起，开那么长时间、那么多名目的会议，目标多大，不是招小日本鬼子注意吗？另外那么多人聚在一起，每天消耗多大，不是增加老百姓负担吗？眼看着根据地的生活更加困难了。还有，山纵总指挥张经武去年年底就跟郭书记他们一道回延安了，选他为战工会委员，他还会回来吗？徐司令员什么时候能回来？作为新入党的党员，陈安波自然把这些想法埋在了心里，还不时地批评自己又有小资产阶级思想作祟了。会演期间，还发生了一件事情：有人给她介绍对象。

此时的陈安波，头发刚刚长到齐耳处，风风火火的，像个假小子一样。当"宣大"的一位老大姐来说合时，她只愣了不到一秒钟，立刻就回绝道："大姐啊，我还不到二十周岁，头发还没长长呢。不管是哪位首长，我还小呢，目前不想谈恋爱，更不想结婚。"见大姐还想要劝她，陈安波笑脸一秒变冷脸，斩钉截铁地继续对这位老大姐说："大姐，我一丁点儿这个心思都没有，您还是去找别人吧。"说完就跑开了。这位老大姐可能看出陈安波态度非常坚决，连她要介绍谁都不问一句，想想根据地里的领导们纷纷喜结良缘、喜得贵子贵女的，这姑娘可能还真是没开窍，强扭的瓜不甜，也就算了。

老大姐没有再说什么，陈安波更是没当一回事，转身就投入了一件更让她欢喜的事情：教唱歌曲。为了迎接"七一"党的生日和会演，抗大一分校宣传队的才子们不到一刻钟就创作出一首歌曲《跟着共产党走》，旋律简单而铿锵有力，容易记容易唱，战士老乡都喜欢唱，鲁迅剧团最近把教唱这首歌曲作为工作的一个重要内容。

陈安波是很懂得歌曲在宣传抗日和革命工作中的重要性的，毕竟，沂蒙山区不识字的人较多，抗日队伍的文化程度也普遍不高，朗朗上口的歌曲能起到非常大的作用。而且，私心里，陈安波也非常喜欢这个工作，因为教唱歌曲总能给她带来油然而生的成就感和不可言说的愉悦感。这成就感，自然不言而喻。这愉悦感，就是陈安波自己偷着乐了。原因是，一个村庄或者一个连队里，总有那么一两个态度非常积极、声音非常响亮、但一唱歌就跑调的家伙。每当听到整齐的歌声被跑调的家伙从沂水带到小清河，都不用陈安波说话，连队的文化教员就会吼出来，庄户人的歌声也会自动地慢慢停下来，然后大家就对那个跑调人七嘴八舌地指责一番，最后笑作一团。笑声中，大家都会唱了：

> 你是灯塔，
>
> 照亮黎明前的海洋。
>
> 你是舵手，
>
> 掌握着航行的方向。
>
> 伟大的中国共产党，
>
> 你就是核心，
>
> 你就是方向。
>
> 我们永远跟着你走，
>
> 人类一定解放！
>
> 我们永远跟着你走，
>
> 人类一定解放！

抗大真是人才辈出啊。陈安波不仅忙着到处教唱《跟着共产党走》，而且还忙着给老少娘儿们教唱歌曲《反对黄沙会》。这个黄沙会，是沂蒙山区的一个反动会道门组织，惯于对老百姓坑蒙拐骗，它配合国民党顽固派，不断散布谣言，污蔑共产党、八路军。当地的党组织对黄沙会会首和下层民众做了大量细致的工作，但效果不彰。抗大一分校宣传队根据上级指示，一面以文艺宣传为武器，开展对敌政治攻势，一面深入开展调研和宣传，到黄沙会最盛行的村庄收集素材，根据山东逃荒到东北的卖唱人所唱的花鼓调，加工整理成脍炙人口的《反对黄沙会》，并由创作人之一的阮若姗首唱，一曲动沂蒙，受到军民的热烈欢迎。

陈安波有一副清脆的好嗓子，跟着鲁迅剧团的山东快书大王杨星华学会了打板，因此很快就把这首歌学得像模像样，成为普及这首歌曲、宣传抗日、反对国民党顽固派和黄沙会的主力之一。那个夏天，陈安波在不同的"识字班"奔波，教会了大姑娘、小媳妇，甚至有的小脚老太太也能哼上一两句了：

人人（那个）都说（哎咳哎）沂蒙山好，

沂蒙（那个）山上（哎咳哎）好风光。

青山（那个）绿水（哎咳哎）多好看，

风吹（那个）草低（哎咳哎）见牛羊。

自从（那个）起了（哎咳哎）黄沙会，

大家（那个）小户（哎咳哎）遭了殃。

牛角（那个）一吹（哎咳哎）嘟嘟响，

拿起（那个）刀枪（哎咳哎）上山岗。

硬说俺那肉身子（哎咳哎）能挡枪炮，

谁知（那个）子弹穿过见阎王。

装神（那个）弄鬼（哎咳哎）把人害，

烧香（那个）磕头（哎咳哎）骗钱财。

八路（那个）神兵（哎咳哎）从天降，

要把那些害人虫（哎咳哎）消灭光。

沂蒙山的人民（哎咳哎）得解放，

男女（那个）老少（哎咳哎）喜洋洋。

　　忙忙碌碌地进入 9 月，陈安波又见到了一起来看她的鲁兰方和陈业。反扫荡后，胶东区重建的北海行政专员公署专员曹漫之来山东分局开会，陈业随行，随护的是一个约八百人的主力团。陈业和专门选出的身强力壮、忠诚可靠的战士身穿特制的衣服，带来约六千两黄金和一大宗陈业也说不出具体数目的法币、北海币。

　　又见亲人，陈安波很兴奋，她觉得沂蒙抗日根据地稳了。

第十二章 ——五师

　　陈安波和陈业热烈地讨论着正在进行的百团大战，鲁兰方则要比陈安波和陈业冷静得多。他认为不能凭借着目前沂蒙根据地这么一小块地域的情况来看待问题，而且就根据地本身的情况来看，也有许多不容乐观之处，更别说山东分局和山纵其实也没有对百团大战胜利作出什么具体的有实际作用的贡献。他大大方方地说出了自己的意见："安波，陈业，我可没有你们这样乐观呢。"

　　陈安波反问道："为什么呢？"

　　鲁兰方接着说："看到陈业从胶东来，我就想到了上次大姐夫跟陈业一起来的时候说的话。咱抗日根据地的民主政权是建立起来了，战时施政纲领也有了，但是要紧的金融制度、财税制度呢？似乎还没有呢。咱根据地现在处于孤立状态不说，还供养了那么多人，经济不能自立，还需要胶东的钱财，你能说这个根据地是稳固的吗？"

　　"是啊，这么一说还真是啊。按大姐夫的说法，还要改变土地制度、发展生产呢，这里可是啥动静都没有，可能还来不及有吧，只有几个兵工厂，也造不出像样的枪炮来。"陈安波接受了鲁兰方的观点。

　　"也不全是吧。北海银行就开了好几个分行，听说马上就会改名字，从胶东北海银行改称为山东省北海银行总行，我们这次还带来了北海币。这难道不是山东分局实施自己的金融货币政策的体现吗？"陈业有些不同意鲁兰方的观点。

"也对，万事开头难，总要先搭个架子。"鲁兰方点点头，接着说，"今年山东分局和一一五师都有扩军、扩枪的任务，还有干部对调的任务，但好像都不太顺利呢。"

"是啊，也不知道景芝和二哥怎么样了。"陈安波感叹道，"我们的宣传任务里最近多了一条山东分局确定的党政军一致的口号：拥护总司令，坚持抗日、团结、胜利。这个总司令，还真可以有两种解释呢。"

"希望不要聪明反被聪明误吧。"鲁兰方又叹了一口气。

"三哥，你这是怎么了，怪怪的。"陈安波嗔道。

"我听说，一一五师在鲁南，从主力部队抽调了一百多人，组成工作团，分别到农村去发展党员，建立党支部和基层政权，群众都发动起来了，还开展了减租减息、反霸锄奸斗争呢。反观我们这里，一个会演两个月，不打鬼子光唱歌跳舞了，急人啊。"鲁兰方说道。

"三哥你可不能这么说，唱歌跳舞的只是少数人，且对打鬼子很有用呢。"陈安波反驳。

"嗯，是的，有用，但有限，还容易引发骄傲自满呢，就像你现在的乐观情绪一样，盲目乐观。"鲁兰方一点也不客气。

"三哥，三哥，别着急，别生气！先看看扩军、扩枪的结果吧。"陈业劝解。

"三哥，你肯定入党了吧？"陈业接着问道。

"嗯，入了，你们呢？"

"入了。"陈安波和陈业异口同声地回答。

"我估计安江也入党了，景芝不好说，应该也能入了吧。"鲁兰方猜测道。

"是的，我觉得景芝也入党了。真希望能有机会聚上一聚啊。"陈安波完全同意鲁兰方的猜测，说出了三个人的心声。三个年轻人，此时还不了解，他们此前一直心心念念的——五师师部向山东纵队靠拢，中央军委已经在 8 月下达了命令："为统一山东领导，分局与师部应靠拢。"

——五师派出的工作团与地方党组织密切配合，很快开创了鲁南根据地的新局面。差不多与沂蒙根据地同时，1940 年 6 月，鲁南抗日人民代表大会在——五师驻地附近的费县白子峪召开，正式成立了鲁南抗日救国联合总会，成立了鲁南参议会和鲁南行政督察专员公署。之后又在公署下先后建立县级民主政权，从而自上而下构建起一整套三三制抗日民主政权。

同山东分局一样，——五师还面临着一个重大的任务，那就是年初中共中央书记处提出的扩军、扩枪任务。但两家都面临同样的困难和任务，兵源不充分，主力部队急于补充战斗减员，地方部队本来就底子薄，希望快速扩展，于是矛盾就不可避免地出现了。罗荣桓指导——五师师部和主力部队派出了工作团，到地方帮助工作，极大地激发了老百姓的抗战热情，鲁南出现了参军热潮。与此同时，罗荣桓明确反对主力部队不顾条件编并地方武装，指出不能用"拔萝卜"的方式把地方部队连根拔掉，而是要留下根，保留好基础，向主力输送一批，地方再接着发展一批。如此一来，扩军的兵源问题迎刃而解，仅费南山区就有近千名青壮年报名参军，例如西坞丘的傅建彬兄弟三人全都报名参了军，于沟的一位年近六旬的"八路迷"硬是把自己年方十六的儿子送到部队。仲村河西十八岁的村民宋传久要求参军，得到了父母和新婚妻子的全力支持。鲁南根据地形成了"兄带弟，儿别娘，父送子，妻送郎，前呼后拥上战场，同心协力打东洋"的氛围。反观沂蒙根据地，特别是鲁兰方这样虽然职务不高但消息灵通的人士，感觉似乎差着点儿什么。

鲁兰方的困惑在见到陈安江和鲁景芝之后，不但没有消除，反而有点紧张起来。陈安江和鲁景芝在跟随——五师师部于 11 月初移动到费县北部、山东分局驻地临沂青驼寺西面的聂家庄之后，一安顿下来，就跑去找陈安波和鲁兰方团聚。然而，鲁兰方敏锐地发现，陈安江和鲁景芝的情绪不高，反倒是陈安波，刚刚送走陈业没多久，又迎来了至亲的二哥和景芝，出出进进地烧水倒茶、找零食，开心得要飞起来了。

等到四个人坐定，鲁兰方张口就问道："你们两个人怎么都愁眉不展的，出什么事了？"

陈安波也迫不及待地问着鲁景芝："景芝，你怎么样？还好吗？"

鲁景芝还是像往常一样温柔，她拉着陈安波的手，笑着说："安波，你放心吧，我已经没事了。罗政委救了我，也了解我就是一个抗日的青年学生，那什么'托洛茨基分子'，根本就是莫须有的罪名，子虚乌有，纯属污蔑。我现在是二哥的助手，我俩的手术可快了，经过我们手术救治的伤员归队率，都快排到师部野战医院第一名了。"

"那就好，那就好，我听说了你的事，可担心坏了，就怕你委屈，想不开。"陈安波抽回手，拍了拍自己的胸脯。

鲁兰方听到两个妹妹的对话，心里也是一块石头落了地。想着这其中肯定还有陈安江的功劳，默默地对着好兄弟陈安江点了点头。

陈安江微微一笑，也点了点头。自家兄弟姐妹不言谢。

鲁兰方见状，问陈安江："怎么看着你俩都情绪不高啊，又遇到什么事儿了？"

鲁景芝没有回答，陈安江默了默，小声地说道："唉，景芝都不知道，我也分析不出来，兰方，你们给参详参详。"

"怎么了？"在场的三个人异口同声地问道。

"我碰巧听见领导们吵架了。"陈安江的声音小得像蚊子叫，看见三个人目瞪口呆，心里更是忐忑不安。他继续解释道："你们不知道，师部在靠拢之前，先在天宝山区的桃峪村开了三个礼拜的高干会议，据说这是一一五师进入山东以来最重要的一次会议，因为除了三四四旅，一一五师主力全部进山东了。各支队的负责人、师直机关各部门的主要负责人、鲁南区党委的负责人，都参加了。朱瑞同志也来参加了。我自然是不够格参会，但是作为医务人员为会议作保障，所以也基本上全程听会了。罗政委做了全面的报告。可是，你们知道吗，朱瑞同志竟然当面训斥罗政委和陈代师长，说一一五师什么也干不好，就卫生搞得还可以，如果要进步就需要前面有人拽、后面有人推。"

"啊，这么大领导，相互之间还这样？"陈安波非常震惊。

"发生什么大事了？"鲁兰方觉得事出有因。

"问题是，陈代师长也是个非常有个性的领导人。他当即就跟朱瑞同志戗戗起来了。唉，我们这些工作人员都吓傻了。"陈安江没有回答，而是接着说道。

"到底发生了什么？"鲁兰方有点着急了。

"因为师直几个干部在南大顶没有执行政策，枪毙了俘虏。"陈安江一语道破，然后喝了一口水，继续说道，"南大顶是天宝山主峰。师部自白彦战斗之后一起处于运动之中，直到按计划转移到天宝山区，建立根据地，以进一步扩大和保卫鲁南抗日根据地，并且打通与沂蒙根据地的联系。天宝山区原先有一个民团，团总叫廉德三，是天宝乡的乡长。你们都知道的，在咱山东，这种民团多如牛毛，里面鱼龙混杂。经过工作，廉德三接受了改编，天宝山民团改编为八路军一一五师天宝山游击大队。但是廉德三没过多久就率部叛变，占领天宝山顶，把咱一一五师的两位民运干部推下山崖摔死，还将十三名战士缴械后送交给日军，致使其全部惨遭杀害。因为廉德三是天宝乡乡长，很有欺骗性，他叛变后还裹挟了一部分群众上天宝山与我们对抗。我们当然要解决廉德三部。战斗的准备阶段主要是广泛发动群众的政治攻势。

"军事战斗的第一阶段是攻占南大顶。这南大顶地势险要，易守难攻，三面都是悬崖峭壁，只有东南面有一斜坡，廉德三修了围墙，筑成石寨。可谓一夫当关，万夫莫开。但石寨下面就是桃峪，师部驻地，所以第一仗必须拿下南大顶。战斗从夜间开始，持续到第二天下午，进展很不理想，师直政治处主任刘四喜牺牲，很多指战员都是被叛匪推下的滚石砸死砸伤的。一直打到黄昏时分，从对面山头向南大顶发起炮击，轰倒围墙，战士才冲进石寨，拿下南大顶。因为在先前的战斗中，守卫石寨的廉匪让我军吃了大亏，战士们心里憋了一肚子火，一帮土匪啊，压着咱正规军打，所以即便派了政工干部上去，严命缴枪不杀，但是政工干部的领导人刘四喜都被石寨里不知道什么人狙杀了，咱们的人哪里忍得住？"

"这样啊。"陈安波松了一口气。

"这事还没完呢，廉德三老巢，是比南大顶石寨大三四倍的天宝山石寨。你说，朱瑞同志这么不讲情面地批评陈、罗首长，这仗还怎么打？但陈、罗就是陈、罗，首长就是首长，上个月13号，对廉部总攻开始了。这次准备更充分了，但困难依旧，两天攻不下来。罗政委亲临前沿阵地视察作战现场，召开诸葛亮会，研究攻山战术，进行战前动员，最后不到两个小时就拿下了天宝山石寨，那廉德三受重伤后逃进费县日伪军据点。战前，陈、罗首长下了死命令，不杀已经缴枪的俘虏，不许伤害群众，切实遵守"三大纪律八项注意"。但是这一仗，我们还是有损失，师司令部的作战科长身负重伤，幸亏我们野战医院军医精心救治了。"

陈安江又喝了一口水，突然把身体凑近了弟弟妹妹们，压低了声音，继续说道："你们知道吗？就在进攻天宝山石寨的那天，集总致电师部，对师领导提出严厉批评。罗政委第二天，也就是14日，就复电中央军委和集总，承认师领导无能且极为严重，建议徐向前或朱瑞同志兼任一一五师政委和师长，陈代师长任副师长，自己去学习或者到其他地区做部分工作。他这是承担全部责任了。第三天，他就去前沿阵地了。18日，师部又接到两封相关电报，一封是中央军委的，说一一五师的总路线是正确的，鼓励罗、陈安心工作，说目前罗政委没有可能提出学习问题。另一封是集总的，说13日批评一一五师的电报作废。"

"真的假的？"陈安波轻声问道。

"自然是真的。虽然我这个级别的，按道理是不应该知悉的。但是你们知道吗，首长们大声嚷嚷的声音谁都能听得见，怎么保密啊。就那段时间，师部完全是笼罩在低气压下，气氛压抑极了。更何况罗政委的行踪我们都很了解，同志们心里都有一杆秤。"

"依我在山东分局的见闻，安江，朱瑞同志是一个非常讲原则，有很高领导水平的干部，对自己的要求很严格，对下属也很关心。就是有时候对同级别的首长，总有点居高临下之感。"鲁兰方边回忆，边说道，"有时候，嗯，常常，黎政委都是先偃旗息鼓的一方。"

"朱瑞同志很帅呢，就是太能说了，就一个妇女解放问题，能讲老长时间，两天，两天哪！"陈安波说道。

"你去现场听了？你觉得他讲得有意思吗？"陈安江问。

"太长了，就是再有意思，我听到后面，脑子也经常开小差。"陈安波老实回答。

"就是这个问题，安江。我们讨论过，总觉得沂蒙根据地最近这段时间以来，成绩突出，所以会议开得又多又长，颇有舍本求末之感。"鲁兰方说道。

"是啊是啊，三哥都着急了。"陈安波说道，"不过这下好了，师部跟山东分局靠拢了。以后再合署办公，相互了解情况，首长们可能就不会吵架、嚷嚷了。"

"我分析，不尽然。首长们都是真正的共产党人，都是正派人，他们之间的争吵，不是私人恩怨，而是战略方面的。当然，像朱瑞同志、陈代师长都是个性突出、爱憎分明的人，不会藏着掖着。罗政委、黎政委相比较之下，就平和多了。"陈安江说。

"二哥，你这跳跃得也太厉害了吧？从战略问题一下子跳到了个性问题。"一直没有说话的鲁景芝笑了笑说道。

陈安江笑笑，接着说："你说得没错，一个是战略问题，一个是个性问题。首长们之所以嚷嚷，是战略问题造成的，而不是个性问题造成的。怎么说呢，就拿你们最关心的师部与山东分局和山纵靠拢的问题，为什么直到现在才解决？那是因为，——五师师直和三四三旅入鲁时最初得到的命令是准备继续南下、发展华中的，所以，一没靠拢，二没就建设根据地统一思想，三是急于补充主力而编并地方武装。桃峪会议传达了党中央8月的指示，就是山东是基本根据地，华中是准备发展的方向。这样，大家就都明确了这个战略。但是明确归明确，此前因为各自为战而落下的心结却不是一时半会儿能解开的，再加上心直口快、个性鲜明的领导，不吵才怪呢。"

"无论如何，这种吵架的事情还是不要再发生了。"鲁景芝说道。

"罗政委在桃峪会议上，总结了——五师在山东的工作，用了'插、争、挤、打、统、反'六个字，简洁明了，大家都赞同呢。罗政委还说，虽然刚打了百团大战，给敌人以沉重打击，但在山东战场上仍然是敌强我弱，所以——五师不适应集中兵力搞大规模破击战，真是实事求是，敢讲真话啊。他提出的建设铁的党军的号召，大家也都赞同。对了，部队整编了，六万多人，六个教导旅、四个军区，了不起啊。景芝和我现在都被编进了师野战医院。"陈安江几句话说完，然后问鲁兰方："山纵现在有多少人了？"

鲁兰方摇了摇头，说道："现在还不清楚。本来年底要完成四期整军第一阶段任务的，现在看来够呛。不过，山纵5月底完成了三期整军，当时主力部队已经扩大到三万两千多人，地方武装也有两万一千多人。估计现在的数字，主力部队和地方武装加起来，跟——五师不相上下吧。"

陈安江听罢，点了点头，道："哦，了解了。那，我还有个分析，你们听听是不是有道理。我分析，师直、山东分局和山纵在一起的时间不会太长。"

"为什么？这好不容易才统一了战略思想！"陈安波第一个发出了疑问。

"为什么？安波，你看问题还是简单了，战略思想的统一可不仅仅是在山东建立根据地这么简单。这根据地怎么建？是开名目繁多的冗长会议，还是扎扎实实发动农民？"鲁兰方首先说道。

陈安江接着说："对，这就是我分析的结论的最主要依据。其次就是因为，鲁南和沂蒙山区都太穷了，根本不可能养活这么多人！这个冬天，你们知道吗，我们冬装里絮的可都不是棉花，而是自己动手洗干净的羊毛。这还是罗政委从老乡那里找到的办法，亲自带领大家洗羊毛、絮羊毛的呢。靠拢的，战斗部队少，机关多，没想到两边的机关都这么庞大了，恐怕这也是兰方一直担心的事情吧。"

"是啊，首长们还喜欢开长会呢，这不，你们一来，这又开上了。"鲁兰方一笑，"我今天也是会议保健医生呢。不过，我可不能像你那样还能听会，这儿离会场很近，几步路。"

"还是不要的吧。听到了，又不知道前因后果，没得糟心。"陈安江说，"不过，我分析这靠拢不会长久，应该不离谱。所幸首长们虽然吵，但都是正派人，只要不出现'湖西肃托'那样的事，吵就吵吧，这就像真理越辩越明一样。"

"可问题是，咱山东分局和山纵还有单位在搞'肃托'呢。"鲁兰方说。

"啊？怎么，怎么还有？"鲁景芝惊叫起来。

"我没有跟你说，就是咱鲁南地区，在湖西发生'肃托'之后，还有这事儿呢。但罗政委下令，坚决地制止了。所以，说到底，这还是战略思想和指导思想的根本分歧。首长们即便都是好人，说句粗话，也尿不到一个壶里，靠拢的时间不会太长。"陈安江说。

陈安波听到这里，似乎又明白了些什么。她有些难过地说道："听了你们说的这些，怎么我心里也不痛快了。唉，没想到，真是没想到，抗日、打鬼子，怎么就这么复杂呢！"

停了一会儿，陈安波又想到了另外一件事情。她推了推鲁景芝，问道："景芝，有人给你介绍对象吗？二哥、三哥，你们谈对象了吗？"见三个人都愣住了，陈安波快人快语："有个老大姐要给我当介绍人，我想也没想就给拒绝了。我是来打鬼子的，可不想刚二十岁就结婚生子。"

鲁兰方帮着陈安波问鲁景芝："是啊，景芝，你有对象了吗？"

鲁景芝回答："哥，我跟安波的想法一样，不想这么早就结婚。而且，我在医院，看到那么多的女同志怀孕、生孩子、养孩子，扎堆儿都，但就是首长妻子，也遭老罪了。我不想，至少现在不想这事儿。我现在还想着能再系统地学习学习，要不总担心给二哥手术拖后腿。"

"是啊，你这也是赶鸭子上架，确实缺乏相关知识。可想系统地学习，在咱山东哪个根据地都不容易。唉，对了，山纵有卫生教导队，已经办了三期医生班了，学制是一年的。这样吧，我帮你留意着，要是还办的话，你就争取报上名，跟着学一学。"鲁兰方说道。

"可我现在是——五师师直野战医院的人。我不想回山纵，也不想回山东分局，我就只想跟着罗政委。刚刚听到你们说山东分局现在还有单位搞'肃托'，我的头皮都炸了。"鲁景芝果断拒绝了鲁兰方的建议。

"那可怎么办呢？你还是自学吧，景芝，让二哥多教教你。"陈安波安慰鲁景芝。

"二哥是一直在教的，但他没有多少时间。一上手术台，就不知道什么时候下来了。常常一下来，换下手术服，坐着就能睡着。我也是，高度紧张，闲下来学习的时间和精力都不够。但没有系统学过医，经常看不明白二哥下一步动作的目的，不知道该递上什么型号的手术器械，全靠二哥口令，这速度就慢了。你们知道的，时间就是生命，手术速度就是生命啊。"鲁景芝有点激动。

"那就还是想办法参加医生班学习吧。"鲁兰方一锤定音。

兄弟姐妹聊兴正浓，只听得门外喊："散会了！散会了！"鲁兰方一听到，马上站起身来，说："我得先去忙了，咱们还有机会再聊。"说完就匆匆离开。陈安江三人也都站起身来，陈安波说道："二哥、景芝，我也走了，请了两个小时的假。咱们找机会再聚。就算二哥的分析有道理，也不会马上就分开吧？"

"不会，不会。你回吧，我跟景芝也要回医院去。路上小心。"陈安江赶紧说道。

1941年春节前后，陈安江和鲁兰方又聚过几次，陈安波因为忙于春节前后的慰问演出，参加聚会的次数最少。鲁景芝日常还承担着护理工作，相比陈安江，可以请假外出的机会更少一些。陈安江和鲁兰方这对不是亲兄弟，但比亲兄弟还亲的哥俩儿，在"七七事变"之后投入共产党、八路军阵营，汇入全民族反抗日本帝国主义侵略的洪流之中，在身边无私无畏的共产党人的感召下，无论是政治上还是医术上，都迅速地成长起来。

两个人经过多次讨论，一致认为，武汉失守以后抗战进入相持阶段，是就中国战场总体而言的。单就山东战场而言，由于山东的地理位置极其重要，日军还占优势，处于战略进攻阶段。国民党政府也相当看重山东，枪毙韩复榘之后迅速任命沈鸿烈为山东省政府主席。沈从青岛撤退后并没有离开山东，因此其军政活动相当活跃，加之中共在抗战初期的统一战线政策失之偏颇，甚至拱手相让，沈有所得手。台儿庄大捷后于学忠就任鲁苏战区司令，也进驻鲁南地区。而整个山东，匪患自古不断，汉奸、亲日派、骑墙派多如牛毛，共产党、八路军要在这种犬牙交错、严峻复杂情况下坚持抗日救国，一着不慎，满盘皆输。相信党中央、毛主席和八路军集总肯定早就看到了这个问题，一定会继续从各方面对山东抗日根据地提供支持，特别是战略指导思想方面的支持和干部方面的支持。

两人有志一同地认为，就现实情况而言，一一五师师部和山东分局、山纵领导机关因为主客观原因，今后肯定会处于分分合合的状态。但这毕竟是他们的大胆预测，心中有数即可。作为军医，他们最重要的任务是救死扶伤。一一五师师直、山东分局和山纵领导机关目前兴起的恋爱、结婚、生子潮，两个人也讨论了，他们作为专业技术人员虽然都有结婚资格了，但都认为还是要顺其自然地找到有共同语言的另一半，不必着急。对两个妹妹，他们也都尊重她们的意见，鲁兰方还表示，如果山纵卫生教导队还办第四期医生班，会想办法为景芝争取一个名额。

对于远在胶东的大姐陈安沄一家和陈业，陈安江和鲁兰方倒是不担心，在他们看来，大姐和大姐夫都找到了存在的价值和人生的方向。而且，他们殊途同归，是亲人，更是革命战友。对远在青岛、挣扎在糖尿病中、苦苦支撑着初九医院的大哥，陈安江和鲁兰方则非常担心，但目前情况下他们俩鞭长莫及。鲁兰方再次说起陈安波和鲁景芝告诉他的大哥星夜追人的事儿，还有大哥当面对他的嘱咐，两人唏嘘不已。大哥像父亲一样把他们养大成人、培养他们成才，子欲养啊……两个人说到这里，眼眶都红了，一时都说不出话来。

满怀忧虑的陈、鲁兄妹虽然在战斗中重聚，但还是没能好好地一块儿度过 1941 年的春节。刚刚进入新年，1 月中旬，消息灵通的鲁兰方就从大众日报社的战友那里听到噩耗，说是报社的电台连续几天都收到了国民党中央社消息，称新四军数万人在皖南"叛变"，取消新四军番号，将叶挺军长交军事法庭审判。鲁兰方很快就同陈安江在一起讨论分析，虽然报社的战友还将信将疑、不敢相信，但两人认为，无风不起浪，既然中央社连篇累牍、连续一个礼拜不间断地大肆公开报道，此事定然不小，新四军肯定是吃了大亏。随后，报社电台收到了华北新华社广播和延安新华社的抗议电。1 月 18 日，农历腊月二十一，中共中央书记处发出《关于皖南事变的指示》，并且很快在一一五师师部和山东分局、山纵指挥机关逐级传达。《大众日报》从 19 日起，刊发多篇电讯，揭露国民党破坏统一战线、妨碍抗日的罪行。正在巡回慰问演出的陈安波和同学们被临时叫了回来，听到传达后便停止了演出，立即投入了追悼会的准备工作。他们赶制了很多的白花和花圈，右手手指都被剪刀磨破了，但没有一个人停下来。

1 月 24 日，一一五师师部、山东分局和山纵指挥机关在费东石栏村村外的打谷场上，召开了有五千多人参加的党政军民各界追悼大会，由山东分局宣传部部长兼大众日报社管委会主任李竹如报告"皖南事变"真相经过，各界代表在会上发言，所有人都义愤填膺，会场上不时发出"反对内战！""反对投降！"的呐喊。

皖南事变的发生，按陈安江的分析，是抗日战争进入更加困难阶段的一个标志。国民党政府和军队如此无耻地、冠冕堂皇地撒谎、污蔑和杀戮，说明全民族抗日统一战线已经危如累卵，国共合作名存实亡，今后山东抗日根据地在反日、反顽、反伪四角斗争中的处境将更加险峻。同时，新四军军部和部队近万人牺牲，恐怕内部也有问题。陈安江突然间有一闪念，并且对鲁兰方脱口而出："咱山东抗日根据地千万别出这么可怕的事啊！"

鲁兰方很清楚陈安江所想，他重重地点了点头，没有说话。两个人又一次相对无言。

春节过后没多久，一一五师师部继续向青驼寺一带靠拢，然而，越靠拢越转不开，正如陈安江所分析的，三大单位挤在一起目标太大了，简直就是作茧自缚。而现实果然不出他之所料，3月初，日伪军四千余人开始对沂蒙山区进行扫荡。接到消息后的次日，一一五师师部和山东分局东渡沂河和沭河，转入滨海区活动。山纵指挥机关则仍然留在沂蒙山区，指挥所属部队发起反扫荡、反封锁战役，至月底，取得胜利。

与此同时，一一五师教二旅和山纵二旅一部在一一五师统一指挥下，经过周密部署，于当月中旬在连云港附近重镇青口发动攻势作战，历时六天，解放了大片沿海地区，进一步扩大和巩固了滨海根据地，罗政委等因而在一个叫蛟龙汪的村子停驻了较长时间。而就是这么一个相对来说较长较为平静的阶段，陈安波得知，又要搞会演了。这一次的会演，除了她所在的"宣大"之外，还有一一五师"战士剧社"、山东分局"姊妹剧团"、抗大一分校文工团、山纵二旅"突进剧社"、山东抗协"宣传大队"、胶东"国防剧团"等八大剧团，热热闹闹地在东渊子崖村唱了十几天的"大戏"。

陈安波还是没能演上主角，但是因为年前跟哥哥们的交流和她自己的思考，她对这种战时的脱离指战员和群众的大规模长时间的会演就有了些想法，因此对演不上主角也没什么不高兴，像"宣大"参加会演的节目《生产大合唱》什么的，也谈不上主角。其间，山东分局书记朱瑞同志做了几次讲评，还在闭幕式上讲了话颁了奖，但对陈安波都触动不大。相反，会演期间各文艺团体之间的相互交流让她受益匪浅，特别是一一五师"战士剧社"毫无保留地向他们传授老红军的文艺工作传统、指导队员们排练各种舞蹈等等，让她的思想觉悟和业务水平有了明显的提高。陈安波后知后觉地有点理解了，为什么二哥坚决要求跟着罗政委走，为什么景芝不想回山东分局。

第十三章　出演繁漪

　　鲁景芝没有随——五师野战医院转移到滨海区，而是留在了沂蒙山区，准备参加计划于 5 月开学的第四期山纵卫生教导队医生班。虽然她不想回山东分局和山纵，但如果想深造，这是目前唯一可行的办法。景芝没有犹豫，医生班只有四十个名额，她这个名额还是靠鲁兰方和陈安江两个大主刀的面子向黎政委求来的，得珍惜。而且留在山纵的这段时间，她可以跟着鲁兰方，在山纵指挥机关的医院手术室当护士，也不得闲。反扫荡战斗开始后，山纵回击坚决有力，将近一个月的连续作战，终使沂蒙革命根据地的核心地带没有遭到什么损失，鲁兰芝如愿以偿地开始了专业学习。

　　陈安波跟随"宣大"到滨海区参加会演的时候，日伪军对沂蒙山区的扫荡已经结束了，——五师师部也在滨海区站稳了脚跟，两个地区之间的联系是通畅的，因此，往返都还顺利。然而，就是会演结束的第二天，敌人就开始了扫荡。陈安波和战友们刚刚撤出村子，敌人的炮弹就打过来了，所幸没有伤亡。回到驻地，听到时事政策宣讲之后，陈安波的心情又紧张起来了。原来，就在 6 月 22 日，德国向苏联发起了突然进攻。社会主义的苏联遭受了希特勒法西斯的侵略啊！同战友们一样，陈安波气愤、焦急，忍不住去找鲁兰方谈一谈心事。

万万没有想到的是，鲁兰方又给陈安波"当头一棒"。

鲁兰方告诉陈安波，就在两个多月前，正当陈安波和"宣大"的同学战友们高度紧张、随时准备行军打仗反扫荡之际，苏联和日本签订了《苏日中立条约》。苏日两国同日声明：苏联保证尊重满洲国的领土完整和不可侵犯，日本保证尊重蒙古人民共和国的领土完整和不可侵犯。次日，国民政府外交部长王宠惠发表声明，表示苏日之间的这个条约对中国绝对无效。这个消息没有传达到陈安波这个级别。

陈安波再一次目瞪口呆，愣了好一会儿才问道："三哥，这是真的吗？苏联，社会主义的苏联，怎么能干出这种事情来？这不是背后捅了我们一刀吗？东北、东北怎么办呢？"陈安波自己都不知道，此刻的她，泪流满面。

鲁兰方走上前来，伸手递给陈安波一块手帕，边示意她擦干眼泪边说："消息应该是确切的，是《大众日报》电台听到的，国民政府对咱共产党、八路军的冷嘲热讽别提多难听了。"

"那延安呢？党中央怎么说？"

"没有听到。"

"那报到朱瑞同志那里了吗？他怎么说？"

"具体情况不知道，但是他是同你们一起走的，一起去的滨海区。所以不知道他有没有得到这个消息。但即使得到了，他能怎么说？得等党中央的指示。"

"肯定是真事儿吗？中央社惯会造谣的。"

"皖南事变发生后，《大众日报》的电台也是先收听到了中央社的广播，十几天之后才收到了新华社的消息和党中央的指示。这次，情况比较复杂了，我看党中央也没想到苏联会来这一手吧。"

陈安波擦干眼泪，把手帕还给鲁兰方，整个人也镇静下来了："三哥，二哥在皖南事变之后就分析说，抗战进入了更加困难的阶段。现在看来是一语成谶。这苏联政府怎么能这样做？能得它，承认满洲国？怎么不承认汪精卫呢？太不像话了。三哥，你怎么看这事儿？"

鲁兰方回答："我认为，抗战首先是咱自家的事儿，得靠自家努力，东北也得靠咱自家的力量收回来。苏联总体而言是不想打仗的，所以先有《苏德互不侵犯条约》，后有《苏日中立条约》，意大利法西斯对苏联不足为惧。但是苏联这样做，是很自私的，为了他自己一个国家而置其他正在抗击侵略的国家的利益而不顾。安波，你刚才说，这是从背后捅了我们一刀，就是这样，我同意你的观点。但关于这件事情，特别是我们的看法，你一定要记住了，绝对不能宣之于口，还要听上级的指示。我分析，苏联这一行动让党中央也很为难呢。咱山东这里，正赶上鬼子扫荡，顾不得传达，可能也不会传达了，就像《苏德互不侵犯条约》签订时一样。正在这左右为难之际，德国法西斯突然进攻苏联了，这事就能抹过去了。"

"三哥，我真是想简单了。打鬼子，竟然同国际形势还有关系。可是，三哥，苏日这中立条约一订，日军的北部压力不是一下子就减轻了吗？那所有的兵力，会不会都冲着咱八路军来了呀！"

"百团大战之后，日军对咱八路军更加重视了，在很多地方寻战。现在德国向苏联进攻，小日本肯定是更加嚣张了。这次扫荡，不正是一个最好的例证吗？而且，小日本鬼子基本上是在同一时间对咱几个根据地开始扫荡的，扫荡的方式也有变化，更加凶狠残酷了。"

"说到这里，我去会演的往返路上，虽然没遇到打仗，可是看到逃难的老百姓，还有烧毁的房子，心里真是难受极了。老百姓真是太苦了，我们八路军风一样地来来回回的，打了胜仗，就转去另外一个区休整。可日本鬼子不甘心失败，撤退之后常常会反扑泄愤，这全是老百姓承受啊。三哥，咱怎么就守不住一块儿根据地呢？"

"是啊，一块儿根据地，看着不大，但强敌环伺，守住还真不容易呢。"

"三哥，你知道的，这次日伪军扫荡，一家伙就在临沂、费县以北的汤头、半程设了十几个据点，东起沂河、西到蒙山，构成了横贯东西的三道封锁线，直接就切断了咱沂蒙鲁中根据地跟鲁南根据地的联系，虽然没听到什么消息，但是我分析着，抱犊崮、天宝山那边，肯定吃紧。好在咱山纵反封锁战斗得力，那三道封锁线一下子就被彻底摧毁了。我们去滨海区，来回都过沂河，行军路线跟那封锁线基本平行，似乎就是穿插，但我还是不愿意看到一片荒芜和焦土。4、5、6月份啊，地里什么都没有，有也是野草，老百姓、咱八路军，都要吃饭啊。"

"去年鲁中就没有下过透雨，冬天雪也不大。今年的情况也不乐观。你们过沂河，往返两趟觉得水位有变化吗？"

"三哥，你这么一问，我想起来了，水位变化倒是没觉得，但水位降低了却是明显可以看出来的。不会闹旱灾吧？"

"天灾，还有人祸。日本侵华，德国犯苏，《苏日中立条约》，汪精卫，满洲国，可是让国民党和国民政府奇货可居，索性就消极抗日、积极反共了。在山东的国民党军队公开叛变的不少，而暗中与日军勾结、合流反共的也不少。"鲁兰方边思考边慢慢地说着，然后突然停顿了一下，继续严肃地说，"哼，都这样了，都快没饭吃了，根据地压力更大了，可是你们居然又会演去了，还八大剧团会演呢！演个啥？演给谁看？"

"唉，三哥，这事儿就别提了。对了，景芝还好吧？我哪天请假去看看她。"

"好啊，好啊，她已经在医生班学习了。对了，你这说话就毕业了，知道会分配去哪里吗？"

"不知道呢，哪里都行，反正一切行动听指挥，革命到底。要是不能留在鲁中，那我去新单位报到前一定要去看看景芝，到时候咱们一块儿啊。"陈安波回答。她忽然又想起了一件事情，马上补充道："三哥，你是不是想起了'湖西肃托'就起因于学员毕业希望'从哪里来到哪里去'？放心吧，我没个人要求，坚决服从分配，革命到底。虽然我到现在也不太清楚，这'从哪里来到哪里去'的错误性质究竟有多严重，从工作角度来看，其实也是有一定合理性的，不是吗？

但关键是这个'哪里'，群众基础怎么样？工作环境怎么样？甚至是生活条件怎么样吧？是不是？唉，又想起了景芝，不行，就是留在鲁中，我过两天也要去看看她。"

陈安波在"宣大"没有待多久，7月份就毕业了，宣布毕业的那天，同时宣布了毕业生的安排和"宣大"的动向。"宣大"被一分为二，陈安波被编入一队，随山纵政治部组织部长谢有法带领的巡视团到渤海区和胶东区巡视。队长是王绍洛，陈安波的老领导，队员有五十多人。陈安波一听到此，心里就犯了嘀咕：头发刚刚长长，这次可千万别又被王校长中途扔下啊。不过，转念一想，跟着巡视团走，应该问题不大。大姐一家和陈业都在胶东，也许还能见上一面，心头立刻雀跃起来。

结果，雀跃的心情还没维持半小时，散会后刚刚自由活动，上次当红娘的老大姐就让人把她叫出去了。陈安波不知道什么事情，跑步到村旁小树林，只见老大姐正和一位干部模样的男同志说话。老大姐很热情地给两人作了介绍，然后就借口突然想起有事开溜了。陈安波自然反应过来是怎么一回事情，心里有点不高兴，还这样搞"突然袭击"啊。但是，来都来了，聊两句呗，总要讲礼貌吧。抬起头来，嗬，这位首长个子还挺高，板着脸，正低头很严肃地看着她，说话语气那叫一个冲："我的情况，你了解了吧？"

陈安波心想，我不了解。

没等陈安波回答，首长抬手指着不远处树上拴着的两匹马，再问："怎么样，我们结婚吧？"

陈安波心里更不高兴了，觉得这人可真自以为是，刚刚见面，还不认识呢，连你姓什么都没听清，就多牵一匹马来要带我走，也不管我乐意不乐意，一点儿尊重都没有。我是来参加革命的，又不是来赶着嫁人的。于是，她很坚决勇敢地拒绝了那位首长："不，我不同意。我马上就要随队出发了，请首长不要再来找我了。"说完，举手敬礼，转身就往村子中心人多的地方冲刺跑，她可不想被骑马的首长拎上马背。一路不停地狂奔回驻地后，陈安波又羞又恼，躲进伙房就蹲到一个没人的灶口前，假装帮着烧火，闷声不响地抚平了内心的起伏。

第二天，陈安波主动找到了那位热心的老大姐，小心翼翼地表达了对老大姐"突然袭击"的"震惊"："大姐，您事先什么也没告诉我，那位首长又那么直接，我可真是吓坏了。"

"嗯，别人受了惊吓，都是吓得腿软。你受了惊吓，跑得比兔子还快。"老大姐很不高兴。陈安波倔劲儿也不小，心想你不高兴，我也不高兴呢。

"大姐，不管别人怎么样，反正我不想就那样结婚。您知道，我马上就要出发了，您就别为我操心了。"

"好，好，我再也不管你的事儿了。"

"谢谢大姐对我的关心。我走了。您多保重！敬礼！"说罢，陈安波敬礼，转身，又一个冲刺跑，赶紧地撤了。

几天后，陈安波就随队出发了。事实果真如陈安波分析的，"宣大"一队这一次的行军路上基本没有遇到敌情，跟着巡视团走，他们这一队人马其实主要就是个慰问团，也是个指导交流团。进入渤海区和胶东区之后，许世友、杨国夫、林浩等领导同志先后给他们讲话作报告，使得他们了解了渤海区和胶东区的基本情况和抗战形势，首长们对他们的关怀和鼓励也使他们干劲更足了。他们不仅深入连队慰问演出，而且还同渤海区的"耀南剧团"和胶东区的"国防剧团""孩子剧团"等互相交流，一队的教员们传授戏剧、表演、舞美、创作和绘画方面的知识，一队的学员们积极地学唱地方戏曲柳琴戏、茂腔、胶东大鼓等等，相互都感觉收获满满。

由于渤海区和胶东区的部队比较分散，一队大多数情况下都是夜晚行军，拂晓宿营，最多时一夜行军一百四十里。陈安波对夜行晓宿一点儿也不陌生，只要在队伍里，不落单，她心里就踏实，步子就稳当，从来没有掉队过。不仅如此，她还经常帮助那些生病走不动跟不上的战友，扶着托着，或者背上战友的背包，不叫苦不叫累，整天都乐呵呵的。而基层部队对他们的到来都非常欢迎，经常是队伍还没到，就派人前出好几里路迎接，驻地也早早安排妥了，甚至大土戏台子都搭好了。

休整一上午，一队的队员们常常在下午组成几个小组，有的到驻地连队帮助开展工作，教战士唱歌，帮连队办墙报，还协助开展俱乐部活动，例如组织一场拔河比赛。有的在驻地帮助房东挑水、扫院子、修理家具、理头发。有的到驻地所在的村子开展活动。陈安波一般都报名参加这个组，她心里老觉得要为老百姓办点事情。按照八路军宿营的惯例，经常会有队领导亲自带着他们这个小组，还有驻地部队的人引着，先去见见村长，说说要给老百姓小演出的意图，然后去村里空旷的地界儿看看场地，一般都是打谷场。之后，就是陈安波他们大显身手的时候了。

他们经常会敲锣打鼓地开场，闹出响动之后，村子里的孩子首先就被吸引过来了。然后，八九个姑娘小伙儿整齐地站成一两排先来两首小合唱，一把口琴定定音，《生产大合唱》里第二章《二月里来》的悠扬旋律能传出老远，老少爷们、老婆婆、大姑娘、小媳妇就会越聚越多。紧接着再来一首《酸枣刺》，锣鼓、笛子都加上，一唱一和地"张大哥""王大哥""王老二""李老三"，明快的节奏，亲切的歌词，一下子就能拉近跟老乡的距离。这是陈安波他们在好多次活动之后总结出来的经验，屡试不爽。要是人群里正好有张大哥、王大哥、王老二、李老三，那效果就更好了。

开场小合唱之后，队领导就会出面给乡亲们讲讲话，谈谈形势，说说咱八路军又打了哪几个大胜仗；村长也会上前讲几句，拉拉支前的任务完成得怎么样、谁家婆媳关系要注意了等等。最后，小组成员还会出来一两个人，教群众唱唱抗日歌曲。一队教唱歌曲早就分好工了，陈安波分到的是教唱《红缨枪》。

只见她在听到命令之后，紧紧腰带、正正军帽，然后迈步从小合唱队走向人前，一个立正，敬礼。老乡们睁大眼睛、一声不吭地看到此刻，都会"呱叽呱叽"地拍起巴掌，总会有那么一两个大娘大婶子在那里高声赞美："哎呀嘞，这是谁家的姑娘，真俊！"

陈安波早就不怯场了。她对着大家伙儿甜美地笑笑，扬起嗓子说道："大爷大娘、大叔大婶、兄弟姐妹们，下面我给大家教唱抗战歌曲《红缨枪》。咱村有谁会唱不？"等一会儿，看着对面的人们摇头的、摆手的，陈安波接着说道："那我们先唱一遍给大家伙儿听听，很好学的。"伸出手来，请战友给个音，然后双臂弯曲平举到胸前，果断地往下一压，喊声："起！"合唱声又起来了：

> 红缨枪，红缨枪，
>
> 枪缨红似火，枪头放银光，
>
> 拿起了红缨枪，去打小东洋！
>
> 小东洋是个横行霸道的恶魔王，
>
> 它的野心太猖狂，想要把中国来灭亡。
>
> 老乡，嘿，老乡！
>
> 你愿做牛马？不愿意！不愿意！
>
> 你愿做猪羊？不愿意！不愿意！
>
> 拿起了红缨枪，去打小东洋！
>
> 山沟里，山顶上，游击战争干一场！
>
> 打东洋，保家乡！
>
> 不让那鬼子再猖狂！

这首歌曲的教唱，陈安波和战友们是琢磨过的，练过，也实践过很多遍。从"老乡"开始，就有互动，四个"不愿意"被改成近乎不讲旋律、只讲节奏的口号，朗朗上口，好记好唱，一下子就能把整个会场的气氛调动起来。于是，教唱几遍之后，队员们和老乡们一起合唱一两遍，一场宣传大会就圆满结束了。陈安波他们通常还会被大姑娘、小媳妇围着说说话，然后就告辞回驻地，准备晚上的正式演出了。

这正式演出的节目，就是大会演时的节目，陈安波不是主角，自然压力不大。但实际上，她的压力大极了，因为就在行军路上，一队领导决定要排演一出大戏，要排《雷雨》。可能是三个月前大会演时没能拿出什么镇场的节目受刺激了，队领导决心要"一雪前耻""一鸣惊人"。此番正好是跟巡视团走，相对比较安全，可以有精力排一出大戏，既能提高全体队员的业务水平，又能提高根据地文艺宣传的水平，提高广大指战员和群众的欣赏水平，同时还能展示中国共产党领导的抗日根据地和八路军的文化生活，一举多得。他们选择了抗战前最出名的一出话剧《雷雨》。此前会演的时候，一一五师"战士剧社"就演了《雷雨》，还有剧团演了《日出》。曹禺的话剧，是当时文艺界的顶流，相对于《日出》而言，他们认为《雷雨》在揭露和批判上的锋芒更鲜明也更直白，更容易为根据地的群众接受。另外整出戏人物不多，舞美相对简单，一块铁板、两只变光灯就能制造出电闪雷鸣的效果。陈安波则被选定饰演繁漪。

王绍洛早就注意到陈安波这个坚忍果敢的女学员了，特别是两年前反扫荡战斗中陈安波的表现让他刮目相看：这名女战士不简单，地道的初中毕业生，年轻而有主见，关键时刻服从命令，隐蔽期间跟老乡亲如一家，危险解除后立即归队，有上进心，入了党，很有发展前途呢。这次，他力排众议，推举陈安波扮演繁漪，也没有遇到什么阻力。毕竟，陈安波的表现是一贯的，就立在那里，没有人说三道四。

陈安波没想到一队会排演《雷雨》。对这出戏，她一点儿也不陌生，青岛铁中的学生们就演过这出戏，这出戏的初演就是浙江上虞的春晖中学学生完成的。但说实在的，她从心底里不喜欢这出戏，因为她觉得这出戏里没好人，就算有，她也是哀鲁妈之不幸，怒四凤之不争。就连这戏里的工人鲁大海，她都觉得生硬得很不真实。而对繁漪，她更是没什么好感。所以，对塑造这样一个人物，她没什么底气。但领导已经定下来的任务，她好不容易等到的一个有名有姓的角色，她没有理由推辞退却，只能咬紧牙关顶上去。

一路上，王队长没少给陈安波等人讲戏，帮助他们加深对角色的理解。说了差不多一路，陈安波总算打消了心底里对繁漪的负面感觉，但也没有什么正面评价，只是勉强接受了剧作者曹禺先生说繁漪是个"值得原谅的疯子"的观点。对《雷雨》整出戏，陈安波是完全接受王队长的评价的，这是一幕人生大悲剧，揭露了旧式家庭的黑暗丑恶与地主资本家的专横伪善，表现了不平等的社会对人的命运的残酷捉弄，对被压迫者给予了深切的同情，反映了二十世纪二三十年代中国社会正在酝酿着一场大风暴的现实。

除了讲戏之外，"宣大"一队的教员们还在台词、表演等各方面给演员具体的示范和指导。陈安波算是小知识分子，台词背得快，角色理解深，表演模仿像，渐渐地对繁漪这个人物的理解也全面起来，表演中有沉郁痛苦，有阴鸷恶毒，更有爆发疯狂，用行家的话说，简直不像一个二十岁刚出头的女学员女战士能演出来的。陈安波一戏成名，把繁漪这个角色从胶东演到了鲁中。

然而，陈安波并没有因为这出戏的走红而洋洋得意，她清楚地知道自己的表演还很稚嫩，在八个演员中勉强算中等，不过是戏抬人。他们通常在露天临时搭起来的草台子上演出，陈安波认为这舞美还不及青岛铁中。他们的服装更是粗陋，繁漪也就是穿一件深色的棉长袍，否则露天太冷了，当然妆还是很浓的。主要的是，在根据地，大多数指战员的文化水平很低，农民中文盲更多，因此整体而言欣赏水平比较低，但话剧这种表演形式对他们而言非常新颖，来看这出戏，更多的是给八路军捧个人场，图新鲜看西洋景罢了。

年底的时候，"宣大"一队跟着巡视团终于巡视到了位于大泽山抗日根据地的葛家庄，陈安波一直盼望的亲人团聚终于实现了，只不过是悄悄地实现的。这是陈业安排的。

陈业从小就是同龄的陈安波和鲁景芝的保护人，周到体贴，有观察力有责任心，是个标准的山东大小伙儿。在正式参加革命之前，他就曾和同伴一起，在家乡持枪坚决反对张景南叛离，坚定加入共产党、八路军的抗日队伍，表现出了比他当时十八岁的年龄更成熟的敏锐与果断。经过抗日战争血与火的三年洗礼，陈业的个子长高了，肩膀变宽了，人也更加沉稳了。山纵成立之初，陈业便和陈安江一起被黎政委派到胶东，以后便一直留在胶东的领导机关从事与黄金相关的工作，也因此经常往返胶东与鲁中的山东分局和山纵领导机关。他早早就得知了陈安波要随队来胶东的消息，并且在"宣大"一队随谢有法部长率领的巡视团进入胶东之后，事实上参与承担了巡视团的护卫任务。

　　他自然能体会到陈安波希望能见到大姐的心情，而且他认为现实条件也允许。自从两年多前，也就是 1939 年 11 月大姐夫李少光随同到胶东检查工作的黎政委返回之后，黎政委作为山东军政委员会代表，与胶东区党委和部队研究形势和任务特别是反顽斗争，代表中共山东分局提出了胶东的战略任务：第一步是控制大泽山、昆嵛山，掌握东海、西海区；第二步是夺取牙山，掌握胶东中心战略要点；第三步是以牙山为依托，南下海阳、莱阳与顽军主力决战。胶东区党委认真讨论并贯彻落实山东分局的指示，检查总结了工作，积极开展对敌、顽的斗争，到 1940 年底，先后建立了十二个县级抗日民主政权和三个行政专员公署，扩大和巩固了西海、北海和东海抗日根据地，并使之连成一片，同时逐渐向南海地区发展。

　　与此同时，胶东抗日根据地高度重视生产和金融，把生产、收集和运送黄金作为重中之重，特别是在我方掌握的采金区常年派重兵把守。根据地建成了两个兵工厂，每月可以生产迫击炮四到十门，仿捷克式轻机枪二到四挺，步枪四十到五十支，手榴弹近万枚，还有大批子弹和迫击炮弹、地雷等。此外还建有手工纺织工厂、制革厂、被服厂、肥皂厂、墨水厂等，产业工人达到两万人以上。一度停业的北海银行重新开业并不断拓展，北海币在胶东抗日根据地的信誉稳步提升。

陈安波原以为大姐陈安沄是在掖县县城的某所小学教书，殊不知陈安沄在前一年郭家店战役之后就应聘为葛家庄小学的国文教员，承担起了葛小1941年春季学期的教学，已经离开掖县了。这葛家庄位于大泽山东麓，是胶东区和西海区党政机关，以及抗大胶东分校的驻地。陈安沄和李少光在这里的公开身份就是一对一心抗日的知识分子夫妇，女的是教书的，男的是留美的、搞过乡建、经济学家，现在是北海银行顾问，有一个八九岁大的女儿，两口子都不是中共党员。

沄光夫妇带着双双刚刚在葛家庄落脚，"皖南事变"消息就传了过来，大泽山抗日根据地面临的压力陡增。当时，日军在胶东驻有独立第五混成旅和一部分海军、空军部队，伪军有一万多人。胶东抗日根据地面临的另一大威胁是国民党顽固派和投降派。与"皖南事变"伴随而来的国民党第二次反共高潮，大大地刺激了山东的国民党顽固派和投降派。国民政府山东省主席沈鸿烈公开叫嚣："一地反共胜利，各地全部进攻。"在胶东，暂编十二师师长赵保原于3月初纠集胶东区的几十支国民党投降派队伍，组成所谓"抗八（路军）联军"，宣称要"配合皇军打八路军"，并首先对东海区发动进攻。国民政府山东第九区专员兼保安司令蔡晋康占据了牙山根据地，把整个胶东抗日根据地分割成东、西两块，并隔断了胶东区与其他战略区的联系。

在此形势下，山东分局和山纵果断组织了反投降战役，调山纵第三旅旅长许世友率领清河独立团进入胶东，成立以许世友为指挥、林浩为政委、吴克华为副指挥的反投降指挥部，从3月15日起，面对敌顽军投降派总共五万之众的队伍，以一万六千人的总兵力，分三个阶段，历时四个多月，取得了以少胜多、以劣胜优的大胜利。战役的第一阶段是奇袭牙山，打通胶东区的东西联系。牙山战役持续六天，蔡晋康大部被歼，我军顺利完成战役目标。战役的第二阶段从3月20日到5月初，指挥部提出"背靠牙山、南下海莱"，乘胜追击，在运动中大量歼敌，最终将赵保原残部压缩至其老巢顽底的外围发城一带。战役的第三阶段从 5 月初到 7 月 27 日，我军围困发城，展开了一场特殊的碉堡对碉堡的进逼歼敌战。在我军强大的政治攻势和军事压力下，赵部于 7 月 27 日深夜寻求突围时，居然把众多士兵编为五六人一组，用一根绳子捆住他们的一只手，以防他们逃跑。而这无疑给我军进攻和追击带来许多方便，发城随之解放，赵保原退到顽底，投靠敌人。

反投降战役过后，我军扩大到两万多人，国民党顽军下降到三万余人，一举改变了胶东地区八路军与顽军的人员对比，胶东八路军还取得了大兵团协同作战的初步经验。胶东抗日根据地得到了发展和巩固，争取了中间力量，狠狠打击了顽固派、投降派，极大地鼓舞了胶东人民抗击日本侵略者的信心。

虽然山东分局的巡视团是在胶东反投降战役胜利之后到达胶东的，但年轻的陈业心里认定，胶东的日伪军、顽军力量犹在，我共产党、八路军与之极其尖锐的三角斗争远未结束，大泽山根据地的压力没有根本解除，我整体上仍处弱势，所以亲人见面还是要低调一些，不要惹人注意。好在，陈安波与陈业同沄光夫妇的关系，巡视团领导清楚，"宣大"一队的队长王绍洛也知晓，所以当陈业安排好见面之后，陈安波很容易就请假外出了。

根据地冬日的夜晚还是有些喧闹的。已经是农历冬月了，接下来就是腊月，地里的农活早就没的干了，所以村子里中共组织的各项活动都多起来了。路上的人不少，有去唱歌的，有去开会的，有去夜校的，还有行色匆匆、不知道奔波到哪家去做什么工作的干部。陈安波和陈业都穿着军装，在这样一个平平常常的冬夜、来来往往的人流中显得普普通通。两个人路过葛家庄小学的正门时，还看见里面正有几个"识字班"在朝外走。陈安波走着走着，一个不留神，被陈业拉着，一个侧身就闪进了葛小东墙外的一个小院子里。

第十四章　西海夜话

陈安波一惊，下一刻，她就被一个温暖的怀抱搂住了。

"安波！"

"小姨！"

"小舅！"

"陈业！"

陈安波耳边响起了各种小小的欢呼声。

陈安波轻轻地喊了一声"大姐"，又在大姐温暖的怀抱里赖了一会儿，才抬起头来，跟对面的人打招呼："大姐夫好！"

然后放开大姐，走上前两步，张臂抱住了双双："双双，你都是大姑娘了！都长这么高了，真好啊！"

小院子里好一阵热闹，李少光忙着说："快进屋快进屋，外面冷。"

双双拉着陈安波进屋，陈安沄跟在后面。李少光和陈业在院子里站了片刻，听了听外面的动静，李少光接着又把门开了一道缝，探出头朝门外左右张望了一番，最后才关好门，转身拉着陈业一道进屋去了。

屋子里，三个女人都已经上了炕，炕桌上摆着陈安沄早就准备好的一笸箩红枣，一笸箩花生。此刻，陈安沄正在往杯子里倒茶，水早就烧开了。双双正在同陈安波说话："小姨，妈妈说你好勇敢的，剪了头发变成男孩子放羊反扫荡呢，是真的吗？嗯，你的头发现在是不太长，呀，还有点卷呢！"双双一边说着，一边摸着陈安波的头发，转头对陈安沄说："妈妈你看，小姨头发也卷呢，我跟小姨一样呢。"

"是哦，小姨跟双双一样呢，头发都点卷呢。双双跟小姨最好了。"陈安波逗着双双，抬头跟陈安沄说道："大姐，双双跟着你读书吧？一定是个好学生。你听听，剪了头发变成男孩子放羊反扫荡，多简洁啊！嗯，还有逻辑。"

"你快别夸她了。来来，趁着他们还没进来，你先看看这个。"陈安沄拿过早就放在炕上的一只灰色粗布包袱，打开了给陈安波看。陈安波伸头一看，眼睛就红了："大姐……"

陈安沄笑着对陈安波说："这是我给你和景芝做的，你俩个头差不多，所以一样大小，一式两份，你回鲁中见到景芝时给她。你们在军中，打起仗来顾不上，但女孩子，在条件允许的情况下还是要对自己好一点。"说着，陈安沄就把包袱系上了，继续叮嘱着陈安波，"过去在青岛的时候，你们来月经都能用药棉，反正初九医院这个总归不缺。现在肯定是没这条件了，所以我给你和景芝缝了一打儿月经带，你们平分。来月经时里面可以塞药棉、垫草纸，实在不行炉灰、香灰、草木灰也行。一定要注意那里的清洁卫生。咱打鬼子，不能落下妇科病，影响以后的生活，咱还得生孩子呢。还有半打儿内衣裤。本想给你们多做点儿，但一来你在队伍上，个人物品太多不好。二来你还要行军，长路无轻物。三来以后还有机会，我做好了……"

"知道了，大姐。"陈安波哽咽着打断了陈安沄的絮絮低语，"我记住了，会跟景芝说的，放心吧。"

话音刚落，李少光和陈业就进屋来了。李少光一看沄波姐妹的神情，就明白了，伸手端起一杯茶递给陈业，自己又端起一杯："来，来，咱们以茶代酒，祝贺一下。"四个大人都微笑着举起了茶杯。李少光一看，对双双说："双双，你是大孩子了，举起杯来，说一段祝酒词吧。"

"好的，爸爸。"双双听话地举起茶杯，大大方方、清清脆脆地说道："小姨和小舅来家，妈妈激动得很，这几天都魂不守舍。嗯，亲人喜相聚，当浮一大白。干杯！"

众人一听，皆大笑，陈安沄指着双双，哭笑不得："你，你，你都学了些什么？乱七八糟的，乱用典。"

李少光也笑："怎么了，怎么了，我闺女多有才！双双，说得好，用得妙！来，干杯！"

陈安沄嗔道："你就惯着她吧。"

这么一笑闹，沄波姐妹之间的那点小伤感烟消云散了。安静下来之后，陈安沄就让双双去睡觉，她最近老是咳嗽，还有点低烧，需要早点休息。双双很听话，礼貌地跟陈安波和陈业道了晚安，就去自己的小房间了。小孩子一离开，四个大人之间的谈话变得严肃起来。

李少光首先披露了一个消息："你们大概还不知道吧，日本人这个月7号偷袭美国在太平洋上的海军基地珍珠港，攻击得手后正式向美国宣战。美国总统罗斯福于次日对日宣战。几天后，纳粹德国和意大利跟着日本向美国宣战，美国随即以宣战回应。这真是世界大战了。"

三个陈姓人听到这个消息，面面相觑，一时都愣住了。过了一会儿，陈业不确定地开口道："这是狗咬狗？"

李少光拍了拍他："你这小子，不是还要跟反战的日本人搞统一战线的吗？"

陈安波虚心请教："大姐夫，你快给我们讲讲吧。半年前，听三哥说苏联跟日本签订了中立条约，我当时就震惊得很，说这不是背后捅了我们一刀吗，结果三哥开导了我一番，我心里好受多了。大姐夫，这小日本侵略中国还不够，打到东南亚还不满足，居然打到太平洋上的美国领土去，它到底要干什么？德国侵略苏联，日本进攻美国，还有个意大利在敲边鼓，这法西斯真想着相互策应着统治全世界啊？"

"它真是这么想的，但这是做梦，怎么可能得逞！"李少光斩钉

181

截铁地回答，"我试着给你们分析分析啊，咱们可以讨论。首先，我同意陈业说的，这就是狗咬狗。帝国主义的日本向帝国主义的美国发起了进攻。单就这两个国家之间的战争而言，日本虽然一时得手，实则自掘坟墓。我在美国待了七八年，对美国社会还算是有一定了解。美国南北战争之后就没有在本土打过仗了，并且在世纪初的欧战中发了一大笔横财，所以国内孤立主义盛行，还想着这次在欧战中再捞一大票呢。日本这么一打，让美国吃了大亏，美国怎么会善罢甘休？战争，说到底，是国家综合国力的较量，这方面，美国遥遥领先。"

"大姐夫，这么简单的道理，日本人自己不明白吗，以卵击石，不是自取灭亡吗？"陈业插话说道。

"这个好理解，一方面，日本人在中国战场和东南亚战场上总体而言是进攻型的，有点得意忘形了。另一方面，日本人想借6月德国突然入侵苏联得手的东风，东西并进呢。"陈安波接道。

"安波的分析有道理。不过，还有个小插曲，不知道兰方有没有跟你提到。《苏日中立条约》签订之前，还曾经签订过一个《苏日停战条约》。那是在两年多前，1939年5月份，日军纠集了伪满军队突袭外蒙古哈勒欣河一带的蒙古边防军，想着捞点便宜，也试探试探苏联的反应。没想到苏军直接介入反击，小日本偷鸡不成反蚀把米。打进9月，德国突袭波兰，苏军也跟着进入波兰分肥，苏日双方均无心再战，于是就签订了《苏日停战条约》。安波，在这个条约里，苏联就承认了伪满洲国。日本在苏联面前碰了壁，观察了一阵儿，发现德国在西欧所向披靡，英法联军在敦刻尔克大撤退，德国还紧追不放，轰炸伦敦。于是日本人先拉拢德国法西斯到东京谈判，紧接着又撮合着意大利法西斯一起，三国于1940年9月底在柏林签订了《德意日三国同盟条约》。

"哈勒欣河一战之后，我看苏联也有点骄傲，于是在当年底向芬兰发起进攻，结果那么大一个国家，将将惨胜小小的芬兰，双方于1940年3月签订《莫斯科和平协定》而停战。总之，苏联这两场小仗一打，暴露出了很多问题。1940 年 9 月 27 日德意日法西斯这个所谓的同盟条约一签订，刺激了苏联，不能两面受敌啊，一个《苏德互不侵犯条约》还不够，又在《苏日停战条约》的基础上签订了《苏日中立条约》。但是我觉得从内心深处，苏联是不会觉得纸面上的条约有什么约束力的。至于英国和法国，绥靖政策破产，祸水东引失败，早早就被德国拖上了战车。美国则一直在两大洋的保护下过着好日子，发着战争财。

"但是这个脆弱的局面不可能维持下去。德国法西斯受苏芬战争鼓舞，对苏联志在必得，于今年 6 月背弃条约，对苏联发动突然袭击。日本受石油等战略储备的限制，向北已然遭遇过哈勒欣河战役的失败而不敢北上，那就只有南下了。安波有一点说对了，日本就是想趁着德国在苏联得手，打美国一个措手不及。

"目前，还不知道欧洲、太平洋的战事进展到什么程度，但肯定是十分惨烈的，估计德意日法西斯正长驱直入、处于攻击前进的态势。"

"好家伙，大姐夫，你说的这些听着都太吓人了，你都是从哪儿听到的这些消息？确定吗？"陈安波问道。

"确定无疑。胶东这里能收到从青岛方向来的消息，消息来源多，有些，还能跟国民政府的广播相互印证。"

"大姐夫，这些消息有的我们传达过，有的是刚刚发生的，我们还不知道。还有的，就像苏日之间的那些事儿，三哥和我都觉得，苏联不可靠呢。"陈安波表示。

"大姐夫，你刚刚打我脑袋的时候也提醒我了，按照你说的，这下子，国际反法西斯统一战线有谱了吧？小日本鬼子不是自己给反对自己的国际统一战线创造了条件吗？"陈业接着说道。

"是的，德意日已经签订条约了，所以反对德意日法西斯的国家一定会联起手来的，就像咱们的全民族抗日统一战线。共产党人被国民党蒋介石杀得血流成河，但是在民族大义面前，国共不还是握手言和，开启了第二次合作吗？法西斯大敌当前，遭到法西斯侵略的苏联和美国，还有英国，肯定会联合起来的，相比咱全民族抗日统一战线，国际反法西斯统一战线可能更容易建立呢。"李少光答道。

他接着说："要说呢，我为什么要坚持留在这里，我还是觉得中共、毛泽东英明。毛泽东对抗日战争进入相持阶段之后要遇到的困难给予了充分的估计，他的《论持久战》精彩啊。他在这篇论文里说，这将是中国很痛苦的时期，'我们要准备付给较长的时间，要熬得过这段艰难的路程。'这篇论文是他1938年5月写的，现在读来，前事都证明了，预测大概率也会应验。这是何等灵光的方法啊。一个多月前，日本还没有偷袭珍珠港，但是中共中央自'皖南事变'后，对国内外形势的发展趋势洞若观火，已经传到胶东的中央军委《关于抗日根据地军事建设的指示》明确提出，'我之方针当是熬时间的长期斗争，分散的游击战争，采取一切斗争方式（从最激烈的武装斗争方式到最和平的革命两面派的方式）与敌人周旋，节省与保存自己的实力，以待有利的时机。'你们注意一个字啊，熬，这说明了什么？"李少光停下来，喝了一口水，自问自答了下去："仓颉造字，博大精深啊，一个熬字，道出了多少艰难困苦，又道出了多少坚韧不拔。"

陈安沄接话道："熬，是放在文火上，加水慢煮。转义为忍受、忍耐、坚持。无论是从国际上看，还是从国内形势和山东的形势来看，抗战最艰苦的时期开始了。"

李少光赞许地点点头，说道："你们大姐说得对。国际上刚刚说了，德意日法西斯结盟，并且在战场上都通过突然攻击，取得了不少的进展，目前正在兴头上，估计这个劲儿还能维持一段时间。国内形势，皖南事变之后，国民党和国民政府掀起第二次反共高潮，山东的情况你们也清楚。"

"是的，这就是反投降战役的起因。"陈业回答。

"反投降战役虽然取胜了，但毙伤的日军并不多，这在一定程度上证明了日军的战斗力和保障能力。更何况，日军南下太平洋进攻美国，肯定是希望能进一步巩固自己在咱们中国的占领和统治，中国就是他们眼中的'后方'。东北就别提了，咱山东的黄金、盐、花生油和棉花，对了，还有枣庄的煤，都是重要的战略物资，日本人一定希望能牢牢地握在自己手里，因此对顽军的拉拢和对共产党、八路军的进攻一定都会是变本加厉的。所以日本对咱山东抗日根据地的进攻是全方位的，所幸，咱胶东的反投降战役打出了气势，所以咱胶东抗日根据地的日子好过一点，其他地方，比如鲁中和鲁南，日军的直接攻击就更加凶猛。另外，别忘记，鲁中和鲁南今年全年都干旱少雨，是遭了灾的，老百姓食不果腹，共产党、八路军肯定也会饿肚子的，吃不饱怎么打鬼子呢？"

陈安波听到这里，忧心不已："三哥也说过这件事。我们到滨海区会演回鲁中，三哥还问过沂河水位呢。"

"会演，呵呵，你三哥肯定又表达不满了吧？"李少光问道。

陈安波不好意思地点点头。

李少光接着说："其实，我是同意你三哥的观点的。我的想法，自乡建运动以来就慢慢地清晰了，那就是土地制度的改革。这个你们也都了解。但问题是，根据地不稳，政权不稳，这改革就很难进行下去。而不改革，老百姓对共产党、八路军的支持就不可能稳定，根据地也不可能稳定。你们知道，国民政府至少口头上是抗日的，在山东形式上是留有军队和省政府的，虽然沈鸿烈不辞而别，但战时状态下是可以有很多说辞的，至少消极抗日的韩复榘被果断处决了，所以很多老百姓还是愿意跟着国民政府走。所以，共产党、八路军怎么打破这个悖论，真正能成为抗日洪流的中流砥柱，我是拭目以待啊。"

陈安沄听了李少光的话后，问道："按照你的说法，鲁中和鲁南遭遇旱灾，粮食减产，老百姓和八路军都缺粮，那安波他们结束巡视还会回鲁中吗？回鲁中是不是就要饿肚子了？这眼看着，这巡视也差不多了吧？"

"既是巡视团，肯定是要回到山东分局的所在地的。只不过，刚刚说了，鲁中沂蒙山区除了遭遇旱灾，刚刚还经历了反扫荡，损失很大。"李少光的语气更沉重了，他对陈安沄说："咱家在鲁中的有安江、兰方和景芝三人，他们的安全真让人担忧啊。你是大姐，真要有事，你可得稳住。"

"你什么意思？出什么事了？他们三人有人受伤了，牺牲了？"陈安沄的声音一下子颤抖起来。

"稳住，你们听我说。我记得兰方说过——五师师部和山东分局的关系微妙，安波则一直希望这两个单位能靠拢。两个单位领导人指导思想不一致，故而分分合合的。去年年底今年年初，看似一致了，但好像还是由于主客观种种原因，不能长时间在一起。日本偷袭珍珠港，是做了充分准备的，包括从年初开始的对咱山东的所谓'治安强化运动'。安波从鲁中到滨海的会演，就是上半年第一次'治安强化运动'失败之后。这之后，——五师师部和山东分局、山纵指挥机关又靠拢了，还在8月份的时候改选了山东军政委员会，意图合成一股力量。鲁中区还有一个抗大分校，似乎与——五师师部和山东分局、山纵指挥机关若即若离的。

"几大机关在一起，非战斗人员多，目标大，日本人不当作'治安强化'目标才怪。而且，日军明显地加大了在山东的投入，上半年在山东境内的日军大约有两万五千人，下半年总兵力就增加到了四万七千人，差不多增加了一倍，火力也增强了不少，而且他们改变了策略，在连续不断地进行大规模'扫荡'的同时，对我抗日根据地步步'蚕食'，他们修公路、挖封锁沟、筑封锁墙、建据点，加上国民党军队纷纷投敌，伪军数量急剧增加。现在在山东全境，名义上十七万的国民政府军队，其中三分之一是反共的顽军。还有今年的旱灾，咱们根据地的困难可想而知。

"就在上个月，日伪军对沂蒙山区抗日根据地发动了大扫荡。详细情况现在我不是很清楚，但可以确定的是，日伪军在11月初的几次合围，我们都成功地突出来。特别是11月6日，——五师罗政委周密部署，一一五师师部、山东分局、战工会等三大领导机关近五千人在两万多日伪军的合围之中从留田静悄悄地转移到蒙山南面的黄埠前一带，无一人伤亡。敌人多次扑空，恼羞成怒，于是就实行分区合围的办法，到处搜寻、捕杀我抗日军政人员和八路军伤病员，所经之地，实行'杀光、烧光、抢光'的'三光政策'，八路军曾经常驻过的村庄几成赤地。山东分局和山纵指挥机关则针锋相对地提出实行'搬空、藏空、躲空'的'三空'，发动群众，坚壁清野，同一一五师一道，内外线配合，坚持斗争，但留田突围这样的成功太少了，我军被合围的次数很多，敌人合围大崮山、芦山、大青山、沂南县的田家北村和栗林村、天宝山区的苏家崮等等，我军的损失不小啊。所以，我很担心安江、兰方和景芝的安危。"

"我们传达了留田突围，四五千人，在夜色的掩护下，出其不意地从敌人的包围圈中向南突了出去，真是奇迹啊！"陈业说道。

"那只有等沂蒙根据地的反扫荡结束了，我们才可能返回吧。不过，一一五师师部和山东分局、山纵指挥机关，还有战工、抗大分校，现在在哪里呢？我们巡视团肯定不能长久留在胶东，总要回到山东分局所在地的，至少还要向山东分局汇报巡视情况吧。"陈安波边思考边慢慢地说着。

"大泽山根据地是胶东抗日根据地的中心了，相信消息很快就会传过来。"李少光说。

陈安波说："大姐夫，听你说了这么多，我这心里很不踏实啊。二哥一定是紧紧跟着罗政委行动的，应该没事。三哥和景芝是跟着山东分局的，我还真是担心呢。光沂蒙根据地就集聚着这么多的单位，机关多，非战斗人员多，联系不方便，指挥不统一，这日伪军想包咱饺子，机会太多了。我过去一直盼望的靠拢可能想得简单了。各单位联系不方便这事儿一时半会儿的不好解决，电台不够，技术员也不够，但是指挥不统一这件事情怎么也能有点办法吧。"

"说得容易，听谁的？"陈业撇了撇嘴。

"8月改选的山东军政委员会有分工，但是好像不太好使。"李少光有点无奈。

"唉，要说这不是我们该操心的，甚至不是我们该议论的，但是山东抗日根据地遭受了损失，我们的亲人也可能身陷危险之中啊。"陈安波也叹了一口气。

陈安沄安慰道："安波，别这样想。往大里说，天下兴亡，匹夫有责，位卑未敢忘忧国。往小里说，山东的抗日大业，咱山东人义不容辞。就你们共产党人而言，这是救国救民。对一个家庭而言，这是亲人的生离死别，怎么就不能操心、不能议论呢？"

"这个暂且不提，安沄，他们共产党内的纪律，我到现在也不能完全理解。只是，抗战到了最困难的阶段，每一个反对日本侵略的人，不仅要准备好吃苦，而且要准备牺牲，填进战场去。"李少光表示。

"兰方和景芝他们会没事的，别忘了，他们是石樊鲁的，命大着呢。"陈业自我安慰地说道，也安慰着大家。

陈安沄起身下了炕，然后从灶台上端来一只锅，里面是熬得浓稠的红枣花生小米粥，还有几颗事先煮好也卧在粥里的白白的剥皮大鸡蛋。李少光见状，跟着捧出了一摞四只碗，最上面的碗里还放着四把勺子。

"来，来，喝点热乎的粥。我早就熬好了。"陈安沄边说，边往碗里盛着粥，给陈安波和陈业的碗里各盛了两个鸡蛋，给李少光和自己的碗里各盛了一个，"趁热都吃了吧。双双有的吃。只是家里没有多余的鸡蛋，要不然让你们一次吃个够。"

"是啊，是啊，你们大姐准备三天了。来，来，我沾你们的光，也吃个鸡蛋。"李少光说道。

"唉，这小日本鬼子闹得，如今吃个鸡蛋都要费心淘换，攒着，真是民生艰难啊。此刻正是平安夜，不知道大哥、安江他们都怎么样了。上一次，我们全家团圆还是在'西安事变'之后，一眨眼，五年过去了。咱们家，虽然侥幸还没家破人亡，但也是天各一方啊。来，刚刚双双提议以茶代酒，我们现在就以粥代酒，祝在青岛的、在青州的家人们新年健康喜乐。"陈安沄看了一眼李少光，接着说，"你大姐夫的父母都在青州，现在也不知道怎么样了。根据地不稳，他们的年纪都大了，我们顶多算'客卿'，也不好接了他们进来长住。你大姐夫的哥哥在美国，早就说要把他们二老接去养老，但我公婆故土难离，如今可真是危如累卵了。"

"唉，他们都老了，也固执得很，挪不动。我想着，等局势稍稍稳定一点，托人去青州打听打听他们的情况。"李少光说。

陈安沄接着说："双双最近身体不好，这里的中医看了，喝了很多药汤子，也不见明显好转。明年的正月初一是 2 月 15 号，这里小学开学起码要在正月十五之后。所以，我计划着，开学之前抽空带着双双去青岛一趟，一来看看大哥，上次陈业你可是见到大哥了，情况不好，我很担心，只有去看一眼心里才能踏实了。二来，让大哥给双双看看，双双到底得了什么病，也许西医治疗的效果更快更好一些。"

"安波，陈业，你们记住，也转告安江、兰方和景芝，你们都算是投笔从戎了，战场上枪炮无眼，一定要尽量地保存自己，要活着！留得青山在，不怕没柴烧！生死关头，冷静冷静再冷静，只要有一线生机，绝不能放弃。"陈安沄严肃地告诫着。

陈业马上回答道："记住了，大姐。这就是'投之亡地而后存，陷之死地而后生'。你放心吧，大姐夫也放心。"

陈安波毫不犹豫地接着说："大姐、大姐夫，我们早已立誓：革命到底！抗战必胜！"

李少光推了推鼻梁上的眼镜，非常自信地表示："熬过明年，曙光必见。"

短暂的亲人团聚之后，陈安波又投入到了紧张的战斗和演出生活之中。她的言行和举止都更加沉稳了，战友们说，这是演繁漪的综合后遗症，太难为她了。陈安波不接话，心里却百味杂陈。演好一个角色，大概就得沉浸其中吧，但实际上，她更担忧着在鲁中坚持战斗的亲人们，还有根据地的命运、抗战的前途。

没过多久，冬月末腊月初，也就是进入1942年了，根据地对过新年、元旦没什么大动静，"宣大"一队跟着巡视团终于完成了在胶东的任务，奉命返回鲁中沂蒙根据地。一进入沂蒙山区，陈安波就敏锐地发现，目力所见一片凄凉，本就萧索的冬日人烟稀少，寂静得像是无人区。到达第一个宿营点时，司务长跑了半天也没买够粮食，从领导到普通战士都没吃饱饭。陈安波更是早早地就躺倒在铺位上，担心自己体力消耗太多，因为家族的糖尿病而刺激出低血糖，那就危险了，大哥带给她的糖早就吃光了。

陈安波还敏锐地发现，进入沂蒙山区之后，本来十分活泼的战友辛颖突然变得沉默了，陈安波立即就联想到辛颖的姐姐辛锐。辛家姐妹是一对在沂蒙山区大名鼎鼎的姊妹花。她们出身名门，是真正养尊处优的大家闺秀，但她们不怕吃苦不怕牺牲，毅然决然地投入了抗日的洪流之中。"宣大"一分为二时，辛颖同陈安波一路去胶东，而比她们俩年纪都大的辛锐早已担任山东分局"姊妹剧团"的团长，并且已经结婚了，丈夫是战工会副主任陈明。夫妇俩都留在沂蒙山区。陈安波从辛颖的情绪变化中揣摩着辛锐的情况，总觉得凶多吉少，但辛颖不说，她也不敢问，更不敢问别人，部队的保密纪律也不允许她东问西问乱打听。陈安波焦灼不安，只能默默地不停地给自己打气：没有消息就是好消息；再行军两天，就可以见分晓了。

"宣大"一队一路急行军，顺利返回。没过几天，就同跟随山纵政治部活动的"宣大"二队会合，再次合编，王绍洛依然担任大队长。陈安波对此没什么感觉，机构和编制的变动太寻常了，对她这样的小兵来说一点儿影响都没有。她和战友们放下背包，就投入了春节前后的慰问演出，《雷雨》又被隆重推出，陈安波也真正成为山纵的著名话剧演员了。然而，《雷雨》的演出效果同在胶东一样，似乎同广大指战员和群众存在着隔膜，台上台下难得产生共情和共鸣。不过，陈安波对此早有思想准备，对"宣大"一队来说，或者对合编后的"宣大"来说，《雷雨》就是一出宣示根据地文化生活的门面戏，也是一出培养演职人员迅速成长的压箱戏。而且，通过自己的观察，她认为领导们也持类似看法，因为队里的秀才们已经着手讨论编写一些新的节目了。

陈安波猜测，《雷雨》演出效果一般，其他演出的效果也差强人意，最根本的原因还是在于沂蒙根据地在日本鬼子的这次扫荡中损失太大了，不仅部队的损失大，而且老百姓的损失也大，饭都吃不饱了，因此对唱歌跳舞、看戏闹年意兴阑珊。好在，她已经跟鲁兰方和鲁景芝联系上了，他们都驻在附近。留在鲁中的亲人平安，陈安波的心也就踏实了。三人约好了春节期间到鲁兰方工作的医院聚会，因为鲁兰方肯定有办法给安波和景芝两个妹妹弄到些好吃的。

1942 年的大年初一，兄妹三人时隔半年多终于团聚了。陈安波到的时候，鲁景芝正在小心地拆开一小纸包瓜子，准备往桌上的一个小陶盘子里放呢，另一个小陶盘里已经放满了大红枣，鲁兰方不在屋里。

第十五章　熬过艰难

"景芝！"陈安波大喊一声，一步跨进屋，同时张开了双臂。

"安波！"鲁景芝放下瓜子包，扑向陈安波。

姐妹俩紧紧地拥抱在一起。也不知道过了多长时间，鲁兰方"两位妹妹，过年好啊"的声音响起，两人才分开。回头一看，鲁兰方正双手端着一口锅，笑眯眯地站在门口。他示意鲁景芝："来，接一下，红枣小米粥，我去拿碗。"

鲁景芝赶紧接过，放在桌上。

陈安波迅速平静下来了，赶紧从挎包里掏出一只小包，递给她："你先放好，回去看。是大姐给咱俩做的，让咱俩注意卫生。最好用药棉，没有的话也可以用炉灰、香灰，实在没有草木灰也行。"

鲁景芝接过小包，立即就猜到是什么了。"你见到大姐了？她还好吧？大姐真是心细，替我们想得周到。"没说几句，鲁景芝的眼睛就红了，她低下头迅速地把小包放进自己的挎包里，然后抬起头来，掩饰着说，"对了，双双是跟大姐在一起吧，上小学了？"

"见到了，见到了，还是陈业安排的呢。大姐大姐夫都好，就是双双身体比较弱，大姐准备带她去青岛找大哥看看呢，她还不放心大哥。"

"来，来，先喝碗热热的小米粥啊。"鲁兰方又进门来，这次手里端着的是一个托盘，里面放着碗筷、勺子，还有一碟炸丸子。放下托盘，鲁兰方没让妹妹动手，揭开锅盖，小米红枣粥的甜香扑面而来，陈安波和鲁景芝不约而同地深深地吸了一口气。

"哎呀嘞，这粥太香了，我要把这香气也吃下去，散了太可惜了。"鲁景芝说道。

"好久没有喝到小米红枣粥了，三哥，我就知道，聚会要到你这里来，准有好吃的。我们从胶东回来之后，就吃得不好了，有时还吃不饱。今天大年初一，到你这里改善生活、补充营养了。"陈安波表示。

"唉，现在找吃的还真是不容易啊。来，你俩把这盘炸丸子都消灭了吧。"

"好啊好啊，三哥你也吃啊。"

"好，去年过农历年的时候，我跟安江去看安波，在安波队里蹭了一顿饺子吃。今年是我们三个人在一起过农历年。安波从胶东回来，大姐大姐夫一家安好。年前我见到安江了，他跟着罗政委行动，也安好。大过年的，没有什么比这些'安好'更珍贵了。安波，你就放心吧，多吃点儿。"鲁兰方说道。

兄妹三人欢快地吃完了不多的食物，鲁兰方又用托盘把锅碗筷勺端出门，很快就返回了。

屋子里莫名地安静了一会儿，安波打破了沉默："三哥、景芝，快说说这次反扫荡的情况吧，我在胶东听大姐夫说了，担心极了。"

"是啊，景芝，我也很想知道你的情况呢，你先说说吧。"鲁兰方补了一句。

"哥、安波，我正想好好地跟你们说说呢，心里憋得好久了。今天大年初一，我们兄妹可以多待一阵子。你们帮我分析分析，我想得对不对。"鲁景芝心里早就积攒了很多想法，盼望着在亲人面前一吐为快呢。鲁兰方和陈安波立即深深地点了点头，陈安波还倒了一碗热水，塞进鲁景芝手里，让她捧着取暖。

鲁景芝慢慢地讲述着，过去小半年的遭遇历历在目：

对于日本鬼子的这次扫荡，山东分局和8月份新改选的山东军政委员会不仅是有预见的，而且将相关的预测及时明确地告知了根据地的军民。10月中旬后，日军向沂蒙山区周围的据点大幅增兵，特别是在当地征车征夫，显见对沂蒙根据地的扫荡一触即发。山东分局和山东军政委员会立即争分夺秒地投入了反扫荡的准备。首先是对部队进行反扫荡的动员和军事训练，对鲁景芝所在的山纵卫生教导队甚至还进行了什么夜间紧急集合、急行军等等演习。其次是命令机关和后勤部门进行准备，埋藏了一些机器、烧掉了一些过时的文件，还疏散了一些重伤病员。最后是动员老百姓坚壁清野，把粮食都埋藏起来。

在鲁中地区，沂蒙抗日根据地的腹地蒙阴东北部、费县境内的大崮山是鲁中七十二崮之首，方圆几十里，山顶宽广，山路陡峭。山东分局领导认为，大崮山是个天然屏障，敌人不可能扫荡到这里，因此在大崮山设有兵工厂、弹药库和粮库，山纵第四旅大崮独立团专职守卫大崮山，并且在山顶四周修建了围墙。因此当日伪军的扫荡开始后，山纵卫生部带着卫生教导队等单位奉命立即向大崮山转移。全体队员在峭壁上急行军，有些女生恨不能手脚并用，但总体的行军速度并不快。鲁景芝早在反扫荡之前，就已经在一一五师参加过战斗保障，身体素质较好，而且她脑子里时刻都绷着一根弦："不掉队！不落单！"所以一路上她不言不语，把体力都用在爬山上，背着背包，咬紧牙关坚持着，完完全全地紧跟着大部队。而卫生教导队里有的女生，虽然早就参加了革命，但一直在后方，被保护得很好，连密集的枪声都没有听到过，吓得一路小声地哭着。

半夜时分，卫生教导队才到达大崮山的山顶。此时是11月份了，山顶上无遮无挡，寒风刺骨，队员们只能背靠背坐下休息，吃自带的干粮等待下一步行动命令。这干粮是谷糠炒面，粗糙得像沙子一样，吃到嘴里摩擦着口腔和喉咙，如果不就一口水根本咽不下去。有的女兵带是带了这干粮，但没到饿到受不了的程度，就宁愿饿肚子也不吃。鲁景芝强迫自己吃了几口，水壶里没剩下多少水，但想到下一次吃饭喝水还不知道是什么时候，就借着唾液使劲地咀嚼着，能吃进多少就算多少。

等到天空大亮，突然传来消息，日军将对大崮山发动进攻。卫生教导队接到命令，立即从山顶转移到独立团团指挥所的隐蔽山洞里。全队迅速下撤，山洞离山顶不远，洞口之前就是围墙。鲁景芝跟一些胆大的队员们一起，趴在围墙上向山下看。只见日军的大队人马正从东北方向向山脚开来，走在前面的骑着摩托车和自行车，紧接着是步兵队伍，黄黄的一大群，明晃晃的刺刀，还有一面日本军旗，再后面有一些人骑马，或者用马驮着机枪、拉着大炮，乌泱泱看不到尾。

旁边独立团的一个战士，也趴在围墙上观察着，嘴里念叨着："奶奶的，俺就是没炮啊。但凡俺有一门大炮，非轰上他几炮不可，保管叫这些小日本飞上天。"

鲁景芝盯着山脚下大摇大摆列队而来的日本军队。这是她第一次见到活的真正的日本兵，没有害怕，只有悲愤。悲的就如耳边听到的战士慨叹，我们没有炮啊，国家积贫积弱，就这样眼睁睁地看着日本鬼子逼近；愤的是在中国的领土上，侵略者有恃无恐，如入无人之境。

很快，鲁景芝和战友们就看到山脚下的日本鬼子步兵摆好了进攻阵形，马拉炮车部署到位后没几分钟，飞机的轰鸣声响起，日军大炮与飞机相互协同，算准了时间，从正面和高空对大崮山山顶实施了覆盖式的狂轰滥炸。鲁景芝和战友们赶紧撤进山洞，等炮声一停，洞里的独立团指战员迅速地冲了出去，围墙已经出现了几个缺口，战士们立即隐蔽在围墙后面，端起了枪，有的还把手榴弹从背带上解下来，放在手边。

日军步兵的冲锋在炮声停止后就开始了。鲁景芝清楚地看到，小日本鬼子端着机枪和步枪，一边胡乱仰射着，一边喊叫着往山顶上冲。独立团居高临下，占有地势之利，但却没有足够的弹药，武器也打不远，一直到冲在最前面的日本鬼子进入了射程，指挥员才一声令下："打！"战士们才用步枪和手榴弹甚至石块开始回击。卫生教导队队员们先是帮助战士们运送手榴弹，在出现伤员后立即干起了本行。

鲁景芝最开始的时候是在围墙后面给受伤的战士做简单的止血和包扎。日本鬼子是一轮一轮地发起进攻的，每当敌人攻到眼前时，战士们都会飞跃出围墙缺口，俯冲下去跟敌人拼刺刀，从而打退鬼子的一轮进攻。鲁景芝在围墙后面，常常一抬眼就看到拼刺刀的敌我双方、扭打在一起的敌我双方、一同滚落下山的敌我双方，眼泪止不住地流，手上包扎的动作却不曾停顿。突然，她从围墙缺口处发现有两个战士腿部负伤，便毫不犹豫地冲出缺口，先把远处的伤员连拖带拽地拉到围墙后面，然后又冲出去营救那位倒在近处的战友。转身冲出去的时候，她看见卫生教导队的刘班长正在向敌人扔手榴弹。等她拉了近处的战友进到围墙后面，就听到独立团的团长正吼刘班长："你个女同志，扔不远，别炸了自己！赶紧走！别在这儿浪费弹药！"

一些轻伤的战友，在经过战地救治之后，立即投入了战斗。从拂晓到深夜，独立团英勇地打退了敌人的十几轮冲锋，但大崮山事实上已经陷入了日军的包围，不得不撤离突围。接到命令的时候，鲁景芝听到了爆炸声，她知道，这是我军在炸毁山上的仓库和兵工厂，大崮山是守不住了。秉持着"不掉队！不落单！"的信念，一天没吃饭没喝水的鲁景芝跟着独立团团指撤了出来，并且幸运地碰到了留田突围后在黄埔前休整的罗荣桓、陈光率领的一一五师师部，当然也遇上了坚决跟着罗政委的陈安江。陈安江与鲁景芝是战地急救的黄金搭档，所以在陈、鲁两人的强烈要求下，鲁景芝暂时得以留在一一五师师部，并且在罗、陈带领下，坚持在沂蒙山区反扫荡斗争。

鲁景芝清楚地记得，在送走师部、山东分局和省战工会的一些干部转到滨海区之后，有一天清晨，罗政委对留下来的同志们说："沂蒙山区是我们的根据地，沂蒙山区的人民是我们的靠山，我们不能丢了沂蒙山区的人民。我们要在沂蒙山区开展游击战争，粉碎敌人的扫荡，保卫根据地的广大人民群众。"就这样，鲁景芝和陈安江一起，作为战斗人员，跟着罗、陈在沂蒙山区与扫荡的日军周旋，逐步向沂蒙中心区挺进，与在外线的主力部队共同打击和牵制敌人。其间，虽然战斗频繁，但鲁景芝的心很踏实，跟着罗政委打仗，行军多、胜利多，她觉得浑身都是舒畅的，有用不完的劲儿。一直坚持到 12 月底，日军陆续撤离，陈光率领一一五师师部转入滨海区，而罗荣桓则率领一个骑兵排，加上秘书和警卫员，以及陈安江和鲁景芝等人，到南墙峪一带，与山纵黎政委会合交换意见。预计到山纵卫生教导队可能很快恢复，鲁景芝留了下来，并且很快重新投入了学习。

鲁景芝的述说一停，陈安波就问道："鲁中沂蒙抗日根据地这次反扫荡，咱损失有多大？"

鲁兰方回答道："有总结和统计，因为还要向延安和重庆报告。这次日本鬼子的扫荡是所谓第三次'治安强化运动'，日军华北方面军第十二军司令官土桥一次中将挂帅，指挥第十七、二十一、三十二师团和第五、六、十独立混成旅等共五万余人，还有伪军协同，旨在通过'铁壁合围大扫荡'，一举消灭一一五师师部、山东分局和山东省战工会等领导机关和山纵指挥机关，清除沂蒙根据地。而我沂蒙根据地军民经过五十多天、大大小小一百五十余次的战斗，共歼灭日伪军两千余人，但我军伤亡人数也有一千四百余人。更令人扼腕的是，根据地损失太大了，有三千多人被杀害，一万多人被抓壮丁，妇女被凌辱的难以计数。日伪军还抢走粮食八十万公斤、牲畜上万头，整个沂蒙山区四分之一的房屋被烧毁。"

"这个损失也太大了，根据地的老百姓可怎么办啊！"

"安波，你在上次反扫荡之后就说过，根据地不能丢，否则老百姓就会代八路军遭殃。我觉得你说的是对的。"鲁景芝说，"但是，根据地是真守不住啊。我和卫生教导队的战友们一起撤到大崮山的时候，领导的动员令是'大崮山存我们就存，大崮山亡我们就亡'。可是当你看到飞机大炮武装下冲向山顶的日本鬼子，只能是先躲炮，再回之以步枪、土造自制的手榴弹，甚至大石头，没有援军，又没有机动灵活的战术，一个山头也守不住，更何况一个根据地呢！我当时是看明白了，也做好了牺牲的准备，不是不勇敢，怕死，可真是守不住啊。现在回想起来，就敌我双方武器的悬殊而言，起初就不应该抱着死守的观念，而是应该像罗政委那样，打游击战，不打拼武器的阵地战，这样才可能有胜机。"

"但游击战移动速度太快，怎么能建立起根据地呢？"陈安波反问。

"是啊，我想起来就愁得慌。对了，还有，对日本鬼子的狡猾和残暴，也要有足够的认识。山东分局以为大崮山是个天然屏障，日本鬼子不会来攻。没想到，这次扫荡，大崮山是第一个目标，而且日本鬼子一反常态，从凌晨打到半夜都不收手，攻上崮顶之后还派出小分队拦截和抓捕我方掉队和负伤人员，我方真是吃大亏了。"鲁景芝说道。她看了一眼陈安波，告诉她："朱瑞同志的妻子陈若克同志牺牲了。她就是在大崮山突围时被捕牺牲的。我们在大崮山被包围的那一天，陈若克同志也在山上。她是山东分局的妇委会委员、省妇救会执委、省临时参议员，当时已经怀孕八个多月。我们当时都不知道，大崮山顶挺大，我们听命令没敢在山顶乱走动，所以不知道陈若克同志和山东分局机关的许多家属都在大崮山上。所以大崮山不是没有准备的。山纵第四旅独立团，还有一个过路的小部队，守了一整天，打得非常英勇，但大崮山就是守不住。听说正是陈若克同志和独立团团长、政委商定，炸掉了大崮山上的所有仓库和兵工厂，然后指挥山东分局机关的家属和群众利用绳索从大崮山顶溜下，悄悄地突围。陈若克同志挺着大孕肚，行动缓慢，也不可能溜绳子，渐渐地就落在后面，掉队了，与突围队伍失去联系。此时剧烈的运动使她早早地发动了，她就让警卫员赶紧到附近村庄找个老大娘来帮忙。但是警卫员还没回来，不知道什么时候，她就生下了孩子，而孩子出生时的啼哭招来了日本鬼子。她被抓捕到了沂水城，二十天后在沂水城西郊，带着她刚刚出生的孩子，牺牲于日本宪兵的刺刀之下。"

"孩子呢？也死了？"陈安波问。

"是的，也被小日本鬼子用刺刀扎死了。听说陈若克同志被押赴刑场的路上，有老乡提出想帮她抚养孩子，但被陈若克同志拒绝了。"

"啊！她这样决绝！"陈安波感叹道。

"朱瑞和陈若克同志的房东，马牧池的于大娘带着两个儿子儿媳，给陈若克同志办了丧事。朱瑞同志带了分局机关三百名同志赶去为陈若克同志送行。据去的战友回来讲，现场停着一大一小两口棺材，朱瑞同志只看了陈若克同志一眼就一头栽倒了。同志们扶起朱瑞同志，他就去看他们的孩子，是一个女儿，但想来被日本鬼子扎得面目全非，又过了几天了，于大娘不让看。朱瑞同志急得转身再去看陈若克同志，被拦住了，又要去看从未见过面的女儿，还是被大伙儿拦住了，急得呜呜直哭。同志们都低声呜咽着，难受极了，场面极为哀恸。"鲁景芝介绍着她听到的情况。

陈安波接着问："那你知道辛锐同志的情况吗？从胶东回来的路上，我发现天天乐呵呵的辛颖有一天晚上突然很不对劲儿，而且从那时候起，一直到现在，都打不起精神来，我也不敢问。"

"这个我清楚，是战后目击者汇报的。"鲁兰方接着回答陈安波的问题，"辛锐同志牺牲了，她丈夫陈明同志也牺牲了。陈明同志在大青山突围时，双腿负伤，不能行走。他坚决不让警卫员小吴背他，要小吴赶快跑，说：'这是战场，你要服从命令！你给我走！'小吴刚一离开，又有抗大的几个学员发现陈明倒在地上，要冲过来抢救，但此时敌人已经逼近了陈明，陈明突然向敌人连开三枪，之后对准自己的头颅开了枪，宁死不当俘虏。辛锐同志在突围中也是双腿负伤，腹部还中了弹，但她被打扫战场的战友找到，当晚就被抬到山纵野战医院第二医疗所驻地火红峪村治疗休养。煎熬了十几天之后，躺在担架上的辛锐被一小股撤退的日军发现。辛锐坚持让二所的战友和老乡放下担架跑，同志们不放手，她就自己从担架上滚下来。战友们不得不把她安置在两块大石头中间，留下三颗手榴弹后撤离。鬼子叫喊着'女八路'围捕过来，辛锐扔出了一颗手榴弹。见状，一个军官发出了一个什么命令，辛锐又扔出了一颗手榴弹，与此同时，她再次中弹。当围过来的日本鬼子拉扯开辛锐胸前裹着的棉被时，第三颗手榴弹炸开了，辛锐的身体不见了，只有大石头上还留着她倚靠的痕迹。鬼子骂骂咧咧地走了，老乡去收捡了辛锐能捡到的骨头，埋在两块大石头中间，立了碑。"

"多么英勇的夫妻！他们受的伤一样，牺牲的方式也相似，真是生死相依啊！"陈安波感叹着。

鲁兰方接着说道："总之，这次反扫荡，我们沂蒙根据地军民的牺牲都太大了。我听说，光是大青山突围，我们突围出去三分之一，伤亡三分之一，被俘三分之一。根据地老百姓的损失，也是惨重啊。"

"大姐夫在胶东的时候就说了，咱山东抗日根据地，也是咱全中国的抗日大业，最困难的时期到了。开始以为'皖南事变'之后就进入了最困难时期，那是因为国民党反动派掀起了第二次反共高潮，单就国内形势而言的。去年12月7日，日军袭击美军在太平洋的珍珠港海军基地，把美国拖入了大战，真正的世界大战开始了，咱抗日最困难的时期才刚刚开始。"陈安波回忆着李少光当时的评论。

鲁兰方非常感兴趣："安波，快说说，大姐夫是怎么看的？"

陈安波笑了笑，回答道："大姐夫非常推崇毛主席《论持久战》中关于抗战进入战略相持阶段之后共产党、八路军将面临最困难局面的论述，十分赞成中央军委去年，不知道具体时间，关于熬时间的长期斗争和广泛的游击战争的指示。他认为1941年年初的'皖南事变'、年中的德国入侵苏联和年底的日本袭击美国，德意日法西斯彼此策应、从东西两个方向发起进攻并有所斩获，这种最坏的局面持续了一年，可能会持续一段时间，但不会更坏了，也不会再持续很长时间。全世界的反法西斯力量势必联合起来，事实上也确实如此，也必将战胜法西斯。"

"对，熬时间，熬过德意日法西斯的进攻势头。"鲁兰方点点头表示同意。

"但即便熬过德意日法西斯的进攻势头，还是解决不了我们的大问题。你们是没有看到，我们部队的武器与日军的相比，差距太明显了。我在大崮山顶看到日军的步兵、骑兵和炮兵，还有天上的飞机，心里是极为感慨的。这仗可怎么打得赢?！"

"景芝，你的想法有点狭隘了。"鲁兰方说道，"你是战场上，就事论事，当然情有可原。但我们现在是讨论分析，那视野就要尽可能开阔一些。你知道，今年元旦，世界反法西斯联盟宣告成立，这就意味着这个联盟可以互通有无，中国战区可以得到美、苏、英的支援。即便是国民政府受援，国民政府的军队战斗力也会增强，更何况我们也可能得到一些呢。这还是仅就你所指的武器而言。更别提政治上的和其他方面的。但就是武器，可不是今天说支援、明天就会蹦进咱手里的，这个时间差，咱就得熬着。至于政治的、道义的、经济的和其他方面的支持，更不会有立竿见影的作用，就得熬啊。"

陈安波接着补充说："大姐夫还说了，战争是国家综合实力的较量。小日本袭击美国，实则敲响了自己的丧钟，因为美国的综合实力要比日本强得多。本来美国还想奉行孤立主义，不声不响发战争财。但现在的情况是，国际上反法西斯国家比法西斯国家多、综合实力强，当然更有道义上的优势，所以熬过这段法西斯东西协同的进攻态势，未来一定会战而胜之的。"

鲁兰方继续分析道："这样的话，苏联的态度就会更加明确了，对我们党和八路军的支持应该稍微积极一点儿吧。"

陈安波附和："我认为会的。总归都遭到了法西斯的侵略，都是共产党吧。但是，三哥，苏日之间的那些条约，我还是觉得不舒服。所以，在苏联真正的支援到来之前，还是要熬着。"

鲁景芝接着说："那要这么说，我认为，国民政府对共产党、八路军的政策也会发生变化，蒋介石、国民党头顶上有美国人、苏联人压着，有国际反法西斯统一战线镇着，不会再出现像'皖南事变'这样的大坏事。但是这种政策展现出实际效果之前，嗯，咱确实得熬着。"

"还有，日本军队向美国太平洋海军基地的进攻，一路南下，势必会加强对后方和沿途的守护。咱山东既是后方，又是沿途，接下来一段时间，日军肯定会加大对山东半岛的控制，对山东的抗日根据地会发动更加猛烈的进攻，以彻底消除他们的'后顾之忧'。这是我们接下来要面对的最困难的'煎熬'。"鲁兰方说道。

鲁景芝则表示："可我还是担心。煎熬不怕，咱熬着就是了。安波不知道，哥你肯定知道，去年最后一天朱瑞同志在山东分局干部大会上讲话。又是一篇辞藻华丽、洋洋洒洒的冗长报告，从国际讲到国内，讲的还不如咱们兄妹今天晚上谈的呢。然后朱瑞同志总结了总结山东的政治形势和抗日斗争情况，我感觉有点奇怪，我形容不出来，说不好，整个讲话的基调是不是有点过于乐观了？反正听不出刚刚遭受的巨大损失，也听不出来对将要面临的困难有什么思想准备和物质准备。拿什么熬啊？"

"可能领导们之间还是有意见不一致吧，要不然，罗政委也不会冒着危险到南墙峪来找黎政委。"鲁兰方似乎答非所问。

鲁景芝和陈安波对视了一眼，很默契地没有追问下去。

鲁兰方看到了两个妹妹的小动作，他笑了笑，宽慰两人道："你们也别太担心了。党中央、集总，还是非常重视咱山东抗日根据地的。听说，延安又派出了两支干部队伍来咱山东抗日根据地呢。如果不是这次沂蒙山区的反扫荡，他们可能早就到了。"

"唉，我过去操心——五师师部跟山东分局和山纵指挥机关靠拢，后来发现是我自己把事情想得太简单了，简直就是瞎操心。三哥，你也不要瞎操心，也许过后你自己都会觉得自己幼稚呢。"陈安波说道。

"好吧，咱不瞎操心。说点开心的，今天过农历年，进马年了。祝两位妹妹新春快乐！咱八路军龙马精神！马到成功！"

陈安波接着说道："大姐夫的新年祝词是：'熬过明年，曙光必见'。我借用一下，熬过马年，曙光必见！"

鲁景芝笑了："安波，那我就借用一下你常挂在嘴边的：'抗战必胜！革命到底！'"

春节过后，陈安波又投入了频繁的演出和新戏的排练之中。鲁景芝所在的山纵卫生教导队医生班恢复了学习，鲁兰方也继续着原先的医务工作。鲁兰方的消息最灵通，他很快就得到消息，延安来的两批干部同时安全抵达了山东分局和一一五师师部驻地蛟龙汪，并且很快就充实进了部队和各级机关之中。之后，山东分局和一一五师师部转移到滨海区的临沭县朱樊村。

陈安波仍然留在鲁中。《雷雨》还在不定期地上演着，队里的秀才们已经写出了新戏《新中国的母亲》的草稿。这是一出根据八路军回民支队队长马本斋母亲的英雄事迹改编的话剧。马母本名白文冠，她教子有方，不仅鼓励和支持次子马本斋组织抗日义勇军，手持大刀、长矛打鬼子，而且还支持马本斋率队参加共产党、八路军，在冀中大地连连歼灭日伪军的有生力量。日伪军惊觉回民支队如芒在背，便对马本斋的家乡河北沧州东辛庄进行了多次袭击，以期抓捕马母，逼降以孝子著称的马本斋并乘机消灭回民支队。马母不幸被捕后，大义凛然，怒斥日伪军头目和回民支队的叛徒，绝食七天，于1941年9月3日以身殉国。

得知母亲被捕的消息后，马本斋一眼就看穿了敌人的阴谋，他强忍悲痛，率部转战沧州、河间、献县边缘区，持续作战。马母牺牲后，马本斋及回民支队全体戴孝，迅速处死了谋害马母的叛徒，并在河间城外连打了几个大胜仗。冀中党、政、军、群各界人士为马母举行了隆重的追悼大会，延安各界也举行了悼念活动。《解放日报》两次以较大篇幅报道了白文冠的英勇事迹，八路军总司令朱德和副总司令彭德怀致电冀中军区，表示"中国人民有这样的母亲，不仅是中国人民的光荣，中国妇女的光荣，而且是中华民族不会灭亡的具体例证。"

有感于马母的英雄事迹，主要是根据《解放日报》的报道，《新中国的母亲》剧本慢慢地成形了。陈安波因为繁漪这个角色的成功，被选定扮演马母白文冠。这对她又是一次大考验。但除了形体上要体现出一位老人家的姿态和做派之外，陈安波觉得在思想感情上，她更加亲近这位英雄母亲，无论是这位母亲对儿子的教导、对乡亲们的维护，还是在敌人面前的坚贞不屈，她都能产生感同身受的情绪，因此排戏的时候始终精神饱满，不厌其烦地反复打磨角色，与扮演繁漪的感觉完全不同，陈安波也由此开始体验到了戏剧的魅力。

与《雷雨》在胶东开始排练和演出不同，《新中国的母亲》一剧是新编剧目，而且完全是在山东分局领导眼皮子底下从无到有的，领导们对此剧非常重视，经常到排练场来审查和讲评。结果有一天，排练刚刚结束，朱瑞同志就来到后台，很生气地高声问道："这个戏是谁写的？"

陈安波他们还没卸装呢，有的同志都不认识朱瑞同志。听到这一声吼，大家都惊呆了，还是王绍洛队长赶紧让大家集合起来。朱瑞同志严肃地站在队前，严厉地批评了这出戏的结尾部分。按照剧本，这个结尾是这样的：马母牺牲，日本特务机关长发现后立即脱下了军帽，向马母行九十度的鞠躬礼，随即响起该剧主题歌"青山不改，绿水长流，新中国的母亲永远活在我们心头……"幕落，全剧终。

朱瑞同志表示，写出这样的剧本，起码说明觉悟不高，阶级界限模糊。敌人对一位革命烈士会这么折服吗？这个结尾实在令人难以容忍。

陈安波虽然是主要演员，但是并没有站在人群的前面。尽管如此，这也是她第一次这么近距离地看见朱瑞同志，看得出朱瑞同志满脸通红满腔怒火，她完全蒙了，和大家站在一起，默默承受着朱瑞同志的严厉批评。

第十六章　减租减息

　　朱瑞同志在陈安波和战友们的目瞪口呆之中怒气冲冲地离开了，整个排练场鸦雀无声。过了好一会儿，王队长才发出口令："解散！"可是所有人都没有动，朱瑞同志这么严厉的批评，吓死人了，这出戏可怎么弄好呢？还能不能推出公演呢？

　　王队长看大家都没有动，就说了一句："大家别紧张。领导批评了，咱们就接受，回头好好地研究一下，看看怎么修改。现在都去吃饭，早点休息，明天上午咱就开会讨论。"近一个时期，沂蒙山区的粮食短缺更加严重了，手中没粮的司务长常常把几块地瓜干加水煮成一大锅黑乎乎的稀粥，充作晚饭。像陈安波这样的年轻人，普遍吃不饱，营养不良，有的战友还得了夜盲症，所以从前晚上举办的开会和学习都暂时取消了。当然，没有灯油、没有蜡烛，也是晚上没活动、让大家早点休息的重要原因。

　　陈安波每到晚上，都早早地躺到铺位上。一方面，她担心家族遗传的糖尿病会被诱发出来，再弄个低血糖，就危险了。另一方面，她可以借此机会回忆回忆白天做了些什么，有没有遗漏什么，最重要的是，她可以背台词。就是在这样一个晚上，她并没有多纠结朱瑞同志的严厉批评，不满意，改就是了，再说这个结尾其他领导又不是不知道，什么态度嘛。

让陈安波没有想到的是，第二天天刚蒙蒙亮，还没到起床时间，朱瑞同志直接到队员驻地来了。等大家都集合在一起之后，朱瑞同志表示，昨天批评人的方式欠妥，语言激动，请大家原谅。朱瑞同志还对大家说，其实你们的戏还是蛮好的，最后那个部分改改就行了。一出大戏嘛，不可能一下子就写得很好，要反复修改嘛。

陈安波和战友们听到这里，心里的大石头落了地。只听见朱瑞同志继续说：“你们演这出戏，还是下了很大功夫的。只要吸取这次教训，政治上再强些，戏会演得更好，战士和群众会更欢迎。”

大家情不自禁地拍起手来表示感谢和认同。朱瑞同志看到这种情况，好像也高兴起来了。一大早的，他没有再说什么，敬个礼，骑上马就走了。陈安波看着朱瑞同志飞驰而去的身影，突然想起鲁景芝曾经悄悄告诉她的，自从陈若克同志牺牲后，朱瑞同志患上失眠症，常常夙夜工作，天不亮骑马而出，起床号响起时就回来了。昨天今晨朱瑞同志的表现判若两人，这么大的领导，还这么情绪化，有话怎么就不能好好说呢？真是的，朱瑞同志肯定是遇到事了。

陈安波猜对了。正是在这一年的4月，刘少奇化名胡服，来到了滨海区临沭县的朱樊村。刘少奇曾经担任中共北方局书记、中原局书记，当时是中共中央政治局候补委员、华中局书记、新四军政委。正是在他领导北方局的时期，中共山东省党员赵健民找到北方局派到河北省委的代表黎玉汇报情况，北方局接着派黎玉到山东省工作，从而使与党中央失去联系三年之久的山东省党组织重新回到党的怀抱。“皖南事变”之后的1941年1月至4月，山东一度受中原局领导，少奇同志因此对山东的情况又多了一些了解。鉴于山东省在抗战全局中的重要战略地位，山东分局、山纵和一一五师师部在对敌斗争中面临的严峻复杂形势和内部相互关系之间存在着一些不协调，党中央、中央军委和集总决定派从华中回延安参加中共七大的刘少奇，中途到山东抗日根据地检查指导工作。

刘少奇一进入山东境内，就注意调查农村和农民情况，询问减租减息是否进行了？效果怎么样？贫雇农生活是否得到了改善？农救会的威信和作用怎么样等等。到朱樊村后，立即找山东党政军的负责同志一一谈话，跟朱瑞谈了两天两夜，跟罗荣桓和陈光谈了一天一夜，跟黎玉谈了一天一夜，接谈了所有主动向他反映情况的各机关各部门各群众团体的干部。他还组织随行的同志翻阅了许多文件材料，系统查看了山东分局的党刊《斗争》和党报《大众日报》。之后召集负责同志开会讨论。少奇同志首先充分肯定了山东党组织领导广大军民坚持敌后抗战所取得的成就，鼓励与会人员畅所欲言，积极开展批评与自我批评，以党和人民的利益为重，对照实际情况，检查存在的问题，从思想路线上找原因，求得统一认识。

刘少奇山东行是保密的，但是此行给山东抗日根据地带来的变化，在刘少奇还没有离开的时候，陈安波就感受到了。

最大的变化，也是陈安波一直关注的，就是减租减息在根据地轰轰烈烈地开展起来了。这跟陈安波大姐夫李少光这位大经济学家的强行灌输和碎碎念很有关系。李少光参与"乡村建设运动"无果而终，但却触及了中国社会的最底层和发展进步的根本。1939 年 10 月下旬李少光和陈业从胶东来，兄弟姐妹聚会时，李少光激烈地提出的要建立根据地、建立政权，要改革土地制度等等观点，陈安波深深地印在了脑子里。而她从自己反扫荡的经历中也得出了要巩固和发展根据地、要对老百姓好的朴素观念，似乎也与李少光的理论不谋而合。由此，陈安波格外关注山东分局的农村政策。

她注意到，就在他们那次会面之后不久，中共中央对山东工作提出了具体要求，就是"在八路军控制的区域，切切实实执行减租减息政策"。到当年年底的时候，胶东的蓬莱、黄县和掖县行政联合办事处发布施政纲领，陈安波不知道这是不是跟黎政委的视察和大姐夫的建言有关系，其中的重要内容就是减租减息。转过年来的 1940 年

3月，胶东区委发布了《关于目前胶东时局与党的任务》，明确表示将"认真推行减租减息与改善群众生活作为区党委的十大任务之一"。11月，山东省临时参议会通过《减租减息暂行条例》，指出："地主之土地收入，照原租额减少五分之一；钱主之利息收入，年利率不得超过一分五厘。"为便于宣传，这项减租减息政策又被简称为"双减"政策，具体来说，就是"五一减租，分半减息"。

然而，由于山东分局领导同志中有不同看法，有的认为当下"双减"还为时过早，自己还住在地主家呢，这样做不仅不厚道，而且会引起地主们的反感，不利于抗战。加之我抗日根据地不时遭到日伪军扫荡、时刻被日伪军蚕食，根据地不牢靠，我军大进大出的，因此在整个山东抗日根据地，减租减息看似已经施行，但浮于文件和口号，大部分群众没有切身感受，也不相信地主财主真的愿意给自己减租减息。可能在鲁南由一一五师师部开辟的根据地情况一时好些，但是鲁南根据地现下已经被敌人修的公路、炮楼分割成几小块，活动中心被压缩在天宝山前、梁邱镇到白彦镇一枪可以打透的狭长地带，我守军的宿营地，每晚都要转移几个。老百姓编了一个顺口溜，说"东白山西白山，梁邱白彦宝山前。南征北战二十里，东游西击一线牵"。这里的"双减"成效还留有多少，可想而知。

刘少奇在调查研究的基础上，一针见血地指出：群众运动是山东根据地各种工作中最薄弱的一项工作，而群众运动的中心环节就是要轰轰烈烈地开展大规模的减租减息运动。不解决群众的切身问题，谁会参加抗日游击战争呢。山东所有的工作都要围绕这一中心来抓。要全党来抓，党政军各方面的干部都来抓。为此，山东分局作出《关于减租减息，改善雇工待遇开展群众运动的决定》，省战工会也紧接着通过了关于租佃、借贷、改善雇工待遇的暂行条例和办法，"五一减租"提改为"二五减租"，"分半减息"不变。

在刘少奇的帮助下，中共山东分局于5月在鲁中区沂南县的薄板台村召开了全省"双减"工作会议，确定了以滨海区的莒南县、临沭县为"双减"实验中心县,以沂南县横河村、马牧池,沂水县埠前庄为鲁中区的"双减"和增资试点村,胶东区也同样设置了"双减"和增资试点区。会后,山东分局、山纵、省战工会和抗大一分校等单位,抽调了两百多名干部组成了两个"双减"工作团,分别赴莒南和临沭进行试点。

刘少奇原本计划在解决了山东的问题后,即刻启程前往延安。但是由于日军在华北地区展开"五一大扫荡",路途不安全,不得不暂缓行程,同山东分局和一一五师师部一起,在鲁南和滨海一带活动,因而有时间亲赴临沭县的东潘、夏庄一带了解"双减"情况。他还到赣榆县的吴山区大树村,亲自发动雇农贫农积极分子并成立职工会,实现减租增资,全力推动减租减息群众运动广泛深入地开展。黎玉则到横河村抓"双减"和增资试点工作,他还帮助鲁中区党委在沂南县安乐庄召开部分地县委负责人、军队团以上干部会议,部署"双减"工作。

在陈安波所在的"宣大",由新队长丁志刚率领部分队员到沂水县刘家城子村帮助进行"减租减息",而陈安波作为主要演员,不能离开。不过在演出之余,常常被派出去刷标语"二五减租!分半减息!"被朱瑞同志严厉批评过的话剧《新中国的母亲》的结尾部分已经改了,整出戏领导都通过了,戏名改成了更简单、更便于记忆的《马母》,已经公演了,得到了广大指战员和老百姓的一致好评。渐渐地,《马母》比《雷雨》上演的次数更多了,陈安波的名气在鲁中的沂蒙抗日根据地更大了。

山东分局和一一五师师部因为刘少奇的到来而靠拢,身为山东分局机关医院的外科医生鲁兰方和一一五师野战医院的外科医生陈安江自然都在滨海区,但相距不近,陈安波和鲁景芝都在鲁中,一个在"宣大",一个在山纵卫生教导队,所以他们没有机会团聚。比较幸运的是,陈安波曾经随团慰问演出到过滨海区,陈安江跑着来见过一次,得知陈业曾在4月下旬来过山东分局送黄金,准备由护送刘少奇的部队和随行人员带到延安去。本来还想兄弟姐妹聚一聚，但陈业接到命令很快就折返胶东了，留下的消息是陈安沄带着双双大年初二去青岛还没回，李少光一直留在葛家庄，给陈安沄代课。陈安江要在医院值班，陈安波要准备上台演出，江波兄妹只是简单地说了几句话，就各忙各的了。

减租减息，是陈安波一直关注，但因为自己的岗位而没能亲身参与的一场群众运动。很快，与陈安波有关的重大事项发生了。"八一建军节"那天，山纵正式改为山东军区，黎玉任政治委员，王建安任副司令员兼参谋长。陈安波对这个决定并不意外，早在春节前，山东军政委员会就做出了《建立山东军区的决定》，以实现主力军地方化，广泛开展分散性、地方性、群众性的游击战争。只是因为频繁的反扫荡作战，加上刘少奇到山东后对整个山东的工作进行了新的调整，所以这项工作实际并没有进行下去。

山东分局在刘少奇的帮助下，做出了《抗战四年来山东我党工作总结和今后任务》的决议，充分肯定了山东抗战以来所取得的巨大成绩，深刻分析了山东抗战所面临困难的客观原因和主观原因。决议认为，敌顽我之间长期的三角斗争局面，是山东抗战形势的特点。无论是山东纵队还是一一五师，在三角斗争中对敌、对顽均处于劣势，且这一形势是抗战以来敌顽我各种具体条件所决定的，是长期的，一时还难根本改变。因此，山东党政军民斗争的总方针是：从思想上、政治上、组织上动员起来，团结全党全民，咬紧牙关，继续长期坚持抗战。巩固各抗日根据地，加强各游击区，积极反对敌人的扫荡、蚕食，运用一切灵活的斗争方式，积蓄力量，克服困难，准备反攻条件。耐心疏通友军，有力地反击顽军的进攻，在三角斗争中取得于我有利的可能转变，争取最后胜利。

刘少奇的山东之行，加速了山纵改为山东军区的进程。7月下旬他离开山东分局驻地，还没有出山东境，山东军区就正式宣布成立了。山纵司令部、政治部机关一分为二，一部分为山东军区的司、政机关，山东分局书记朱瑞、山东军区政委黎玉均驻——五师师部与罗荣桓、陈光合并办公，三个机关从万余人缩减至三千五百人。另一部分由罗舜初带领组建鲁中军区司、政机关，陈安波所在的"宣大"随之改名为鲁中军区鲁迅艺术宣传大队，仍然简称"宣大"。山纵供给部、卫生部与——五师供给部、卫生部合并，鲁景芝此时正好从山纵卫生教导队毕业，顺利回到——五师野战医院。鲁兰方所在的医院则划归鲁中军区。

山东军区成立前后，除成立了鲁中军区外，还成立了清河军区、胶东军区、滨海独立军分区等二级军区和军分区。不过，山东纵队的番号依然保留着，山纵第一旅划归——五师建制，改称为——五师教导第一旅，旅内建制有一些调整。改编后，——五师教导第一旅第一团留在鲁中地区活动，第三团留在鲁南地区活动，第四团待完成甲子山反顽作战任务后归建。山纵其他各旅均划归各军区。

对陈安波来说，机构的变动已经很多次了，对她个人的影响似乎都不大，她循序渐进地学习、工作和战斗着，"宣大"还是那个"宣大"。不过，她明显地感觉到，山纵和山东军区进行了力度很大的精兵简政，即使是"宣大"，此时只剩下三十多人，一些年龄较小、坚决抗战不愿意回家的小宣传队员，例如辛颖，就被安排到滨海区的"山东毛泽东青年干部学校"继续学习，一些年轻队员、机关里机构重叠的年轻的勤杂人员等被安排进了地方武装或战斗部队，伤残人员则多被安排参加后勤生产，也有少部分家在根据地愿意回家的老弱伤残人员，被发给路费和安家费，回家了。

"宣大"虽然精简了，但是质量没有下降，任务没有减少，人人都是多面手。改属鲁中军区后不久，"宣大"队员和山东全境的共产党员一道，进入了整风学习阶段。这使得陈安波更加忙碌起来。

1942年春天，中共中央决定在全党开始反对主观主义以整顿学风、反对宗派主义以整顿党风、反对党八股以整顿文风的整风运动。

山东分局、山纵和以后成立的山东军区都成立了学习委员会，首先开展了整风运动的动员。由于身处敌后战争环境，山东抗日根据地的整风学习，首先是从团以上党员干部、机关干部开始的。按照计划，要经历学习文件、反省检查和审查干部三个阶段。学习阶段，重点是学习有关整风的二十二个文件。每天两小时，要求写学习笔记，联系实际查找问题等等。

陈安波所在的"宣大"，顶多算半个机关，但同样积极投入了整风学习。他们重点学习了毛主席《整顿党的作风》《反对党八股》《反对自由主义》和中共中央《关于增强党性的决定》《关于调查研究的决定》等文件，很快又得到了毛主席《在延安文艺座谈会上的讲话》文件，大家都感到深受启发，队里的秀才们思路大开，又出现了一波创作高潮。

陈安波毕竟年轻，经历简单，思想单纯，每次学习讨论谈不出什么感想和体会，以表决心为主，笔记则以抄原文为主。她的年轻的战友们也大都是这个情况。

演出和排戏、学习整风文件之余，陈安波和"宣大"的战友们还有一项任务，就是自己运粮运柴、自磨自食，减轻群众负担。1941年和1942年连续两年，山东全境水灾旱灾交替出现，加之日伪军对抗日根据地的频繁扫荡，使根据地到1942年下半年，粮食供应极为困难。与此同时，日伪军还在靠近根据地的据点建立交易所和粮库，高价收购粮食和土特产，而根据地此时才刚刚大规模开展"双减"，效果还没来得及显现。这就使根据地在对敌斗争中还增加了应对敌经济攻势的严峻局面，但根据地大部分干部并不擅长经济战、贸易战和货币战。鲁中区还承接了从淄河流域敌占区拥入的十几万饥饿的难民，使得面积已经被压缩、自身粮食紧张的根据地雪上加霜。

陈安波没有参加运粮运柴，而是被安排在驻地推磨，什么都磨过，小米玉米，有时候还磨黄豆喝豆浆做豆腐。"宣大"有一匹马，配有一位饲养员，专门用来驮幕布、道具、服装、汽灯什么的，大家都舍不得让马来推磨，即使没有演出任务，马也多被用去运粮运柴，而推磨还是由女战士来完成的。陈安波和战友们还响应号召，从跟随巡视团到胶东起就没领过新军装，单的棉的都没领过，这样又省下不少。

如此艰苦紧张的生活，让陈安波年轻的身体渐渐地出现了毛病，她患上了胃病。每天吃一点点饭就上腹疼，感觉又饱又胀，但一会儿又饿得厉害，还泛酸水，不时出现一过性的抽搐式疼痛。鲁兰方就在附近的医院，诊断陈安波得了胃炎胃酸，可医院没有对症药，除了给一些苏打片，没有什么办法。陈安波只能在每次上台演出前吃上一两粒苏打片，撑过一场演出再说。

山东敌后抗日战场的环境恶劣，到 1942 年秋天我军仍然不占优势。但即便是这样的条件，也挡不住爱情的降临。陈安波已经两次婉拒了队里老大姐的保媒拉纤儿，当第三次有人介绍对象的时候，她的态度变了。一来，这次的介绍人是原来的顶头上司，清楚她的情况，她知道老领导的为人，想必不会乱点鸳鸯谱。二来，陈安江和鲁景芝已经在一起了，鲁兰方也和一名从北平来加入抗战队伍的麻醉师在一起了，她现在谈对象不算早，也许是时候了。三来，陈安波有点怕。她演繁漪和马母出名之后，已经不少人来找她探过口气了，只是有老大姐的"前车之鉴"，大家都没冒进而已。她怕自己招架不住，再碰上个愣的来个"拉郎配"，不如主动些。正好熟悉自己的老领导做介绍人，那就见见吧。

第一次约会是在陈安波所在的"宣大"驻地，鲁中沂蒙抗日根据地的腹地沂水县罗家官庄村。8 月下旬的罗家官庄，暑热已经消散，傍晚的村头打谷场上，还很热闹，村长正趁着最后的一丝天光在给村民们继续讲着"减租减息"的政策，村里的两个小地主边抹眼泪边点头，似乎同意了村里派人第二天头午去量地，最后确认一下到底减收多少租子。村外的小树林子，没什么人，安静许多。驻在罗家官庄的"宣大"队员们没有演出的时候，都是吃两顿饭的。此时，晚饭已经开过了，队员们同样都在趁着天还没有完全黑，整理内务的、扫院子的、推石磨的、喂马的、谈心的，各自忙碌着。等天黑了以后，各队还会就着一盏小油灯开会，回顾回顾学习的文件什么的，但都很短。

陈安波依照领导的嘱咐，如约到了村边的小树林，发现有两个人正站着谈话，远处还有一个松松地牵着两匹马的警卫员，马儿低着头，静静地吃着草。听到有人走近，正在谈话的两人抬头看过来。陈安波一看正是做介绍的领导，立即立正、敬礼，喊"报告！"

"安波，来，来，介绍一下，这位就是我跟你说过的秋实同志。"

陈安波觉得自己的脸一下子就充满血了，难为情得很。她转过身，立正、敬礼，结果对面的秋实同志也立正、回礼。这让陈安波更加不好意思了，"报告"没能喊出口。

领导看出了陈安波的局促和紧张，发现秋实同志也有些不自然，于是哈哈一笑："情况都讲了，你们聊吧，我还有事，先走了。"话音一落，他便抬腿朝村子走去，还背着挥了挥手。

陈安波看着领导远去，一时不知道说什么好。

过了好一会儿，就听秋实和蔼地说道："安波同志，你演的马母真是太好了，我看了真是非常感动，战士们看了，都嗷嗷叫着要给马母报仇呢。"

"是马母的事迹感人，我演得不好。"

"唉，你不要太谦虚了，说你演得好的，可不是我一个人，就是好啊。对了，你听得懂我说的话吗？我是湖南人，口音很重呢。"

"听得懂。"

"那，安波同志，你同意我今天来找你，想必已经大致了解了我的情况。我觉得还是要细细地讲给你听听，让你更了解我，也更快地做个决定。"

"嗯。"陈安波迅速地点头，内心深处对秋实已经有了好感。要知道，曾经有首长牵着两匹大马来找陈安波，不问陈安波的意见，就要把人拉去结婚的，让陈安波非常反感，也有点害怕。但秋实却非常诚恳，态度也很平和。

秋实告诉陈安波，他是奉命率队从延安来到山东抗日根据地的，去年 8 月从延安出发，一直到今年春节后才抵达——五师师部和山东分局驻地蛟龙汪，随后被安排到山纵第一旅。山东军区成立后，山纵第一旅划归——五师建制，改称为——五师教导第一旅，职务不变。

听到这里，陈安波的心头又是一动：嗯，——五师，这是二哥陈安江一直紧追不放的部队，不是景芝坚决不待的山东分局。

秋实接着向陈安波介绍了自己的经历："我是湖南湘乡人。在我出生之前的三个月，父亲外出谋生，却从此音信全无。我还有一个哥哥，叫春华。因为遇到水灾，母亲被迫领着我的哥哥嫂子侄子还有我，从湘乡逃荒要饭到了安源。到了安源，一家人都做工，但还是活不下去。我哥哥一声不响地跟着一支北伐军走了，同我父亲一样，音信全无。我嫂子在我哥当兵之后，扔下孩子改嫁了。家里一下子变得穷透了，吃了上顿儿没下顿儿，有时甚至一整天也找不到一口吃的。没办法，我母亲只得同意我去安源煤矿干起了下井拖煤的活儿，那时我只有十三岁。后来，毛主席到了安源，那时还是毛委员。就是在毛委员的动员下，我参加了红军，走上了革命道路。"

"您是红一方面军的，参加了长征的？！"陈安波此前已经了解秋实是老红军、走过长征的，但听到这里，还是忍不住说，不知道是发问还是肯定。

"是的，你说得没错儿。你是不是有点奇怪，我早就够结婚标准了，如今都快三十周岁了，但是还没有结婚？"秋实没有等陈安波回答，继续说道，"这个，是这么个情况。我在延安的时候，组织上牵线，给我介绍了一个女干事，我们还谈了几个月。后来这个女干事的哥哥有所谓历史问题嫌疑，她受到牵连。直到我要离开延安来山东，她哥哥的事儿还没有搞清楚，她说不愿意影响我，就主动提出跟我断绝关系。"

"那你就同意了？"

"没有马上同意。我劝她说，你哥哥的事情党组织一定会搞清楚的，而且即便有事，那也是你哥哥的事情，不会影响你。但是她分手的决心很坚决，我也就同意了。"

"哦，我知道了。"陈安波停了一会儿，消化了一下秋实的话。心里想，这位老兄还真是实诚啊，坦白自己过去的情事，也不怕我生气不高兴。

介绍人跟陈安波说，秋实平常不太说话，是个比较内向的人。这一晚上，基本上都是秋实在说话，陈安波心里又开始活动了：怎么不像是个沉默寡言的人呢？挺能说的啊。她不知道的是，秋实上述这些话，都是热心的介绍人事先叮嘱过，让他一定要主动表白的。秋实自己也认为，谈恋爱不能有隐瞒。但是讲完了这些话之后，陈安波的回应不是很积极，话也是不多，秋实同志就有点不摸底，不知道怎么继续谈下去了，两个人一时静了场。

过了一会儿，秋实问陈安波："老华给我介绍了你家的情况，你也不简单啊。"

"还好，我过去的生活比您过去好多了。"

"你是中学生？"

"初中毕业。"

"那也算知识分子了。我文化程度低，以后你多帮助我。"

"哪里哪里，我两个哥哥都参加了革命，他们之前在齐鲁医学院学了六年。"

"我知道我知道，两个出色的外科医生，陈安江和鲁兰方，都是救人性命的一把刀。"

"我大姐是高中毕业生，我大姐夫是美国的经济学博士，他们夫妇都在胶东的大泽抗日根据地。哎呀，说起来，我家里我的文化程度最低。"陈安波说着说着，更加不好意思了，也说不下去了。

秋实笑了笑，心想，这也是个不会聊天的。想了想，又想出一个聊天的题目："你们'宣大'也开始学习整风文件了吗？"

"学了。"

"要求写学习笔记吗？"

"要写的。"

"学习笔记要交流吗？"

"要的。"

秋实看出了陈安波的紧张，其实他也有点紧张。跟陈安波就是单纯的紧张不同，秋实在看话剧《马母》的时候，就被这个扮演马母的姑娘深深打动了。及至见到了本人，秋实作为一个已经参加革命十几年、经受了枪林弹雨洗礼的中高级干部，一眼就认定这姑娘是可以跟他同甘共苦、并肩战斗、相伴一生的人，可这姑娘好像还没相中他，这就使得他也有点紧张起来，生怕给陈安波留下不好的印象。可这第一次见面怎么就聊不下去了呢？是不是也不要把这姑娘逼得太紧呢？

秋实看看天色已晚，决定今晚就到此为止。他对陈安波说："不早了，我得回去了，晚上还有个会呢。"

陈安波的确自始至终都很紧张，好像不会思考也不好说话了。此时此刻，听到秋实告辞，她的脑子突然灵光一现，神差鬼使般地脱口而出："好。下次听您讲长征的故事。"

秋实一听，立刻明白了，非常高兴地回道："好，好，下次见面再聊。"说罢，朝远处的警卫员招了招手，警卫员见状立即牵马过来，敬礼，把缰绳递到秋实手上，然后朝陈安波笑了笑，一言不发地跟着秋实先后上马。秋实朝陈安波点点头，说道："今晚我很高兴，再见！"

陈安波很不好意思地回道："再见！"目送着秋实骑马远去，那背影还真帅。突然发现，自己一晚上没好意思抬眼仔细看，天又黑了，竟想不起秋实究竟长什么样子，就是挺魁梧的一军事干部。

第十七章　话剧为媒

陈安波的印象也对也不对。秋实是参加过长征的老革命，能文能武，但不是军事主官。他长什么样子呢？望着秋实离去的方向，陈安波却怎么也想不起来。算了，陈安波心说，不是还要再见吗？紧张个什么呢？人家都把你看透了，自己却连人家长什么样子都没个印象，真没出息。还不知道人家有没有看上你呢！这样想着，回到驻地。整风学习后恢复的讨论会刚刚准备开始，陈安波正好赶上。心里又不免想起秋实的话。他虽然说自己有个会要开，但肯定是知道陈安波有会的，所以非常体贴地把控着时间，适时告辞，让陈安波能从容地参会，而不必请假说去相对象了，这对大姑娘来说有多尴尬。

会议时间照旧不长，结束后陈安波还是去找了介绍人，也不知道应该报告些什么，反正，吞吞吐吐的，半天也没说出个所以然来。领导笑眯眯地等着，听着，一点儿不着急。最后跟陈安波说："我知道了，你回去吧。"

陈安波松了一口气，敬礼，转身就回去了，心说，您知道了什么啊，我都不知道。唉，胃又疼了。

陈安波又坚持了十几二十天，胃病不仅没有好转，反而加重了，医生建议她住院，好好休养休养，胃病还是要靠养。此时，"宣大"

的秀才们在学习了毛主席《在延安文艺座谈会上的讲话》之后，创作出了一大批内容和形式都上佳的新作品，正待精雕细琢。《雷雨》和《马母》已经在根据地能演出的地方都演过了，所以，"宣大"正在憋大招，陈安波则得到了一个短暂的住院休养机会，被安排到离罗家官庄不远的一个小山村养病，住在村妇救会赵大娘家里。鲁中军区的医院都是这样开在村子里的，医生们大多集中在离重病人较多的一个村子，像陈安波这样的病人，没有重病、没有对症药，基本靠养的，都安排在更远一些的村子里，有医生每天过来巡诊。鲁兰方得知陈安波住院，还专门要求过来巡诊过。不过，虽然他能胜任全科医生，但毕竟在战争环境下，骨科的需要更大，所以他也就在陈安波刚刚住院时去看过一次。

陈安波住进赵大娘家里后，惊奇地发现，已经有一男一女两个病人住在赵大娘家了，而且都是胃病病人。一打听，两人恰巧都姓王。男病人是当地人，是鲁中军区沂蒙军分区一名指导员，女病人是个会计。三个人都对自己在战时得了这么一个折磨人的"富贵病"感到委屈、冤得很，但都抱定了"既来之，则安之"的心态，按时作息，按医嘱吃三顿饭，每次吃的饭就是一大碗小米红枣粥，每两天吃一颗鸡蛋。每次一吃饭，王指导员就会皱着眉头表示，他一男子汉大丈夫，怎么能吃这妇女坐月子吃的饭呢？

"你就快点吃吧，年轻轻的，还这么磨叽，快变成妇女了。"王会计每次都这么劝王指导员。

"这么好的小米红枣粥，是让你当药吃的。你可别不知好歹了。赵大娘的孙女还没得吃呢。"陈安波也对王指导员"不客气"。

小米、红枣、鸡蛋都是医院配给赵大娘家的。但三个病人怎么忍心自己喝这香喷喷的粥，让赵大娘的小孙女眼巴巴地看着呢。在他们的坚持下，赵大娘每顿都会盛出一小碗来，让小孙女也喝上。医院还会配给一点儿玉米面，赵大娘则会变着法子做一些软和好消化的玉米吃食，再把一些自家种的蔬菜弄熟，安抚安抚这三个病人撑不得饿不得的"富贵胃"。

三个病人虽然来自不同的单位，但因为有保密规定，他们就各自工作的交流很少。不过，王会计看过陈安波演戏，把陈安波当成大明星，每天跟陈安波在一起时，都有问不完的问题。按现在的说法，她是陈安波的粉丝，追星族。不过很快，王会计就病愈出院了，暂时没有新病人住进赵大娘家。

9月底的一个下午，秋实骑着一匹枣红马到医院来看望陈安波了。陈安波又惊又喜，但心中的欢喜更多。

秋实来之前打听过了，所以一进村就问到了赵大娘家。陈安波午睡刚刚醒，还躺在炕上呢，就听到门口有一个男同志在问话："请问这是赵大娘家吗？"南方口音，谁啊？陈安波还有点儿迷糊。

"是，是，我就是。同志，您来找谁啊？"

"请问陈安波是住在这里吗？"

"是，是，您请进。"

躺在炕上的陈安波在听到自己名字的时候，已经知道这是谁来了。她迅速地从炕上蹦起来，叠好薄被，放进炕柜，下炕，穿好鞋，把衣服拉拉平，把头发再整理整理，就冲出门去。迎面正好走来穿着一身浅色军衣、后面跟着一匹枣红马的秋实。

"您好！您怎么来了，就您一个人吗？"

"你好啊，安波同志，你身体怎么样了，好一点儿吗？"秋实和陈安波几乎同时张口问道。

两个人都笑了，陈安波的情绪放松下来，站在一边的赵大娘此时已经进屋了。陈安波说："我屋里的另一位病人已经出院了，现在我一个人住。您先进来坐坐，喝点水歇歇？"

"好。"秋实边进屋，边又重复了刚才的问题，"你的胃怎么样了，好一点儿吗？"

"好多了。在这里住院休息，不那么紧张，一下子就缓解了许多，胃不那么疼了。"

"给，苏打片。我那里也没什么好东西。听老华说你得的是胃病，所以给你搞了几盒苏打片。"秋实说着就从裤兜里掏出几盒苏打片，递给陈安波。

"谢谢你，秋实同志。苏打片对我的胃真起点作用，这药太珍贵了。您稍等一下，我去给您提点热水来。"说着，陈安波就提着桌上的水壶出门去找赵大娘了，她心里忽然又有点紧张起来，所以先战术性撤退一下。

赵大娘的灶间正坐着一壶烧开的水，陈安波进到灶间，往带来的水壶里冲了大半壶开水，又拿了一个碗，就回去了。虽然这个来回没有超过五分钟，但是陈安波觉得自己把秋实晾在屋里，实在是太不应该了。

"水是开的，烫，您歇歇，稍等一会儿再喝。"

"好。"

两个人又冷了场。过了一会儿，还是秋实提起了话头："你这么一住院，《雷雨》和《马母》就不能演了，有替你的演员吗？"

"没有替补的演员，我们是一个萝卜一个坑的，不过队里不打算继续演这两出戏了。'宣大'秀才们写的新戏基本上都有草稿了，目前正在进一步打磨，定稿之后就可以排练了。所以我正好是在这个新戏本子的创作阶段有了住院休养的机会。"

"怎么不演了呢？战士们很爱看你们演戏啊。你们是不是在鲁中军区演遍了，所以才不演了？"

"差不多吧。"

"那我们就等着看你们的新戏了。"又停顿了一会儿，秋实继续说，"你住的这医院选址不错，山路崎岖的，比较隐蔽。我看群众基础也挺好。"

"是的，现在跟过去一样，山东军区和鲁中军区的医院，包括一一五师的医院，大概都是这样散落在几个村子里的，不可能专门盖个院子起个楼。"

"是啊，我们现在还在打游击战呢，鲁南的部队连宿营地都不固定，危险的时候一夜都要换好几个地方，怎么可能盖大楼搞建设啊。"

"游击战好啊，我们现在武器不行，不能硬碰硬。只有灵活机动，才有胜算。我妹妹鲁景芝在大崮山亲眼看到我们和日军武器的差距，印象极为深刻，坚决支持打游击战呢。"

"噢，她有点军事头脑。"

"是啊，我们兄弟姐妹如果有机会聚在一起，总是会讨论讨论的。我支持打游击战，就是觉得对老百姓来说，太残酷了。"

"想不到你一个从青岛来的初中毕业生，还有这样的群众观念，真不错。山东的共产党员，真是很有水平呢。"

"您说笑了，我这算什么，您是真正的工人阶级出身呢。"

"哎，不是光说你，也不是光说你的家庭。我现在的教导一旅里面，有很多大知识分子呢，也有同你大哥一样，到日本去留过学的。我还要请你帮助我提高文化呢。"

"我父母去世早，大哥养大了我们几个小的，还养活了一大家子人，还让我们都受到了教育。要不是拖累太大，他也会参加革命的。"

"老华跟我说过你家里的情况，你大哥星夜追你九十里，当着廖司令的面表示支持抗日，为根据地积攒和贡献了很多医药器材，他这是用他的方式参加了革命啊。"

"我大哥要是亲耳听到您这么说他，一定会开怀大笑的。"

"好啊，要是有机会见面，我一定当面跟他说。"

两个人在屋子里很开心地聊了一会儿，虽然有时答非所问。秋色正好，陈安波提议到外面边走边聊，秋实乐得从命。他们很愉快地继续着话题。陈安波向秋实详细介绍了自家的情况，上次见面光听秋实谈他的家庭了，这次，陈安波打定主意，让秋实也更加了解了解自己。不知不觉地，天色暗了下来，陈安波和秋实这才发现，秋实的马不见了，他真是一个人来看她的，没带警卫员。

"马跑了，怎么办啊？"

"别担心，我的枣红马会自己跑回驻地，老马识途嘛。"

"天黑了，您又是一个人，路上不安全。要不然，我帮您找户老乡家，您先对付一晚上，明天白天再归队？"

"不行啊！我跟政委说好了，今天来看你，晚上一定赶回去。要是政委没看见我回去，他一定会担心我的。"

"可有六十多里山路呢，摸黑步行，人得多辛苦啊。"

"放心吧，区区六十里路，不算什么。抢渡金沙江那回，我一天走了一百六十里。"

"哎呀，今天我说得有点多了，都没有时间听您讲讲长征的事儿。"

"这有什么关系，我喜欢听你说。以后有的是时间给你讲我的事儿。你安心养病，过半个月我再来看你。"

"好吧，那我不留您了，您路上小心点儿。"

"好，你也回去吧。你先走，我看着。"

"嗯，您保重。那我就先走了。"陈安波没有半分矫情，赶紧先离开。秋实站在小山坡上，看到陈安波安全地进到赵大娘的小院子、赵大娘热情地迎了上来之后，才转身大踏步地往回赶。

赵大娘照例没有多问话，倒是住在对面西厢房的王指导员蹿了出来，笑嘻嘻地问陈安波："你对象来看你了？"

陈安波点点头，还是难为情怎么办？红着脸回东厢房去了。过一会儿，赵大娘给她端来一碗小米红枣粥，她今天的晚饭和胃药就算是用过了。洗洗睡下之后，陈安波惊奇地发现，胃疼得好像没前几天那么厉害了，一下午也没泛酸水。

第二天，鲁兰方带着两个护士又来巡诊了。一番问询检查之后，鲁兰方认为陈安波和那位王指导员的病情虽然已经有所好转，但都没有痊愈，还需要继续住院治疗。鲁兰方没什么多余的药或者吃的带给陈安波，只是嘱咐她继续好好休养。他在村子里巡诊一圈儿，发现住院病人的情况都在好转之后，看看还有时间，就请两个护士到村子里问问老乡家里有没有病人，需要的话可以去赵大娘家，他给看看。自己就先往赵大娘家来了，想着抽空跟陈安波说说话。

陈安波已经倒好水等着他了。赵大娘见鲁兰方又回来了，立即高兴地出门去找她的老姐姐来家，请鲁兰方给看病。王指导员在鲁兰方上次来巡诊的时候，就知道了鲁兰方、陈安波的关系，知道他们兄妹想趁着村里老乡病人还没有到先说说话，所以出门打了个招呼之后就回西厢房躺下了。

"三哥，队里老领导给我介绍对象了。"时间宝贵，陈安波在自家亲人面前一点也不忸怩。

"噢，给你介绍谁了？你同意见面了？"

"是刚划到——五师的教导一旅的秋实同志，已经见过两次了，昨天他还来看我了。"

"哎呀嘞，安波，你可真沉得住气啊，都见两面了？还到这儿来看你了？我上次来你怎么不说？"

"我，我不是不好意思嘛，再说，我还没有决定呢。"

"好，好，你再考虑考虑做决定。不过，你说的秋实同志，我可是听说过，教导一旅那边传到我们医院，口碑很好呢。"

"是吗？那你给我学学。"

"我想想啊。秋实同志是老红军，红一方面军的，听说跟毛主席还是同乡呢。他是今年春节过后到达咱山东抗日根据地的，其实去年夏天就带队从延安出发了，注意哦，两个关键词：带队、去年夏天。说明他已经是相当一级的领导干部，花了半年多时间从延安带队到山东，据说全体人员毫发无伤地安全抵达。这可不是一般的领导水平啊。"

"走了这么长时间？"

"可见路途之艰险。当初我和安江陪护黎政委去延安，我先折返，一个来回也没用上这么长时间。还有啊，教导一旅现在是——五师的教导一旅，这次山东军区成立后从山纵一旅划过去的，虽然现在还有一个团没有归建，但是按你二哥安江的性格，就得跟着——五师这样的主力部队干啊。还有景芝，对山东分局那个心有余悸啊。"

"红一方面军，一一五师……"陈安波重复着。

"最重要的是，我听说秋实同志非常厚道，平易近人，没什么架子。虽然文化程度不高，但是很爱学习。"

"哦。他两次来看我，都说了要我帮助他提高文化水平呢。昨天来，还给我带了几盒苏打片。"

"这个很难得。你收着，胃难受了还是可以用的。安波啊，我们参加共产党、八路军，打鬼子、救亡图存，但不能把自己搞成孤家寡人。越是在这样惨烈的环境下，我们越是要正常地生活，恋爱、结婚、生子，生生不息，久久为功，才能最终战胜日本帝国主义。"

"我知道了，三哥，本来我想着'匈奴未灭，何以家为？'但是看到你和二哥、景芝，还有周围战友们的情况，我觉得我在个人生活上的观念也狭隘了。你说得对，我们就是要正常地生活、勇敢地战斗。"

"那你再处处看，看看自己跟秋实同志合不合适，不要勉强自己，我们都希望你幸福。另外，你要有所准备。去年此时，日伪军就计划扫荡了，你当时在胶东，没经历过我们几次突围，牺牲太大了。现在虽然还没有消息，但我看他们肯定会故伎重演，不会放过咱沂蒙抗日根据地。"

"怎么准备呢？"

"事先会有命令的，就按命令行事。你现在能准备、我能想到的，就是把随身物品都归置好，随时都可以拿上就走。另外请赵大娘帮你摊上几张玉米面煎饼，省下几个煮熟的鸡蛋，放得住的，跟你个人物品放在一起。"

"知道了，你走了我就照办。"

"好，你自己当心，胃病基本是靠养，我手里没药。看来是得想办法再去青岛搞些药回来了。有病人来了，我走了，你躺下，好好休息。"鲁兰方说完，就往赵大娘家正房走去，他已经看见有老乡来了。

陈安波老老实实地关门躺下，心里还在想着鲁兰方的话。过了好一会儿，鲁兰方来告辞，陈安波没起来送行，兄妹俩隔着门互道珍重就分别了。陈安波心想，三哥快要变成预言家了。

　　又过了几天，虽然没有动静，陈安波还是跟王指导员意思了一下，要有所准备，但不能声张，不能人为制造紧张。王指导员同意了，于是两个人请赵大娘摊些玉米面大煎饼，以代替窝头什么的，并且每天都要省下一些，吃旧留新，以备不时之需。

　　鲁兰方的预言没有错，日本鬼子怎么会对沂蒙抗日根据地心慈手软呢。按照往年的规律，青纱帐一落，日伪军就会对根据地进行扫荡。10月11日，山东军区获得"济南日军第十二参谋本部105号作战计划"，主要内容有：将于10月中旬到11月底，出动一万人，对滨海区进行扫荡。而此时，山东分局、山东军区和一一五师的领导机关都在滨海区。领导机关相继发出了反扫荡的紧急指示，老百姓忙着坚壁清野，准备疏散，但是三大领导机关要不要转移呢？罗荣桓主张不要着急决定，他从各种报告和情报中发现，滨海区北面的潍坊、南面的连云港，均未发现敌人异动。他说："敌人的扫荡计划这么具体、这么早地透露出来，应当引起我们的警惕。要从其他方面进一步了解情况后，再做判断。"他怀疑那个情报是敌人故意迷惑我军、声东击西的假情报，主张机关暂时留在滨海区的机动位置上。14日，山东军区又获得一份情报，说日伪军将于16日拂晓开始扫荡滨海区。滨海区战略回旋余地本就不大，在这种情况下，决定兵分两路，一路，是山东军区政委黎玉率领所属机关，于15日一天之内向沂蒙山区转移。另一路，罗荣桓率领一一五师师部留守滨海区。很不幸，此次分兵正中日军圈套，山东军区所获情报是日军驻济南特务机关即鲁仁公馆精心炮制的假情报，意图就在于寻歼山东的抗日领导机关。

　　日军得悉山东军区机关转移，立即秘密调集临沂、蒙阴、沂水、莒县等地的第三十二、第五十九师团和独立混成旅第五、第六旅各一部共一万五千人，由第三十二师团长官统一指挥，兵分十余路，以沂蒙山区北部为中心进行"拉网合围"。黎玉率领的山东军区领导机关、省战工会、抗大一分校等就这样误进了日军的"口袋"。10月27日，敌人先在南墙峪合围不成，假装撤退并派出情报人员跟踪我方行踪，后于11月2日拂晓，在沂水以北的对崮峪合围得逞。此时，被合围的除黎政委所率机关外，还有山东军区独立营、沂蒙军分区直属团以及国民政府鲁苏战区的友军部队，"统一战线上火线"。在黎政委和山东军区副司令员王建安指挥下，国共两军共同抗敌，凭险固守整整一个白天，打退敌人步兵在飞机、大炮掩护下的八次进攻，销毁文件、密码、电台，在夜幕降临、日军暂停进攻之后立即转入突围。日军发现后，一面发射夜光弹，一面点火堆照明，堵截我突围人员。黎政委负伤，右手食指被打断，但还是突出重围。此战，我方损失很大，伤亡、失联几百人。

日伪军的"拉网合围"行动隐蔽性大、针对性准、突然性强，从炮制假情报、向滨海区佯动到主力突然扑向鲁中沂蒙山根据地，鲁中军区的反扫荡简直猝不及防。消息传到陈安波住院的小山村，实在太晚了。沂水县就是此次日军"拉网合围"的中心，日军从四面八方猛然压来，陈安波根本来不及归队。眼看再不离开就可能陷进日本鬼子的包围圈里给包饺子了，陈安波迅速决定跟王指导员逆向撤退，迎着来势汹汹的日本鬼子，撤到他们来的方向上去。王指导员是蒙阴人，他们事先已经讨论决定了，如果在日本鬼子扫荡前没有得到归队命令，小鬼子又近在眼前不得不撤，就由熟悉这一带地形的王指导员带路，带上陈安波到他家里去避一避。他们还商量好了，要"不落单！不逃跑！"要一起活着回来相互证明，继续打鬼子。

他们早就准备好了行装，还有煎饼。出发前赵大娘还给他们煮了六个鸡蛋。陈安波把短辫子散开，绾成小媳妇一样的发鬏，穿上赵大娘的破衣裳，往脸上抹了点锅灰，背上早就准备好的小包袱，跟着王指导员一跑出村，就爬山上去了。两个人马不停蹄地跑了整整一个白天。王指导员不愧为当地人，带着陈安波一路都走在山间小路上。两个人走得很快，顾不得说话，担心大声说话惊动了什么。常常走着走着，王指导员一个手势，两个立即蹲下，或者就近伏在一块大石头后面、躲在一棵大树后面，向山下的公路瞭望观察。只见一队队行军的鬼子兵，整齐地由西向东急进，似乎也没有多大的人声。有时，能看到鬼子的马拉炮队、马拉重机枪队，前后都有步兵护卫。他们还看到了几十辆自行车组成的一队，看上去像是伪军。陈安波懂一点点日语，听得懂日军"跑步前进！""保持警戒！"的口令，她小声地讲给王指导员听。两个人讨论分析了一下，觉得鬼子兵大队人马车炮的方向，确定是沂水了。向西去王指导员蒙阴的家里，可能是比较安全的。

山下的大路上不时有鬼子兵通过，陈安波和王指导员在山坡上反向转移，目标很小，一听到动静就注意隐蔽，所以他们转移的速度不快。夜幕降临后，两个人一致同意应该为了安全，就地休息，决不能点火把赶路。王指导员很有经验地对陈安波说："照这样的速度，可能需要两三天才能走进蒙阴俺庄儿，干粮要省着吃，鸡蛋只能一天吃一个。"

陈安波点头称是。

"你在这里休息，别走开，俺去找点果子来，解解渴。你别害怕，下面公路上有一阵儿没过鬼子了，估计他们宿营了。他们的侦察兵肯定在队伍的前面，这里不会有情况。俺不会走远，很快回来。"

"一起吧，我害怕大虫。"

"哎呀嘞，大虫啊，俺都忘记了，知不道这山里有没有呢。行，行，俺俩一起去，正好再往山里走走，找个地方休息，更安全些。"

10月底11月初的山里，还有不少的野果子，两人没走多远，就发现了一棵野梨树。借着月光，两个人摇晃下来不少。王指导员表示，他们的运气可真不错。不过，两个胃病患者，还是少吃一点解解渴，他还示意陈安波跟他一样，捡几个大的好的放包袱里，明后天不一定能找到呢。手里有，也就不需要费心找了。

有干粮、有解渴的野梨，两个人都完全镇定下来了，但天色已晚，没有时间再找个合适的山洞，只能背靠着一块大石头休息，熬过这一晚。陈安波让王指导员先睡，她上半夜警戒。王指导员没有推辞，跑一天，他比陈安波消耗了更多的精神和体力，抓紧时间休息恢复比客套更重要。

夜越来越深了，陈安波睁大眼睛，听着不远处王指导员熟睡的小呼噜声、不时的虫鸣，还有时不时刮起来的风声，心里想了很多。

鬼子必将展开扫荡，是鲁兰方巡诊时的预估，但当危险真正来临的时候，陈安波没有得到及时有效的命令，她该怎么办？"宣大"怎么样了？战友们怎么样了？陈安波幸运地碰到了住在一个院子里的王指导员，其他人呢？赵大娘和村里的其他住院患者怎么样了？想到此，陈安波难过极了，她觉得现在自己的处境，跟三年前在蒙山深处被突然留下来、剪头发当放羊娃，相似极了。今天白天，她第一次如此真切地看到了鬼子兵，那些炮、重机枪，步兵队里的轻机枪、步兵整齐的背包和步伐，还有今天没有看见的飞机。这些，八路军都还没有。他们两个住院病人，更是手无寸铁。更别提这住院条件，比大哥个人开的初九医院都远远不如。所以，不是党、八路军不要她了，而是党、八路军太弱小了，实在没有能力顾及她。而作为一个共产党员，此时要理解、要忍耐，总不能赤手空拳冲上去吧，那是没有头脑的鲁莽；也不能像深闺怨妇一样自怜自艾，甚至自暴自弃吧，那就不是真正的共产党员了。想到此，陈安波的情绪一下子就变了，她觉得没有必要再纠缠和计较了。真正抗日的共产党员，难道不应该在此困难面前，保持思想上的坚定，为党、八路军的强大贡献自己的绵薄之力吗？这次反扫荡过后，"宣大"和医院可能还像上次一样，不会在第一时间来找她，但这有什么关系呢？共产党员向组织靠拢，难道不是自觉自愿的吗？

陈安波想通了，顿时感到自己的瞌睡全跑了，有点兴奋。她赶紧让自己平静平静，周围没有异常，很好。她又接着想到，医院不会找她，但三哥鲁兰方一定会来找她的，他知道她在哪里住院。还有，秋实会来找她吗？

三哥跟着鲁中军区机关，不会有什么风险。秋实同志的队伍在鲁中，会打几个胜仗呢？还有二哥和景芝，他们都在滨海区，鬼子这次秋冬季的大扫荡，滨海区会是目标吗？胶东区会怎么样？大姐此时会在哪里呢？大哥的身体怎么样？

陈安波想了一圈儿亲人。夜深露重，她站起来，活动了活动手脚，打开小包袱，取出了里面的羊皮袄，披在身上。她突然好奇，王指导员家是蒙阴的，姓王，会不会就是铁柱子的哥哥王金柱呢？定睛一看，哎呀嘞，王指导员身上也穿了一件羊皮袄。啊，啊，明天早晨一定要问问。

第十八章　被迫撤离

就在陈安波寒夜思念亲人的时候，鲁兰方正跟着鲁中军区的部队兜圈子，反击日军的大扫荡。当黎政委一行被八千日军合围在对崮山的消息传来时，一一五师师部、山东分局和山东军区的其他领导都急了，不惜一切代价地组织力量救援。部队伤亡惨重，突围时山东省战工会秘书长李竹如，鲁中军区第二分区第一团团长刘遇泉、政委王锐等壮烈牺牲。

直到突围战斗结束后的第三天，鲁兰方才得知，黎玉和省战工会财政处副主任艾楚南，在山东军区司令部译电员栾正之的随同下，沿对崮峪山脊南下突围后找到一个很隐蔽的小溶洞隐蔽下来了，随后与当地党组织取得联系，经过数夜行军，抵达安全地带。鲁兰方奉命立即带着医护小组前往救治，并留在当地开设医疗站治病救人。黎玉同志养伤期间，一直没有转移，就地帮助鲁中区党委工作，直到第二年即1943年2月过完春节痊愈后，才返回山东分局。

陈安江和鲁景芝跟随一一五师师部战斗在滨海区。刘少奇离开滨海区之后，一一五师首长罗荣桓、陈光集中精力首先处置了滨海区中部甲子山区的局面。这里曾是东北军一一一师的驻地，与八路军基本上是友好相处的关系。一一一师师长常恩多是一位爱国抗日将领，但

231

身患重病，部队逐渐为反动分子掌握。常师长心有不甘，便同于学忠任总指挥的国民政府鲁苏游击战区司令部政务处长郭维城磋商，毅然决定于1942年8月3日脱离国民党军队。5日，山东分局召开紧急会议，研究该事件对策，罗荣桓参加了这次会议。会议认为，这一事件是蒋介石分裂倒退政策逼迫出来的，是正义的，同全国人民抗战、团结、进步的要求相一致，必须予以支援。但———师毕竟缺乏进步力量骨干，事变也缺乏群众基础，整个东北军中反对势力很大，肯定出现复杂局面。会议决定派已经寻机撤回的秘密党员、三三三旅旅长万毅等人立即赶到———师去，同郭维城等人一起掌握部队。事变的进程果然如山东分局和罗政委所分析预测的那样，———师不满常、郭举动的三三一旅旅长孙焕彩等人在遭到沉重一击后，迅速回身反扑过来，纠集一些军官并挟持部分队伍，抢占了位于日照、莒县边界的甲子山区，郭维城不得不率部队向我根据地转移，常恩多在转移途中病逝。面对这一形势，罗荣桓、朱瑞、陈光和黎玉共同决定，于8月中旬发起讨伐孙焕彩战役，收复了甲子山区。———师番号继续使用，经过该师官兵代表选举，万毅担任师长，郭维城任副师长兼政治部主任。——五师和抗大一分校抽调了一批优秀的政工干部和模范战士支援———师，罗政委还去向———师的官兵作时事报告，全力改造这支旧军队。此为第一次甲子山讨叛战役。

然而，到10月初的时候，孙焕彩率残部突然从日莒公路以北发动进攻，再度侵犯甲子山区，山东军区帮助———师进行了第二次甲子山讨叛战役。但中途得到日军大扫荡的消息，山东军区机关返回鲁中区，战役不得不中止，孙焕彩随即控制了甲子山区，成为我滨海抗日根据地中心地带的心腹大患。

当山东军区机关返回鲁中区、正中日本鬼子扫荡之圈套的时候，罗政委总结山东长期对敌顽斗争经验，提出"翻边战术"，即"敌进我进"的战术，主持制定了在海陵地区和郯城的作战计划，以对大扫荡的日伪军形成有力牵制。11月2日，黎玉所率机关和部队在对崮峪被合围、激战竟日、黄昏突围。第二天，11月3日，罗、陈首长即命令展开海陵战役，六天之内以仅伤亡四十余人的代价，连克敌伪十六处据点，歼灭伪军上千人，恢复了被日伪军"蚕食"的海陵大部。

海陵战役结束后，罗、陈首长立即腾出手来，于12月中旬发动第三次甲子山区讨叛战役。战斗一度进展不顺，指挥员们不得不开会研究下一步行动计划和具体打法，结果参会的陈光和朱瑞在会上大吵起来，会议没能开下去，不得不暂时休会。会后罗荣桓主动找陈光谈话，委婉地批评了陈光的态度。之后由罗荣桓主持召开了第二次会议，统一了思想，改进了战术，最终取得了第三次甲子山区讨叛战役的胜利。

甲子山区再次被收复后，罗荣桓、陈光立即回过头来，按照早先计划，于1943年1月，发起攻击离滨海根据地较远、敌只有一个日军小分队、数百伪军防备的郯城，二十四小时之内攻入城中，全歼守敌，紧接着乘胜打下郯城周围的码头镇等十八处敌伪据点，迫使"蚕食"沭河沿岸之敌全部撤退，敌修建临沂至青口的公路和重沟至郯城的堡垒封锁线的企图均未得逞。"翻边战术"思想初露锋芒，战绩显著，在以后的山东抗日战场上硕果累累。

在日伪军对沂蒙山区大扫荡并以沂水为主要目标的危险时期，一一五师教导一旅执行"翻边战术"，坚持在鲁中区开展游击战，配合和掩护山东军区领导机关突围、与敌周旋。日军在对崮峪"拉网合围"小有得手后，又连续进行了三次"拉网合围"，但均落了空，在鲁中军民的打击下，被迫于11月上旬结束扫荡。

经过短暂调整部署后，11月下旬，日伪军出动两万多人，对胶东抗日根据地开始进行抗战以来规模最大的一次扫荡。在反扫荡准备阶段，胶东军区领导曾设想在根据地内，选择几处有利地形，坚固设防，像钉子一样，撕破日伪军的"网"。罗荣桓政委得知后，立即指出，根据我现有装备、火力条件，这样做，钉子不仅钉不住，还会给敌人确定集中攻击的目标，使我军失去机动灵活的主动性，容易被敌围歼。胶东军区领导接受了批评，拆掉工事，运用"翻边战术"思想，主力部队与地方武装密切配合，挫败了敌人来势汹汹的大扫荡。

陈安波一想到王指导员可能就是王金柱、铁柱子的哥哥，兴奋不已，困意顿消。她原本想着就不叫醒王指导员了，让他多休息一会儿。不过，王指导员就像随身长了一只钟表一样，半夜时分，自动醒了。只见他先小小地动了一下，睁眼，转头四周看了看，然后站起身来，边活动手脚，边小声地对陈安波说："安波同志，俺睡好了，俺值班。你快休息，明天还要跑一天路呢。"

陈安波激动地小声说道："指导员，我这儿正有个问题想问你呢。"

"先睡觉，有问题明天白天再问。"王指导员就像命令手下的兵一样，斩钉截铁地下了命令。

"是。"陈安波一转念，确实不用着急，赶紧睡觉。闭上眼睛，紧了紧身上的羊皮袄，一会儿就睡着了。

第二天，天还蒙蒙亮，陈安波也不等王指导员叫，自己就醒了。两个人各自就着野梨吃了几口煎饼，收拾好行装继续赶路。王指导员昨夜睡醒后，检讨了白天的行动，认为自己指挥有误，两个人的路线离山下公路太近了，真要碰上鬼子，两人只有被动挨打的结局。王指导员羞愧地对陈安波说："唉，俺不是军事指挥员，指挥有误啊。昨天是侥幸，今日起断不可大意。俺俩先往山上爬，爬得再高点，更安全些。"陈安波自然是要保存自己，安全第一，完全没有异议。

两个人一前一后向山上爬，在离山顶还有一段距离的时候，王指导员停了下来。他们此时的位置，大概刚刚在半山腰到山顶的一半距离上，山顶上的人看不到他们，山下公路上的人也看不到他们。

"这个高度可以了。休息一下，听听山顶有没有动静。"

陈安波听令停了下来，大口大口地喘着气。到这里她才注意到，这山还挺陡峭的，但他俩的所在正是一处凹进去的山缝缝，抬头看不到山顶，山顶上即便有人，也看不到他们。往前看，似乎有一条小路，可以绕行。趴在大石头后面，探头倒是可以看到山下的公路。此时的公路上，还没有行人，日伪军的大队人马可能正在开早餐，但打前站的侦察兵可能已经出动了，侦察兵可不会只走大路，山顶制高点可不能大意。两个人没有说话，警戒着前行。陈安波没有着急提昨天夜里想到的问题，王指导员也没有问。直到日头高高挂起，两人才看到有小队的日伪军通过，但队伍的人数和辎重明显都少了很多。

"敌人这是集结完毕了？"陈安波见状小声问道。

"看样子差不多了。不知道哪里要遭殃了，唉！俺们继续走，今天晚上就能进蒙山了。"王指导员回答。

"好。"

天黑之前，王指导员带着陈安波转入蒙山，轻车熟路地把陈安波带进一个隐蔽的山洞。陈安波一进去，憋了一整天的问题就有答案了。

"这个山洞只有俺和俺弟知道，绝对安全。明天白天，看看情况，就可以进村到俺家去了。"王指导员高兴地跟陈安波说着。

"太好了，不知道铁柱子在不在家？王大叔大婶如今怎么样了？你家现在有多少只羊？"

"嗯，你说什么？你怎么知道俺家的？"

"哈哈，王指导员，王金柱同志，三年多前我就跟铁柱子认识了，没想到还有如今的机缘。我那时也是躲鬼子扫荡，被鲁艺领导临时安排进你家。反扫荡结束后，是你爹王大柜王大叔送我归队的。"

"还有这事啊？"

"是啊是啊，我昨天晚上就想问你来着。真是巧啊，我真是太幸运了。"

"俺还真没听他们说过这事儿呢。"

"嗯，嗯，你家人都太好了，你弟弟铁柱子，机灵得很呢，他带我来的这个山洞，还说只有他和他哥哥知道这个山洞呢。我身上穿的这件羊皮袄，就是你娘送给我的呢。"

"你是昨天晚上看见俺穿了一件羊皮袄，才联系着想到俺家的？"

"是啊，是啊，真高兴能再去你家呢。"

"俺也很高兴，你跟俺家真有缘呢。"

两个人都很兴奋，但仍然都只吃了一个鸡蛋，几口煎饼，啃了一只野梨，然后按头天晚上的分工，一个在洞外警戒，一个在洞内睡觉。两个人一来太累，二来也都练出来了，警戒的时候精神，睡觉的时候闭眼就着。天蒙蒙亮，陈安波就醒了。出了山洞，见王指导员正伏在大石头后面朝山下的村庄望着。

"早上好啊，指导员！"

"醒了？休息得可好？"

"好着呢。你看这村子有情况吗？"

"现在太早了，村里人还没起，看不出来。不过，村里的小道上没有特别的东西，这么看，也没见着站岗放哨的，俺再等等看。"

"说不定，铁柱子一会儿就上山放羊来了呢。"

"俺也是这么想的，等等看，不着急，要是铁柱子照旧上山来放羊，情况就清楚了。"

"好，都到家门口了，不着急。"

两个人都按捺住回家的激动心情，趴在大石头后面观察着。王指导员还不时地猫着腰，跑着换个地方，然后朝山顶瞭望一会儿。

就这样，等了好一会儿，两个人终于同时发现，有动静了。首先就看到村边山脚下的王家正房的门开了，出来一个人，进到了灶房。过了一会儿，灶房的烟囱冒烟了。又过了一会儿，又出来一个人，手里提着个尿桶，往后院去了。再朝远处看看，呀，一眨眼工夫，家家户户的烟囱都冒烟了，有的人家院门都打开了，有人正扫院子，还有狗儿在叫唤呢。

"应该没情况。"王指导员低声地同陈安波交换着看法。

"嗯，我也觉得是。"陈安波同意。

"俺家怎么就出来俺娘俺爹，铁柱子呢？噢，噢，出来了，出来了，这个惫懒的家伙。"

陈安波把视线收回到王家的院子里。看见铁柱子正用双手系紧羊皮袄，往羊圈里走。顿时，陈安波好像都听见了羊咩咩的叫声。铁柱子大概只是到羊圈外面看了看，然后就钻进灶房端出一盆水来，浮皮潦草地漱了口擦了脸，又进了灶房。过了一会儿，就见王大柜出来开了院门，铁柱子去打开羊圈赶了羊出来了，王大柜又虚掩上门。

陈安波和王金柱不约而同地松了一口气，转过身来，背靠大石头，聊了几句："我看铁柱子又长个子了，他今年十四五了吧？"

"是啊，他长得挺快。俺今年正月回来探家的时候，他还没这么高这么瘦。"

"他有学上吗？"

"别提了，俺爹俺娘也为这事儿发愁呢。村里的识字班，时间对他不合适，也不正经教。去到外村，俺大舅村里有学校，俺爹俺娘又不好意思又舍不得。主要是，那个村子出了个李二流子，像牛皮癣一样，大家都不放心他，但是又不能把他怎么样。知不道现在情况怎么样了。"

"嗯，三年前路过你大舅家的时候，就听说有这么个李二流子了。怎么就拿他没办法呢？"

"正月里，俺就听俺爹说了，这李二流子当了俺大舅村里的维持会长，底子就坏了，可是伪军走了之后，就没再来过，所以这李二流子也就没明着在村里干过什么伤天害理、要人命的大坏事儿。打一顿吧，他皮糙肉厚的，又不要脸，没什么用，他再起了坏心。杀了他吧，好像他还罪不至死。关起来，关到哪儿，还管他饭？改造他，根本不可能啊，还暴露了自己人。"

"可能这就是日伪军的占领之术吧。这些个败类！唉，我怎么看着，家里的羊好像少了不少呢。"

"是啊，养多了卖不掉，自己全吃了舍不得，日本鬼子来了还是个麻烦。俺爹俺娘纠结着呢。"

两个人聊着聊着，就听到了铁柱子的歌声：

家有那二亩地儿啊，

种上了大地瓜呀，

一家人吃穿全都靠着它。

等到那秋风一吹地瓜大呀么大地瓜，

伙计们使把劲儿啊，

一起往家拉，

拉，拉，

拉地瓜！

王金柱一直等到铁柱子吼完最后一句"拉地瓜！"才伸出头去，看见铁柱子的大半个身子都出现了，才小声地喊："铁柱子！铁柱子！"

铁柱子机警地站定，挥了挥手里的鞭子，才朝声音来处望去，顿时叫道："哥，哥！呀，安波姐！你俩怎么来了？"

"嘘！小点声。你先告诉我，俺村儿进鬼子了吗？"

"没有。"

"有鬼子、伪军来过吗？有像大舅村里的维持会长吗？"

"都没有，哥，安波姐，你们放心，俺村现在是安全的。你们现在就回村吧，爹娘都在家呢。"

"好，俺们现在就回。今天晚上你早点回家。"

"好，好，哥，安波姐，你们快家去歇歇吧。"

王金柱带着陈安波迅速地下山，推开了自家院门。听到院门响，正在屋子里的王大柜走出门来，嘴里还叨咕着："怎么回来了，忘记什么了？"抬眼一看，是大儿子，还有陈安波："你们，你们……"

闻声从灶房出来的王大婶眼疾手快，瞪了老头子一眼，一手拉着

238

一个孩子："回屋说，回屋说。"

王大柜反应过来，让开屋门，自己走到院门外，左右看看，然后进门，闩好，才又进屋。屋子里，王大婶正把两人往炕上让，然后要去灶房端热水。见王大柜进来，就顺手拉着他一起去灶房，给孩子们再端点热乎的吃食过来。

两口子让王金柱和陈安波老实待着，自己一通忙活，直把小小的炕桌都摆满了。等王金柱和陈安波一人喝下了一碗地瓜粥，才稳住了心神，开口询问。

王金柱和陈安波竹筒倒豆子，把两个人恰巧都患胃病住在同一个医院，赵大娘帮助他们逃出鬼子的扫荡，路上发现陈安波可能曾经到过家里等等，一五一十地都说了。王大婶一下子抓住了自己的重点："你俩都得了胃病？现在怎么样了？"

"娘，俺的胃病差不多都好了，要不是鬼子扫荡太突然，来不及了，俺现在可能都在战场上打鬼子了。"

"安波，你呢？"

"婶子，我也快好了，没大事儿，您放心吧。您知道吧，金柱现在已经是指导员了，我一向都喊他'王指导员'的。要不是前天晚上我看他穿上了一件羊皮袄，我还不敢认呢。婶儿啊，您送我的羊皮袄可管事儿了，我走哪儿带哪儿呢。"

"好，好，管事儿就好。你们遭罪了，就住下好好养养吧，都年轻轻的，还得了胃病。"王大婶不住地抹着眼泪，心疼坏了。

"对，对，你们先住下。俺村儿目前是安全的，小鬼子扫荡从来还没到过俺村儿，太偏僻了，也没个物产。"王大柜接着说。

"大叔，您还跑着呢？"

"跑着，跑着。不过，不干俺自家村的事儿。俺村穷啊，离你上次来都过去三年多了，村子越来越破了，附近四里八乡的营生也少了，俺两口儿正琢磨着换个地方呢，铁柱子都十四岁了，大字还不识几个呢。"

王大婶接着说："就是故土难离啊，还有俺出嫁的闺女，要是俺们走了，她回娘家都没个地方了。要是俺们走了，你看，你们回来就找不着人了。可是这里的日子真是越过越难了。村里已经有不少人家都走光了。"

"俺家没地，就剩下那十几只羊，家里破烂也不值几个钱，可是能去哪里呢？不瞒你们说，组织上还希望俺家继续在这里坚持着，毕竟这里还安全，真要到山穷水尽的时候，这里还能落个脚啊。"

"叔，婶，你们可真不容易啊。"

"你们安心在这儿隐蔽休息一阵儿，白天不要出屋。这几日鬼子扫荡刚开始没多久，听说大的战斗都在沂水那边。俺听到消息后，你们再打算。"

"爹，娘，俺们也是这样想的，会不会给家里添麻烦？"

"你这个孩子，自家的孩子还说什么添麻烦？再说，你们俩白天都不出门，没人会发现你们。村儿里人不多，都是穷苦人，也没李二流子那样的，进来个把外人马上就能知道。"王大柜对大儿子的问题很生气。

"大叔，这李二流子现在怎么样了？"

"他啊，自己作死了。老话儿说，多行不义必自毙。他不是当了维持会长吗，但是俺们共产党、八路军讲政策啊，没怎么样他。他在村里，天天混吃混喝的，威风着呢，可大家伙儿本来就不怎么搭理他，所以他当了什么狗屁维持会长，根本就不尿他。这么混了两三年，他可能发现自己可能被小鬼子、二鬼子忘记了，除了名头，啥好处也没捞着。可真当汉奸，他大概心里还是有点不甘愿，就这么不上不下地吊着。今年春天的时候，村里人好久没见着他，以为他又去哪里流荡了。直到有一天，村里有人经过他家那个破院子，闻着一股恶臭。我那大舅哥他们一起去推开了他家的门，进到他家破屋子，发现这李二流子躺在床上，盖着被子，已经死得透透的了，尸体都流水了。村里长辈去看了看，我那大舅哥胆子大，也看了看，都看清楚了，就是李二流子。怕他是得病死的，再过给村里人，他又是孤家寡人一个，村里长辈做主，一把火，连他的房子带他的尸体，全烧了。"

"大叔说得对，多行不义必自毙。"

"你俩不知道啊，李二流子这一死，可把你们大舅恶心坏了。没办法，他还出面张罗着，把李二流子家烧掉的灰堆深埋进村外的野地里，几天吃不下饭去。"

"那没了这李二流子，那大舅村子里是不是安生多了？"

"安生个什么？你大舅的村子就在咱蒙阴边儿上，一迈腿儿就到沂水了。也就是个穷，所以小鬼子、二鬼子不去，看不上，可保不齐呢，他们路过的时候祸害一下，那可了不得。所以，你大舅还想着把家搬到俺村儿呢。可俺村儿的人都在想法儿朝外搬呢，来这里，没地种，放个羊也担惊受怕的，不好卖。这日子，真是没法过了。"

"大叔，小日本长不了，再熬两年。"

"唉，安波啊，俺和你婶儿年纪大了，熬着吧。金柱在队伍上，也是个去处。铁柱子已经十四岁了，还天天放羊，不识几个大字，这日子不经熬啊，他总不能放一辈子羊吧，俺也不想他像俺一样，当个大柜就到头了。"

"爹啊，那好办啊，俺归队时带他走。"

"你娘舍不得啊。儿啊，你已经当八路了，俺也加入了，俺家总得留个后啊。"

"大叔，大婶，要不，等这次反扫荡结束之后，让铁柱子跟我们走，我们想办法先给他找个学上。"

"唉，说起来，俺这老儿子，是个好孩子，已经帮俺跑了好几趟事儿了。他人小，机灵，跑得快，记性好，没误过事儿呢。"

"爹，娘，安波同志刚刚说的，先给铁柱子找个学上，是个办法，你们再合计合计。"

"好，好，你们先歇歇，我出门转转。"王大柜下炕，蹬上鞋，披上羊皮袄，就出门到村子里闲逛去了。

王大婶想着，家挨着山，砍柴背柴都方便，所以家里烧了两铺炕，铁柱子大了，自己一个人睡厢房，他们夫妻睡正房。现在大儿子和陈安波来了，就得重新安排一下，她跟陈安波去睡厢房，让三个男人睡正房。厢房太小，三个男人实在睡不开。她是这样想的，也就这样说了，立马儿就要去厢房打扫："金柱，你先跟俺去你兄弟屋里收拾收拾，他那儿太乱。安波，你先在炕上暖暖，歇歇，铁柱子那屋不收拾都不能进，俺今天还没顾得上去收拾呢。正好，把他那屋里的铺盖换上俺娘俩用的。"

陈安波一听，当即表示："好啊，好啊，听姊子的，那我去灶房烧水，一会儿洗洗涮涮用得上。"

"行，你去吧。"

王大婶领着王金柱进了西厢房。一进门，劈头就问王金柱："你跟安波处对象了？"

"俺的个娘哎，你想啥呢！你可真敢想！俺还没够格呢。再说，安波同志有对象。她对象来看过她，骑一匹枣红马，看着像是一位首长，俺亲眼见到的。"

"那你们怎么一块家来了？"

"不是进屋就说了吗，俺和安波同志正好一起住院治胃病，住一个院儿嘞。她有一个哥哥，是鲁中军区医院的军医，来巡诊过两次，态度可好了。就是她哥哥跟安波说，要准备反扫荡，安波又悄悄地告诉了俺，所以俺俩一看情况不对，都能听见小鬼子的大炮了，不可能归队了，就跑出来了。"

"那你俩就这么跑出来，没事儿？"

"没事儿，俺俩这也是保存力量、反扫荡哩。再说，俺是两个人，归队的时候是可以相互证明的。俺一个人跑回来，反而不好说。"

"那行吧。你这胃病，是咋弄出来的呢？好好的，怎么得出个胃病来了？"

"俺知不道啊，可能吃饭不规律吧，有时候还吃不饱。"

"啊，你在队伍上，还吃不饱？"

"娘啊，你知不道啊，就今年，俺们可难了，又是水灾、又是旱灾的，还有难民，全跑根据地来了。俺共产党、八路军不能光顾着自己，让老百姓作难啊。所以，俺连里提倡每人每天都少吃一两粮食。俺是指导员，要带头啊。"

"所以你得吃得更少，把自己熬出个胃病来？"王大婶很生气，伸出食指狠狠地点了点王金柱的额头，"俺怎么生出你这么个不懂事儿的？你带头？带头生胃病啊？"

"娘，娘，俺知错了，胃病也好了。你小点声，别让安波听见了，你儿也要面子的。"

"里子都坏了，还要面子？"

"娘，娘，安波同志刚才说的，想办法让铁柱子上学，你想想啊，俺估摸着她能办成。"王金柱赶紧转移话题。

"你啊！好，好，这事儿俺跟你爹商量商量。赶紧，把铁柱子这铺盖卷儿抱到正房的炕上去。"

第十九章　再次归队

陈安波就这样又在蒙阴的小山村熟悉的王家住下了。王大婶做主，家里又杀了一只羊。跟上次安波在王家时杀羊一样，留下了一只完整的羊腿，准备待安波和金柱归队时顺路带给大舅舅。跟上次杀羊的时候一样，村里有人来帮忙，院子里挺热闹的。但是这一次，王大柜夫妻很谨慎，没有让王金柱和陈安波出门，甚至还要求他俩要么躺在炕上，要么离窗户远着点儿，反正不能让人看见。

天气已经很冷了，羊肉不容易坏，王大婶每天做饭都多多少少地加点儿羊肉、羊杂、羊骨头什么的，陈安波和王金柱白天都待在屋子里，被精心地喂养着，半个月过去，胃病全好了，人也长胖不少。

王大柜还是常常不在家。他中间接过两次活儿，都是外村的白事，挣了点少少的辛苦钱，铁柱子养的羊就着活计卖了四只。这下，家里剩下的羊就不足十只了。王家已经商量好了，估计到腊月的时候，就能把剩下的羊全部卖掉了。之后就不再养羊了，让铁柱子上学去，不能再耽误了。陈安波和王金柱都表示，归队之后会想办法。王金柱私下里跟他爹娘表示，陈安波已经是鲁中军区的著名演员，认识的人多，她哥哥是军医，对象是首长，准能有办法。

一直到11月下旬，王大柜有一天晚上回家，很肯定地告诉陈安波和王金柱：日本鬼子的扫荡结束了。鬼子从蒙阴据点里派出去的部队已经回营了，当然不是全须全尾的。其他据点的鬼子也差不多是这个情况。他们可以归队了。为了安全，他会护送他们走。

陈安波和王金柱早就在等待着这个消息了，立即表示第二天就出发。王大婶心中不舍，但知道留不住他们，便开口表示："最快也要后天天亮了走。明天我给你们准备路上的干粮。"

"那也行，娘，就这么定了。"

晚上睡觉的时候，王大婶跟陈安波说："闺女啊，你这次来，婶儿没什么好东西给你啊，家里穷，拿得出手的，也就是羊皮袄了。你上次拿走的那件，已经三年了，不暖和了。这次，你就再拿上一件儿。我看你穿的大褂很旧了，糟了，可能针线都连不上了。所以，我拿我旧衣服给你又缝了一件羊皮袄，挺大的，你外面穿，那件旧的贴身穿，这样一路回去，就暖和了。这胃病，好不容易在俺家养好了，可不能受凉啊。"

"婶儿，我……"

"你可别跟俺说，不拿群众一针一线啊，这是俺借你的，以后要还的。"王大婶打断了陈安波想说的话，接着说道，"俺还要求你帮着给铁柱子找个学上呢。俺不想让他一辈子放羊。俺村里没有学上，俺也知不道送他去哪儿上。"

"婶儿，您放心，这事儿我记着呢。我回部队之后就打听，有了消息就告诉王指导员。咱抗日，把日本鬼子打败了，还得建设中国呢，还就得有文化，您和大叔想得长远，想得对。"

"好，好，俺让金柱也找。你俩一块儿找，总能找个学校吧。你上次来的时候，教了他几个字，他可上心了，可想去学校了。"

停了一会儿，王大婶又说道："闺女啊，子弹不长眼睛，你可要小心啊。日本鬼子来了之后，你大叔就不让俺出门了，说小日本见着女的就欺侮，跟畜生一样，你也要小心啊，千万不能让他们抓着。"

"婶，我知道了。我会小心的。"陈安波心说，真要到那时，我必是宁为玉碎，不为瓦全的。

又过了一会儿，王大婶问陈安波："闺女啊，你月事还正常不？跑长路，腰疼不疼啊？天冷，能不沾凉水就不要沾凉水啊，也不要长久地坐地上啊，那也凉啊。"

陈安波眼泪夺眶而出，她有点哽咽地说："知道了，婶儿，您就放心吧。"

"唉，儿行千里母担忧啊，俺咋能放心呢？金柱是个男孩子，不用管。你是个本该被爹娘娇宠富养的小妮儿啊。这小日本，真是该死，早点把他们打跑吧。哎呀嘞，闺女啊，对不起对不起，俺忘记了，你爹娘早已经不在了，俺这老糊涂了。不说了，不说了，你快点睡吧，明天早点起来，帮俺烧火、摊煎饼。"

陈安波破涕为笑，答声"好"，闭上眼睛，在温暖的大炕上，在母爱的包围中，很快就睡着了。

陈安波和王金柱在王大柜的护送下，沿着陈安波上次归队的路线，翻山越岭地往沂水方向赶去。同上次一样，三个人行军的第一个夜晚，是在王家大舅家过的。陈安波难过地发现，同在蒙山深处的王家一样，铁柱子大舅家以及所在的小山村，房子更加破败、日子更加穷困了。好在没有了李二流子这样的坑货，全家人都不像三年前那么紧张了。羊腿是来不及吃了，铁柱子大舅妈起火，给来人熬了玉米面糊糊，蒸了些菜团子。匆匆而来的三人热乎乎地吃饱喝足，第二天起大早继续赶路。大舅家也在村头，估计早睡早起的村里人都不知道这一晚一早的来人了，又走了。三人又在山里走了整整一天，陈安波感觉转来转去的，最后一个拐弯，山脚下就是记忆中住院的那个小山村的村口了。

"咱到了。"陈安波兴奋地小声喊着。

"小声，隐蔽，看看情况。"王指导员急促地命令。

"哎呀嘞，俺瞅着，这个村子挨飞机炸了。"王大柜伏在两人中间，抬手指着不远处的村口，小声地说道："你俩瞅瞅，那村口两边的房子都塌了，路中间有一个大坑，一看就是小鬼子的飞机从天下扔下来的炸弹。最少三颗。"

"爹，你可真能，很行啊，还看得出来是飞机上扔下来的炸弹炸的。"

"你小子，俺跑交通，能不认识这儿吗？这小鬼子，仗着有飞机，不知道祸害了多少老百姓。"

"是啊，可惜咱没有大炮，要不把这狗日的飞机给轰下来。"

"大叔，咱八路军用步枪打下过日本人的飞机呢。"

"有这事儿？那敢情好，多打！使劲儿打！"

"爹、安波同志，你们看啊，整个村子就村口挨了飞机炸弹。俺估计啊，这是小鬼子打咱主力部队，捎带着扔下来的，日伪军扫荡没到这里。村里的其他房子看着都没事儿。"

"这样，儿啊，安波同志，你俩继续在这山上隐蔽着，俺进村去看看，没情况，就给你们信号，你们就下山来。"

"爹……"

"磨叽！这个村里没人认识俺。俺就说逃荒的，在山里转迷糊了，讨口水喝，怎么了，俺一老头儿，没事。对了，给我指指，哪个院子是你们住过的赵大娘家，俺直接去她家看看。"

"大叔，我看了一阵儿，村里走动的人不多，好像没有外人。您看，赵大娘家离村口不远，就是那个院子。您要是发现有情况，就立即穿过路中间的炸弹坑，躲到炸塌了的那院子后面，然后直接上山。"

"好，好，安波，放心吧。俺瞅着，这村里不像有日伪军驻扎。你俩放心吧。看着点儿，机灵点儿。"

陈安波和王金柱看着王大柜下了山，似乎几步就进了村，拍响了赵大娘家的院门。很快，赵大娘的身影就出现了。只见他们交谈了不一会儿，王大柜就解下不离身的褡裢，朝着山上左右挥舞了几下。赵大娘和王大柜没有离开院门，就站在门口等着，不一会儿，陈安波和王金柱就飞奔而来。

"赵大娘！"

"赵大娘！"

"唉！唉！你们俩还活着，真是太好了！快进来！快进来！"

赵大娘家里，还有几个妇女在。听见动静，都从正房里出来了。

"哎呀嘞，是安波同志啊，进屋坐啊。"

"王指导员，你还好啊？大娘，俺去灶房，帮你烧点水，要不要煮点粥什么的？"

"你等等，俺家里还有一点小米，俺这就去拿来，他俩都是有胃病的，要熬点小米粥。"

"嗯，俺家还有两个咸鸭蛋，正好拿来就小米粥。"

妇女们一通叽叽喳喳，赵大娘则拉着陈安波和王金柱的手，左看看右看看："你俩没受伤吧？俺怎么瞅着，你两个好像还胖了点呢。"她转过头去看着王大柜，"他叔啊，这两个孩子好像还胖了点呢。唉，俺村里太穷了，除了配发的，也没啥好东西给他俩补补。"

王大柜没有接话，陈安波和王金柱竟然都有些不好意思，也没接话。陈安波一直记挂着赵大娘的遭遇，见状赶紧问赵大娘："大娘啊，看见您，我心里就踏实了。鬼子扫荡，咱村损失大吗？"

"你们看到了吧，俺村挨了三颗飞机炸弹，倒是万幸，没有死人。你们那天走的时候，住院病人全都陆续走了。村里组织俺们坚壁清野，也没啥东西好藏的，俺村里老老少少的，当时就上山了。俺村穷，又怕小鬼子、二鬼子来祸害，没人养猪，家家户户那点粮食都背上山了，晚上再回来。就这样，跑了两三个白天，村里的一些老人都不想跑了，跑不动了，都是家里的小辈背着跑上山的，动员起来就费劲了。好歹的，说好了，最后再上山躲一个白天。就那个白天，太阳都快下山了，俺们都在拾掇着准备下山回家了，就听着嗡嗡的，小鬼子的飞机来了。俺村支书见过飞机，立马儿让大家伙儿都趴在地上，都别动。俺正好靠在一块大石头后面歇着，听支书吼得怕人，就没敢动，眼看着飞机从头顶上飞过，轰轰的跟打雷似的，接着就听见三声巨响。等飞机嗡嗡地飞远了，大家伙儿才敢爬起来看，喏，就是你们现在看到的样子。"

"那屋子里没人吧？"

"没人，除了房子，也没啥值钱的，房子也不值几个钱。炸了就炸了，支书说了，幸亏俺村当时没人，没人去救火，要不小鬼子看到了还炸。村里安排这两户人家现在住进了别处，反正村里有不少空房子，要不怎么会给相中当医院呢。"

"没人就好，没人就好。老姐姐，留得青山在，不怕没柴烧。"王大柜安慰起赵大娘来。

"可不是呢。小鬼子这一扔炸弹，俺村里这跑鬼子的工作就好做多了。就这样，白天跑山上躲着，晚上回家，俺村本身损失不大，连只鸡都没跑丢，不过，给炸弹吓死了几只。"赵大娘说着笑了笑。

说笑间，刚刚回家的妇女们又陆陆续续地来了，大部分直接进了灶房，一会儿，鸡蛋、咸鸭蛋、小米什么的，就堆了一小堆儿。她们放下东西，跟赵大娘打个招呼，就离开了。赵大娘没有推辞，一一谢过，直到人都走了，才对陈安波和王金柱说："她们家里都是住过病人的。可到如今，只有你们两个回来了。"

"大娘，可能他们有的人直接回部队了吧。"王金柱安慰道。

"是啊，老姐姐，这两个孩子不放心你，说一定要先来看看。再者说，俺们从蒙阴那边转过来，先到你村，也顺路啊。"王大柜显然比王金柱更会安慰人。

"小鬼子的这次扫荡，好像是把咱八路军主力部队围住了，狠啊，杀了我们好多人。你们突围走了几天之后，村里要派人出山去探探情况，也要跟组织上取得联系啊。俺是妇救会长，还是个小脚老太太，俺就自己要求去了。去到镇上，看到好多八路军的尸首啊，其中有一个女八路，脚上穿的是红袜子。安波啊，你平时不是总穿着双红袜子吗？俺还以为那是你呢。俺心疼得直哆嗦，就躲在远处，看着小鬼子逼着一伙儿咱中国人，挖个大坑，把这些八路军的尸首就都扔进坑里埋了。"赵大娘说到这里，泣不成声，"都是些年轻轻的孩子啊。爹生娘养的，多不容易啊，该多心疼啊！"

哭了一小会儿，赵大娘擦了擦眼泪，看着端着一个托盘进来的小媳妇，站起来接过："来，来，你们先喝点热乎的，垫垫肚子。"说着把三碗小米粥推到了三个人面前，"还有点烫，慢着点儿。安波，你先进来一下。"

陈安波答应着"好"，就下了炕，跟着赵大娘进了里屋。只见赵大娘正解着右脚的裹脚布，从里面拿出一张小折纸，递给她说："就在三天前，上次骑枣红马来看过你的那个八路，又来看你了。"

陈安波接过，一看就是从一个小本上撕下的一张纸，上面写了一句话："安波，你要活着，请赶快和我联系。"顿时，她的眼泪滚滚而下。

赵大娘一边裹着裹脚布，一边有点抱歉地跟陈安波说："对不住啊，安波。俺一看到来人找你，心里马上就想起了在镇上见到的那个穿红袜子的女八路尸首，就对他说你没了。他问你是怎么没的，俺就说了俺在镇上看到的。他听了眼泪簌簌地往下掉，转身就走了。可是没过一会儿，他又回来了，跟俺说万一有个八路军女战士也穿着红袜子呢？俺没近前儿，没看清人脸儿。他在本子上写了这个字条，撕下来递给俺，跟俺说，要是俺还能见到你，就把这个条子给你。"

陈安波哭得说不出话来，赵大娘见她这么激动，接着说道："真是谢天谢地，你还活着。那人是你哥吗？那么大个汉子，听说你没了，当时就哭了。"

陈安波终于缓过一口气来，又哭又笑地对赵大娘说："赵大娘，那不是我哥，是我对象，是我要嫁的人。"

"哎呀嘞，那敢情好啊！好啊！你赶紧去找他吧。"

陈安波擦了擦眼泪，就跟赵大娘一起出来了。正房堂屋里，王大柜王金柱父子都没有动筷子，小声交谈着。看到陈安波和赵大娘眼睛红红地出来，同时张口问道："怎么了？出什么事了？"

陈安波笑中带泪地解释："没事儿，没事儿，是我对象托赵大娘给我留了一张纸条。大叔、王指导员，我想尽快归队。"

"支书知道点儿咱队伍上的情况，俺去找他来。"赵大娘说着就出了门。

陈安波和王金柱返回医院的消息，村支书已经知道了，正在来赵大娘家的路上。赵大娘出院门还没走几步，就碰上村支书了。陈安波不知道什么心理影响，一见到村支书，首先就问知不知道教导一旅现在在哪里？哪料到村支书一拍大腿："哎呀嘞，你要是问别的，俺还真知不道，还得给你去打听打听。就这教导一旅，俺还真就知道，就在孙祖附近驻着。离俺这儿，百十里地。"

陈安波一听，真是天意啊。王大柜是个人精，一听到此，马上表示："那老哥哥，明天天亮以后，你能不能找人给俺们领个路，俺先快着去那里。找到组织，俺们心里就踏实了。"

"好，好，你们今天晚上先好好休息休息，明天俺亲自带你们去孙祖，一头午就能到了。"

送走了村支书，王金柱挠了挠头，对陈安波说："安波同志，你要是找到了教导一旅，能不能帮俺问问，俺的部队现在在哪里，俺也要尽早归队哪。"

"那是肯定的。"陈安波这时觉得很不好意思，脸都红了，"你知道，我是演员，归鲁中军区直属机关管。教导一旅是我对象的单位，他来过，你见过的。教导一旅是主力部队，名头大些，所以我……"

"理解，理解。"王金柱打断了陈安波的话，"咱们都先休息吧，明天还要起大早。"陈安波和王金柱父子各回到东西厢房，都泡了泡脚，早早地歇下了。

次日天还没有亮，赵大娘就起来生火做饭了，小米粥、玉米窝头、煮地瓜，还有四个水煮鸡蛋。赵大娘让村支书也来家里吃早饭，并且把煮地瓜和煮鸡蛋都包在一个小包袱里，让王金柱背着路上吃。陈安波一早上没什么话，心里可是翻江倒海的，激动不已：秋实同志，值得相伴一生。快点，再快点，秋实同志，请你等着我，我来了。

一路脚下生风似的，陈安波四人一鼓作气，只在路上休息了一次，马不停蹄地从清晨走到正午过后，安全到达孙祖镇。陈安波对孙祖一点儿也不陌生。两年多前，八路军一纵由司令员徐向前亲自指挥孙祖战斗，陈安波作为"宣大"临时战时后勤工作队的成员，曾经前来助战。陈安波到处教唱的歌曲《跟着共产党走》，也是驻在孙祖的抗大一分校宣传队的才子们创作出来的。此时，刚刚靠近孙祖南面的东高庄，王金柱和陈安波，两个八路军战士，似乎已经从空气中嗅到了自己人的气息。

一到东高庄口，迎面就碰上了站岗的两个民兵和两个八路军战士。王金柱一马当先，虽然穿着老百姓的破棉袄，但是立正、敬礼，一点儿也不含糊："鲁中军区沂蒙军分区第一团三连指导员王金柱归队报到。敬礼！"

两个八路军战士立即立正还礼。

陈安波在旁边接着说："同志，我是鲁中军区政治部鲁迅宣传艺术大队队员陈安波。我们要去见教导一旅的秋实，请帮忙通报一下。"

两个八路军战士交换了一下眼神，其中一个，看上去是负责的，重复了一下："王金柱、陈安波，要见秋实。你俩呢？"

王大柜比村支书反应快，走上一步说："俺是王金柱爹，他是村支部书记。俺们来送他俩归队的。"

"好，你们在这里稍等一下。"负责的八路军战士很客气地让四人站到一边，又递了个眼神给战友，转身就往庄子里跑去。

陈安波觉得，冬日暖阳下，晒着还挺舒服的。都到了这里了，看样子秋实确实就驻扎在这里，不怕找不着，就怕已经有女同志找他去了。她想着那张小纸条上"赶快和我联系"那几个大字，一时心里竟忐忑起来。很快，她就看见有人骑马朝这边来了。

一眨眼的工夫，快马就到了陈安波近处，马上的人滚鞍下马，冲过来一把抱住了陈安波："安波，安波，太好了，你还活着！"

陈安波一颗上下乱跳的小心脏妥妥地回了位，小脸立即就红透了："秋实同志，赵大娘把您留给我的纸条给我了。"

"你同意？你愿意？"秋实放开陈安波，把她稍稍地推开了些，很严肃地问道。

"嗯。同意。愿意的。"陈安波小声地但是坚定地回答。

"好，好，我很高兴。"秋实还是一脸严肃，真是让人看不出来他很高兴呢。不过，几十年之后，当陈安波已经是个耄耋老人，秋实已病逝多年，她还兴致勃勃地回忆起这一时刻，总结道："用现在的话说，他那就是闷骚。哈哈哈……"

秋实转身，向送信刚刚跑回岗位的战士和另一个八路军战士敬礼，说："谢谢你们啊！"两个战士一看首长敬礼，激动地立正、回礼。秋实又回头对站在一边的三个人说道："咱们进庄，慢慢聊。"

"唉，唉，听您的。"

"好嘞！"

"是！"

秋实看了眼王金柱，问："你是同安波一起住院，住在赵大娘家的那位同志？"

"是的，首长。"

"好！"

王金柱在王大柜的示意下，很有眼力地接过秋实手里的缰绳，秋实和陈安波在前面走，他们三人一马跟在后面，浩浩荡荡地进了东高庄。

这可是东高庄的大事儿。不一会儿，教导一旅的旅长孙继先和政委王麓水就先后赶来了。他们都笑嘻嘻地看了看陈安波，然后简单问了问情况，就离开了。秋实招待他们喝了热茶水，吃了顿热乎乎的晚饭，一茶一饭间，情况就清楚了。他安慰陈安波和王金柱说："你们在日军扫荡的紧急时刻，虽然没有接到命令，但是灵活机动，保存自己，做得很好。我会马上想办法通知你们的原单位，你们可以先在这里休整两天。"

他接着对王大柜说："老王同志，你帮助了安波同志两次，而且两次都亲自送她归队，不愧是咱们沂蒙抗日根据地的老党员啊。我们根据地、我们抗日军队，离不开你们的支持。你现在的身份还没有完全公开，我也会想办法为你记功的。"

"老支书啊，那次我去看安波的时候，就见过面了。没说的，要不医院也不能建在你那个村子里。今天你辛苦了。"

秋实把陈安波四人送到了旅卫生队宿营的小院子，让他们先在那里休息一晚上。出院子的时候，他把陈安波也拉出来了。月光下，陈安波第一次正视秋实的面容，只见他两边嘴角慢慢地翘起来了，板板正正的脸一下子变得柔和了，动人了。陈安波不知道说什么，只听见秋实说："我很高兴。"

"嗯，我也是。"

"快去休息吧。明天我来找你们，一起吃早饭。"

"是！"

陈安波总觉得，卫生队门口站岗的哨兵在看着他们，很不好意思地低头进门。护士长早就等着她了，知道她害羞，也没多说什么，笑着给她指了指铺位，然后领着她去认了认洗漱的地方，就忙自己的事情去了。陈安波这才自在起来，终于安全了、落定了，快点洗洗睡吧，她忽然就困得睁不开眼睛了。

陈安波不知道的是，这个晚上，对秋实而言，那真是个忙碌而激动的不眠之夜啊。把陈安波四人送到卫生队之后，秋实就去找了王政委，也算是正式向组织提出了结婚的申请。王政委早就知道秋实在追陈安波，而且知道反扫荡开始后，陈安波一度跟组织失去了联系。如今，四个共产党员在得知日伪军扫荡结束后，第一时间从隐蔽地点返回，一路找到部队驻地，彼此证明对党的忠诚，这是共产党、八路军多么宝贵的战士啊。特别是陈安波，作为一个女同志，这已经是她第二次在不得不离开大部队、隐蔽保存自己之后，主动地迅速返回，表现出了一个共产党员、八路军战士坚定的信念、坚忍的意志和坚强的战斗品格。这样的女战士，完全有资格同秋实结成终身伴侣。

考虑到陈安波和王金柱都还没有回到原单位，所以王政委建议秋实干脆就陪着他们走一趟。鲁中军区和沂蒙军分区的指挥机关同驻在沂水县，相距不远。虽然主力军不能挖地方武装的人，但是如果王金柱愿意，秋实大可以把他带回教导一旅，这小伙子一看就是个沉稳机智的，已经是指导员了，教导一旅很需要。陈安波是一定要带回来的，"宣大"不能不放人。村支书估计明天就会回村了，他和王大柜的身份，稳妥的话，在鲁中军区核实一下最好。陈安波和王金柱此次反扫荡的经历，明天就让陈安波写出文字稿，加上王金柱、王大柜、村支书，四个人都要签名，不会写字的要按手印，一式两份，分别留给教导一旅、鲁中军区。王政委还建议，陈安波一行已经在路上奔波了四五天了，就让他们在孙祖先休整一两天，然后再进行下一步。现在还没进腊月，秋实的结婚申请还要上级领导批，陈安波也要从本单位向组织正式提申请，赶得及的话，就正月初一办喜事。

秋实今晚很兴奋。他对陈安波的到来感到了幸福，对王政委的意见却很意外，没想到王政委是如此体贴周到，细致入微，火热心肠。他对王政委的意见无不赞同："行，就这么定了。"

于是第二天，当陈安波等人再次来到秋实的住处时，秋实已经为他们准备好了早餐，玉米粥、烤地瓜，外加一人一个水煮鸡蛋。这可是根据地最高规格的饭食了。村支书知道这个情况，两手对搓得刺啦刺啦地响，憨憨地表示："这可使不得，使不得啊。"

秋实和颜悦色地表示："吃吧，吃吧，别客气，这个难得，反扫荡后，我也是第一次吃鸡蛋呢，沾你们的光了。"

说着，就又推又拉地把村支书、王大柜按到凳子上，对王金柱和陈安波，他一个眼神看过去，两个人就老老实实地坐下了。一边吃着，秋实就问起了他们的打算。村支书果然如秋实所料，表示人已经送到了，他吃过饭就回去了。王大柜则表示，他要继续把王金柱送回部队，顺便到鲁中军区问问，根据地有没有哪个学校收十四五岁的学生，他想让铁柱子上学。

秋实听完之后，就把头天晚上跟王政委请示汇报和讨论的结果跟他们说了说，表示要亲自送王金柱和陈安波归队。他对王金柱说："你们团长和政委在这次反扫荡当中，也就是在对崮峪突围战中都不幸牺牲了，部队正在重建。如果你愿意，组织也同意，可以留在教导一旅。"

王金柱一听："啊，俺团长、政委都牺牲了？那可咋办啊？您知道俺三连是啥情况吗？"

"详细情况不清楚，但损失很大。"

"那俺还是先回老部队吧，看看情况再说。俺是愿意在教导一旅干的，可是如果沂蒙军分区还需要，俺也愿意留下，为牺牲的团长、政委和战友们报仇。"

"好同志，你记着，教导一旅欢迎你加入。"

"记住了，谢谢首长。"

秋实让陈安波写一个她和王指导员撤离医院、隐蔽反扫荡的情况说明稿，因为村支书一会儿要走，写好了念一遍给村支书听，然后请村支书签字，不会写字就按手印。一式两份，回去后交组织留存备查。陈安波立即说好，吃完早饭就先办了这事儿，然后送走了村支书。

第二十章　娘家来人

秋实理解陈安波和王金柱急于归队报到的心情，送走村支书之后，又找陈安波谈了谈。他首先很郑重地问陈安波，是不是想好了，准备好与他共度一生了。

陈安波表示，想好了，不后悔。

"我文化水平太低，现在能看书识字，都是在部队里学的，很不够用。"

"没有关系，只要你继续学着，就能进步。我也愿意帮你。"陈安波看了看秋实，有些自豪地说，"我讲过课的，扫盲很在行的。再说了，你已经不需要扫盲了，是要提高。咱俩以后一块儿学习提高。"陈安波没有注意，自己的用词已经从"您"变成了"你"，很亲昵了。

"生活上，可能我们也有很多不一致的地方，比如说，我很爱吃辣椒，你能吃辣吗？"

"这个啊？不太行，但能吃。这个没事儿，我吃吃就能吃了，现在是没的吃。"陈安波没想到秋实能想出这么个问题，心想这人可真够细致的，看着也不像啊。

陈安波不知道，不擅言谈的秋实心里早就认定了她，而且发现陈安波也不是个多话的，所以搜肠刮肚地想了两个话题，除了第一个是

257

他真正顾虑的，这第二个纯属凑数的，这一聊就没法往下进行了。

秋实赶紧又转了个话题："你有没有考虑过，结婚之后，是继续留在鲁中军区的'宣大'演戏，还是调到教导一旅来？"

陈安波老实回答："我昨天晚上想过了，我是想着，只要能跟你在一起，在哪儿都行。我不怕吃苦，行军更不怕。不过，我毕竟还有原单位，所以我还是想着先要回单位，听听领导的意见，如果他们还需要我继续演戏，毕竟我现在还能演个主角什么的，希望你能支持我。让我先归队报到，然后再说下一步好吗？"

"那行，我们先听听你队里领导的意见，我还是希望你能调过来的。"

"我也是。"

"那就这么说定了。我们先争取在一起，到时我跟他们谈。"

"好。"

"那你先继续休息休息，我还有点事情要先安排一下，明天我们就出发去鲁中军区。"

"嗯，你先忙吧。"

第二天，秋实就带着陈安波、王金柱和王大柜往鲁中军区司令部驻地去了。此前，王政委已经提前派人打过招呼了，所以鲁中军区司令员和沂蒙军分区的司令员都到了，一起等着他们。两位司令员态度很明确，同意陈安波调走，坚决不放王金柱。总不能做太"亏本"的事情吧。特别是沂蒙军分区在对崮峪突围战中损失惨重，第一团的团长和政委都牺牲了，所以军区不得不取消第一团和第二团建制，剩余部队合编为直属营，王金柱这样的基层政工干部，他们非常需要。一走一留，这个结果是秋实和王政委事先就料到的，这也是他们一定要把陈安波要走的"策略"。

王大柜受到了军区和军分区两位一号首长的当面表扬，美滋滋的，一时间就忘记提给铁柱子找学上的事儿了，懊恼不已。他不想在人前多露脸，急着要回去。临离开前，陈安波笑着安慰他，跟他和王金柱说，一般学校都是春节过后或者初秋时开学，铁柱子上学的事情不急在此时，她会留意的。

陈安波已经定下要调走，所以秋实就放心地留她去原单位，跟老领导老战友告别，自己就跟鲁中军区的对口单位研究协调工作去了。

"宣大"丁队长正等着陈安波，看到陈安波从远处快步走来，突然就有一种"女大不中留"的感觉，他是很舍不得放走陈安波的，毕竟，陈安波现在已经是鲁中军区小有名气的话剧演员了。反扫荡过后，"宣大"新编写了不少京剧和话剧小作品，有的已经上演了，例如京剧《王佐断臂》《七擒孟获》，话剧《英雄好汉》《巧计》等等，还有多种活报剧、山东快书、歌舞等等，正在用人的时候呢。

"安波同志，真不想放你走啊。我们有许多新戏，等着上演呢。"

"队长，队里还有好多多才多艺的同志，不愁没人演。"

"唉，你不知道，这次反扫荡，特别突然，我们不仅没来得及通知你，而且队里本部的撤离和突围也不顺利，好几个你熟悉的女同志被鬼子抓住杀害了，损失不小啊。你知道吗，我们突围归建后一直没有你的消息，我们几个人心里别提多内疚了，所以得知你平安归来，我们都长长地舒了一口气，我们已经对不起你了，就不会再拦住你不放了。"

"队长，您可别这样说，没什么对得起对不起的。战争环境下，什么都有可能发生。再说，我也是没来得及向上级报告，就跑到蒙阴去了，让领导和同志们担心了。"

"好，好，咱不说这些了，都是日本侵略者作孽。我听说，你之所以要调走，是因为要跟教导一旅的秋实同志结婚？"

"是的，是咱队老领导老华介绍的，他人很好，对我也好。"

"好，好，那祝你们百年好合，早生贵子！"

"谢谢您。"

"准备什么时候办事儿啊？"

"秋实已经正式打结婚报告了，我们准备等批复一下来就正式公布。对了，队长，你知道我三哥现在在什么地方吗？就是在鲁中军区医院工作的那个。"

"知道知道，你说的是鲁兰方鲁军医。不过，他目前在执行秘密任务，不在这附近。"

"哦，那太遗憾了，我是想把结婚的事情告诉他。你知道他在执行秘密任务？"陈安波转着活泼的大眼睛，笑着问道。

"好吧，如果有机会碰到他，我一定转告你的喜事。"

"好，队长，那我去队里看看战友，告个别。"

"哎，哎，别着急别着急，咱'宣大'是你娘家，这大姑娘出嫁，咱怎么着也得出点嫁妆啊。"

"队长，你真会开玩笑，咱'宣大'穷得叮当响，用什么做我嫁妆啊？"

"用咱们的节目啊，你这个同志，守着金山要饭吃。我跟你说啊，我们都已经知道了，你要跟教导一旅的秋实同志结婚，已经打报告了，上级肯定批。教导一旅原来就是咱山纵的部队，你又是咱山纵的著名话剧演员，所以，军区领导已经跟我说了，要是你们就在附近结婚，就送一台戏给你长长脸，当嫁妆。"

"啊，领导想得太周到了，我这怎么好意思呢！"

"没什么不好意思的，本来我们马上就要开展春节慰问演出了，计划中就要去教导一旅演一场的。你这嫁妆，顺带一句话的事儿。"

"那也是领导关心，我领情。谢谢领导，谢谢您。"

"那行，说好了，你结婚的日子定下来之后，赶紧先让我们知道，我们排个日子。对了，可能会前后差几天，你不介意吧。"

"不介意，不介意，我太感谢了。"

"那就这么说定了。你先去看看战友，然后就找政治干事，把你这次突围隐蔽的情况写个说明，然后办个调动手续。"

"好的，我跟一起突围的王金柱指导员，还有护送我们归队的两位共产党员，都已经写好证明了，我交给他。"

"那可就省事了。去吧。"

"是！敬礼！"陈安波立正、敬礼，丁队长立即还礼，目送着陈安波走出院子。

"宣大"的队友们已经在等着她了，祝贺她平安归队，祝贺她即将结婚嫁人。然而，一院子二三十人当中少了好多张熟悉的面孔，大家的热情之中都带了几分克制，甚至带了几分眼泪。大家互道珍重、后会有期，便各自散开了。

陈安波跟秋实回到教导一旅后，暂时被安排在旅政治部帮助工作。春节快到了，部队和驻地老乡会举办一些活动，陈安波正好大显身手。每天上午，她会给各连派来的文艺骨干教唱歌曲，像就诞生在孙祖的《跟着共产党走》等等，还教他们怎么样给战士和老乡教唱。一般，一个上午就能教会这些文艺骨干一首歌。下午，她会给旅机关的工勤人员开识字班。这对她来说，更是手到擒来。只有到了晚上，她才能跟秋实见上一面，有时秋实到别的村去，还见不上。即使是见面的时候，两个人也说不了几句甜言蜜语。大多是陈安波会给秋实说说一天做了些什么，哪个小同志嗓子亮，哪个小同志学得快，哪个马夫昨天学了十个字、今天忘记四对半之类。秋实说话不多，在一盏小油灯昏黄的光晕中，静静地听着陈安波的絮叨，于他是一种休息，更是一种幸福吧。有时候，秋实会拿着一张纸过来，上面都是他记下的不认识的生字，陈安波会告诉他读音、意思、常用的词组或者成语，秋实就更满足了。

就这样，未婚夫妻安安静静地过了十几天，先是在腊月二十八等来了"宣大"的演出。战友们虽然没有宣之于口，但第一个节目，大合唱《跟着共产党走》，却是特邀陈安波上台任指挥，而且事先突然提出，要重复唱两遍。第一遍，台上演员唱。第二遍，台上演员台下观众一起唱，就看陈安波指挥的"本事"了。他们不知道，陈安波早就在教导一旅教唱歌曲了，还教怎样教唱歌曲，台下来看演出的战士大多都会唱这首歌，再说还有那许多速成的文艺骨干呢，总有几个机灵鬼吧。所以，等到陈安波转过身来，对着台下的观众挥起胳膊后，大概只漏掉最前面的两小节音符，大合唱就起来了。有的战士一高兴，唱着唱着就变成吼了，跑调的不少。不过，有台上专业歌手压阵儿，听起来还真成了多个声部的真正的大合唱呢。台上台下皆大欢喜，这场"送嫁"演出取得了开门红。

又过了两天，终于等到了王政委给他们定下的大婚的日子：1943年2月5日，大年初一。同时结婚的有两对夫妻。陈安波没有等来一个兄弟姐妹，心里不免有些失落。战时敌后的婚礼，是相对简单的，热闹的一天过后，陈安波只记得王政委的祝词热情洋溢，还有满桌子的红枣、鸭梨和花生，还有不时的鞠躬敬礼，还有笑得僵硬了的脸部肌肉……无论如何，同志们的热情和秋实的维护，让她感觉到了温暖和踏实。她知道，她人生的新阶段开始了，值得期待。

新婚的甜蜜美妙还没有退去，陈安波紧接着又迎来了一个好机会，秋实接到命令，带着陈安波到一一五师师部向罗、陈首长报到。这是罗、陈首长对秋实的关心，是他们批准了秋实的结婚报告，但是他们还是要当面看看这个大龄老干部到底找了个什么样的媳妇。秋实立即把这个消息告诉了陈安波，陈安波马上就想到肯定能跟二哥陈安江和景芝见上，终于有娘家人要出来站场子了。

陈安波和秋实在孙祖教导一旅过了正月初十就去滨海区一一五师师部驻地了。正月这十天，秋实还教陈安波学会了骑马。等到他们抵达后，更大的喜悦朝陈安波扑面而来。罗政委了解陈家兄妹的情况，事先通知了陈安江来迎接。陈安江来了，鲁景芝自然也就来了。而鲁兰方也恰在此时，陪同伤愈的黎政委回来了，山东军区成立后，山东军区政委黎玉、山东分局书记朱瑞与一一五师的罗、陈首长是一起办公的。没过两天，陈业和李少光从胶东区到滨海区来了。他们此行，同上次一样，一个人带队来送金，一个人来找黎玉谈经济金融。陈安波的喜悦简直要冲破天际了，哈哈，这么庞大的娘家人队伍，秋实，看你怎么过关吧。她忘记了，无论秋实过不过关，反正她是已经出不了关的了。

正月十六，秋实做东，在滨海区请陈家兄弟姐妹团聚吃饭。事前，他还跟陈安波开玩笑说："你看看，你看看，明明是三堂会审，我这个受审的，又要找地方又要出银子的，这要是得不出个好判决，我可就亏大了。"

陈安波笑而不语。

几路人马差不多同时到了约定的地点。陈安波在门口就跟鲁景芝抱住了。鲁景芝眼含着泪水，激动地说："太好了，安波，太好了，我都担心坏了。你平平安安地归队，还跟秋实喜结良缘，我们真是太为你高兴了。"

陈安江站着没动，倒是鲁兰方接着抱住陈安波："安波啊，当我知道撤退的消息没有送到医院的时候，一下子就慌了，我真不敢想象你要出事了，可怎么办？我这个三哥，就在跟前的，可怎么自处？后来听说你突出去了，可这心还是放不下。我老是想，最后一次巡诊的时候，放你出院就好了，你就可以跟着部队行动了。可又听说，你那个单位突围不顺，有好几个女同志牺牲了，又觉得，没让你出院是对的。唉，今天见到你，我总算是安心了。"

李少光见状，先跟秋实笑了笑："哎，哎，你们兄弟姐妹能不能进屋说话啊？这大门口的，别挡别人的道儿了，进屋，进屋去。您就是秋实同志吧？我叫李少光，是陈安波的大姐夫。"

秋实同志点了点头，抬腿就先进了屋，众人鱼贯而入。进到屋子，有些尴尬地站着。陈安江对陈安波说："安波，你平静一下，给我们介绍介绍吧。"

陈安波不好意思地擦了擦眼泪，走过去，挽住秋实的胳膊，大声说道："这是我丈夫，秋实，老红军，现在在教导一旅任职。我们是正月初一办的事儿。"见大家伙儿友好地对着秋实点头微笑着，陈安波不知道哪根筋搭上了，补充了三个字："他很好。"

所有人都大笑起来，秋实也微微露出了笑脸。

聚会之前，他们都知道陈安波正月初一做了新娘，也都了解了秋实的大概情况，而且断定秋实也把他们了解得底儿掉，唯一可能还需要做的，就是人名跟真人还得对一对。于是，李少光带头，众人默契地自我介绍起来。

"刚刚自我介绍了，我现在是胶东区委的经济顾问，对外，就是个经济学者。"李少光对秋实说。

"我听说了，你是美国回来的大学者，全程参加了梁漱溟先生的乡村建设运动，山东抗战一开始你就参加了胶东区的经济政策和金融货币政策的制定实施，你对共产党有功啊。快请坐。"

"我是陈安江，安波二哥。现在是一一五师野战医院的外科医生。"陈安江说着，朝鲁景芝示意了一下。鲁景芝一笑，接着说："我是鲁景芝，安波二嫂，也在一一五师野战医院工作，手术室护士。"

"嗯，黄金搭档。"秋实笑着跟两人一一握手。

"我是鲁兰方，安波三哥。现在是鲁中军区野战医院的外科医生。"

"我知道你和安江，咱们山东八路军的外科双雄，各人手里都有一套完整的德制外科手术器械，据说都金光闪闪的，活死人，医白骨。"

"哈哈，秋实同志，那可真是言过其实了。"鲁兰方笑道，"那我跟安江俩，还是人吗？"

陈安江也笑，趁势说道："秋实同志，据我了解，您、兰方和我，都是同一年生人。您是首长，可又是我们妹夫，我们以后就叫您'秋实同志'，以'你'相称，合适吗？您叫我们名字就行。"

"我虽然虚长几岁，您也叫我'少光'吧。不过，大姐还是要叫

'大姐'的。"

"好，好，就按你们说的叫。"

"哎呀嘞，众位哥哥姐姐，你们是不是把我忘了，还论起座次来了。秋实同志，我是陈业，您一定听安波说过我吧？我们一起长大的。安波小时候的糗事儿，我全知道，您想不想知道啊？"

"你这个小屁孩儿，找打？"安波站起来，作势朝陈业挥了挥手。

陈业朝着陈安波也挥了挥手，还做了个鬼脸，然后对秋实说："虽然安波、景芝和我一般大，我们之间从来都是以名字相称，但我要是按照老陈家的大排行，得喊您'四姑夫'。要不，就跟着喊'大姐夫'那样，喊您'四姐夫'？"

"哎呀嘞，陈业啊，你小子就真够精的，我还从来没有注意过呢，就这样不知不觉地被你悄悄地降了辈分儿了。你们几个，啊，也不说话，同谋啊！"李少光颇为气愤。

"大姐夫，大姐夫，别生气，别生气。这个，我们好像真都疏忽了，让这小子钻空子了。"陈安江笑着拉下李少光指点着陈业的右手，接着站起来，指点着陈业喊人，"今天就正本清源，来，来，陈业，重新喊过：大姑父、四姑父、二叔、二婶、三叔、四姑。"

陈业本就为大家开心，有点彩衣娱亲的意思，一一地重新喊过。陈安波看到此处，明白了兄弟姐妹为免新婚夫妇紧张故而活跃活跃气氛的用心，但忽然就有点担心了。

都是一家人，没什么好遮掩的，待大家都安静下来之后，陈安波张口就问："大姐夫，大姐回胶东了吗？双双的身体怎么样了？大哥怎么样？"

李少光的脸上顿时没了笑容："安波啊，你还是那么敏锐。你大姐回胶东了，但是，双双，双双，没了……"李少光哽咽着，说不下去了。

满屋子的人都安静下来了。看着李少光还低着头、捂着脸，了解情况的陈业接着讲述了大姑和双双以及青岛家人的情况：

陈安泞带着久病的双双在去年的春节过后，就去青岛了。经过陈安洋和初九医院其他两位医生的联合会诊，认为双双最先开始发烧的时候，可能是得了肺炎，合并肋膜炎。经过治疗后症状消失，但炎症并没有彻底消除，可能有两三个月时间，孩子事实上是处于病中的。冬季旅行，舟车劳顿，路上卫生条件差，双双又染上了流感。所以，当陈安泞母女到青岛的时候，双双的身体已经完全垮了。初九医院的条件是不错的，全力抢救了几天，终究没能救回双双年幼的生命。

　　陈安泞完全没有想到会出这样的大事，双双抢救的那几天和失去生命的最初几天，她都在崩溃之中，靠着陈安涓和陈安洁的日夜不眠不休的照料，才熬了过来。陈安泞浑浑噩噩地过了十几天，直到双双下葬的那一刻，才清醒过来，扑上去抓着小棺材不放，放声痛哭到晕了过去。再醒来时，她平静了许多。陈安洋给她细细地讲了双双的病情，告诉她，即使她不带着双双来青岛，即使双双路上没有染上流感，双双的身体也撑不到夏天，而且那个过程会很痛苦，家长更煎熬。所以，不要自责，也要跟李少光讲清楚原委。

　　"大哥，我明白了。你放心吧，我会走出来的。"陈安泞的眼泪根本止不住。

　　"放心，我大妹是个多么理智、能干的人啊，想开一点，双双在这时走，至少没有什么痛苦。你再休息一会儿吧。一会儿下楼来，我还有事情要跟你讲。"

　　"嗯，谢谢大哥，我马上就下楼。"

　　陈安泞看着陈安洋拄着拐杖，一瘸一拐地慢慢起身，出了房间，心里再次自责起来：顾着双双的病情，一点儿也没关注大哥的病情，他看上去，病情加重了。上次陈业和鲁兰方回来的时候，还不用拐，这才过了没多久啊。陈安泞泪眼婆娑地看着陈安洋关上了房门，立即重新梳洗整理了一下，喝了一口水，定了定神，去了陈安洋的诊室，也是他的办公室。

　　此刻正是午后，整座楼里静悄悄的。陈安泞一路走来，没有病人，医护人员也都在各自的工作室里休息，只见到一个熟悉的管前楼卫生的大娘正在走廊里拖地。见到陈安沄从二楼下来，大娘立即恭敬地站到一边，问候着："大小姐好！"

陈安沄心不在焉，点点头就过去了。大娘习以为常，低头继续拖地。

走到陈安洋办公室门口，敲了敲门，喊："大哥！"

陈安洋在里面答应："门没锁，进来吧。"

陈安沄推门而入。陈安洋的办公室很大，进门右手有一个小小的屏风，屏风后面摆着一张检查床。最让人惊喜的是，检查床的床尾处，有一个洗手池。陈安洋通常在触诊后，会洗一遍手，再回到问诊桌旁坐下。陈安洋问诊的桌子要比一般的写字台大不少，桌子的一个短边贴墙，陈安洋和病人在桌子长边两侧相对而坐。病人这一边，放着两把椅子。陈安洋身后墙壁还立着一组顶天立地的书柜，里面放着的，大部分是医书，有日文的、英文的，还有拉丁文的。

"大哥这里，变化不大啊。"

"是啊，洞中方一日，人间已千年啊。安沄，要快些调整好自己，生活还要继续啊。"

"我知道，大哥，你放心吧。你的脚怎么样了，糖尿病控制住了吗？你让我看看你的右脚。"

"唉，你看吧，看吧。不看不放心，是不是？你且宽宽心，我已经开始中药西药都用上了。目前这个情况，看着吓人，但进程不算快，放心吧，能控制住的。一定能坚持到抗战胜利的，实在不行我可以截肢。"

"大哥……"

"别难过，我这样，比咱爹得了病之后的身体状况好多了。"

"我来青岛这小半个月，辛苦大嫂了，我都没跟她道谢。"

"你大嫂确实辛苦，她现在正午睡呢。不过，一家人，道谢用不上，你不要有负担。她这两天还专门跟我说过，她家里突遭变故、她怀孕生子时你的悉心照料呢，你那时还是个大姑娘呢。她愿意为你做些什么。我现在找你来，是想问问你的打算。"

"我想着，要尽快回胶东去。"

"我想你也是会这样想的。怎么回去呢？有通道吗？可以带多少东西回去？"

"有的。大哥这里的东西，有多少都可以带回去。"

"那好，把这两年我积攒的先带回去。你要先去问问，是有人悄悄来取，还是借送你的时候带着，什么时间？要提前告诉我。东西都在，要考虑怎么包装，怎么安全，别到时候费老大劲儿带到了，装药水的玻璃瓶早就颠碎了。"

"我明天就去问问。"

"行，那就这么定了。你知道，去年年底日本偷袭美国在珍珠港的海军基地得手，美国对日本宣战，紧接着英法对日本宣战，香港，简直可以说瞬间就沦陷了。你三妹夫的父母，原本已经逃到了香港，现在音信全无。他则是不幸中的万幸，就在 12 月 5 日亲自带着采购的医药器材乘船离开了香港。他带回来的东西，虽然已经到了，但还要等当局登记之后才能使用，他们肯定会截下一大部分。这个过程慢得很，加上农历年，他们又故意刁难，所以这些新的，这次就不给你了。也许不久你兄弟们会来，就留给他们吧。"

"大哥，全听你的。你能攒下这些，不容易。"

"这也是我坚持要留下初九医院住院部的原因，否则还真是难上加难。你明天出门，让钱昌寿跟着你，路上太乱。"

"他要出门诊，陈大哥跟着我就行。"

"我是特意这样安排的，就让他跟着你去。"

"他怎么了？"

"倒是个有情有义的，但还是有点书呆子气啊。美、英、法对日本宣战之后，那些在咱山东地界的传教士、齐鲁大学和齐鲁医学院的传教士也就是教员啊，都是日本敌对国家的人，日本人怎么会放过他们呢！之前已经驱逐过一批人了，现在听说已经集中看管起这些人来了。不知道最后会怎么安置这些人，甚至会不会把他们全部处死。你知道，在青岛的盟国侨民全部被押在江苏路、湖南路交叉口教会的房子里，他们开办的产业都被查封了。钱昌寿心急如焚，济南那边，有几个是钱昌寿视同父母的人，他们养大了他，送他读书，资助他读完了齐鲁医学院。所以，他跟我郑重地提了，要去济南先看看情形，有没有办法提供点帮助。你说，我该怎么办呢？从情感上，我是支持他的，但是理智上，我认为他这样做无异于以卵击石，毫无作用，甚至可能白白搭上了自己。"

"是啊，这事儿难办啊。大哥是想看看，那边能指个道吗？"

"依我的了解，估计这不可能。但总要让钱昌寿自己去试试，碰壁了他才能死心。"

"我觉得，大哥不妨在胶济铁路管理局的人里想想办法，毕竟有的日本人早就在了，不一定都是支持战争的。那边还有日本人、朝鲜人的反战同盟呢，有的日本兵从战场上直接扛着枪就过来了。"

"哎呀嘞，这倒是个思路啊，我怎么没想到。不过打探个消息，还不至于要求那么高。"

"还有，少光提到过，胶东那边出花生油，是上海居民的生活必需品。日军占领后，为了维持所谓的和平共荣假象，不得不进口从根据地出口的花生油呢。所以，大哥，对日斗争，也得讲点策略呢。那边是这样，您在这样的夹缝中，更加弱不禁风的，可以试试那些你以前根本不屑的办法。"

就这样，陈安沄带着无限的悲痛和陈安洋给胶东八路军积攒的医药器材，回到了胶东大泽山根据地。

第二十一章　算地瓜账

陈安波和鲁景芝早已哭得泣不成声，陈安江和鲁兰方默默地泪流不止，陈业的讲述涕泪交加，秋实也红了眼睛。众人中，李少光首先镇静下来，看到此情此景，他开口："好了，好了，眼泪流过了，双双要是知道她的姨妈舅舅们为她难过得不能自持，会笑话你们的。你们大姐和我已经想开了，双双生于国难之时，就没过过好日子，小小年纪常年生病，却得不到有效的治疗，折磨啊，痛苦啊，走了也算是解脱了。我算是有切身体会了，没有国家的强大，我们的后代都不会有好日子过。就凭这个，我们跟日本侵略者势不两立、不共戴天！一定要把日本侵略者赶出中国去！"

"对，大姐夫说得对。这既是我们家跟日本鬼子的血仇，也是我们这个多灾多难的民族跟日本侵略者的血海深仇，这个仇是一定要报的。"陈安江说。

"你大姐也是这么说的。我们不能再有孩子了，所以我们两个人约定，一定要好好地活着，替双双看着日本鬼子被消灭，看看一个崭新的中国是个什么样子。这次来到滨海区，没想到，我们家有了三桩喜事，我真是太高兴了，安沄要是知道，肯定会闹着和我一起来的。来，来，请允许我举杯，以茶代酒，祝贺你们新婚快乐！兰方的爱人没有来，安江和景芝都是自家人，所以，秋实同志，让我们特别欢迎你，欢迎你进入我们这个大家庭！干杯！"

"干杯！"众人都举起了茶杯，笑中带着泪。

放下茶杯，饭馆里的小二吆喝着开始上菜了，屋子里的气氛终于变得不那么沉重了。

陈安江对秋实说："秋实同志，我这个妹妹，是个急脾气，当初还鼓动她三姐逃婚、离家出走，还要革我大哥大嫂的命呢，你以后多担待。"

"还有这事儿？"

"唉，是有的，不过被无视了。那时年少无知，只有一腔孤勇。现在想想，好幼稚。"

"来，来，秋实同志，说说，说说，你看上了我们安波什么？"陈安江有点摆出大舅哥的派头来了。

秋实对此早有准备，他从容不迫地说："我第一次见安波，是她在话剧《马母》里演马母。那时我还不认识她，但是我觉得这个演员感情真挚热烈，把英雄母亲的形象塑造得太好了。后来老战友介绍我们认识，我觉得安波落落大方，是个文化人。我自己没有上过学，我愿意同文化人交朋友。反扫荡结束后，我去找安波，当我听说她可能牺牲了的时候，心脏一抽一抽地疼。真的，我负过几次伤，那时都是一下子什么都不知道了，还没这么疼的。可是没过几天，安波找过来，简直是喜从天降，我认定她了。我觉得，这个女同志机智、勇敢、坚强，足以表明对党、对八路军、对抗日斗争的坚定信念。我真是三生有幸，能跟这样优秀的同志结为终身伴侣。刚刚听到你们的谈话，我感受到了你们这个家庭的亲情、友爱和团结。你们都是文化人，大知识分子，希望你们今后多多地帮助我。我一定会对安波好的。"

"哎呀嘞！你们这是一见钟情、二见倾心、三见定终身啊！我原以为这是旧式小说的胡编乱造呢。没想到还真能有其事啊。"陈安江带点夸张地嚷嚷着。

李少光瞥了陈安江一眼，提出了自己最感兴趣的问题："秋实同志，你从延安来，能跟我们说说，延安是不是早就搞'减租减息'了？或者已经搞土改了？延安的土地政策和雇工政策你了解吗？"

"真是抱歉，我基本上都是在军队工作，对地方上的这些还真不太了解。"

"哦，理解，你是军人。哎，你在军队主要是做政治工作的吧？那我觉得，觉得啊，还是有必要多了解了解地方上的一些事儿。须知，军队打仗会有缴获，但主要还是靠老百姓供养的。"

"大姐夫，你就说说吧，这都跟我叨叨一路'减租减息'了。"陈业说道。

李少光抬手指点了下陈业："叫大姑父。"

"哎呀嘞，我刚忘记了，顺口了，我错了，大姑父。我还真是不太理解，为什么你把这事儿看得这么重。你就给我们上上课吧。"陈业笑着改了对李少光的称呼。

"好，我先说给你们听听，看看能不能说服你们，然后再去找黎政委汇报。"

"洗耳恭听。"

"你说吧，我还真是不懂。"

"讲得通俗点儿，李大教授。"

"太好了，你说，你说，我边听边吃了啊。"

众人七嘴八舌的。李少光一听："对，对，你们吃着，听着，天冷，别让饭菜都凉了。我最后来碗热汤面就行。"

李少光喝了一口热茶水，斟酌了一下，开始了他的家庭报告："记得去年，不对，是前年了，1941年底，太平洋战争爆发之后，安波正好随山东分局的巡视团到胶东来慰问演出，我们在大泽山根据地的葛家庄见过一面。当时我们讨论了时局。我非常推崇毛泽东《论持久战》的思想和此前不久中央军委发出的关于'熬时间'的指示，认为1942年将是共产党、八路军抗战最困难的一年。我们面临的困难太大，但克服困难的手段太少，只能'熬'。熬过去了，就有胜利的希望。当时，不光是国际上，德、意、日法西斯联手了，而且还得手了，进攻势头大盛。在国内战场上，1941年初发生了'皖南事变'，山东的投降派顽固派纷纷公开倒戈，我们在胶东还打了小半年的'反投降战役'。年底，日军发动'治安强化运动'，鲁中区遭遇重创。"

"你说得是啊，当时我正率队来山东的路上。接到通知，太平洋战争爆发，日军在沂蒙山区展开空前规模的大扫荡，所以一时就停止了东进，在冀南区和冀鲁豫区活动了两个多月，过了阳历年才进入山东。"秋实插话说道。

"是啊，种种情况都表明了，1942年，将是抗战最困难的一年。对了，我还要加上另一个因素，那就是自然灾害，水灾、旱灾接踵而至，山东共产党、八路军的处境雪上加霜。这些都是外部的因素。还有内部的问题。这个，连我这个局外人，都有些着急，其中最着急的一件事情，就是与土地制度有关的，关系到山东抗日根据地的财政、兵源特别是民心！当时，双双的事情也让我悲痛不已，你们大姐从青岛刚回来的头几天，我觉得自己天天魂不守舍，就如同行尸走肉一般，简直是人生至暗时刻。

"就这样熬到了5、6月份，突然得到了要在根据地开展减租减息的指示，以及一些具体办法。我如同抓住了救命稻草，或者说是久旱逢甘霖，噢，有点不恰当啊，反正一下子就走出来了。这个减租减息，其实早就提过了，但是并没有真正推开，战争环境也不容许。但是这一次，领导下的决心显然不一样，不是发文件，口头提提的，是真下了决心。后来我听说，这是共产党中央派刘少奇同志到山东来解决问题，这是他提的第一个要山东党政军加强的问题。

"你们知道，乡建运动，特别是我全程具体参与的植棉售棉，虎头蛇尾，搞到最后就是碰到了土地所有权的问题而搞不下去。在敌后抗战、小小一块根据地的条件下，还要搞全民族抗日统一战线，那就不适宜搞土地所有权的彻底改变。但是这个减租减息却是适宜的，可以解决很多问题。'熬时间'不是被动的什么也不干地等着，而是积极地积蓄力量为反击做准备。这个减租减息就是'熬时间'的时间里最要干的事情。

"'二五减租，分半减息'，其实一就是要给占农村人口大多数的贫雇农更多的收益，让他们能吃饱穿暖，更自觉地支援抗日。二就是迫使地主、财主无偿地让出一小部分财富，同时保留他们维持较富裕生活的可能，让他们也间接地加入为抗战作贡献的行列中来。这个政策太高明了，可以看成是改变千百年来不合理的土地制度的第一步。"

"大姑父的这番话，在胶东区讲过，大家都觉得把减租减息的意义说得浅显易懂呢。"陈业很骄傲地跟大家介绍说，一副与有荣焉的得意劲头。

"别打岔。"鲁兰方打断陈业，"听大姐夫接着说。"

"道理好讲通，但实际操作起来，却是复杂得很呢。唉，各位，我这个人，对'阶级'理论还不太理解，然而，搞减租减息，我对中国的地主阶级，农民阶级，农民阶级里的贫农、雇农，不知道是不是算进去的中农，怎么算阶级的雇工，包括长短工，农业的、小手工业的，算不算剥削阶级的富农、财主，还有过去研究中因为土地的集中程度而分过大地主、小地主，还有小农、小农经济的提法，哈哈，在这次减租减息中，都让我有了新的认识和思考，这个暂且不提了。

"减租减息的动员发动阶段，我就发现了，阻力主要来自三个方面。一是来自地主、财主，这是不言而喻的，这是要割他们的肉。虽然不至危及生命，但是没有几个是真正自觉自愿的。二是来自共产党干部，这个原因就多了，认识不到位，作风不扎实，部门之间推诿扯皮等等，这个也好理解，毕竟这项工作的初始阶段非常烦琐，而且看不到立竿见影的效果，不像打仗，打死一个鬼子兵就是战果。三是来自被减租减息的老百姓。哎呀嘞，共产党的干部认为这是在替老百姓谋利，但老百姓的想法可就多了，怕地主、财主打击报复，不敢减的，有之；受地主、财主小恩小惠软化麻痹的，碍于情面，不愿减的，有之；不会算账，不会减的，有之。反正，各种让人意想不到的情况层出不穷。有干部就疑惑了，认为这减租减息不是为了老百姓吗，怎么老百姓还有这么多的顾虑呢？

"好吧，减租减息的动员发动阶段，不仅要在干部中间讲，而且要到老百姓中间去讲。干部嘛，山东分局抽调了二百多名干部，先学习，再试点，还好办一点儿。不过，我个人认为，最重要的一点是，减租减息不是共产党、抗日民主政府对老百姓的恩赐。到老百姓中间去做工作，安波，你们那种宣传就不够了。我们的办法是算'地瓜账'。老百姓是最实际的，只能给他算清投入收益一本账，才能打动他们。"

鲁景芝问："什么是地瓜账？"

李少光笑了笑："好，我算给你听听，大数啊，都是折合着算的，佃户一听就知道差不多就是这个价。种一亩地瓜，买地瓜种要三十块钱，就算北海币，货币单位啊，三十块钱。需要两车大粪，合四十块钱。需要播、锄、翻、刨九个工，每个工合十五块钱，一共要一百三十五块钱。饭钱要出吧，每天十块钱，要九十块钱。三十加四十加一百三十五加九十，种一亩地瓜共需花费二百九十五块钱。一亩地瓜收一千二百斤，每斤三毛五，一共值四百二十块钱。好了，按照旧的租约，地主和佃户各得一半，也就是说，佃户能得六百斤地瓜，合二百一十元。问题来了，佃户种一亩地瓜的投入是二百九十五元，现在收获了，交租了，他不仅没有收益，还要倒贴八十五元。这是不是地主剥削？算到这里，老百姓就明白了，噢，我种了一年地瓜，怎么不赚反而赔了呢？地主不劳而获，这获的也太多了吧？老百姓有思考了，有不平了。

"我们接着算。'二五减租'是什么意思呢？就是地主之土地收入，照原租额减去百分之二十五。原租额是一半，百分之五十，地瓜账上算，就是六百斤。这六百斤的百分之二十五，就是一百五十斤。换言之，就是佃户少交这一百五十斤地瓜，留在了自己手里。这一百五十斤地瓜，三毛五一斤，合五十块五毛钱，佃户多得了，加上本来得的那二百一十块钱，总共二百六十二块五毛钱，还不抵他投入的二百九十五块钱，但总归是少赔了。算到这里了，老百姓还有什么不明白的呢，这不是剥削是什么呢？减租减息，老百姓就是这样被发动起来的。当然这是不彻底的，所以我说这是土地制度改革的第一步。此外，根据地政权的巩固跟老百姓对减租减息的支持是正相关的关系，否则就如两年前罗政委在鲁南搞的减租减息一样，鲁南根据地现在一枪就可以打穿了，还能坚持什么减租减息呢？所以，保住根据地非常重要。"

"这还只是动员发动阶段，就这么多事了？"陈安波问道。

李少光接着回答："是的，这只是开始。到了真正实施的阶段，那就更复杂了。举最简单的例子，地是分好坏的，哪块地好？哪块地不太好？量到哪里算好地？好地、次好地、坏地的租金按实产量算还是应产量算？是按季定租？还是按年定租？还有，退租的地，怎么算，政府按什么来征粮？迁出迁入户的土地、住房等等的租借关系怎么算……哎呀嘞，没有你处理不了的，只有你想象不到的。光一个村的减租减息，没有十天半个月，根本搞不下来。这是一份需要极有政策水平，又有极大耐心细致，还要有跟老百姓深厚感情的人，才能做下来的工作。"

"那大姐夫还有一个优势，就是对经济问题特别是对中国农村土地制度问题的深入思考和不辞辛劳做田野工作的狂热干劲。"陈安江由衷地说道，"我听着就很复杂，不亚于医学对人体的探索和对疾病的攻关。"

"那都是值得的。安江，各位，我觉得自己很幸运，躬逢其盛呢。双减虽然还不彻底，有些地方的工作还欠细致，但毕竟大大地提高了农民的生产积极性，改善了广大农民的生活，提高了抗日民主政府的威信，这就是我刚才所说的正相关，良性循环。在抗战最困难的时期，做成功件事情，说明共产党的审时度势和远见卓识，我是真心拥护的。

"黎玉同志已经派人通知我了，后天我会去找他谈谈相关问题。我觉得，黎政委一定会把减租减息作为开春之后的重点工作来抓的，但愿这一点，山东抗日根据地的军政领导们，没有不同意见。"

"领导们之间有矛盾吗？"秋实同志问。

"这可是个犯纪律的问题呢，秋实同志。不过，就你这位新婚的小妻子，一度还非常不满意——五师师部跟山东分局和山纵没有靠拢在一起呢。"陈安江又告了一状。

"那是战斗环境需要。"秋实的语气有点不那么肯定。

"也不尽然。环境复杂，有分歧是正常的，但是如果这种分歧造成的损失太大，就不好了。这就是刘少奇同志来山东的原因吧。你那时刚刚到，可能正忙于熟悉情况，更何况你的注意力主要还是在部队。"鲁兰方非常善良地为秋实解围。

"那现在矛盾解决了？"秋实继续问道。

沉默了一会儿，陈安江摇了摇头："哪这么容易呢？除了思想认识，还有个性问题呢。对了，兰方，一会儿，咱俩一起探讨探讨一个病例，就不在这里耽误大家时间了，专业的。"

"对，专业的事情就该让专业的人做。大姐夫，你刚才说了半天减租减息的事情，我理解，这件事情做成了，老百姓对抗日民主政府，也就是对共产党、八路军的信任就会有大大的提高，从而间接地为我们提供各种支持。我这样理解对吗？"陈安波问道。

"是的，这是基础性的工作。只有基础打好了，才能造高楼。也就是说，才能真正获得老百姓的支持，并且真正开始实施有效的财政金融政策，支持根据地更加巩固，也支持八路军有更多的武器、更好的衣食住行条件，在战场上消灭日本侵略者。须知，在中国反对日本侵略的战场上，或者推而广之，在世界反法西斯战场上，起决定性作用的是军事上不可逆转的胜利，起基础性作用的就是我们现在做的细致烦琐的减租减息之类的工作，大而言之，就是经济基础。"

"大姐夫，你说得太好了，对我很有启发。"秋实很诚恳地表示。

"你不用叫我大姐夫，刚刚不是说好了吗，我们几个年纪差不了多少，就以你、名字相称。"李少光一点儿也不讲客气，同时还有点意犹未尽地接着说道，"我想找黎玉同志谈谈，重点是减租减息，但是还有许多地方上的工作。根据地虽然发行了北海币，但是法币和伪币还在用着，币值升降对根据地影响很大。我们现在有了减租减息的初步成果，还有胶东区的黄金、滨海区的海盐这些战略物资。所以，要考虑真正开始实施根据地的财政政策和金融货币政策，有钱了，才能给老百姓办更多的事情，比如开工厂、办学校、建医院，也能为军队办更多的事情，比如开军工厂、被服厂，甚至建立一所研究院，研究制造那些飞机大炮。再以后，减租减息的政策可能也要被更加彻底的土地政策所取代。哎呀嘞，我不能想，一想起来就激动得很。"

"少光，我听了你说的这些，真是眼界大开。"秋实再次诚恳地说道。

"秋实，咱不说客套话。我最后再多讲几句啊。"

"你说，你说。"

"1941 年的 12 月，我们都认定了，1942 年将是山东抗战，也是全国抗战最困难的一年。就我个人而言，这一年我失去了唯一的心爱的女儿。但是，我们都熬过来了。就国际反法西斯战场而言，日军在太平洋的中途岛海战吃了一个大败仗，苏联斯大林格勒会战的大局已定，这将是国际反法西斯斗争的转折点。就国内战场而言，国军没能打胜仗，但屡败屡战，至少还有点士气在。在山东战场，山东共产党、八路军的处境经过减租减息之后，已经从谷底上升了。如果领导层再有力一些，那上升的势头将更加强劲。所以，熬下来了，有希望了。"李少光说着说着，居然又流泪了。

"但胜利不可能一蹴而就，还会有牺牲。"鲁兰方很严肃。

"我们何曾怕过牺牲！但最好不要被内部所谓的'肃托'伤害，更不要因为领导层的意见不统一而枉死。"一向温和的鲁景芝非常尖锐。

"唉，山东军区领导机关在去年年底鬼子的大扫荡当中，就是沉不住气，不听罗政委的，结果中了日伪军的圈套，被合围了好几次。安波是两人突围的，目标小，地形熟，群众基础好，万幸啊！但大部队突围的代价太大了。"鲁兰方还是很严肃。

"打仗哪有不死人的？这笔账，还是要记到日本侵略者头上。"李少光说，"我们全家八口人，得加上双双啊，虽然都参加了抗日，但都不在一线作战部队。如今秋实加入我们这个大家庭，是一线作战部队的指挥官，希望你无论何时，都要注意安全，个人和你的兵不要有无谓的牺牲。"

"放心吧，少光。我们什么时候，心里都是想着以最小的代价夺取胜利。"秋实郑重表示。

大家听着，都低头不语，吃了一会儿，陈安江又提起一个话题，跟陈业开起玩笑："说说，陈业大侄儿，这次带了多少金子来了？"

"那可不能说，反正我来一向不空手。"陈业很骄傲地挺了挺小身板。

"懂，懂，那陈业大侄儿，说说，有对象了吧？"鲁兰方补了一刀。

陈业立即缩回了肩膀，一个劲儿地摇头："没有，没有，没看上的。有安波和景芝珠玉在前，我眼界高着呢。"陈业眼珠一转，发现鲁景芝和陈安波的眼神不善，立即反应过来："你们这些叔叔辈儿、姑姑辈儿的才落定，我不急，不急。"

众人间的气氛又转为轻松愉快了。不过，陈安江和鲁景芝到底是请假出来的，不像其余众人时间相对宽裕，又说了一会儿，众人跟李少光都吃上了一碗热汤面，聚会就到尾声了。众人再次相互祝贺或者问候，有说"新婚快乐！"的，有说"问候大姐！"的，最后相视而笑，不约而同地出拳相抵，小声宣誓"抗战必胜！革命到底！"接着毫不拖泥带水地散了。

陈安波留在后面，跟大姐夫说了送铁柱子到胶东去上学的事儿，虽然她觉得滨海区可能更稳定些，但大姐就是教员，教铁柱子脱盲并迅速地跟上合适的年级正规就学，可能对铁柱子更合适。李少光一口答应，说这样正好也分散分散陈安沄的注意力，让她多些事情做。

秋实就站在旁边，听到他们的商议后表示，他会想办法通知王金柱，如果王金柱不方便，他会找人直接去王大柜家。陈安波对秋实主动提供帮助很是高兴，对今天能见到这么多的亲人满心喜悦，一路轻快地和秋实回到驻处。进了屋子，秋实脱了军大衣，坐下倒了两碗水，推给陈安波一碗，自己端起一碗咕噜咕噜地一饮而尽："这关过的，我还以为会很难呢，没想到，安波啊，你的家人们，都是文化人，家庭聚会都这么让人，唉，有两个成语，一个是什么茅草屋子的门一下子开了，一个意思是什么东西从脑袋上冲下来了……"

"茅塞顿开，醍醐灌顶。"

"对，对，就是这两个成语，我当时一下子想不起来，就是这两个成语，今天用，再合适不过了。"秋实顿了顿，继续说道，"我在抗大学习过，平常也是有时间就学习、想方设法提高文化的，去年还认真参加了整风文件学习，我懂马克思主义关于经济基础决定上层建筑的理论，所以我觉得少光今天讲的特别有道理。而且，他有意无意地让我更加了解，地方上工作的好坏，跟军事上的胜败是相辅相成的。我们打仗取得胜利，立功受奖，名气大，但是千万不要忘记地方上还有那么多做那么细致烦琐工作的同志，功劳簿上一定要记下他们的名字。"

"是啊，地方工作不容易，可老百姓更不容易。秋实，我两次隐蔽，都全靠老百姓的帮助。你不知道，咱大部队呼呼啦啦地来来去去，可苦了老百姓了，坚壁清野，哪有这四个字说起来这么简单啊。老百姓本来就穷，破家还值万贯呢，跑到山上躲鬼子，一次扫荡就毁一次家。八路军的驻地，往往都是鬼子扫荡的重点，那可真是见人就杀、见房就烧、见妇女就奸淫。还有那些伪军，比小鬼子还坏。还有一种坏人，李二流子之类，简直让人恶心痛恨至极。所以，我以前是一直期望着咱山东境内的八路军要靠拢、拧成一股绳。后来发现敌强我弱的环境下，拢在一起不代表力量就强了，甚至可能适得其反，所以我改变了。我现在就希望咱能牢牢地护住根据地，仗最好都打在根据地外面或者边缘，让老百姓能平平安安地过日子、心甘情愿地支持抗日大业。所以，罗政委提出的'翻边战术'，我举双手赞成。最好还能主动翻出去，打得更狠一些，让日伪军没有能力组织起对根据地的扫荡来。"

"我今天见了你的家人，终于明白了，为什么你这个小小的同志，会有这样的见识。我真是得到宝了。"

鲁兰方跟着陈安江到了他的医院，因为吃饭的时候陈安江就说了，要研究个病例。结果到了之后，陈安江才告诉鲁兰方，是罗政委尿血，他们迄今还不能确诊，到底是什么病。

鲁兰方目瞪口呆，一时说不出话来。停了一会儿，他小声地问道："怎么会这样呢？怎么发现的？"

陈安江苦笑了下，说："你知道，我死皮赖脸地，一向跟着罗政委，我觉得，主要是太辛苦了，心累，身体就吃不消了。唉，第三次甲子山讨叛战役开局不顺，罗政委从师部快马加鞭地赶了大半天，没顾上吃饭、喝水，到了之后立即参加作战会议，结果陈代师长和朱瑞同志在会上大吵，你说说像什么样子，两个最高领导在火烧眉毛的会议上吵架。会都开不下去了，罗政委让散会。会后罗政委找陈代师长谈话，陈代师长还拧着脖子不服气。后来，我听到，罗政委跟陈代师长很诚恳地说：'我这个人你也容不下的话，那就很难了。'陈代师长听了之后，不知道触动了哪方面的思绪，终于低头了，承认自己发脾气不对。唉，陆房战斗之后，陈代师长就压力很大，打得不太好，随后在山东军政委员会里负责财经工作，与他——一五师代师长的职务多么不相称，这心理上会不会出问题啊？"

"还是先说罗政委的病吧。"

"打下甲子山之后，罗政委又急着赶回师部，开会总结，一连十几天，都没能得到好好休息。结果有一天晚上，发现小便都红了。我们赶紧去看，雪地上还能看到血块。"

"只有这一次吗？"

"不，以后天天有，都快一个月了，我们真是要急疯了。给服了消炎片，还让他不要吃辣椒，卧床休息，但不见好转。对了，他本来就有比较严重的肾病，还有痔疮，经常便血。但是这一次，我看着，肯定不是痔疮。"

"那还是要想办法先止住尿血。再查查，到底是哪里出了问题。"

"对的，我们也这么想，但是目前没有手段。我分析，不是膀胱就是肾脏出了问题。"

"是啊，我们这几年光做骨科手术了。要不，打报告去一趟青岛？"

"如果老这样下去，我就打报告去青岛，带着病案找专家问问，再看看能不能弄点对症药回来。"

"你要回青岛，就去看看大哥，都好几年没见了，也不知道他的情况怎么样。听大姐夫说，他糖尿病好像控制住了。大哥就是大哥。"

"看看情况吧。我是想去青岛看看大哥，但是看到罗政委现在一天天地消瘦下去，行军都不得不躺在担架上，我心里着急啊，没有好转我怎么能离开。我没跟你说过，我心里，其实偷偷地把罗政委也视为大哥一样的人物呢。"

陈安江和鲁兰方对罗政委的病一筹莫展之际，罗政委非但没有休息，反而更加忙碌起来。他们的家庭聚会没过多久，中共中央发布《关于统一抗日根据地党的领导及调整各组织之间关系的决定》，一一五师与山东军区合并，成立新的山东军区。罗荣桓为司令员兼政治委员，黎玉为副政治委员，肖华为政治部主任，陈光调回延安学习。罗政委主持了这次合并工作，涉及部队整编、机关精简和干部使用等方方面面的工作，这使得他的病情加重，不得不请示中央要求休养。毛泽东、朱德复电，如果病情还不是很严重，暂时很难休息。不得已，罗政委只得再次报请集总、军委批准，到新四军找国际友人、奥地利泌尿科专家罗生特治病。一直到7月下旬，回到山东。8月，朱瑞同志奉命回延安参加党的七大。9月，党中央决定，由罗荣桓同志担任山东分局书记。至此，山东抗日根据地军队和地方的一切工作，都在由罗、黎、肖组成的山东分局和山东军区的统一领导下进行，陈家兄弟姐妹持续担心的山东共产党、八路军领导机关不协调有矛盾的日子终于到头了。

第二十二章　柳暗花明

陈安波和秋实回到教导一旅之后，陈安波的工作也定了下来，她被安排在旅政治部宣传部，担任协理员。这个安排跟她从前的工作非常契合，她很有信心。只不过，还没协理上一个月，教导一旅就不存在了。

1943年3月，新的山东军区成立，下辖鲁中、鲁南、胶东、清河、滨海、冀鲁边六个军区和十五个军分区，全军区部队统一整编为十三个主力团，全部实行地方化。对外保留一一五师和山东纵队番号，但一一五师和山东纵队各旅番号全部撤销。面对这一变动，作为旅级干部的秋实主动提出不留机关，到基层部队带兵去。陈安波完全赞同，虽然新婚不到两个月，但她本人是个独立的有思想的女战士，不是依附丈夫的菟丝花。她跟秋实还开了个玩笑："哈，哈，我没意见，只是觉得，你们好不容易把我从鲁中军区调来教导一旅，结果，教导一旅没了，你要去的四团，归鲁中军区，我还是从哪里来，到哪里去。"

"你说得对，也不对，你的关系跟我一起到四团，就在团里的群工科工作。所以，虽然归属鲁中军区，但主要工作还是做团里的工作。"

"哦，跟我预计的，完全相同。"

"你做群众工作是一把好手，现在就给你一个任务，看看怎么动员群众把看家护院的狗都处理了。"

"你说什么？要打狗？为什么？"

"因为部队夜间行动多，但是任何一个村里，家家户户都养狗。部队一动，人还没走几步呢，狗就叫起来了，一只狗叫，全村的狗都跟着叫，声音传得很远，我们的行动就失去了隐蔽性。村里的坏人听了可能去给日伪军打小报告，据点里的敌人听见了，大探照灯一开，我们的行动也就被掌握了。"

"是哦，这还真是个事呢。我想想，看怎么弄。"

"打狗这个任务，可不是我一个人凭空想出来的，这是战工会的号召。"

陈安波领受了任务之后，立即带了几个同志到驻地去调查研究，想着要先去做做工作，至少给老乡打个招呼，总不能冲进老乡院子，见狗就打吧，那不跟土匪一样了，就是为了抗日这个崇高的目的也不能这样做。

陈安波的顾虑还真不是杞人忧天，这是关系到老百姓切身利益的事情。果然，他们三四个人一到村支书家里，说了部队希望开展打狗，支书就皱起了眉头："啊？咱八路军为么要打狗啊？这村里家家户户，不少都养狗哩，看家护院的，可好使。"

"是啊，狗是人的好朋友。我还知道，有的狗，还帮着妇女看小孩呢。这不是没办法吗？"

"咋没法？你们八路军来了，俺家家户户都欢迎，都拴好了狗，那狗又不咬人。"

"支书，八路军为了打鬼子，经常还在夜间行动，打鬼子个措手不及。夜间行动，狗叫得欢实哩。"

"那有啥？"

"支书啊，咱村跟邻村明家庄就隔一里地，您看，要是咱村的狗

285

夜里都叫起来了，明家庄的人肯定能听见，明家庄的狗说不定也跟着叫起来了。咱村您领导好，没孬人，那明家庄就不好说了。要是有孬人去向小鬼子、二鬼子通风报信，那咱八路军的行动就全暴露了。"

"哦……"

"咱八路军的行动一暴露，小鬼子就有准备了，那打起来就费事了。"

"哦，是这个理儿。唉，陈协理员啊，你知道，俺村现在都不养猪了，养猪时间长，就怕小鬼子来祸害，搞得过年都吃不上肉馅儿的饺子。养鸡的也少，有的老太太跑鬼子的时候都抱着跑，舍不得啊。就养狗的人还不少，农村人，习惯了家里都养条狗，有的从小养到大，都有感情了。"

"我知道，我知道，所以，支书啊，我们今天先来跟您说说这件事儿，您给出出主意，看我们怎么把这事给办了。"

"哦，咱八路军打鬼子，俺村儿老少肯定都支持。就是这打狗……唉，没想到，跟打鬼子还有关系。"老支书嘬着牙花子，"这事儿，可真不好办。"

"支书大叔啊，这事就是不好办，我们才来找您哪。您给想想办法，咱们这是为了抗日，也是为了保卫咱根据地和老乡们。"陈安波看到本来就已经心动的村支书微微地点了下头，又加了一句，"只要把狗打死了就行了，狗皮狗肉什么的，都留自家。"

"那行吧。"

"太谢谢您了，支书大叔。"

"哎，陈协理员，你别着急谢。一来，八路军的事情，咱应该支持。二来，这事还是不好办，俺还得找村里的民兵队长、妇救会长一起合计合计，这事也得俺们一起办哩。"

"到时候，我们也来帮忙。您的村子要是这件事情办得顺利，我们就会向县里报告，推广你们的经验。"

村支书一听，更来劲了："好，好，请八路军放心，俺村一定不会拖后腿。"

陈安波跟村支书约好，第三天下午再去找他，看看村里打狗还有没有别的困难和问题。秋实正好当晚回家来，他正准备带着行李去连队蹲点，听到陈安波讲述一下午跟村支书的对话，很是赞许："嗯，你这样做，真是再好不过了。关系到咱八路军行军打仗的事，关系到老百姓切身利益的事，都不是小事。两件事情合二为一，就是大事。"

"嗯，我知道，你放心吧，这件事情会处理好的。你下连队，要注意身体，别把自己弄得太紧张了。"

"不紧张不行啊，我们现在能休整的时间不多，四团最近几仗没有打好，又刚刚补充了一大批新兵，部队思想有些混乱，纪律上也有些松弛，军事上要提高的地方也很多，要不，我也不会着急下去。你在团部，先把打狗这件事情做好，不是在一个村，而且要想办法慢慢推广，先在鲁中区，然后看条件能不能推广到鲁南区或者更远的地方，让八路军的游击战能不分白天黑夜地施展开来。"

"好。我会的。"新婚夫妇这就分开了。

陈安波想起大姐夫李少光说的，一个村的减租减息，最少也要十天半个月才能有结果，这还是给村里佃户贫农要好处的事情。打狗，可是"损害"老百姓利益的事情，有的磨呢。果真，第三天下午，当陈安波等人再到村支书家里，村支书又说了一个令他们啼笑皆非的情况："哎呀嘞，陈协理员，你们可来了。俺这里又碰到了个事儿，你们看看怎么答对啊？"

"支书大叔，你说你说，咱们一起听听。"

"俺村有个老汉，说明家庄有个专门给牲口看病的兽医，这两年大牲口少，所以他不太显本事。老汉昨天头午就去找那个兽医了，问能不能给配点让狗哑巴了的药。要是这狗都哑巴了，是不是就不用杀了？"

"啊？还有这办法？那他配回药来了吗？"

"没啊，那个兽医就没给狗看过病，也不会配这种药，把他给骂回来了。明家庄的人也知道要打狗了。"

"噢，这个倒是没关系，知道就知道吧，让他们也有个思想准备。那大叔您的意思是什么呢？"

"唉，俺实在是张不了这个口，不过，寻思着还是得让人心服口服。陈协理员啊，咱八路军里头有那么多马，肯定有马夫，会给马看病。嗯，能不能问问，有没有这种能让狗哑巴了的药啊？"

"大叔啊，这事儿我还真不知道呢，不过，我估计，就是会给马看病，也不一定能给狗看病。而且，那都是治病，不能没病给安上个病啊。"

"俺知道俺知道啊，可万一有呢。俺村里那人说，哪怕花钱买，都愿意哩。"

"那好吧，大叔，我们现在就回去，找马夫头儿问问，晚上就来回话。"

"那行那行，辛苦你们了。我这做工作，实在是没法。"

陈安波几人板凳还没有坐热，就告辞出来了。路上，一个小战士说："这老百姓的事，没有一件是好办的，那个人不是胡搅蛮缠吗？还哑药，要真有，让他掏钱买，他肯定又有说辞了。"

"要真有，还真不能让他掏钱。毕竟，是杀他家的狗。"另一个战士说。

"是啊，老百姓不容易啊，养条狗，看家护院，还是个精神寄托。这事儿要好办，就用不着咱们这一趟趟地跑了，一声令下，一刀下去，多简单。可老百姓跟咱共产党、八路军的血肉联系就砍出裂纹了。'三大纪律八项注意'里的'不拿群众一针一线'，是形象的说法，也是最极致的说法，其实意思就是不能损害群众丁点儿的利益。群众里，什么人都有，所以群众工作就是这样烦琐。"

"真是不如上阵打鬼子痛快。"

"你还没跑到阵地上呢，狗叫声就让你暴露了，鬼子的炮就打来了，你那汉阳造还怎么打？"

"是啊，还真是啊，就是这个理儿。陈协理员，你说得对，咱快着点走，先去找马夫头儿。"

马夫头儿一听他们的来意，直摇头，告知：就是给马看病也是个半吊子；给狗哑药，闻所未闻。

陈安波他们对这个结果不奇怪，当即回头又去找了村支书。村支书对这个结果也不奇怪，但毕竟是条道儿，不走走哪知道是不是会走通呢。现在好了，没旁的道儿了，那就召集民兵队长、妇救会长开会，准备打狗吧。

"那就这吧。俺村儿明天头午，一准儿完成任务。"

"需要咱队伍上来人帮忙吗？"

"那不用了，各家还要硝狗皮吃狗肉呢。你们来人了，给不给啊，还是避着点儿吧。"支书倒是一点儿都不客气。陈安波没什么不高兴的，先把打狗这事办好了，后续再办锦上添花的事情。打狗在驻地村终于顺利地推行下来了。陈安波和战友们很高兴，并且很快就去附近的村继续做工作，明家庄也顺利地展开了。之后，这个做法就在鲁中区的各县迅速地推广开来。四团领导在听过陈安波的汇报之后，想得更多，也做得更多。于是，趁着部队休整之机，派出连队到驻地村去帮助播种、锄草，已经减租减息的村子则进行"减租减息"和"交租交息"的宣传教育。鲁中军区的"宣大"还来给参加了三次甲子山讨叛战役的四团战士和驻地老乡进行了慰问演出，其中《万仙会》《二郎神大闹佛堂》等节目深受干部战士和老乡的欢迎，军地关系、军民关系更加融洽。

陈安波不知道是新婚宴尔精神爽，还是亲人团聚情绪佳，还是从机关调到主力团工作新鲜而实在，总之，进入1943年之后，她的信念就是最困难的时期已经熬过去了，眼前遇到的都是可以齐心协力克服的困难，日伪军、顽军要走下坡路了。她浑身充满了热情和干劲，也感染着身边的人。直到很久以后，当她回忆起参加革命的经历时，总把1943年作为山东抗日根据地的命运和她个人经历的转折点。她还总是很自豪地说："我的感觉还是很敏锐的，因为毛主席都说，山东只是换了一个罗荣桓，便盘活了全局，他在决定全国革命胜利的地方，做到了决定成败的事业。"

正是从 1943 年开始，世界反法西斯战场的态势继续朝着有利于反法西斯同盟国胜利的方向发展。在苏德战场，继斯大林格勒会战之后，在年中的库尔斯克会战中，德军节节败退，从此丧失了苏德战场的战略主动权。在北非战场，盟军继阿拉曼战役扭转战局，迫使德意军队于 1943 年 4 月投降之后，7 月，在西西里岛登陆，意大利发生政变，墨索里尼政府垮台，意大利政府于 9 月宣布投降，法西斯轴心国开始瓦解。在东方战场，日军在太平洋上遭到美国不断的反击和进攻。1943 年 11 月 22 日至 26 日，中、美、英三国首脑在埃及首都开罗会晤，签署《开罗宣言》。两天后，28 日至 12 月 1 日，苏、美、英三国首脑在伊朗首都德黑兰举行会议，通过在对德国作战中一致行动和战后合作的宣言。

作为世界反法西斯战场中的重要一环，国民党军队在与日军的对决中仍然处于劣势，但在山东敌后战场上，在中共山东分局和山东军区的领导下，1943 年以后的山东工作，都是在党政军关系比较顺畅、各级干部心情比较舒畅的基础上展开的，尽管不可避免地遇到了许多问题，战场上也不总是打胜仗，经济上不得不像延安一样开展"大生产运动"以自救，总体来看，山东共产党、八路军在与日伪军、国民党顽固派的斗争中，处境开始改变。

这一年的年中，正当罗政委去华中新四军军部治病还没有回到山东之际，山东军区冀鲁边军区司令员黄骅、参谋主任卢成道等五人在开会时被司令部手枪队队长冯冠魁带人枪杀。之后，原冀鲁边区司令员邢仁甫叛变投敌。刚从华中回来的罗政委得知消息后，心情沉重，一面向上级报告此事，一面向部队下达了关于黄骅被杀案的《训令》，要求全军接受教训，加强防奸教育和反奸细斗争。在随后的冀鲁边区干部整风中进行了深入的思想教育和组织审查，并于次年，1944 年 1 月，将清河军区与冀鲁边军区合并为渤海军区。

这一年，在罗荣桓领导下，山东抗日根据地还做成了一件具有转折意义的大事。年初的时候，蒋介石为了进一步显示国民政府在山东的存在，加紧与共产党、八路军在敌后的争夺，以调整全国抗战态势为名，将鲁苏战区与鲁苏皖战区合并为第十战区，调鲁苏战区总司令于学忠率部出鲁整训，实际上是撤销于学忠职务，命嫡系李仙洲率部入鲁。中共山东分局和山东军区在初期以争取李部入鲁抗战、共同对敌为主未果的情况下，经请示党中央和集总，采取了礼送于部出鲁、阻止李部接防的方针，同时与争夺于部空出的沂山、鲁山山区和诸城、日照、莒县山区的日伪军和地方顽固派进行了坚决的分步骤作战，至 8 月中旬，基本控制日莒公路以北的诸日莒山区，青州沂水路以东的安邱莒县边区并从这一带打通与清河区的联系，还控制了青沂路以西的北沂蒙地区原东北军全部驻地。李感到进军无望，只能撤回皖北。已经进入鲁西南的李部一四二师与主力失去联系，也不得不于 9 月 5 日由邹县北向津浦路西撤去。至此，"送于阻李"取得显著成果，新辟解放区面积约九千平方公里，山东境内已无国民党主力部队，各地方顽固派处于群龙无首的混乱状态。

陈安江和鲁兰方偶尔能见面，兄弟两个现在对各自专业知识的不足有着深切的体会，在救死扶伤的同时还刻苦地学习、补充和提高着自己，他们见面时大部分时间也都是在交流和探讨各自遇到的病例。陈安江在深感自己医术范围不够宽和经验不足的同时，跟着从华中来给罗政委治病的罗生特医生学习了很多关于泌尿科的知识。从前兄弟见面时常常忧心忡忡地谈论的山东抗日根据地的战略与策略、各单位之间的团结与协调等等问题，现在议论得不多了。更让他们心无旁骛地沉浸在专业之中的，还有罗政委对卫生干部的关心和优待。就在这一年，罗荣桓与卫生部的领导同志制定了卫生干部的技术津贴标准，分为一年一百元、八十元、六十元、五十元、三十元和十五元六等，而当时干部、战士每月的津贴只有三元。1944年又规定医护人员可以与伤病员同样享受吃细粮的待遇。陈安江和鲁兰方都拿到了一等技术津贴。这使得他们感到自己的工作得到了认可和尊重，工作和学习起来更有干劲了。

进入1943年之后，山东抗日根据地的经济困难依然十分严重。根据党中央、毛主席"自己动手，丰衣足食"和"发展经济，保障供给"的方针，中共山东分局发动全体军民开展了大生产运动。开荒地，开盐田，办作坊，当年就见到了成效。头一年轰轰烈烈开展的减租减息运动还存在的明减暗不减等现象受到批评和纠正。经济工作的加强，为地方政权建设提供了物质基础。1943年秋天，山东各区民主政权系统都成立了工商管理局，省工商管理局局长由黎玉兼任，由经济学家薛暮桥主持日常工作。在薛暮桥的倡议和主持下，山东抗日根据地首先进行了货币斗争，其次加强了贸易管理和贸易斗争，均取得了实实在在的收益。1943年河北、山西均遭遇大旱灾，只有山东获得了十年来的第一次丰收。中共山东分局号召"快收、快打、快晒、快藏"，以打破敌人抢粮计划并粉碎敌人的秋季大扫荡。山东军区对此次反扫荡准备充分，计划周全，要求各军区适时转入守势，除保留一部分主力为机动力量以准备策应其他地区反扫荡之外，其余主力立即分散，配合地方武装加强边沿区斗争。

1943年11月，日军以万余兵力对全山东进行了一次轮番大扫荡，首先从鲁中区开始。日军在伪军吴化文部的配合下，从蒙阴、新泰以东的土门、沂水同时出击，企图围歼北沂蒙地区的八路军主力。而在罗荣桓"翻边战术"指导下，陈安波跟随所在的主力部队山东军区第四团跳到了外线作战。与此同时，坚持在内线作战的第十一团八连九十三位指战员，坚守蒙阴县南北岱崮达十八天，以牺牲两人、伤七人的代价，取得毙伤敌伪三百余人的胜利。12月，罗颁嘉奖令，授予八连"岱崮连"的光荣称号。外国新闻社都发表了新闻，在国内外产生很大影响，极大地鼓舞了根据地军民。

在鲁中区反扫荡开始的时候，罗荣桓敏锐地发现敌人由于兵力不足，在集中向鲁中区扫荡时，其他地区兵力被抽走而采取守势这一情况，命令各军区根据各自情况，主动进攻，同时反击，以牵制扫荡鲁中之敌。而处于扫荡中心的鲁中军区则统一指挥包括第四团在内的五个主力团，以凌厉攻势多路突击，直插敌吴化文部防御纵深，激战四昼夜，攻克吴部所占的东里店、大张庄、岱崮、石桥等二十余处据点，收复鲁山以南部分地区。在五个主力团中，第四团战果最大、伤亡最小，受到山东军区通令表彰。

日伪军扫荡鲁中区九天后，突然将兵力转向清河区，并增加兵力至两万六千余人、汽车九百多辆，辅之以飞机和骑兵。为配合鲁中区、清河区的反扫荡，鲁南、滨海两个军区主力，对鲁南惯匪、伪军刘桂堂及滨海南部赣榆县之伪军发起进攻，全歼守敌，击毙民愤极大的刘桂堂，解放了赣榆城。胶东区和冀鲁边区也积极开展游击战。在山东军区各战略区的合力打击下，扫荡清河区的日伪军于 12 月 13 日全部撤出。延安《解放日报》特别发表社论《山东军民反"扫荡"胜利》，指出山东军民的反扫荡斗争，"比过去任何一次来得持久、行动有准备、有计划。山东军民的团结一致，斗争的奋不顾身，战术的灵活机动，在这次斗争中有了极其优良的表现"。

陈安波在这次反扫荡中的境遇与上一年完全不同。这一次，她跟着主力团转战到外线，部队接连打胜仗，全体指战员的精神面貌和战斗精神都前所未有地高涨起来。对主力兵团跳到外线，陈安波也有了切身的体会。过去，她一直觉得要守住根据地，就是不让敌人进到根据地来。现在，她通过自己的亲身实践认识到，这个"守"不是守住一个崮顶、一条公路，甚至守住一个村庄，而且眼前的敌我力量对比特别是武器装备的对比，共产党、八路军差距仍然较大，只能是军民共同努力，忍受一时的灾难，求得长期的安定。老百姓在主力军和民兵的帮助下空舍清野，把战场空出来，让敌人即使来了也颗粒无收。地方武装发挥优势，不时地滋扰敌人。主力军迅速地寻找战机，又快又早地歼灭外围精神松懈的守敌或者牵制深入根据地的侵略者，使敌人扫荡的时间越短越好、对根据地的破坏越小越好。陈安波有一次偷偷地跟秋实说："这日本鬼子，装备好，训练和协同也不错，对共产党、八路军和老百姓凶残恶毒。但是他们是不是有点傻啊，为什么要在秋冬季发动扫荡呢？粮食都已经打下来了，收起来了，还等着他们来抢？"

"他们不是傻，扫荡扫荡，他们就是来抢粮食，来抢牲口，来抢人的。你不是不知道，他们抓了很多劳工，从烟台或者青岛送去日本做苦力了。过去，因为我们反扫荡的经验还不成熟，各个军区之间的协同不够，老百姓跟我们也还没有同心同德，更不听我们的劝告，所以让他们得逞了。今年可不一样了。减租减息、增加工资、民主政权三三制，根据地老百姓对共产党、八路军的支持越来越大了。军民团结、军地团结，才能有效地反扫荡。"

"是啊，是啊，去年这个时候，我还跟着铁柱子的哥哥、王指导员在山里跑着呢，今年完全不一样了。"

"你看着吧，以后我们的处境会越来越好的。"

秋实的预言完全应验了。山东抗日根据地的形势到 1944 年春天时，已经得到了大大的改善。日军继 1943 年在太平洋战场上遭遇重创后，为彻底扭转局势，日本侵略者经过周密部署和准备，于 1944 年发动豫湘桂战役，经豫中会战、长衡会战和桂柳会战三次大会战，在进攻桂林时甚至使用了大量的毒气弹，历时近八个月而得胜。为此，日军不得不抽调在山东的一部分兵力，并用低等师团接替上等师团在山东的防务。到 1944 年 3 月，在山东的日军共约两万五千余人，比上一年减少了五千余人，为抗战以来日军在山东人数最少的时期。

但日军在对中国正面战场的进攻态势并不能阻挡世界反法西斯胜利的步伐。6 月，英法美联军在诺曼底登陆，开辟了欧洲第二战场。苏联红军在东线对德军继库尔斯克会战后穷追猛打，对德国法西斯的两线夹击已经形成，德、日法西斯败象凸显。

山东虽然已经没有了国民党的主力部队，但仍有六万人左右的拥立蒋介石国民党的武装力量，内部极不统一，有地方实力派、中间派、顽固派和投降派之分。此外，还有约二十万伪军。

面对新形势，中共山东分局和山东军区强调，必须紧紧掌握对敌斗争原则，也就是扩大抗日民族统一战线，以我为中心，团结各阶层人民共同抗战。据此，山东分局和山东军区部署和发动了1944年春季、夏季、秋季、冬季和1945年春季、夏季的一连串战役攻势，随后根据中共"七大"会议精神制定了5、6、7"三个月行动计划"，打通了各二级军区之间的联系。陈安波跟随秋实所在的第四团，参加了讨伐吴化文的第二次、第三次战役，并随后一同调入鲁南军区，既打日伪军，又打土匪恶霸，频繁作战，不仅部队战果累累，而且陈安波跟秋实的爱情之果，他们的第一个孩子，也于1945年年初呱呱落地。

过去的这一年，陈安波如同上一年一样，忙碌而充实。部队打仗之余，进行整训，秋实提出了在鲁南军区迅速掀起大练兵的高潮，巩固发展部队，提高军事技术，把军事训练和政治工作都大大地提高一步。陈安波作为协理员，主要是协助加强部队与地方的联系。山东分局和山东军区继"打狗"运动后，又在地方上开展了"唤夫索子"运动，对伪军进行"身在曹营心在汉"教育，记善恶录，点红黑点，陈安波都像在"打狗"运动中一样，到驻地附近的村庄做了许多工作。虽然离开了鲁中区，没有"宣大"宣传队了，但是陈安波从来都善于运用自己的老本行，教唱基层连队文艺骨干歌曲，组织简单的俱乐部活动和运动会，在广大官兵打仗、行军、练兵之余，调剂了生活，激发了干劲。

只有一件事情，让陈安波有些疑惑。1942年开始的整风文件学习，很快就由于日伪军的扫荡而不能进行下去了。1943年4月18日，中共山东分局根据中央4月3日《关于继续开展整风运动的决定》，发出重振整风学习的指示，规定整风是山东的对敌斗争、经济建设、群众工作和整风的四大任务之一，而且是保证其他三大任务完成之决定性任务。在战斗和练兵的间隙，整风文件学习蔚然成风，陈安波还成为秋实的"私人助教"。在学习文件，开展批评与自我批评，对照检查自己的思想、工作和历史的基础上，要求每位参加者都写自传，并要经过集体讨论和帮助进行反复修改。之后，山东分局和山东军区各直属机关、各个区党委和军区，开展了坦白运动，总共有五千多人参加了反省坦白运动。陈安波思想单纯，历史清白，两次反扫荡的离队隐蔽都有共产党员作证，本人没什么好坦白的，但她心里就是对"反省坦白"这样的词感到不舒服，总觉得这个词充满了居高临下和不信任、不尊重的内涵。她还立即想到了鲁景芝当年在"湖西肃托"时的无妄之灾。令她感到稍稍心安的是，由于严格执行了党中央"坦白从宽""一个不杀，大部不抓""反对逼供信"的方针，在"反省坦白"中有问题的人，似乎都没有经历鲁景芝那样的遭遇。山东的做法还得到了中央的肯定。

然而，没过半年，冬季来临时，随着山东分局有新领导从延安来，康生在延安整风审干中搞"抢救运动"那一套做法，传到山东。消息灵通人士对此议论纷纷，陈安波也听到风声，担心不已。后来她听秋实说，罗政委认为在敌后的战争环境下，那样搞可能出问题，决定先在分局办公厅、军区特务团、军区卫生部和大众日报社等几个单位试点，试点时果然出现了问题。

陈安江后来告诉陈安波，军区卫生部开了七天民主会，让给领导干部提意见。他整天忙得脚打后脑勺，根本抽不出那么多时间去开会，加上景芝如惊弓之鸟，坚决不让他去参会，所以并不知道会上都给领导提了什么意见，反正听说就有分局领导认为卫生部有问题，整了风要审干，还要找特务。恰在这时，敌人开始扫荡，运动不得不停止。结果经过反扫荡考验，被认为有问题的人不都是坏人，有的人还表现积极。陈安江很是不以为然地对陈安波说："敌后的审干，敌人都替我们做了大半了。怎么就不能吸取'湖西肃托'的教训呢？"

陈安波跟秋实也交换了意见，两人都认为，学习和发扬民主还是很有必要的。关于审干，秋实同意陈安江的看法：敌后如此艰难困苦条件下，坚持对敌作战，就是对干部最有效的审查。

罗政委就整风和审干提出了许多意见，主要是敌后不能机械照搬延安做法，必须从实际出发，实事求是地领导和开展党的整风审干运动。罗政委还提出口号：从检查领导开始，以检查领导结束。除普遍学习外，对领导干部应采用分期分批进党校学习的办法，学习文件，发扬民主，自我检查，领导鉴定。他发报向中央请示，中央同意了他的意见。

陈安江对陈安波说："还是得有罗政委啊！要不，可怎么收场！"

第二十三章　开被服厂

　　山东抗日根据地各军区的战役攻势还没有结束，1945年7月26日，《中美英三国促令日本投降之波茨坦公告》发布，日本法西斯败局已定。8月10日深夜，日本政府发出乞降照会的消息传到山东分局，同时传遍了全中国。8月12日，由山东省战时工作推行委员会改组而成的山东省战时行政委员会进一步改组成山东省政府，黎玉被推选为省政府主席。8月16日，山东军区所属部队编成山东解放军野战兵团，共二十一万正规军，在十万民兵和十万民夫的配合下，分五路，向济南、青岛、徐州、连云港等城市和铁路线大举反攻。

　　蒋介石国民党政府从来没有放弃过对山东的统治，继枪毙韩复榘之后，先后任命沈鸿烈、牟中珩、何思源主鲁。伴随共产党领导的山东抗日根据地成功地"送于阻李"，国民政府任命的山东省政府机关撤出山东，驻安徽阜阳。牟中珩与何思源于1944年12月30日被免职和任命，何立即赶到阜阳，改组政府，并于1945年9月1日抢占济南。这样，在山东省就出现了两个政权并存的局面，而何思源自诩为"正统"，一时迷惑性极大。

　　山东战事正酣之时，重庆谈判开始，国共两党对东北的争夺也紧锣密鼓地启幕了。8月底，山东军区由滨海军区副司令员万毅率领的

"挺进纵队"三千五百余人由海路开赴东北。9月11日，党中央决定从山东抽调四个师十二个团共两万五千人到三万人，由山东军区政治部主任肖华统一指挥，分散由海路进入东北。正是在这一天，临沂被攻克，山东分局和山东军区的指挥机关、山东省政府于次日进驻。

9月19日，中共中央作出"向北发展，向南防御"的重大决策，由代理主席刘少奇起草的指示电《目前任务和战略部署》提出："罗荣桓到东北工作。将山东局改为华东局，陈毅、饶漱石到山东工作。"10月13日，罗荣桓接到中央来电，决定第三期再向东北出兵五万人，主要从山东部队抽调，并催罗"率轻便指挥机关，日内去东北"。与此同时，山东分局还奉命抽调了四千多名地方干部随军奔赴东北。

10月10日，国共签署《双十协定》，其主要内容迅速传到山东。为显示和平和民主诚意，中共同意交出十九个根据地中的十三个，由国民党接收；同意分布在广东、浙江、苏南、皖南、皖中、湖南、湖北、河南（豫北不在内）各地之部队，由上述地区，逐次撤退，应整编的军队调至陇海路以北及苏北皖北的解放区集中。对解放区的政府问题，国共意见完全对立，中共先后提出四五种方案，均遭否决，双方同意继续就此商谈。

还在山东军区5、6、7"三个月作战计划"实施过程中，罗荣桓的病情加重。罗政委曾于5月下旬电报中央，希望派人来接替他的工作。但毛主席复电表示"病未好，甚系念。拟派林彪来鲁，尚未最后决定，稍迟当可酌定电告。你可于休养中，在病情许可下，指导大政方针，工作多交黎玉同志办。"此后，罗政委始终坚持带病工作，肾病越来越严重，小便都是咖啡色了，不能骑马，只能躺在担架上。

罗政委的病情，让山东军区卫生部的专家们看在眼里，急在心里。罗生特医生早就到山东来了，但因条件有限，只能保守治疗。因此，当日本乞降的消息一传到山东，陈安江立即就提出要到青岛去探讨病症、寻找治疗器械和药物。卫生部领导都知晓他的情况，没有二话就给安排好了行程。

8月下旬的中午时分，天气依然很热，陈安江身着一件淡蓝色的长袍，手提一个公文包，熟门熟路地迈步走进初九医院。陈安洋正坐在诊室的大靠背椅上休息。日本政府乞降的消息早就传遍了大江南北，青岛的日本人正惶惶不可终日。陈安洋已经料到了弟弟妹妹们近期可能来青岛，所以早就把积攒下来的医药器材打包装好了。

听到大门口动静，陈安洋抬眼朝窗外望去。他看着陈安江从院门外走进来，看着陈大哥拍拍他的肩膀，说了几句话，然后一手推着他进楼，一手抹眼泪，听着沉稳的脚步声，一步一步地离自己的诊室越来越近。陈安洋右脚的五个脚趾已经全都变黑了，但因为他自己的中西医治疗和饮食控制而神奇地减缓了恶化的速度，此时此刻，他多想站起来，去迎接八年多未见的兄弟，但他就是站不起来。

门被轻轻地推开了，两个嫡亲的兄弟，一个站在门口，一个坐在里面，对面无言，泪流满面。过了一会儿，陈安江走到陈安洋身前，半跪着抱住他，轻轻地喊了一声："大哥！"

陈安洋回手抱住弟弟，说不出话来，平静了一下，低声吟诵起来："剑外忽传收蓟北，初闻涕泪满衣裳。却看妻子愁何在，漫卷诗书喜欲狂。"

陈安江抬起身来，看着比实际年龄要苍老得多的兄长，朗声接道："白日放歌须纵酒，青春做伴好还乡。即从巴峡穿巫峡，便下襄阳向洛阳。"

洋江兄弟擦干眼泪，陈大哥送来一杯咖啡和一杯柠檬水。陈安江笑着先拿起玻璃杯，几口喝下柠檬水，然后再拿起咖啡杯，对陈大哥说："我有一个病例要请教大哥，很急。晚上再见大嫂他们。"

"放心吧，我谁都没说，他们正在午休呢。你们先谈正事儿。"

陈安江又小啜了一口咖啡："哎呀嘞，好久没有喝过咖啡了，真香啊。"说着，就从公文包里拿出了一沓儿纸，认真地跟陈安洋介绍和讨论起来。虽然只有诊断记录和各种治疗记录，没有X光片，没有见到患者，但陈安洋还是基本断定患者是得了肾癌，只是不能确定是左右哪只肾或双肾都有癌变，建议尽快手术，目前的保守治疗非常痛苦且不能根治。

陈安江听罢，心痛不已。目前根据地条件显然不行，而离开根据地的任何治疗，都不是患者本人能决定的。他除了报告诊断结果之外，能做的不多。沉默了好一会儿，洋江兄弟又谈起了家事，陈安洋这才知道，二妹陈安涓一年前病逝了。原来，钱昌寿坚持去潍县探望被关押在集中营的老师，陈安洋安排陈大哥陪着去。虽然日本人对集中营有严格管理，禁止其关押的盟国侨民与外联系。但集中营物资匮乏，侨民与营外的当地村民开辟了"黑市"，双方在熄灯后隔着围墙交易，日本人不知道为什么对此睁一只眼闭一只眼的。钱昌寿在潍县前后待了一个星期，花了不少钱，终于隔墙见到了老师，送进去一些鸡蛋和几匹棉布，约定再去探视。钱昌寿和陈大哥两人风尘仆仆有惊无险地回到了青岛，却没想到对钱昌寿潍县行一直担心不已的陈安涓突然病倒，而且招来了来势汹汹的急性心肌炎。初九医院所有能用上的药物都用上了，可仍然无力回天。

"安江啊，你们几个投笔从戎的，都没事。可安涓，一向性情温和，与世无争的，一个天生的好护士啊，我这个做大哥的，就在跟前，偏偏救不回她。"

"大哥，急性心肌炎本来就十分凶险，您一定是尽力了，昌寿肯定能理解。其他人都还好吗？"

"都还好。美美现在都是你三妹安洁带着，昌寿和我现在支撑着初九医院。抗战胜利了，真希望从此之后没有战争，国共两党达成和平协议，这个国家，我们这个家庭，真是经不起再打仗了。"

"大哥您现在的处境怎么样？没人来找您麻烦吧？"

"暂时没有。唉，家族遗传下来的糖尿病，这只烂脚，还真是给了我、我们一大家人和初九医院，真正的庇护呢。"

"可您这得忍受多大的痛苦啊！"

"没事了，看着吓人，实际上还承受得了。还可以再拖个三五年，然后截肢。"

"大哥……"

"一只右脚，不仅保住了命，还保住了全家，最重要的是，保住了气节。可以了，我很满意。对了，还支援了你们不少呢。对，对，一会儿明榕下来，你可以和他说说，看他能给你搞点什么。他正准备去一趟香港，找找他家人，另外也进一批货。他也不容易，香港被占领后就失去了父母的音信。"

"好，大哥，一会儿我就先见见大人吧，孩子们就不见了。之后我就回去了。"

"不多待几天吗？好好休息休息。"

"不行啊，大哥。您刚才说，希望这个国家实现真正的和平，但是我分析，有点难啊。"

"是啊，不乐观。"

"大哥，我分析，不仅是不乐观，而且是很不乐观。中国之所以能在这场战争中获胜，除了绝大多数中国人不愿意当亡国奴、誓死救亡图存这个基础之外，国民政府做得可真不够啊。'七七事变'之前，光咱山东就有'济南惨案'，之后有了'九一八'，《塘沽停战协定》《何梅协定》等等，丧权辱国的事儿做了一大堆。真是抗战了，先搞个大撤退，躲到重庆去了。除了在咱鲁苏交界的台儿庄打了一场胜仗，像样的胜仗就没打下过一场。敌后战场，基本是靠共产党、八路军啊，在咱们山东，多少国民党正规军投降了，叛变了，这个您清楚。要不是世界反法西斯统一战线，要不是美国在太平洋战场上的胜利和那两颗原子弹，日本可能真没那么快投降。"

"是啊，我认为日本人欺软怕硬，非得打疼他了，打趴下了，才会投降。而且普通日本人都被洗脑了，信仰天皇、武士道，真不是那么容易投降的。"

"国共两党经过一场抗战，各有所获，谁能拱手相让呢？"

"国民政府毕竟是正统，执政当局，共产党不能拿出态度吗？"

"能啊，所以毛主席才会去重庆啊。但是国民党不能抹杀共产党敌后抗日的功勋，不能不在和平民主建国的过程中有所体现以示诚意吧？"

"这是合理要求。"

"但是我分析，咱们的蒋委员长，可不是个大度的人呢。"

"无论如何，作为老百姓，我希望和平。"

"人同此心呢，大哥。不管谈判结果如何，我们这几个在抗日根据地的，都已经发誓要革命到底的。"

陈安江只在青岛停留了一个晚上，带着大哥给攒下的医药器材，就匆匆回根据地了。由于10月美军在青岛登陆，陈家兄弟姐妹为安全起见，没去青岛团聚。虽然日本投降了，但所有人都发现，战斗还在继续。因为蒋介石在国共谈判中以军政命令必须统一为借口，以各种手段调集在大西南的军队进入临近共产党、八路军所领导的解放区的周边城市和铁路沿线，同时纵容和指使日本侵略者拒不向共产党、八路军投降。而就在这个关键时刻，罗荣桓接到亲自带兵进军东北的命令。

陈安江和鲁景芝自是要紧紧跟随罗政委行动的，而陈家的其他几人都留在了山东。陈安波和秋实经过几次整编和调动之后，落定在第八师，奉命留在山东。鲁兰方所在医院最终也配属第八师。在胶东的陈安沄李少光夫妇继续在胶东区委做经济顾问。华北第一金矿玲珑金矿的守军已经全部逃离，玲珑金矿于9月10日恢复生产。山东纵队成立后便一直从事黄金相关工作的陈业因为成绩突出而得到提升，直接被调入胶东区工商管理局工作。

陈安江临行前，去看了陈安波。秋实和鲁兰方夫妇已经跟随部队与刚刚进入山东的新四军部队组成的津浦前线野战军，由陈毅兼任军长，黎玉兼任政委，开赴徐州、济南之间，阻止沿津浦铁路北上的国民党军队，陈安波在临沂的第八师留守处担任指导员。从9月上旬到12月下旬，津浦前线野战军奋勇作战，解放了峄县、邹县、临城、兖州、滕县等十几座城镇。

前线打得好，陈安波心里就踏实，对陈安江、鲁景芝跟随罗政委去东北，也是很放心的。两兄妹竟不约而同地对山东抗日根据地的未来有了不少的担心。

"二哥，你和景芝到东北去，可要注意保暖啊，那里已经是冬天了，听说不戴帽子能冻掉耳朵。"

"放心吧，东北那里能解决，听说日本人撤离时留下了很多枪支弹药，还有很多被服呢，随便捡。"

"有那么多？等不到你去，就被捡光了吧？"

"你说得有道理。我分析，日本人仓皇撤退时，确实来不及处理库存，毕竟他们已经在东北经营了十四五年，好东西不少。但我们不是第一批进入的，前期进入的，好多都是没带武器重装备的，所以即使能捡漏，也是被挑剩下的。我跟鲁芝都准备好了长棉袍，各人还置办了一件贴身穿的羊皮袄，大姐给我们织了两条羊毛裤，所以放心吧，冻不着。至于武器，我们本来就不上一线战场，倒是没什么。重要的是，大哥又给我准备了一套手术器械，这才是我最重要的武器。我们准备把孩子暂时留在胶东，请大姐先帮着带一阵子，等我们在东北站住脚了，再把孩子接过去。"

"你们都跟大姐说定了？"

"说定了，现在联系起来方便多了。胶东的人都忙着送大军过海，已经过去不少人了，到临沂来的人也很多。"

"二哥，你们这一走，罗政委这一走，我这心里怎么就有些不踏实呢？"

"哎呀嘞，安波啊，我也有点替咱山东担心呢。山东抗战八年，直到四三年确定了罗政委党政军一把抓，这形势才好起来，说明一个根据地的领导人实在是太重要了。"

"是啊，我也是这么想的。而且，《双十协定》已经签了，南边的新四军、游击队基本上都会撤到咱山东来，或者经过咱山东到东北去，山东现在的领导兜得住吗？咱山东抗日根据地供得起吗？"

"兜不兜得住也得兜着，谁叫咱山东干得这么漂亮呢！"

"二哥，你这还骄傲上了。"

"那可不是。抗战胜利后，我们党一共拥有十九块根据地，只有咱山东，是唯一一个以原建制省为主的根据地，唯一一个依靠地方党组织的力量，把握时机和先机，壮大党员队伍，建立武装力量，建设民主政权，还进行了减租减息以及货币金融斗争的将近三十万平方公里的大地盘儿。咱山东还有黄金、盐、花生油、棉花这些战略物资。陈业这小子不说，但他来过山东分局多少次，咱山东送过多少黄金到延安！光这一项，咱山东的贡献就大了去了。安波，我是跟着黎政委上徂徕山，又陪护黎政委第一次去延安的，你不知道，虽然所有的这些荣耀没我的份，作为共产党员我也不在意这些，可我就是与有荣焉。"

"咱山东人，不就是这样实在嘛。可这么多人、这么多队伍过来，驻下的，过路的，咱那点家底儿，哪够啊。"

"目前黎政委任山东分局书记、山东军区政委，主持山东解放区党政军工作，应该问题不大，黎政委是个干实事的人，对咱山东也有感情。津浦前线野战军打得好，说明他和陈毅同志的配合也不错，就看以后了。"

"国共武装冲突加剧，实在令人揪心。这《双十协定》签了也不管用啊，不知道党中央有什么决策。"

"内战不得人心，所以我分析，接下来，可能会接着谈吧，本来《双十协定》就还有许多未尽事宜，就像咱山东，两个省政府，这总不是个事儿吧。"

陈安江的分析颇有道理。《双十协定》签订之后，国民党方面没有停止向解放区的进攻，解放军军民也没有停止进行自卫反击，国共武装冲突愈演愈烈。经中共建议，国民党不得不同意进行停战谈判。正是在谈判期间，1945 年 12 月，中共山东分局扩大为华东局，由饶漱石任书记，陈毅、黎玉任副书记，张云逸、舒同任常委。1946 年 1 月 7 日，中央军委决定津浦前线野战军改称为山东野战军，陈毅任司令员，黎玉任政委。

停战谈判于 1946 年 1 月 10 日达成停战协定，规定国共双方均须于 1 月 13 日晚十二时起停止一切战斗行动。山东野战军的作战坚持到了停战协定生效前的最后一分钟。此时，尚未到任的饶漱石被派到北平主持北平军调处，由陈毅代理华东局书记。陈毅主要去打仗了，黎玉则主要做经济工作。山东解放区经济负担已经相当沉重，光脱产人员就达九十万之多。好在党中央对形势有客观估计，时刻准备应对内战，故而继续对地主阶级实行减租减息的政策，对汉奸恶霸进行反奸控诉和清算斗争。因此，减租减息再次成为山东解放区经济工作的重点，并且在新、老解放区各有侧重。农民对此非常欢迎，1946 年的农历大年初一是 2 月 2 日，所以有的村庄里有农民自己发明了"快着斗，快着算，翻过身来过新年"的口号。自 1945 年冬到 1946 年春，山东解放区过半村庄完成了"二五减租，分半减息"，共产党的威望在山东新、老解放区持续上升。中共山东分局在此基础上开展了"胜利人人有份，参军人人有责"的参军运动。在主力部队挺进东北之后，到 1946 年 6 月，山东解放区约有十万青年参军入伍。

停战协定生效后，山东解放区暂时出现了和平局面，临沂城和附近的乡村出现了许多合作社，手工纺织业有了较大的发展，各种打油、制粉、木工、铁工的生产和供销合作都多了起来。见此情形，留守在临沂城的陈安波并没有到峄县的部队驻地与秋实团聚，而是主动提出并经批准，在蒙阴开办了一家被服厂，专门生产军装和军鞋等等。陈安波做这件事情也是经过了一番调研的，首先是部队需要，其次是条件许可，再次也是最重要的，她有两个特别好的帮手，就是王大柜夫妇。王金柱王指导员已经随队开赴东北了，铁柱子还在胶东，由大姐陈安沄指导，接受正规教育。王大柜夫妻在把铁柱子送到胶东之后，没有回到祖居的小山村，那里实在太闭塞了。他们根据党组织的安排，在王大婶的娘家蒙阴岱崮，也就是铁柱子大舅家附近的另一个小村子，丁家村，重新落了户。王大柜依然是大柜，王大婶则重操旧业，做起了嫁人前就非常在行的裁缝。所以陈安波找到了王大柜夫妻，请他们帮忙，一个做采购员，一个做技术员，留守处的几位女干部也被陈安波动员起来，分别做了被服厂的保管员、质检员、会计和出纳。被服厂安在丁家村，离开临沂有一些距离，山沟沟里，鬼子扫荡都没有到过，比较穷困，相对安全。

王大柜一听陈安波的请求，就答应了。因为他们没有地，所以对村里减租减息、增加工资等活动，他们总感到有些隔阂，而作为共产党员的王大柜经常被派遣的一些任务，让他也有些为难。作为一个脑筋活络但却不种地的地地道道的农民，他发现，现在种地的人变少了，吃公家饭的人变多了，相应地，可能以后要征更多的公粮，出更多的公差，工作会更加难做。所以，有机会去做一件更适合他本性的事情，还能发挥老婆子的作用，他没有丝毫犹豫。

陈安波一边带着自己和鲁兰方的孩子，一边投入到了被服厂的工作中，每天忙忙碌碌的。说是工厂，其实就是一个比较大的手工作坊。王大柜采购原料，王大婶带几个心灵手巧的媳妇子按大中小号裁剪出上衣和裤子，多余的布料可以贴口袋，可以做绑腿布，再小的零头找两个大娘坐在那里糊鞋底。后来还做了一阵儿棉被和棉衣棉裤。陈安波和几位女干部商议，决定实行计件工资制，裁剪和缝纫、单衣和棉衣、衣服和裤子、大中小号，都对应不同的报酬。陈安波做了一张表，贴在作坊的墙上，一目了然。为了不耽误这些妇女做家务，作坊每天只开上午班和下午班，每周礼拜日休息。下工的妇女可以领鞋底回家纳，报酬也一清二楚。能不能拿到高报酬，既要看数量，更要看质量。只要质检员说不合格，一律要拆了重做。每周，陈安波还同会计和出纳开三个晚上的扫盲班，丁家村的大人孩子都可以来听课。鲁兰方则被陈安波请求，经秋实同意，每周一上午到被服厂的门房，为女工及家属和丁家庄的老百姓看病。这些善举，直到"文革"前，还被当地老百姓津津乐道，提起"陈指导员"，无不伸出大拇指。

每天都泡在被服厂的陈安波发现，女工们手快，嘴也快，每天都叽叽喳喳、东家长西家短的。但是很快，她们嘴里频繁地出现了"耕者有其田"、《九一指示》这样的术语和专用语。这是陈安波一向关注的事情。一打听，原来中央的土地政策有新发展了。1946年5月4日，中共中央通过《中共中央关于清算减租及土地问题的指示》，即《五四指示》，最主要内容是，将抗日战争以来在解放区实行的减租减息政策，改为实行"耕者有其田"政策。指示传到山东，主持工作的陈毅召开各战略区主要干部会议，传达讨论，研究贯彻执行的具体工作方案。然而，方案还没有制定出来，6月26日，蒋介石政府向中原解放区发起进攻，全面内战爆发。山东解放区的工作中心迅速转移到参军、支前和夏收夏种等方面，《五四指示》的全面贯彻落实不得不中止。黎玉在延安参与了《五四指示》的制定，并在参加全军整编会议之后于7月上旬回到山东。8月8日，中共中央要求山东加快土改进度。黎玉随即召开华东局群众工作会议，套开土地会议，结合山东解放区的实际情况，反复讨论了土改的原则、政策、方法和步骤，于9月1日通过《中共华东中央局关于彻底实现土地改革的指示》，简称《九一指示》，要求山东各解放区在年底以前全部或大部完成土地改革。

此时的陈毅，已经到了前线，并于7月底8月初指挥发起了山东野战军解放战争的第一仗。第八师奉命出动攻打泗县。然而，初战失利，第八师不得不回师鲁南休整。鲁兰方因随队出征、两个月没来陈安波的被服厂出诊，再来时，第八师已经浴火重生，兵强马壮，又准备开赴新战场了。

而此时的蒙阴和山东解放区的其他地方，已经根据《九一指示》开展了大规模的土地改革运动，力争实现"耕者有其田"的目标。《九一指示》着重提出，在土改过程中，对一切应予照顾的人给予必要的照顾，真正保持农村中有百分之九十以上的人民支持中共，并给地主留下生活出路，以缓和其逃亡，分化其内部。《九一指示》对山东各解放区有明确的划分，如已经清算而未彻底解决土地的地区，根本未实行土改的地区或者空白村，临战区，边沿区等等，甚至对孔府和孔家的土地，都有明确的政策。与之相配套，山东省政府还颁布了《山东省政府实行土地改革的布告》和《山东省土地改革暂行条例》。被服厂所在的小山村只有五十多户人家，没有成片的平地，没有地主，只有家家户户开垦的零散的山地，种玉米、地瓜等等口粮。王大柜夫妻，则连山地都没有开过，家里养了两头猪，十几只鸡，平常王大柜还出去找事做，王大婶在村里做裁缝，靠买粮为生。所以土改本身的任务并不重，但华东局要求在这样的村庄，也要发动群众，建立各类群众组织，支援前线，动员参军。

被服厂每周休息一天的时候，陈安波都会带着孩子去第八师师部驻地，先找鲁兰方把孩子送过去，然后带着自己的孩子同秋实团聚过礼拜天。秋实工作实在忙，逗逗孩子，问问情况，一块儿吃顿饭，陈安波则帮着洗洗涮涮，一天就很快过去了。但见到即心安，陈安波很知足了。礼拜一早晨，通常由鲁兰方牵着马，带着一两个助手和一些常用药，把陈安波和两个孩子送回被服厂，然后他再在被服厂出诊，下午骑马回驻地。陈安波关于山东解放区土改的消息，大多都是鲁兰方转告的。经过小半年的土改运动，到1946年12月，山东解放区有一千多万农民，从地主手中收回四百六十四万亩土地，加上原有的土地，人均拥有二点一五亩土地，基本实现了"耕者有其田"。被服厂所在丁家村的山地进行了确权，虽然低于解放区的人均水平，但女工们都很兴奋。不过，陈安波发现，大多数时候，女工们言谈举止间总有挥之不去的愁绪。

陈安波悄悄地问王大柜："大叔啊，最近有什么事情吗？为什么见着这些大嫂情绪都不高啊？"

"哎呀嘞，陈指导员，被你发现了。你知不道啊，俺村儿要出夫啊。"

"出夫？要打仗了，我咋没听说。"

"哎呀嘞，这古人不是说嘛，兵马未动，粮草先行。俺村出夫，是要先报名，然后去县上培训的。这就是要打仗啊。"

"是啊，蒋介石反动派向中原解放区进攻，悍然撕毁了国共之间的协定，政治协商会议也算白开了，咱得保卫解放区啊，不得不反击。"

"嗯，俺已经从乡上领回任务了，俺村这回要派十个民夫哩。"

"不少啊！咱村里已经有八个人在队伍上了，加上王指导员就九个了，还有十二个民兵，这回出十个民夫，那是不是凡是家里有青壮年的，都得上了。"

"是啊，俺这次报名了。俺是党员，不是光说不练，也得上啊，就是年岁略大。"王大柜挠了挠头皮，有点不好意思。

"大叔啊，您就安心去吧，村里的事情，有大家伙儿，婶子的事情，还有我哩。"

"俺这一批，三个月，可能不能在家过大年了，所以妇女们才有点不高兴。没事啊，大家都理解呢。这是保卫解放区，保卫俺们大家伙儿的大事啊。"

"大叔啊，您这么想就对了，蒋介石反动派不让咱过好日子，咱就革命到底，彻底打败他。"

和王大柜对话之后没多久，王大柜就领着人到蒙阴城里接受了五天的培训，丁家村的民夫编在一个班，王大柜任班长。民兵负责从前线往下运伤员，民夫则负责运粮食和弹药。民兵紧跟着部队，扛着简易担架，跑得快。丁家村的民兵还学习了胶东民兵的发明，做了很多带胶轮的新担架，跑得又快又省力。民夫在最后面，粮食和弹药都是胶东的民夫用手推车推来的，蒙阴的民夫接上换车以后推了跟着队伍走。

陈安波在一个礼拜日同秋实团聚时，问他是不是要出动打仗了。秋实告诉她："这个要听命令。"秋实对地方上的同志未雨绸缪，早早地组织民兵和民夫，还搞培训，十分赞赏。他也很赞成陈安波的提议，给丁家村的民兵和民夫每人都免费提供了一条棉裤和一副绑腿。

12 月中旬，第八师开动。在陈毅、粟裕指挥下，参加了黄邱套山区反击战、宿北战役、鲁南战役和莱芜战役，中间还经历了山东野战军与华中野战军的合编，成为华东野战军第三纵队的组成部分。莱芜一战，新成立的华东野战军主力不到三天歼敌七个师五万多人，据说气得国民党抗日名将王耀武痛骂战役指挥官，那位在抗战期间被共产党、八路军生生拦挡出山东省在此役中被俘的李仙洲："就算是五万头猪，抓三天也抓不完。"

第二十四章　保卫胜利

　　陈安波在丁家村的成年男性基本都上了战场之后，协助蒙阴县委，在村里做了许多工作，主要就是碾米磨面烙煎饼。县上任务分配下来之后，陈安波就暂停了被服厂的工作，协助丁家村的妇女委员，把全村能出来干活的妇女都发动起来。丁家村但凡有人参军、当民兵、出民夫的家庭都特别卖力，陈安波他们的鼓动口号就是：不能让咱子弟兵饿着打敌人。王大婶更是出了大力，村里没有大牲口，也没有壮劳力，她就带头去推磨，连推了四天，没有睡一个囫囵觉，又累又晕，昏倒在磨坊。陈安波后来知道，临近的野店镇，出了个"沂蒙六姐妹"，事迹上了《鲁中大众》。她心里那个后悔啊，光忙事了，怎么就没想着写篇文章投个稿呢！还宣传队出身呢，一孕傻三年，说得真没错。

　　莱芜战役后，山东解放区的渤海、鲁中、胶东解放区连成一片，秋实所在的华野三纵运动到天宝山西麓一带休整，陈安波恢复了战前的周末探亲。虽然有胜利的喜悦，但她还是对放弃临沂有许多不舍。就像延安是抗战时期进步青年心中的"圣地"一样，不知道从什么时候起，陈安波和她的战友们对临沂在山东抗日根据地和山东解放区的地位，也有了类似的执念，她还特别心疼根据地老乡不得不抛家舍业地躲避战火。3月份，蒋介石重点进攻延安和山东解放区，毛主席指出："存人失地，人地皆存。存地失人，人地皆失。"陈安波事后听到传达，想想也释然了。要不怎么办呢？美式装备的国民党军队，不比日军好打。

由于临沂被占领，抗战胜利后临沂风起云涌建立起来的纺织合作社大多数不了了之，丁家村被服厂的原料受到较大影响，只勉强支撑到2月底。王大柜带着民夫全须全尾地回村，一个个都又累又饿的。出夫三个月，丁家村派出去的十个民夫不仅没有一个逃跑的，而且每天都把小推车堆得高高的，规定每车装二百斤，他们都装三百斤以上。跟着部队走，没有人叫苦叫累。他们推的是粮食，但谁也没有私拿一两军粮。出发前，每个民夫都随身带了五天"三红"口粮，也就是红高粱、红辣椒、红萝卜咸菜。当战事开始之后，他们发现这么多战士，跑得太快，军粮可能接济不上，就自动把五天的口粮匀成七天吃。直到第八天，才根据规定，吃配给的粮食，但每个人都自觉地每天少吃二两。丁家村民夫班所在的民夫连在莱芜战役后被授予了"黎玉运输连"光荣称号。

王大柜在家狠狠地睡了两天，缓过来之后告诉陈安波，县里已经新给他派了任务，预征丁家村下半年公粮。

"预征公粮？"陈安波吃了一惊。还是3月春荒时期啊，为保军粮而不得不征收下半年的公粮，这是抗日根据地和解放区破天荒的大事件。这需要做多少工作啊。虽然1946年山东仍然是丰收年，但像丁家村这样人均山地都不到一亩的山村，家家户户余粮都不多。公粮的标准是按山东全省地亩和公粮总数计算出来的，平均每标准亩常年产量算为一百五十斤，十六两为一斤，公粮要交十八斤。其中三分之一要交小麦，三分之二可交秋粮。此外还要交田赋和契税。田赋一年征收两次，每亩共合五到七斤粮食。契税每亩按北海币三十元、五十元和七十元三档征收。丁家村因为都是山地，公粮和田赋都按标准的一半交，契税按最低档交。可即便如此，负担仍然很重，好在1943

年之后连年丰收，又有一个被服厂可以帮助增加收入，所以村民们尚有余粮，小有活钱，可以勉强维持。

王大柜跟陈安波说，除了组织预交公粮，还得组织村里男女老幼都参加生产，尽早完成春耕，以防壮劳力再次被征出夫。丁家村的民兵经过几次战斗，已经上调为地方部队，任务不变，但人是不会回来了。他虽然不是村支书，但是军属，要带头。被服厂办不下去了。

陈安波和战友们迅速结清了女工们的报酬，打包了成品，准备归队。然而还没动身，陈、粟首长发起的泰蒙战役就开始了。华野主力一度主动放弃新泰、蒙阴县城，取得歼敌两万八千余人的胜利之后都没有休整，而是继续在不断运动中寻机歼敌，最终在5月16日在孟良崮全歼敌整编第七十四师。部队开动时，秋实没有派人通知陈安波，也没有料到会放弃蒙阴县城，好在丁家村离县城还有些距离，群众基础好，陈安波有隐蔽经验。所以，在丁家村的陈安波，只知道部队又去打仗了，却根本不知道蒙阴县城丢了。她安心地带着两个孩子，等待着部队胜利归来。

孟良崮战役的胜利，打蒙了重点进攻山东的国民党军队，迫使其暂时转攻为守。此时，山东已经进入了夏收夏种阶段。在胶东学习了几年的铁柱子顺利地高小毕业，回鲁中家里来了。只是，铁柱子一毕业就报名参军，回家住了几天就走了。王金柱离开山东赴东北之前也曾回家来告别，但迄今音信全无，王大柜夫妻觉得没有消息就是好事，平日强忍思儿之情。没想到小儿子背着爹娘自己做主去参军，心里又自豪又无奈。王大婶抹着眼泪跟陈安波说："安波，闺女啊，你说，俺舍不得也得舍啊，铁柱子自己有主意，俺根据地哪家不是这样，妻送郎，娘送儿，最后一个儿子，送战场。俺村还有点存粮，俺听说，还有地方的老百姓，每天只喝一碗稀粥，省下粮食当军粮呢。赶紧打赢了这仗，再也别打了吧，让俺老百姓过几天安生日子。"

陈安波跟着抹眼泪："婶儿啊，别难受。我看着铁柱子已经长成大人了。他人机灵，又学了文化，在部队里一定能有出息的。等咱革命胜利了，您就等着抱大孙子吧。铁柱子哥俩的，您到时候抱都抱不过来。"

王大婶伸手摸着陈安波已经突出的孕肚，呵呵一笑："那感情好啊。闺女，你这都七八个月，快生了，也是受罪啊。俺有时候想想，现在可真不是生孩子的时候，女人家，苦啊。"

陈安波笑笑，没有接话。

王大婶接着说："闺女啊，你看，你要不要带着俺和你大叔，跟着你，照顾你呢？到你生了，孩子大些了，俺们就回来。俺瞅着，你那对象是大官儿，忙得很，不一定顾得上你和孩子呢，你这还有两个小的要带。"

"啊？婶儿啊，那敢情好！可是这事儿，我想都没想过呢，你让我想想再答复你吧。大叔能行吗？"

"能行，俺俩已经商量好了。你们把铁柱子送到胶东，供他吃喝，培养他高小毕业，俺两口心里总想着要报答你和你大姐嘞。俺俩现在没什么负担，丁家村也是暂住，到哪儿都行。俺俩饭量不大，俺会做衣服……"

"婶儿，婶儿，你别说了，你是要帮我忙，怎的还说这个？"陈安波拦住了王大婶继续说下去，心里其实已经打定主意，要带王大柜夫妻一起离开。因为她确实需要有人帮忙，不得已时可能还要暂时离开，跟着部队行动，她一个孕妇只可能拖后腿。

就这样，陈安波征得秋实的同意，带着两个孩子、王大柜夫妻和被服厂最后的产品安全地转移到沂源的小黄庄，与在那里休整的秋实团聚。秋实早见过王大柜，此刻见到他夫妇二人一同前来，由衷地感谢他二人"雪中送炭"。

然而，不等王大柜夫妻在小黄庄安顿好，蒋介石再次集结重兵，准备对鲁中山区发动进攻。陈安波此时已接近临产，为了不影响部队行动，她主动提出到胶东大姐陈安沄家待产，秋实同意了。鲁兰方得知后自告奋勇地提出陪护陈安波过去，顺便把自己的孩子也一并送交大姐看护。此时鲁中解放区和胶东解放区已经打通，沿途是安全的。虽然一个孕妇两个幼儿走不快，但回程骑马，往返总共也要不了多长时间，所以领导批准了。

出发的第一天，鲁兰方的助理用秋实从延安带来的结结实实的帆布马褡子，把两个幼儿一边一个放进去，搭在马背上，走在前面，王大柜夫妻走在中间，不时地快走几步，看看两个孩子的情形，喂点水什么的。鲁兰方牵着马，马背上驮着大人小孩的行李，跟陈安波走在后面。走着走着，鲁兰方忽然问陈安波："安波，你最近都在小黄庄，听到有什么议论吗？"

"什么方面的？"

"唉，你的担心，我们的担心，都不幸应验了。"

"你说的是饶书记？我听说他去年12月，平安夜那天到的临沂，正式就位了。是关于这位新领导的议论吗？我听说了不少，心里可不得劲了。"

"这位饶书记，七大选出来的中央委员，得票比罗政委靠前，也比陈毅同志靠前，咱黎政委才是个候补中委。"

"这就是他的资本啊，三哥，要不他怎么才一来，不到两个月，我打赌他情况还没搞熟悉，山东还在打仗呢，就批起《九一指示》来了呢？！而且，就我在丁家村所见，解放区的老百姓是欢迎《九一指示》的，怎么能说是有'富农路线倾向'呢？"

"你那个丁家村，穷得叮当响，连个富农都没有，没有代表性。但是，解放区人民宁愿自己饿肚子，也愿意参军、支前，足以说明《九一指示》是适宜的，也是正确的。"

"其实，我心里感到最不平的是，现在山东是战场啊，国民党重点进攻的两个地区之一，吸引了多少国民党军队，压力有多大。可就在这样的环境下，莱芜战役结束后，黎政委还到渤海区视察，检查了解渤海的土改进展情况。可那位饶书记呢，愣是在战斗的紧要关头，发出个《二二一指示》，也就是那个《关于目前贯彻土地改革、土地复查并突击春耕的指示》，夸大工作中的缺点，直接就说是‘富农路线倾向’，怎么能这样呢？前方在打仗，黎政委在那里还要忙着支援前方，民兵和民夫，粮食和弹药，多少事啊，后方居然开了这么一个会，他们怎么开得下去？”

“饶书记的批判可要厉害多了，说山东党是‘富农党’，走的是‘富农路线’，比你那个‘倾向’要严重多了。”

“三哥，你说，要是罗政委还在山东，会这样批黎政委吗？即使土改中存在这样那样的问题，也不会这么不厚道吧。饶书记到底想干什么？我怎么觉得，看不透呢？”

“厚道？安波，我认为在他心里，是不讲厚道不厚道的，虽然以‘党性’为名，但其实根本就没有共产党员的党性。山东搞得太好了，他们以小人之心度君子之腹，以这种极左的态度和路线来对待山东的同志呢。”

“有这么严重吗？那黎政委也不是山东同志啊，是‘山东化了的外地干部’，这可不是我编造的，是刘少奇同志1942年来山东时说的，我们都知道。”

“你跟秋实谈过这事儿吗？”

“怎么没谈过啊。秋实还跟我说了陈毅同志开会传达讨论《五四指示》的情况，他们都旁听了。陈毅同志在会上介绍了过去在江西苏区土改时‘左’倾错误路线造成的危害，说千万不要再走王明‘左’倾老路，不要造成‘赤白对立’呢。”

“《九一指示》下发的时候，陈毅同志已经上前线了，但他还是华东局主持工作的副书记，黎政委也是副书记，排名在陈毅之后。那个时候秋实也上前线了。”

“是的，秋实说，地方上的工作是军队打胜仗的保障，很烦琐，很不容易。我心里不舒服，还接着跟秋实说，那饶书记刚来山东不到两个月，就这么否定山东的工作，陈毅同志不说句话吗？没人向党中央报告吗？”

"你可真能啊，什么话都说。秋实怎么回答你的。"

"两口子嘛。他先瞪了我一眼，然后，然后居然叹了一口气，说陈毅同志不容易啊，还说了个饶书记在新四军排挤陈书记的'黄花塘事件'，以及七大后陈毅同志对回华中局和到华东局来工作的顾虑。"

"毛主席是肯定陈毅的。但显然饶陈之间关系微妙，所以书记到岗了，排名第一的副书记索性就去前线了。"

"秋实是个党性很强的人，他不肯多说，我也就不再提了。反正，批黎政委这事儿，我看不简单，既恶心了陈书记，又冲击了山东本地的主要领导。"

"真希望罗政委没有到东北去，继续在咱山东干。罗政委在，肯定没这些污糟事。"

"三哥，记得你跟我们说过，党内不像我们这些人想象的那样纯洁，我现在是有了深切的体会。跟你说，我跟秋实结束这个问题的讨论时，就是这样说的。不管别人如何，也不管这个别人地位有多高，我加入共产党，最初是为了抗日，现在是为了劳苦大众的解放、和平建设国家，为了实现共产主义这个崇高理想，反正我是不会做这种不厚道的事情的，真正讲党性，革命到底。"

"罗政委当初到山东没多久，就果断处置了'湖西肃托'事件，救了景芝。后来被朱瑞同志当面训斥，陈代师长也常发脾气，真是很不容易。咱黎政委，好脾气，好人品，好党性啊，跟着那么多一把手干，更不容易了。再说，朱瑞同志、陈代师长、陈毅同志，可没那么让人捉摸不定，都光明磊落的，为人还是很好的。"

"罗政委对山东整风运动的看法、做法和最后向毛主席、党中央的陈述，秋实特别钦佩。"

"是啊，那是顶了多大的压力啊。没有罗政委，就没有抗战胜利后山东的大好局面。如今战事当前，希望咱饶书记别再搞出什么事情来。"

"三哥，我怎么觉得，咱山东的大好局面，被用得太狠了呢？向东北派兵、向津浦线作战，然后就是一次次的自卫反击，还有接收了那么多南方撤过来的战友，山东人民真是掏心掏肺的，连家底都掏空了。"

"这难道不是黎政委这样的领导做群众工作、《九一指示》的成果吗？我人虽然在部队，但还是懂得地方工作的重要性。不过，安波，咱看形势还得眼光开阔点儿，不能只局限于山东这一块儿地方。嗯，就叫立足山东，放眼全国，胸怀世界吧。"

"三哥，道理我都懂，就是心疼咱山东。等革命胜利了，一定要对山东的老百姓好。老百姓不会说，只是做，咱共产党是不是还要给些实际的奖赏和补偿？"

"哎呀嘞，我收回刚才的话，你想得很长远呢。"

"三哥，不知道部队下次什么时候出动，你们都要注意安全哪。孩子你和嫂子都放心吧。"

"你自己也当心，虽然是第二胎，胎位正，但是生产的时候也不要大意。如果条件允许，多补充点营养。给，这是我和你嫂子攒下来的十二个大洋，还有七百块北海币，你拿着用。"

"行，我先拿上了，用不了也不还了啊。"陈安波没有客气，罗政委亲自批给卫生部技术干部高薪，鲁兰方夫妇比她有钱。"放心吧，胶东目前安全，大姐大姐夫在，陈业也在，还有王大叔王大婶儿。真有事情，我们就想办法避到大连去。"

陈安波没想到自己一语成谶，真的在生产满月之后乘船去了大连。

鲁兰方和陈安波去往胶东的时候，还不知道，就在这短短的喘息时机，华东局在饶书记的带领下，连续发出一系列反对"富农路线"的指示。6月下旬，中共华东中央局在饶漱石主持下，在诸城县的寿塔寺召开扩大会议，会后于7月7日发出《关于山东土改复查新指示》，即《七七指示》，全盘否定《九一指示》，指责《九一指示》"采取了与中央完全相反的方针路线来作为土改的指导原则"，存在三点原则上的错误，一是方针上的非阶级路线，二是执行方法上的非群众路线，三是领导上的自满自足放松土改。《七七指示》还宣布停止执行省政府的土地法令，重新作出了十三条规定。

鲁兰方把陈安波和两个孩子送到胶东葛家庄之后，次日就赶回鲁中部队去了。6月30日，刘邓大军强渡黄河，华东野战军分兵。陈毅、粟裕率西兵团为配合刘邓千里跃进大别山而到外线作战，三纵被划为西兵团，许世友、谭震林率东兵团，坚持在山东内线作战。华东局机关在饶、黎带领下往胶东的平度、招远一带移动。

在胶东待产的陈安波听到华野分兵和《七七指示》，竟是伤心不已，气愤地对李少光和陈安泫大声说道："怎么能这样啊？"

"是啊，这《七七指示》明面上看是否定《九一指示》，实际上是否定了《五四指示》。我是一条一条地对过《九一指示》和《五四指示》的。前面还有个《二二一指示》，跟这《七七指示》一脉相承。安波，这有什么来头，你知道吗？华东局有意见分歧了？新来的饶漱石书记听说资历很老啊。唉，他肯定没做过地方工作，不熟悉中国的农村和农民，这个《七七指示》太激进了，要出事的，而且还非要在这个日子发布，简直莫名其妙！"李少光眉头紧皱。

"会出什么事？"陈安波问道。

"唉，说起来真让人担心呢。那个《二二一指示》一下，山东就进入了土改复查阶段，明显地太过激进了，把中农都列为打击对象了。须知，就咱这胶东来说，很多中农都是四三年减租减息之后，经过辛勤劳动和省吃俭用，从贫雇农上升来的，是共产党最真诚的拥护者啊。土改复查，居然把这部分人都打击到了。还有，提出'由贫雇农当家做主''群众愿意怎么办就怎么办'，实在太脱离实际了。当政者不知道吗，山东，不，就胶东来说吧，现在的贫雇农可不是'双减'前的贫雇农，现在的贫雇农，如果不是重病残疾，战场上受伤的不算啊，那基本就是游手好闲的混子、二流子，这些人当家做主，村支书全靠边站，还不乱了套了？村干部都干错了？白干了？还有，取消区别对待政策，对在抗战中与共产党合作的民主人士也是一通打击，连'三三制'都不讲了，唉，村里都乱套了，乱打、乱杀、乱抓、乱斗的事情天天发生。共产党好不容易建立起来的威望，一个土改复查，全毁了。"

"有这么严重？"

"我留在胶东，就是研究土地政策的。目前大行其道的这个《二二一指示》和《七七指示》，可不太行啊，共产党得民心这个大好形势就要被自己断送了。"李少光声音越来越高，语速越来越快，"安波，你说说，这位饶书记什么来头？什么阶级？想干什么？为什么不阻止他？"

陈安波说："就华东局书记啊，中央委员，排名在罗政委和陈毅同志之前呢。"

"书记就能不顾实际情况吗？"李少光余怒未消，不由得对安波说起了自己的犹疑，"欸，安波你知道我为什么迄今不愿意加入贵党吗？一来，你们那个阶级学说，我有点不能苟同，特别是我这样的人，算什么阶级？要被中国现今人数很少的、还没有什么政治作用的、大字都不识几个的工人阶级领导？我不愿意。二来，你们那个纪律要求，我实在不能适应。一讲纪律，就没人敢说话了。就像景芝碰到的'湖西肃托'，连那个平级的大队长都敢不经审讯就抓就打，而那个大队长居然事先都没有丝毫的觉察，也不报告，被打了也不反抗，听说见到罗政委只会哭。如果不是罗政委，景芝这样的脑袋都不保。所以，不解决自下而上的问题，民主、平等就是空话，要坏事儿。"

李少光停顿了一下，整理了整理自己的思绪，继续说道："我是学经济的，就想着为自己的国家做点事情。所以抗战前，我是推掉了很多大学的聘请，毅然回国参加乡建运动，从始至终啊，最后是虎头蛇尾、无果而终。我不甘心啊，中国没有希望了吗？所以抗战一开始，我就到了胶东，亲身经历了共产党、八路军由弱到强，抗日根据地经济贸易货币金融政策从无到有的过程。安沄啊，虽然在这个过程中，我们不幸失去了女儿，但是我还是觉得我们留下来是对的。安波，你不知道，抗战胜利之后、全面内战爆发之前，我是多么自豪地跟我在美国的朋友通信，告诉他们我的经历，根据地在经济学理论方面的创新，比如薛局长提出的货币准备金的问题，也就是山东抗日根据地发行的北海币不是用传统货币理论规定的金银，而是用粮食、布匹这些战略物资，也就是实物作为准备金的政策。它成功了，比其他抗日根据地都要成功啊。我参与其中，躬逢其盛，多么幸福啊。抗战胜利后，我也是衷心支持共产党、坚决反对国民党的。但是，但是，我真没想到，共产党怎么能在处境稍有改善、事业远未成功的时候，就这样骄躁、浮浅，连着用两道指示来否定前面的、已经被事实证明是正确的工作呢？工作中怎么可能没有失误呢，战争状态下更不能绝对化。这个《七七指示》，让我感觉很不好，不寒而栗啊，这样下去，共产党怎么能在内战中取胜？"

陈安沄阻止李少光说下去："你行了吧，又上课呢，别吓唬安波。还是说说吧，眼下我们该怎样应对这个形势？"

"首先要等到安波生产之后，我们才能计划下一步怎么办。"

"那是自然，安波也是在这几天就要生了。"

一周之后，7月中旬，陈安波顺利生下第二个女儿。此时，因华野主力已经撤出鲁中跳到外线，国民党军队已经打通了胶济线。8月18日，蒋介石飞到青岛，部署"九月攻势"，并开始集结兵力，准备消灭胶东我军主力，同时切断山东与东北的海上联系。

李少光天天关注着形势。当听到消息、得知蒋飞青岛后，认为国民党军队对胶东的围攻在所难免，胶东不安全了。保险起见，他认为妇女和儿童应该立即撤到大连去。此时，胶东大连之间每天都来往着大大小小的各种船只，大部分是从大连或者朝鲜满载着各种弹药到烟台来的，胶东大规模的撤退还没有开始。陈安波此时还不想走，因为还没有人撤，她觉得自己带着孩子先撤，以后会说不清楚，而且目前看也没有紧迫性。胶东解放区是老根据地了，也许守得住。

国民党军队对胶东的进攻于9月1日开始，陆军副总司令范汉杰兼任司令官指挥，齐头并进，密集平推，分三路向胶东腹地逼近，战事越来越吃紧。虽然内线兵团谭震林部拖不住、许世友部挡不住国民党天上、地面和海上的全面进攻，但是仍然为胶东非战斗人员向大连的撤退争取了宝贵的时间。危急关头，陈业重操旧业，要带着黄金撤到大连去。为此，他要先去大连打前站，依靠当地党组织找到一个安全而秘密的地点，就正好带上了沄波姐妹、李少光、四个孩子，还有王大柜夫妻乘船同往。此时大连还由苏军控制，比较混乱。情急之下，陈业找到华东局在大连主办的兵工厂，大连建新公司，年前他还作为工作人员陪同黎政委来过，跟公司领导有一面之缘。在建新公司的帮助下，陈业找到了黄金的栖身之处，同时在甘井子附近找了一所小房子，安顿了随行大小九口人，也算是为自己人来往安下了众多落脚点之一。

国民党军队10月1日攻占烟台，10月13日占领威海卫，胶东解放区基本沦陷。许、谭率部拼命抵抗，一度差点被赶下大海。华东局及鲁中、鲁南区党委机关及所属部队、兵站、医院、荣军学校共四十万余人，撤退转移到渤海区内的黄河以北地区。蒋介石认为局势已定，10月16日再次飞抵青岛，准备抽兵他用。然而，蒋高兴得太早了，撤走部队之后，许、谭率领由东兵团改名而成的山东兵团，开始反击，11月打了一场胶高追击战，12月打了一场莱阳攻击战，从而彻底粉碎了国民党对山东的重点进攻，改变了山东战场的战略态势。

形势一有好转，华东局继续抓土改。七大当选的中央委员康生主持了1947年10月8日至1948年2月25日的渤海区土地会议和1948年1月1日到2月17日的胶东区土地会议，两个区的党委书记景晓村和林浩均遭到撤职和批判。饶漱石于1947年11月到12月在诸城召开了由鲁南、鲁中、滨海三个区的领导参加的大鲁南土地会议，鲁中区党委书记霍士廉、行署主任马馥塘等被撤职。饶在会上罗织黎玉把徂徕山起义作为山东建军节的罪名，公开批判黎玉"山头主义"。在与胶东土地会议套开的胶东高干会议上，康生指责黎玉"对景晓村、林浩等人的使用是宗派主义"，饶漱石在会上作《关于山东黎玉、胶东林浩的报告》，继续对黎玉的批判，在黎玉"山头主义""宗派主义"的罪名之外，批黎"排斥华中干部"，"不顾大局"搞"地方主义"。

胶东保卫战之后，山东兵团集中在掖县、平度一带进行新式整军。陈业此时又从胶东来大连，准备把黄金再秘密运送回去。因为房子租到年底，一家人原本计划1948年元旦前即渡海回胶东到掖县去，陈安沄曾在掖县当小学教员，学生多、熟人多，预计到2月10日春节前怎么也能安顿下来了。但陈业阻止了他们，他说胶东出现了粮荒，四个孩子的口粮有点难办，不如再等等看。另外，陈安波和王大柜的组织关系有挂靠单位，他们每周都去报到，参加学习讨论什么的，所以稍晚些回胶东也问题不大。

陈安波和陈安沄姐妹对胶东出现粮荒吃惊不已，李少光更是捶胸顿足，他非常懊恼，怎么在撤离前就没有跟林浩书记预警呢，那个《二二一指示》一下，胶东农村肯定是乱象丛生。再来个火上浇油的《七七指示》，谁还愿意勤勤恳恳、本本分分地种地呢？因为收成好了就上升为中农、成斗争对象了。加上大规模的战争环境，青壮年不是参军就是支前，胶东劳动力极度缺乏，更加没人种地了，种了也被战争毁了。这还是就一般农民的情况而言，实际情况要复杂得多。

"我怎么就没跟林书记提醒一下呢？我还是经济顾问呢，真失职。"

"少光，别自责了，当时那个情况，那么紧急，你能找到林书记吗？"

"是啊，大姐夫，当时形势下，保住胶东是第一位的。"

"唉，那我也应该跟薛局长提提啊。"

"大姑父，您也见不着薛局长。胶东保卫战前后，他随华东局机关在胶东区和渤海区移动，10月初就奉调离开山东了。"

"唉，唉，我这个顾问，真是尸位素餐！"李少光自责不已，以至于元旦刚过不久，有一天早晨突发眩晕，剧烈头痛到不能说话，左边胳膊也抬不起来了。陈安沄和陈安波都有些医学常识，见到这些症状，立即联系大连寒冷潮湿的冬季，认为这极可能是脑中风。姐妹俩迅速分工，陈安波和王大婶留在家里看孩子，陈安沄和王大柜立即找车送李少光到苏军医院急诊。然而，还是耽误了，李少光没有留下任何话，在1948年的第三天，病逝于大连苏军医院的急诊观察室。

"英年早逝，壮志未酬，壮志未酬啊！"陈安沄痛不欲生，几年前失去了女儿，如今在异乡又失去了丈夫。如果不是恰好陈安波在身边，如果不是几个孩子需要她照顾，如果不是王大柜夫妻特别是王大婶，从前的职业女"知客"的开导，她恐怕就追随李少光去了。

第二十五章　革命到底

　　胶东有粮荒，大连的粮食供应也很紧张。李少光突然病逝，让陈安波下定决心，尽早回山东去，毕竟那里有熟悉的山水熟悉的人。因为烟台已经被蒋军占领，陈安波从大连不能直线回山东，而是要向东绕一绕，在荣成俚岛一带上岸。四个大人，一人带一个孩子，除了身上穿的棉袄棉裤，各人身后背一个包，放着换洗的衣服，身前捧着一床大棉被，把孩子和自己紧紧地裹在一起。平安抵达之后，王大柜张罗着，一行人终于在陈安沄昔日学生的帮助下，在掖县安顿了下来，而且幸运地都很健康。此时，他们最怕的就是孩子生病。

　　大年初三，陈业带着铁柱子找了过来，一见面，一家人抱头大哭起来。陈业此时才知道，李少光走了，刚刚平静下来的几个大人又再次流泪了。过了好一会儿，王大柜夫妻领着铁柱子和孩子去了东厢房，把正房留给了陈家人。

　　"大姑父，是得了什么病啊？我上次看到他，不是还挺好的吗？"

　　"送到苏军医院的时候，就不行了。我们估计是脑中风。"陈安沄哽咽地解释。

　　"啊，脑中风啊？那是不是我带去的消息，刺激大姑父了，诱发了？"陈业有些自责。

"不，不，跟你没关系。你大姑父发病很急，走得很快，没有什么痛苦……"

"呜，呜……大姑，我大姑父这是壮志未酬身先死啊。他是美国留学生，大经济学家，要不是想改变中国农村落后和中国农民的穷困，他不在大学里教书，每天牛奶咖啡雪茄的，他跑到咱这农村来干什么？一待就快二十年。可是他就这么走了，无声无息的，我难过，我心疼啊。"

"陈业，你都快过而立之年了，稳住了。现在我们都要靠你呢。你看看，你大姑现在都瘦得脱相了。"陈安波插话道。

陈业扶陈安沄坐下，给她倒了一杯热水："大姑，喝口水。我不是有意要惹你伤心的，可太突然了，我没稳住。大姑啊，你要保重自己。"他看着陈安波："安波，你在家带孩子，可能还不知道外面的形势吧。今天我们三个人一起讨论讨论吧，我都快要憋死了。"

"怎么了？"陈安沄擦了擦眼泪，问道。

"你们知道吗？林浩林书记和渤海区的景晓村景书记都被撤职了，黎政委也被批判了，咱山东的干部从上到下，凡是跟着黎政委干的、同黎政委观点一致的，基本上都被撸下来了。"

"你说什么？为什么？什么名义？"陈安波一连串地发问。

"安波，你平静平静，听陈业说。"陈安沄已经镇静下来了。

"大姑，四姑，记得大姑父听我讲了咱胶东要落实那个狗屁《二二一指示》和《七七指示》、今年会发生粮荒时，自责不已，说要是给林书记提个醒儿就好了。可是，你们不知道，就是前两天，林书记被撤职了，明面上，他和景书记都调到华东局政策研究室当研究员去了，可实际上是什么待遇，我们都不知道，想必他们的日子都不好过。如果大姑父回来了，他去找谁呢？给他尊重和庇护的人，自顾不暇了。现在得意的人，会继续尊重大姑父这样的人吗？大姑父岂不会很尴尬，甚至可能会无立足之地。如果真发生那种情况，大姑父该如何自处？"

"你大姑父还写了一本书呢，关于山东的土地制度和中国的土地改革问题的。"陈安沄喃喃道。

"大姑、四姑，你们知道的，因为大姑父的教导，我们家的人都关心土地问题，都认为解决中国问题的关键在于解决土地制度问题。抗战以来，山东的局面一直不能打开，就跟没有解决这个问题有关。直到1942年刘少奇同志来，指出山东问题的关键是没有发动起农民来，而没有发动起农民的关键是没有解决减租减息问题。自此，山东各个抗日根据地都开始了轰轰烈烈的减租减息运动。有些地方，因为战争耽搁了，1943年的复查也补上了。好了，山东抗日根据地面貌一新。抗战胜利了，蒋介石要打内战，在这种情况下，山东解放区继续实行减租减息政策，而且还进了一步，根据《五四指示》实行《九一指示》，耕者有其田，所以才得到了广大农民的拥护。四姑，这才有了你在蒙阴，也就是鲁中，沂蒙山区，亲眼看到的情形，老乡们把最后一个儿子送上战场，宁愿自己一天喝一碗稀粥也要交足军粮，王大叔出夫，丁家村没有一个逃跑的。老百姓是真心支持共产党啊。

"胶东的情况同样如此，所以大姑父才写书，才给他美国的朋友作宣传，共产党得道多助。可是你们看看这半年，胶东保卫战，老百姓是怎么对共产党的。不错，确实敌强我弱，但9、10月份那些仗，就没什么老乡的支持，为什么？因为'一切权力归农会'，村里的二流子、懒人成了当家做主的贫雇农，过去在抗战时候还支持过共产党的士绅全被挖浮财了，原来的村干部大多都认为是'石头'给搬走了，靠边儿站了，中农也被斗了，都寒心了，谁来组织支前、出夫？那些个二流子、懒人，本来就是游手好闲、吃不了苦的人，靠他们吗？哼，他们都先跑了。所以，大姑、四姑，那两个月，别的不说，咱山东兵团就是在胶东，也跟没有根据地一样。

"跟着国民党反动派一起过来的，还有还乡团，这是些真正凶残的反人民的势力。所到之处，烧杀掳掠，无恶不作，对村干部和积极分子刀铡、火烧、水淹、断肢、开水烫、活埋、剖腹挖心、轮奸妇女，无所不用其极，不少村庄被杀成了'无人村'。我和铁柱子是跟着华东局机关撤到渤海区的最后一批人，感觉真是众叛亲离啊。但是，还乡团的残暴就像一个反面教材，刺激了那些对共产党有些失望、继而沉默地不再提供支持的人。再说，还是有许多真正的共产党人存在的，咱的武工队还有，地雷战还在，所以老百姓回过头来，还是支持共产党，所以胶高追击战有二十五万民工、莱阳攻击战有十万民工，虽然中间跑了不少，但补的也不少。"

已经进屋听了一会儿的王大柜补充道："俺那会儿出夫，俺村没跑的，但别的村儿真有跑的。跑的原因可多了，吃不饱，家里没人种地，太辛苦了，都有。俺最害怕的也有两次，推车跑着跑着，怎么就跑到敌人前头去了，吓得大家伙儿赶紧推车跑到路沿，跑到边儿上的山里去躲着了。这个时候，自己想跑也不敢啊。"

"跑回去的人，村里会送回去吗？"陈安沄问。

"那不会。一般跑回去的人，村里的都同情，有的还帮着掩着藏着。出夫都是三个月，到时候了，就用不着藏了，送回去是不可能的。"

"不管怎么样，胶东保卫战胜利了，所以，关于土地改革的问题又被那些人提出来了，好像很有道理一样。大姑、四姑啊，你们不知道啊，我这心里难受啊，这不是过河拆桥、卸磨杀驴吗？胶东的四十万人撤到渤海去了，缓过气来就把景书记给撤了。胶东四个月的战斗结束了，硝烟还没有散去就把林书记给撤了。他们到底错在哪里了？他们都是山东党组织失去同党中央的联系之后依然为党的事业奋斗的坚强的共产党员啊。分区一级的党委书记、行署主任好多都被撤了，下面的县委干部甚至好多村支书也被撤了。黎政委挨批了，现在看来，被撤职是早晚的事儿。"

"从表面上看，他们肯定是因为土地政策问题被撤职的。"陈安波说。

"是啊，都被说成是'石头'，要'搬石头'嘞。四姑，我难过的是，咱山东的老干部、在'七七事变'之前就投身革命的山东籍干部，好不容易死里逃生，打败了小日本，现在却被自己人当作'石头'给扔掉了。"

"我走访过去的学生，说中共其实在去年'双十'纪念日出台了《土地法大纲》，比那《五四指示》更进一步，要'平分土地'呢。不知道是不是真的？"陈安沄问。

陈业答道："是的，是有这么回事情，所以他们批起黎政委、林书记、景书记来更起劲了。大姑父不在了，否则我真要跟他探讨探讨，这个'平分土地'政策在现在这个条件下、在战争环境中，合适吗？怎么个平分法？这些制定政策的人在村里待过吗？就算是大地主的土地全部都收回来了，归村民了，可怎么分？一下子就给村里的人全部平分了？嫁出去的呢？娶进来的呢？老人孩子呢？怎么算，怎么分？说得客气点，这政策，太理想化了。说得尖锐点，简直'左'得可怕。"

"陈业，我估计有你这样看法的人，不少吧？"

"四姑，我不知道，因为现在党内的气氛跟罗政委在山东的时候不一样，饶书记咱说不上话，听说架子很大。另外，那个中央委员康生，以前在延安是搞审干、'抢救运动'的，谁都不想挨近他。谁也不知道这两位想干什么。不过，我知道一件事情，就是黎政委，个性是很温和的，有点软，他是不会向上申诉的。"陈业的眼睛又红了，抬起头来看着陈安沄，满脸的委屈。

"为什么不？这关系到山东干部的政治生命啊？"陈安波说道。

陈安沄接着："我知道了，这就是少光生前诉病的，贵党没有解决好从下而上的问题，一顶纪律的帽子压下来，申诉就变成了无理取闹、告黑状。"

"更何况，山东在上级领导层，可是没人，没人会帮山东的干部说话。"陈业补充道。此时的陈业还不知道，中央委员康生就是山东的、胶东的、诸城的，但出身不是贫雇农、中农、富农，而是大地主。

"你快别说了，再说下去就庸俗了。"陈安波有些不满。

"好，四姑，那我就说说我抗战八年一直做的一件事情，大姑也有参与的，我们山东抗日根据地给延安送了多少黄金，黎政委、罗政委为此倾注了多少心血，直接间接牺牲了多少人，怎么就'地方主义'了？抗战胜利后，新四军来山东，黎政委号召我们不吃白面，省下来给南方同志吃，这两年我吃白面饺子的次数一只手就能数过来，怎么就'地方主义'了？睁着眼睛说瞎话，把山东的干部从上到下，凡是跟黎政委沾点边儿的，全撸了，这不公平。"

"好了，陈业，我大致理解你的苦闷了，还是少光说的问题，中共党内制度还有许多不完善之处，党内民主问题没有真正解决，以至于像你们尊敬的黎政委，那么大的领导，还有你们身边的领导，像胶东的林浩，遇到责难时，没办法为自己申辩。又因为你们那个纪律，同级的军事主官也不便为他们说话。对了，景芝在'湖西肃托'时的那个大队长，也就是这个样子。除非你们幸运地再碰到一个罗政委，但那样的共产党人，可遇不可求。这个问题，过了八九年了，贵党依然没有解决。"

"大姐，战争环境下，很多问题都被打胜仗遮蔽了。我相信，真正等到和平来临的时候，这些问题的解决都会被提上议程的。"

"所以，就要白白地牺牲一些人吗？安波，西谚有云：Justice delayed is justice denied。"

"但如果黎政委他们甘愿牺牲，不愿意因为自己的申辩故而对全国的战场形势可能造成不利影响呢？"

"那他们是圣人。但是，你们想过没有，你们这位黎政委如果真的被撤职了，那共产党可是做成了国民党蒋介石都没有做成的事情。"

"大姑，你这又是什么道理呢？"

"别忘了，我是小学教员，抗战后到了胶东，没改过行，收黄金也是以小学教员身份作掩护的。抗战胜利后，国共谈判，解放区的政府问题，是两党始终没有谈拢的问题之一。为了争取主动，抗战一胜利，我记得是 8 月 15 日之前，8 月 13 日，咱根据地的山东省参议会就把黎玉推举成山东省政府主席。当年秋季，新学期开学以后，胶东区委下发的民众识字课本里就有一课，我记得很清楚，题目就叫《拥护黎主席》。内容也比较直白，便于记忆。你们听听啊，我现在还会背呢：

喜鹊叫，喳喳唧。
我来报告好消息。
山东人民好福气，
选上黎玉当主席。
黎主席，有功绩，
徂徕山，起义师；
组织山东八路军，
建设山东解放区，
领导人民来抗战。
拥护黎主席，
实行减租又减息，
坚持苦斗八年整，
得到今天大胜利。
黎主席，拥护你，
有了你当省主席，
人人吃穿不犯愁，
自由幸福新山东，
不久就要新建成。

"国民党蒋介石政府一直不同意中共在解放区政府问题上的提议，山东省由此出现了两个省政府，两个省主席。国民党继任命何思源为省主席之后，现在又任命王耀武为省主席。反观共产党呢，好像不怎么提黎玉这个职务了，好嘛，现在在华东局的职务也眼看着又要被撤了，好像也没犯什么天大的错误啊，相反，批他的人、要撤他职务的人，才是犯了激进、也就是你们从前说过的'左'倾错误，这不是让亲者痛，仇者快吗？"

"大姐，你可真够犀利的。"

"我是旁观者清。所以，我认为，你们这位黎政委，真是应该向上反映反映，不为自己，也为事业，总要让最高层知道，在有如此重要战略地位的山东，发生了什么。这一点，他就不如你们的罗政委。罗政委不是反映了在敌后不能像在延安一样搞审干吗？黎政委大可以向罗政委学习，不能在当前条件下搞那么激进的土地改革。"

"大姑啊，我估计，现在的黎政委可能已经没有办法向上反映了。就像你们老说景芝遇到的那位大队长，他那时就是想反映，也没有办法，别再拿他做例子了。"

"所以我们的讨论又回到了原点，中共党内的制度问题。"

此时的陈业、陈安沄和陈安波并不了解，中共党内还是有一些领导干部，是敢于向上级汇报真实情况、提出不同意见的。早在前一年的 11 月，任弼时就土改中出现的"左"的问题，给毛泽东写信反映。12 月，中共中央扩大会议在陕西米脂杨家沟召开，陈毅在会后赶到杨家沟时，毛泽东与之长谈，对土改中出现严重的"左"倾错误表示极为忧虑。1948 年 1 月和 2 月，习仲勋就陕甘宁边区老解放区的土改问题接连写信和致电党中央、毛泽东，均得到毛泽东的认可。为了纠正各地在土改过程中出现的"左"的错误，中共中央连续下发了几个文件，只可惜没有传达到陈安波、陈业这样的普通党员。

所以这讨论到了这里，进行不下去了。安静了一会儿，王大柜开口问道："你们说了这么多，俺很多听不懂。陈业啊，你和铁柱子下一步咋弄嘞？"

"哎呀嘞，大叔啊，我应该先跟你和婶子说这事的。我现在已经调回部队了，在九纵，营教导员。我带上铁柱子了，他现在跟着我，你和婶子就放心吧。"

"放心，放心。那部队是不是要开动了？"

"大叔啊，我们现在在休整，新式整军，什么时候开动，要等命令呢。你甭好吧，国民党反动派把胶东都围死了，想把我们赶下海去，我们都愣是突围了，缓过气来，也就两个月，就把他们打败了，他们大势已去。大姑、四姑，真的，放眼看全中国，国统区反蒋的声浪高涨，国共军队的作战态势已经出现了攻守转换，国民党气数已尽。"

"哎，不知道秋实他们的外线兵团打到哪里了，他还没有见过我们的二女儿呢。"

"四姑，你和秋实同志团聚的日子不会太远了，现在敌人只能占领咱山东的几个大城市，广大的农村，特别是胶东农村，基本是我们的了。所以你们在这里，是安全的。"陈业说着，就从背着的挎包里掏出一个牛皮纸包，一边打开，一边递给陈安沄，"大姑，这是我这几年攒的津贴，还有我娘陆续给我的，一共九个大洋，还有六十块北海币。你先拿着用。现在粮价高，婴幼儿要吃细粮，更贵。买得着吗？"

"不好买，不过，有你王大叔，他总能有办法。我们的钱真不够用了，我先拿着了啊。"陈安沄接过钱来。

"陈业，你说的春荒，我们在县城里，就是感觉粮价高，其他的还不明显。村里怎么样？"

"哼，咱华东局的饶书记光顾着整咱山东干部了，就这胶东局高干会，开一个多月了还没结束呢，我因为先前在工商局，知道点情况，咱胶东最严重的是在南海区和西海区。你们看吧，这刚刚过了春节，还不是最困难的时候，再过一段时间，问题就会更加严重。不知道咱饶书记到时候会出什么高招。"

"怎么都是苦了老乡啊。"陈安波不由得哀叹。

华东局直到过了正月十五，才惊觉春荒已经来临，于是首先采取了以工代赈和清理公家存粮、精简编制、降低供给标准等方式，于当年4月初步遏制了灾情的进展。然而，政府财粮本就有限，上年已经不仅预征了公粮，而且预借了公粮，且上年秋收时并没有按约定归还向农民预借的粮食，上述方法不能持续。

4月中旬之后，灾情再度严重起来，仅胶东的南海区要饭的就已经达到万户以上，蒙阴、沂中、莱芜有人饿死。政府赈灾已经有心无力，不得不转入民间互济，而又由于基层干部此时被华东局大多"搬石头"了，思想混乱，工作很不得力。华东局希望民间互济能有序、可控地开展，但在实际操作中，不可避免地出现了由政府主导或默许的强借现象。在中国农村这样一个熟人社会里，一个村子里的任何人都无法隐瞒家有余粮的事实。就这样，占农民大多数的缺粮农户得到了一定程度的救济，磕磕绊绊地支撑到了麦收。

经历了这样一场春荒，党与农民的关系变得复杂起来，其中，拥戴和支持共产党的重新占到农民的绝大多数，这就使得此后山东解放区继续为解放战争提供了大量的人力物力支援。据部分史料记载，从1947年1月到1948年8月，在山东省域内进行的十个较大的战役中，山东人民供应部队，包括随军民工，仅粮食就达四亿多斤，还有数量相当大的柴草、副食、被服和其他器材等等。

1948年的春节不久，就在山东解放区还困于春荒的时刻，许世友、谭震林率领的山东兵团出动了。从3月份到7月份，山东兵团先挺进到胶济线，由西向东横扫胶济线五百华里，接着进军津浦线，由北向南直下津浦线七百华里，连战连胜，捷报频传。此时，秋实所在的华野外线兵团，接连在沙土集战役、许昌战役、洛阳战役、豫东战役中取得了胜利，已经机动到冀鲁边区一个多月，正等待命令开始新的战斗。

陈业和铁柱子的春节归来，让陈安波坐不住了，她认为自己不能躲在后方带孩子，她是战士，要参加战斗。虽然不能联系上秋实，但胶东还有不少外线兵团的留守人员，特别是还有不少跟她情况相似的女兵。陈安波首先跟陈安沄商量好了，由陈安沄带着王大柜夫妻帮她看护自己的两个孩子和陈安江、鲁兰方的孩子，她自己则申请加入陈业所在的山东兵团二线部队，先做一些宣传鼓动工作，同时等待机会去同自己的原部队会合。她的申请很快就得到了批准。而陈安沄则事实上办起了一个托儿所，除了自家的四个婴幼儿之外，还帮助陈安波的战友看起了孩子，一共看护了大大小小十四个孩子，解除了这些女战士的后顾之忧。

陈业虽然是老兵，但是第一次真正到作战部队。近一个多月来，部队以"诉苦"、查阶级、查工作、查斗志的"三查"和练兵为主要内容的新式整军工作非常紧张，宣传队员出身的陈安波正好提供了很大的帮助，她联系文工团来给战士们演出《白毛女》《瞎老妈》《血泪仇》等戏剧，激起了指战员对敌人的满腔仇恨和苦练杀敌本领的极大热情。练兵之余，陈安波还组织学唱歌曲等节目，帮助连队俱乐部开展体育比赛、拉歌比赛，活跃了指战员的生活和连队的气氛，把所有人的士气都鼓得足足的。随着部队接连攻城拔寨，陈安波承担的任务越来越重，有时参加前线医务所的急救、包扎，组织伤员向后方转运，有时出面与配合大军行动的民工联络，登记接收的物资，有时去给解放战士讲课，通过"诉苦"来启发这些原国民党兵的阶级觉悟，提高他们对共产党、解放军的认同，增强他们敢于同蒋军作战的意志。

山东兵团夏季攻势顺利结束之后，继续开展新式整军运动，并且开始着手攻克济南的专项练兵。此时，华东野战军外线兵团也开始了同样的战役准备。"打到济南府，活捉王耀武！"的口号响彻参军部队。山东全省出动了五十万名支前民工，准备了一亿四千万斤粮食，动员了一万八千辆小车和一万四千副担架。根据党中央、中央军委和毛泽东的指示，华野外线兵团和山东兵团由粟裕统一指挥，十四万部队攻城，十八万部队打援，以尽可能多地歼灭国民党军队的有生力量。攻城部队被分为东、西两大集团，陈业所在的九纵在东集团，秋实所率领的三纵一部在西集团。攻城总指挥是许世友、王建安。

解放战争进行到 1948 年夏天的时候，已经进入夺取全国胜利的决定性阶段。人民解放军已发展到二百八十多万人，在各个战场都取得了节节胜利。而济南已成孤城，仅赖空运维持，守敌大多数曾受到过解放军的沉重打击，军心动摇。秋实所在的三纵快速突破济南外围阵地的第三天，1944 年即被秋实率部讨伐过的吴化文率整编第八十四师三个旅两万多人战场起义，从而极大地摧毁了济南守敌的精神。经过八天八夜激战，攻城集团拿下济南。9 月 30 日，新华社播发毛泽东修改审定的社论《庆祝济南解放的伟大胜利》，指出"任何一个国民党城市都无法抵御人民解放军的攻击了"。

陈安波和秋实在济南解放后终于见上了，陈安波顺利归建，并随队撤至济南南郊的炒米店休整，同时请人通知在胶东的陈安沄带着孩子们速来团聚。战地重逢，陈安波和秋实都按捺下激动的心情，互相敬礼，握手，先各忙各的，直到当天晚上，陈安波才走进秋实的住处。

"陈指导员来了？！"

门口警卫员喜气洋洋地招呼着，只见秋实立即出现了，一把紧紧地抱住了爱人。两个人都没有说话，静静地拥抱了一会儿，陈安波先不好意思地挣了挣，小声说道："那么多人哪。"

秋实闻言有点儿不舍地松开了陈安波，牵着她的手进屋，迫不及待地边走边问："你还好吗？吃了不少苦头吧？孩子们还好吗？咱的二孩儿是男还是女啊？现在谁带着？"

听着这一连串的问题，陈安波流下了一连串的热泪。还没有张口回答，警卫员就送来了晚饭和热茶。"先吃饭，吃了饭你再慢慢讲给我听。"秋实伸手替陈安波擦干了眼泪，心疼地抚摸着陈安波的眼角，"你受苦了，瘦这么多。别哭了，咱俩以后就不会分开了。"饭后，陈安波把分别后的遭遇完完全全地告诉了秋实。当听到李少光在大连猝亡的时候，秋实唏嘘不已。而对华东局饶书记、刚刚任命的第二副书记康生对黎政委和山东干部的批判，秋实只表示那些错误"帽子"很大。至于山东土改的做法，秋实没有说什么尖锐的话，只表示，此次回到山东作战，济南战役的支前就搞得很好，说明山东人民是支持共产党、支持解放军的。

"这正是我特别想跟你说的。土改，从减租减息开始，一波三折。抗战胜利后，土改必须进一步，也是咱共产党反封建、反压迫、解放劳苦大众的应有之义。但'左'倾错误不仅伤了老百姓，也伤了党的干部。与之相伴随的，就是国民党反动派的进攻、横征暴敛和还乡团疯狂的灭绝人性的反攻倒算，这就反过来证明了共产党是站在最广大的人民群众一边的，把人民朝我们这边推过来了。战争使得耕地荒芜，老乡因无力种地而怨声载道，因饥荒而怨天尤人，因预交预借公粮甚至民怨沸腾，但是共产党政府却通过强制救济而使得大多数缺粮的老乡度过了饥荒。就这样反反复复的，最终，共产党占据了优势地位。"

"所以，共产党这是得道多助，是天助啊。"

"你说得对，但是我想着，有两点，一是共产党的'左'倾错误能不能少犯一点儿？我参加革命之后，遇到的问题都是'左'，因为右倾是明显的反动，大多数革命者还是能认清楚的，但'左'倾问题就不那么容易辨别了，然而其破坏力不亚于敌人真正的进攻，因为这是自己人从自己内部发动。"

"你怎么就认定他们犯了'左'倾错误呢？"

"随九纵进军途中，听到传达了一些中央文件，证明我们先前讨论认为是'左'倾的判断没有错。"

"那第二点呢？"

"第二点就是共产党以后一定要对山东人民好一点，格外好一点。你说，这次济南战役的支前搞得不错，那你知道吗，山东人民还忍饥挨饿呢，还有人出村儿要饭呢！壮劳力基本都来支前了，在家的都是老弱妇孺。即使我们打下了济南，山东绝大部分地区和平了，政府号召了，但没有劳力，地荒着的很不少，1949年也许还会有饥荒。"

"山东人民真是太好了，确实应该好好地宣传他们，以后也要大大地补偿他们。我跟你说，济南这一战，我们胜得干脆利落，甚至是胜得太快了些，把可能来增援的敌人都吓回去了，打援部队基本没有收获。这个可就有点问题了。"

"啊，打得那么好，还有问题？"

"打得好是好，但还是没有完全实现战前的部署。这个肯定要检查，不能一胜遮百丑，即使山东境内以后没有大仗了，但是全国范围内还有不少大仗、硬仗要打呢。"

"那照你这么说，这个检查很有必要。"

"是的，安波，我听了你所说的经历，你们家庭讨论的情况，我觉得，你说的，你家人讨论的，都有道理。我认为，我们中国共产党和人民军队之所以能越来越强大，就是因为有明确的奋斗目标，并且在不断地总结、修正，波浪式地前进。从较长一个时期看，波峰波谷就基本拉平了。"

"你说得对，前进道路不可能是一条直线。但是，处于波谷的，岂不是太倒霉了，谁想在波谷里待着呢？"

"不是想不想，而是时势造就的。处于波峰的时候要未雨绸缪，处于波谷的时候要坚忍向上，用尽一切力量地向上。"

"哎呀嘞，你这个未雨绸缪的成语用得不错，可以啊。你说得对，就共产党员个人而言，无论是顺境还是逆境，都要守住自己的理想和底线，革命到底。"

"是，革命到底。"

（全文完）